S0-BQY-551

LE JOURNAL
D'UNE FEMME DE CHAMBRE

OCTAVE MIRBEAU

Le Journal
d'une femme
de chambre

OCTAVE MIRBEAU
(1848-1917)

Octave Mirbeau naît le 16 février 1848 à Tré-
vières. L'année suivante, son père, officier de santé,
s'installe dans un autre bourg de Normandie pour y
faire fonction de médecin, tout en poursuivant une
carrière politique locale.

A 11 ans, Octave Mirbeau entre comme interne
dans un collège de jésuites de Vannes. Élève
médiocre, et déjà révolté, il y reste quatre ans,
« élevé dans le plus parfait abrutissement, dans la
superstition la plus lamentable et la plus grossière ». Ayant achevé ailleurs ses études
secondaires, il est reçu en 1866 au baccalauréat, et
« monte » dans la capitale pour s'inscrire à la
faculté de Droit.

Mais on le croise rarement dans les amphi-
théâtres. Il a vingt ans, et préfère, dans le Paris de la
fin du Second Empire, dont les turpitudes inspire-
ront Zola (qui deviendra, lorsqu'il sera romancier,
son chef de file) mener la vie de bohème, et écrire.
Toutefois, son premier ouvrage ne ressemble guère
aux recueils poétiques et idéalistes des jeunes
Romantiques de la génération précédente; il le fait
éditer sous un pseudonyme, et son titre est sans
équivoque : *Les Amies, scènes d'amour saphique*.
Première provocation. Il en fera d'autres.

S'étant replié en Normandie après la déclaration

de guerre, en 1870, entre la Prusse et la France, il s'engage dans la garde mobile. D'avoir, pendant quelques mois, côtoyé la mort et la souffrance le marqueront. En 1871, à la suite d'une erreur administrative (malade, pendant la déroute, il est transporté à l'hôpital d'Alençon mais déclaré déserteur) il doit faire vingt mois de prison avant d'être innocenté.

En 1872, il revient à Paris et s'essaye au journalisme, collabore à diverses revues comme critique artistique et théâtral, se faisant le défenseur des Manet, Monet, Cézanne, alors en butte aux brimades des artistes « officiels » puis abandonne la presse pour la fonction publique : le 27 mai 1877, il est nommé chef de cabinet du préfet de l'Ariège. Sept mois plus tard, il est destitué.

A la suite d'une liaison — au cours de laquelle il joue en Bourse pour satisfaire les goûts de luxe de sa maîtresse, il s'exile en Bretagne où, pendant près de deux ans, ayant acheté un sardinier, il mène la vie d'un marin-pêcheur. De retour à Paris en 1880, il reprend ses activités de journaliste dans les meilleures revues. C'est un chroniqueur écouté et redouté, voire irascible, aux opinions changeantes et à la plume acérée. (Au cours de sa vie, il se battra douze fois en duel, notamment contre Déroulède et Catulle Mendès.) Il lance, en 1883, avec Alfred Capus, un hebdomadaire satirique, *Les Grimaces*, qui ne durera que six mois. Dans ses colonnes, ce catholique monarchiste exige la dictature, affiche un antisémitisme virulent. Mais c'est le même homme qui, en 1897, quand éclate l'affaire Dreyfus, se rallie à Émile Zola (qu'il ira retrouver dans son exil à Londres) et se bat avec les dreyfusards pour exiger la vérité. Et qui s'affirmera, dans son œuvre, individualiste et anarchiste !

Il a déjà publié des contes dans des journaux, mais son premier roman, *Le Calvaire*, paraît en

1887. L'année suivante, *L'Abbé Jules* lui vaut la considération de Mallarmé et, en 1890, *Sébastien Roch* le fait définitivement classé dans l'école naturaliste (ce qui ne l'empêche pas de répondre « le naturalisme, mais je m'en fiche! »). Toutefois il ne touchera le grand public qu'avec *Le Jardin des supplices* (1899), roman « fin de siècle » où à travers l'histoire d'un couple avide d'ivresses monstrueuses et cruelles, il proclame son mépris des valeurs traditionnelles. *Le journal d'une femme de chambre* (1900) est un succès commercial.

Il a abandonné le journalisme et, aux côtés d'Alphonse Daudet, siège à l'académie Goncourt, s'essaye au théâtre, écrit des comédies en un acte pour le Grand Guignol... *Les Affaires sont les affaires* (1903), acide description et condamnation de la société contemporaine, est jouée à la Comédie française. Ce batailleur de la plume, qui ne se complaisait que dans les extrêmes, est devenu un notable des lettres. Il vit sur les bords de la Seine, dans une grande maison à l'Ouest de Paris. Il s'éteint le 16 février 1917.

À MONSIEUR JULES HURET

Mon cher ami,

En tête de ces pages, j'ai voulu, pour deux raisons très fortes et très précises, inscrire votre nom. D'abord, pour que vous sachiez combien votre nom m'est cher. Ensuite, — je le dis avec un tranquille orgueil, — parce que vous aimerez ce livre. Et ce livre, malgré tous ses défauts, vous l'aimerez, parce que c'est un livre sans hypocrisie, parce que c'est de la vie, et de la vie comme nous la comprenons, vous et moi... J'ai toujours présentes à l'esprit, mon cher Huret, beaucoup des figures, si étrangement humaines, que vous fîtes défiler dans une longue suite d'études sociales et littéraires. Elles me hantent. C'est que nul mieux que vous, et plus profondément que vous, n'a senti, devant les masques humains, cette tristesse et ce comique d'être un homme... Tristesse qui fait rire, comique qui fait pleurer les âmes hautes, puissiez-vous les retrouver ici...

OCTAVE MIRBEAU.
Mai 1900.

Ce livre que je publie sous ce titre : Le Journal d'une femme de chambre *a été véritablement écrit par Mlle Célestine R..., femme de chambre. Une première fois, je fus prié de revoir le manuscrit, de le corriger, d'en récrire quelques parties. Je refusai d'abord, jugeant non sans raison que, tel quel, dans son débraillé, ce journal avait une originalité, une saveur particulière, et que je ne pouvais que le banaliser en « y mettant du mien ». Mais Mlle Célestine R... était fort jolie... Elle insista. Je finis par céder, car je suis homme, après tout...*

Je confesse que j'ai eu tort. En faisant ce travail qu'elle me demandait, c'est-à-dire en ajoutant, çà et là, quelques accents à ce livre, j'ai bien peur d'en avoir altéré la grâce un peu corrosive, d'en avoir diminué la force triste, et surtout d'avoir remplacé par de la simple littérature ce qu'il y avait dans ces pages d'émotion et de vie...

Ceci dit, pour répondre d'avance aux objections que ne manqueront pas de faire certains critiques graves et savants... et combien nobles !...

O.M.

I

Aujourd'hui, 14 septembre, à trois heures de l'après-midi, par un temps doux, gris et pluvieux, je suis entrée dans ma nouvelle place. C'est la douzième en deux ans. Bien entendu, je ne parle pas des places que j'ai faites durant les années précédentes. Il me serait impossible de les compter. Ah! je puis me vanter que j'en ai vu des intérieurs et des visages, et de sales âmes... Et ça n'est pas fini... A la façon, vraiment extraordinaire, vertigineuse, dont j'ai roulé, ici et là, successivement, de maisons en bureaux et de bureaux en maisons, du Bois de Boulogne à la Bastille, de l'Observatoire à Montmartre, des Ternes aux Gobelins, partout, sans pouvoir jamais me fixer nulle part, faut-il que les maîtres soient difficiles à servir maintenant!... C'est à ne pas croire.

L'affaire s'est traitée par l'intermédiaire des Petites Annonces du *Figaro* et sans que je voie Madame. Nous nous sommes écrit des lettres, ç'a été tout : moyen chanceux où l'on a souvent, de part et d'autre, des surprises. Les lettres de Madame sont bien écrites, ça c'est vrai. Mais elles révèlent un caractère tatillon et méticuleux... Ah! il lui en faut des explications et des commentaires, et des pourquoi, et des parce que... Je ne sais si Madame est avare; en tout cas, elle ne se fend guère pour son papier à lettres... Il est acheté au Louvre... Moi qui ne suis pas riche, j'ai plus de coquetterie... J'écris sur du papier parfumé à la peau d'Espagne, du beau papier, tantôt rose, tantôt bleu pâle, que j'ai collectionné chez mes anciennes maîtresses... Il y en a même sur lequel sont gravées des couronnes de comtesse... Ça a dû lui en boucher un coin.

Enfin, me voilà en Normandie, au Mesnil-Roy. La propriété de Madame, qui n'est pas loin du pays, s'appelle le Prieuré... C'est à peu près tout ce que je sais de l'endroit où, désormais, je vais vivre...

Je ne suis pas sans inquiétudes ni sans regrets d'être venue, à la suite d'un coup de tête, m'ensevelir dans ce fond perdu de province. Ce que j'en ai aperçu m'effraie un peu, et je me demande ce qui va encore m'arriver ici... Rien de bon sans doute et, comme d'habitude, des embêtements... Les embêtements, c'est le plus clair de notre bénéfice. Pour une qui réussit, c'est-à-dire pour une qui épouse un brave garçon ou qui se colle avec un vieux, combien sont destinées aux malchances, emportées dans le grand tourbillon de la misère ?... Après tout, je n'avais pas le choix ; et cela vaut mieux que rien.

Ce n'est pas la première fois que je suis engagée en province. Il y a quatre ans, j'y ai fait une place... Oh ! pas longtemps... et dans des circonstances véritablement exceptionnelles... Je me souviens de cette aventure comme si elle était d'hier... Bien que les détails en soient un peu lestes et même horribles, je veux la conter... D'ailleurs, j'avertis charitablement les personnes qui me liront que mon intention, en écrivant ce journal, est de n'employer aucune réticence, pas plus vis-à-vis de moi-même que vis-à-vis des autres. J'entends y mettre au contraire toute la franchise qui est en moi et, quand il le faudra, toute la brutalité qui est dans la vie. Ce n'est pas de ma

16

faute si les âmes, dont on arrache les voiles et qu'on montre à nu, exhalent une si forte odeur de pourriture.

Voici la chose :

J'avais été arrêtée, dans un bureau de placement, par une sorte de grosse gouvernante, pour être femme de chambre chez un certain M. Rabour, en Touraine. Les conditions acceptées, il fut convenu que je prendrais le train, tel jour, à telle heure, pour telle gare; ce qui fut fait selon le programme.

Dès que j'eus remis mon billet au contrôleur, je trouvai, à la sortie, une espèce de cocher à face rubiconde et bourrue, qui m'interpella :

— C'est-y vous qu'êtes la nouvelle femme de chambre de M. Rabour?

— Oui, c'est moi.

— Vous avez une malle?

— Oui, j'ai une malle.

— Donnez-moi votre bulletin de bagages et attendez-moi là...

Il pénétra sur le quai. Les employés s'empressèrent. Ils l'appelaient « Monsieur Louis » sur un ton d'amical respect. Louis chercha ma malle parmi les colis entassés et la fit porter dans une charrette anglaise, qui stationnait près de la barrière.

— Eh bien... montez-vous?

Je pris place à côté de lui sur la banquette, et nous partîmes.

Le cocher me regardait du coin de l'œil. Je l'examinais de même. Je vis tout de suite que j'avais affaire à un rustre, à un paysan mal dégrossi, à un domestique pas stylé et qui n'a jamais servi dans les grandes maisons. Cela m'ennuya. Moi, j'aime les belles livrées. Rien ne m'affole comme une culotte de peau blanche, moulant des cuisses nerveuses. Et ce qu'il manquait de chic, ce Louis, sans gants pour conduire, avec un complet trop large de droguet gris bleu, et une casquette plate, en cuir verni, ornée d'un double galon d'or. Non vrai! ils retardent, dans ce patelin-là. Avec cela, un air renfrogné, brutal, mais pas méchant diable, au fond. Je connais ces types. Les premiers jours, avec les nouvelles, ils font les malins, et puis après ça s'arrange. Souvent, ça s'arrange mieux qu'on ne voudrait.

Nous restâmes longtemps sans dire un mot. Lui faisait des manières de grand cocher, tenant les guides hautes et jouant du fouet avec des gestes arrondis... Non, ce qu'il était rigolo!... Moi, je prenais des attitudes dignes pour regarder le paysage, qui n'avait rien de particulier; des champs, des arbres, des maisons, comme partout. Il mit son cheval au pas pour monter une côte et, tout à coup, avec un sourire moqueur, il me demanda:

— Avez-vous au moins apporté une bonne provision de bottines?

— Sans doute! dis-je, étonnée de cette question qui ne rimait à rien, et plus encore du ton singulier sur lequel il me l'adressait... Pourquoi me demandez-vous ça?... C'est un peu bête ce que vous me demandez là, mon gros père, savez?...

Il me poussa du coude légèrement et, glissant sur moi un regard étrange dont je ne pus m'expliquer la double expression d'ironie aiguë et, ma foi, d'obscénité réjouie, il dit en ricanant:

— Avec ça!... Faites celle qui ne sait rien... Farceuse va... sacrée farceuse!

Puis il claqua de la langue, et le cheval reprit son allure rapide.

J'étais intriguée. Qu'est-ce que cela pouvait bien signifier? Peut-être rien du tout... Je pensai que le bonhomme était un peu nigaud, qu'il ne savait point parler aux femmes et qu'il n'avait pas trouvé autre chose pour amener une conversation que, d'ailleurs, je jugeai à propos de ne pas continuer.

La propriété de M. Rabour était assez belle et grande. Une jolie maison, peinte en vert clair, entourée de vastes pelouses fleuries et d'un bois de pins qui embaumait la térébenthine. J'adore la campagne... mais, c'est drôle, elle me rend triste et elle m'endort. J'étais tout abrutie quand j'entrai dans le vestibule où m'attendait la gouvernante, celle-là même qui m'avait engagée au bureau de placement de Paris, Dieu sait après combien de questions indiscrètes sur mes habitudes intimes, mes goûts; ce qui aurait dû me rendre méfiante... Mais on a beau en voir et en supporter de plus en plus fortes chaque fois, ça ne vous instruit pas... La gouvernante ne m'avait pas plu au bureau; ici, instantanément, elle me dégoûta et je lui trouvai l'air répugnant d'une vieille maquerelle. C'était une grosse femme, grosse et courte, courte et soufflée de graisse jaunâtre, avec des bandeaux plats grisonnants, une poitrine énorme et roulante, des mains molles, humides, transparentes comme de la gélatine. Ses yeux gris indiquaient la méchanceté, une méchanceté froide, réfléchie et vicieuse. A la façon tranquille et cruelle dont elle vous regardait, vous fouillait l'âme et la chair, elle vous faisait presque rougir.

Elle me conduisit dans un petit salon et me quitta aussitôt, disant qu'elle allait prévenir Monsieur, que Monsieur voulait me voir avant que je ne commençasse mon service.

— Car Monsieur ne vous a pas vue, ajouta-t-elle. Je vous ai prise, c'est vrai, mais enfin, il faut que vous plaisiez à Monsieur...

J'inspectai la pièce. Elle était tenue avec une propreté et un ordre extrêmes. Les cuivres, les meubles, le parquet, les portes, astiqués à fond, cirés, vernis, reluisaient ainsi que des glaces. Pas de flafla, de tentures lourdes, de choses brodées, comme on en voit dans de certaines maisons de Paris; mais du confortable sérieux, un air de décence riche, de vie provinciale cossue, régulière et calme. Ce qu'on devait s'ennuyer ferme, là-dedans, par exemple!... Mazette!

Monsieur entra. Ah! le drôle de bonhomme, et qu'il m'amusa!... Figurez-vous un petit vieux, tiré à quatre épingles, rasé de frais et tout rose, ainsi qu'une poupée. Très droit, très vif, très ragoûtant, ma foi! il sautillait, en marchant, comme une petite sauterelle dans les prairies. Il me salua et avec infiniment de politesse :

— Comment vous appelez-vous, mon enfant?

— Célestine, Monsieur.

— Célestine... fit-il... Célestine?... Diable!... Joli nom, je ne prétends pas le contraire... mais trop long, mon enfant, beaucoup trop long... Je vous appellerai Marie, si vous le voulez bien... C'est très gentil aussi, et c'est court... Et puis, toutes mes femmes de chambre, je les ai appelées Marie. C'est une habitude à laquelle je serais désolé de renoncer... Je préférerais renoncer à la personne...

Ils ont tous cette bizarre manie de ne jamais vous appeler par votre nom véritable... Je ne m'étonnai pas trop, moi à qui l'on a donné déjà tous les noms de toutes les saintes du calendrier... Il insista :

— Ainsi, cela ne vous déplaît pas que je vous appelle Marie?... C'est bien entendu?...

— Mais oui, Monsieur...

— Jolie fille... bon caractère... Bien, bien!

Il m'avait dit tout cela d'un air enjoué, extrêmement respectueux, et sans me dévisager, sans fouiller d'un regard déshabilleur mon corsage, mes jupes, comme font, en général, les hommes. A peine s'il m'avait regardée. Depuis le moment où il était entré dans le salon, ses yeux restaient obstinément fixés sur mes bottines.

— Vous en avez d'autres?... me demanda-t-il, après un court silence, pendant lequel il me sembla que son regard était devenu étrangement brillant.

— D'autres noms, Monsieur?

— Non, mon enfant, d'autres bottines...

Et il passa, sur ses lèvres, à petits coups, une langue effilée, à la manière des chattes.

Je ne répondis pas tout de suite. Ce mot de bottines, qui me rappelait l'expression de gouaille polissonne du cocher, m'avait interdite. Cela avait donc un sens?... Sur une interrogation plus pressante, je finis par répondre, mais d'une voix un peu rauque et troublée, comme s'il se fût agi de confesser un péché galant :

— Oui, Monsieur, j'en ai d'autres...

— Des vernies?

— Oui, Monsieur.

— De très... très vernies?

— Mais oui, Monsieur.

— Bien... bien... Et en cuir jaune?

— Je n'en ai pas, Monsieur...

— Il faudra en avoir... je vous en donnerai.

— Merci, Monsieur!

— Bien... bien... Tais-toi!

J'avais peur, car il venait de passer dans ses yeux des lueurs troubles... des nuées rouges de spasme... Et des gouttes de sueur roulaient sur son front... Croyant qu'il allait défaillir, je fus sur le point de crier, d'appeler au secours... mais la crise se calma, et, au bout de quelques minutes, il reprit d'une voix apaisée, tandis qu'un peu de salive moussait encore au coin de ses lèvres :

— Ça n'est rien... c'est fini... Comprenez-moi, mon enfant... Je suis un peu maniaque... A mon âge, cela est permis, n'est-ce pas?... Ainsi, tenez, par exemple je ne trouve pas convenable qu'une femme cire ses bottines, à plus forte raison les miennes... Je respecte beaucoup les femmes, Marie, et ne peux souffrir cela... C'est moi qui les cirerai vos bottines, vos petites bottines, vos chères petites bottines... C'est moi qui les entretiendrai... Écoutez bien... Chaque soir, avant de vous coucher, vous porterez vos bottines dans ma chambre... vous les placerez près du lit, sur une petite table, et, tous les matins, en venant ouvrir mes fenêtres... vous les reprendrez.

Et, comme je manifestais un prodigieux étonnement, il ajouta :

— Voyons !... Ça n'est pas énorme, ce que je vous demande là... c'est une chose très naturelle, après tout... Et si vous êtes bien gentille...

Vivement, il tira de sa poche deux louis qu'il me remit.

— Si vous êtes bien gentille, bien obéissante, je vous donnerai souvent des petits cadeaux. La gouvernante vous paiera, tous les mois, vos gages... Mais, moi, Marie, entre nous, souvent, je vous donnerai des petits cadeaux. Et qu'est-ce que je vous demande ?... Voyons, ça n'est pas extraordinaire, là... Est-ce donc si extraordinaire, mon Dieu ?

Monsieur s'emballait encore. A mesure qu'il parlait, ses paupières battaient, battaient comme des feuilles sous l'orage.

— Pourquoi ne dis-tu rien, Marie ?... Dis quelque chose... Pourquoi ne marches-tu pas ?... Marche un peu que je les voie remuer... que je les voie vivre... tes petites bottines...

Il s'agenouilla, baisa mes bottines, les pétrit de ses doigts fébriles et caresseurs, les délaça... Et, en les baisant, les pétrissant, les caressant, il disait d'une voix suppliante, d'une voix d'enfant qui pleure :

— Oh ! Marie... Marie... tes petites bottines... donne-les-moi, tout de suite... tout de suite... tout de suite... Je les veux tout de suite... donne-les-moi...

J'étais sans force... La stupéfaction me paralysait... Je ne savais plus si je vivais réellement ou si je rêvais... Des yeux de Monsieur, je ne voyais que deux petits globes blancs, striés de rouge. Et sa bouche était tout entière barbouillée d'une sorte de bave savonneuse...

Enfin, il emporta mes bottines et, durant deux heures, il s'enferma avec elles dans sa chambre...

— Vous plaisez beaucoup à Monsieur, me dit la gouvernante en me montrant la maison... Tâchez que cela continue... La place est bonne...

Quatre jours après, le matin, à l'heure habituelle, en allant ouvrir les fenêtres, je faillis m'évanouir d'horreur, dans la chambre... Monsieur était mort!... Étendu sur le dos, au milieu du lit, le corps presque entièrement nu, on sentait déjà en lui et sur lui la rigidité du cadavre. Il ne s'était point débattu. Sur les couvertures, nul désordre ; sur le drap, pas la moindre trace de lutte, de soubresaut, d'agonie, de mains crispées qui cherchent à étrangler la Mort... Et j'aurais cru qu'il dormait, si son visage n'eût été violet, violet affreusement, de ce violet sinistre qu'ont les aubergines. Spectacle terrifiant, qui, plus encore que ce visage, me secoua d'épouvante... Monsieur tenait, serrée dans ses dents, une de mes bottines, si durement serrée dans ses dents, qu'après d'inutiles et horribles efforts je fus obligée d'en couper le cuir, avec un rasoir, pour la leur arracher...

Je ne suis pas une sainte... j'ai connu bien des hommes et je sais, par expérience, toutes les folies, toutes les saletés dont ils sont capables... Mais un homme comme Monsieur ? Ah! vrai !... Est-ce rigolo, tout de même, qu'il existe des types comme ça ?... Et où vont-ils chercher toutes leurs imaginations, quand c'est si simple, quand c'est si bon de s'aimer gentiment... comme tout le monde...

Je crois bien qu'ici il ne m'arrivera rien de pareil... C'est, évidemment, un autre genre ici. Mais est-il meilleur ?... Est-il pire ?... Je n'en sais rien...

Il y a une chose qui me tourmente. J'aurais dû, peut-être, en finir une bonne fois avec toutes ces sales places et sauter le pas, carrément, de la domesticité dans la galanterie, ainsi que tant d'autres que j'ai connues et qui — soit dit sans orgueil — étaient

« moins avantageuses » que moi. Si je ne suis pas ce qu'on appelle jolie, je suis mieux ; sans fatuité, je puis dire que j'ai du montant, un chic que bien des femmes du monde et bien des cocottes m'ont souvent envié. Un peu grande, peut-être, mais souple, mince et bien faite... de très beaux cheveux blonds, de très beaux yeux bleu foncé, excitants et polissons, une bouche audacieuse... enfin une manière d'être originale et un tour d'esprit, très vif et langoureux, à la fois, qui plaît aux hommes. J'aurais pu réussir. Mais, outre que j'ai manqué par ma faute des occasions « épatantes » et qui ne se retrouveront probablement plus, j'ai eu peur... J'ai eu peur, car on ne sait pas où cela vous mène... J'ai frôlé tant de misères dans cet ordre-là... j'ai reçu tant de navrantes confidences !... Et ces tragiques calvaires du Dépôt à l'Hôpital auxquels on n'échappe pas toujours !... Et pour fond de tableau, l'enfer de Saint-Lazare... Ça donne à réfléchir et à frissonner... Qui me dit aussi que j'aurais eu, comme femme, le même succès que comme femme de chambre ? Le charme, si particulier, que nous exer-çons sur les hommes, ne tient pas seulement à nous, si jolies que nous puissions être... Il tient beaucoup, je m'en rends compte, au milieu où nous vivons... au luxe, au vice ambiant, à nos maîtresses elles-mêmes et au désir qu'elles excitent... En nous aimant, c'est un peu d'elles et beaucoup de leur mystère que les hommes aiment en nous...

Mais il y a autre chose. En dépit de mon existence dévergondée, j'ai, par bonheur, gardé en moi, au fond de moi, un sentiment religieux très sincère, qui me préserve des chutes définitives et me retient au bord des pires abîmes... Ah ! si l'on n'avait pas la religion, la prière dans les églises, les soirs de morne purée et de détresse morale, si l'on n'avait pas la Sainte-Vierge et saint Antoine de Padoue, et tout le bataclan, on serait bien plus malheureux, ça c'est sûr... Et ce qu'on deviendrait, et jusqu'où l'on irait, le diable seul le sait!...

Enfin — et ceci est plus grave — je n'ai pas la moindre défense contre les hommes... Je serai la constante victime de mon désintéressement et de leur plaisir... Je suis trop amoureuse, oui, j'aime trop l'amour, pour tirer un profit quelconque de l'amour... C'est plus fort que moi, je ne puis pas demander d'argent à qui me donne du bonheur et m'entrouvre les rayonnantes portes de l'Extase... Quand ils me parlent, ces monstres-là... et que je sens sur ma nuque le piquant de leur barbe et la chaleur de leur haleine... va te promener!... je ne suis plus qu'une chiffe... et c'est eux, au contraire, qui ont de moi tout ce qu'ils veulent...

Donc, me voilà au Prieuré, en attendant quoi?... Ma foi, je n'en sais rien. Le plus sage serait de n'y point songer et de laisser aller les choses au petit bonheur... C'est peut-être ainsi qu'elles vont le mieux... Pourvu que, demain, sur un mot de Madame, et poursuivie jusqu'ici par cette impitoyable malchance qui ne me quitte jamais, je ne sois pas forcée, une fois de plus, de lâcher la baraque!... Cela m'ennuierait... Depuis quelque temps, j'ai des douleurs aux reins et au ventre, une lassitude dans tout le corps... mon estomac se délabre, ma mémoire s'affaiblit... je deviens, de plus en plus, irritable et nerveuse. Tout à l'heure, me regardant dans la glace, je me suis trouvé le visage vraiment fatigué, et le teint — ce teint ambré dont j'étais si fière — presque couleur de cendre... Est-ce que je vieillirais déjà?... Je ne veux pas vieillir encore. A Paris, il est difficile de se soigner. On n'a le temps de rien. La vie y est trop fiévreuse, trop tumultueuse... on y est, sans cesse, en contact avec trop de gens, trop de choses, trop de plaisirs, trop d'imprévu... Il faut aller quand même... Ici, c'est calme... Et quel silence!... L'air qu'on respire doit être sain et bon... Ah! si, au risque de m'embêter, je pouvais me reposer un peu...

Tout d'abord, je n'ai pas confiance. Certes, Madame est assez gentille avec moi. Elle a bien voulu m'adresser quelques compliments sur ma tenue, et se féliciter des renseignements qu'elle a reçus... Oh! sa tête, si elle savait qu'ils sont faux, du moins que ce sont des renseignements de complaisance... Ce qui l'épate surtout, c'est mon élégance. Et puis, le premier jour, il est rare qu'elles ne soient pas gentilles, ces chameaux-là... Tout nouveau, tout beau... C'est un air connu... Oui, et le lendemain, l'air change, connu, aussi... D'autant que Madame a des yeux très froids, très durs, et qui ne me reviennent pas... des yeux d'avare, pleins de soupçons aigus et d'enquêtes policières... Je n'aime pas non plus ses lèvres trop minces, sèches, et comme recouvertes d'une pellicule blanchâtre... ni sa parole brève, tranchante qui, d'un mot aimable, fait presque une insulte ou une humiliation. Lorsque, en m'interrogeant sur ceci, sur cela, sur mes aptitudes et sur mon passé, elle m'a regardée avec cette impudence tranquille et sournoise de vieux douanier qu'elles ont toutes, je me suis dit :

— Il n'y a pas d'erreur... Encore une qui doit mettre tout sous clé, compter chaque soir les morceaux de sucre et les grains de raisin, et faire des marques aux bouteilles... Allons! allons! C'est toujours la même chose pour changer...

Cependant, il faudra voir et ne pas m'en tenir à cette première impression. Parmi tant de bouches qui m'ont parlé, parmi tant de regards qui m'ont fouillé l'âme, je trouverai, peut-être, un jour — est-ce qu'on sait? — la bouche amie... et le regard pitoyable... Il ne m'en coûte rien d'espérer...

Aussitôt arrivée, encore étourdie par quatre heures de chemin de fer en troisième classe, et sans qu'on ait, à la cuisine, seulement songé à m'offrir une tartine de pain, Madame m'a promenée, dans toute la maison, de la cave au grenier, pour me mettre immédiatement « au courant de la besogne ». Oh! elle ne perd pas son temps, ni le mien... Ce que c'est grand cette maison! Ce qu'il y en a, là-dedans, des affaires et des recoins!... Ah bien! merci!... Pour la tenir en état, comme il faudrait, quatre domestiques n'y suffiraient pas... En plus du rez-de-chaussée, très important — car deux petits pavillons, en forme de terrasse s'y surajoutent et le continuent — elle se compose de deux étages que je devrai descendre et monter sans cesse, attendu que Madame, qui se tient dans un petit salon près de la salle à manger, a eu l'ingénieuse idée de placer la lingerie, où je dois travailler, sous les combles, à côté de nos chambres. Et des placards, et des armoires, et des tiroirs et des resserres, et des fouillis de toute sorte, en veux-tu, en voilà... Jamais, je ne me retrouverai dans tout cela...

A chaque minute, en me montrant quelque chose, Madame me disait :

— Il faudra faire bien attention à ça, ma fille. C'est très joli, ça, ma fille... C'est très rare, ma fille... Ça coûte très cher, ma fille.

Elle ne pourrait donc pas m'appeler par mon nom, au lieu de dire, tout le temps : « ma fille » par-ci... « ma fille » par-là, sur ce ton de domination blessante, qui décourage les meilleures volontés et met aussitôt tant de distance, tant de haines, entre nos maîtresses et nous?... Est-ce que je l'appelle : « la petite mère », moi?... Et puis, Madame n'a dans la bouche que ce mot : « très cher ». C'est agaçant... Tout ce qui lui appartient, même de pauvres objets de quatre sous, « c'est très cher ». On n'a pas idée où la vanité d'une maîtresse de maison peut se nicher... Si ça ne fait pas pitié..., elle m'a expliqué le fonctionnement d'une lampe à pétrole, pareille d'ailleurs à toutes les autres lampes, et elle m'a recommandé :

— Ma fille, vous savez que cette lampe coûte très cher, et qu'on ne peut la réparer qu'en Angleterre. Ayez-en soin, comme de la prunelle de vos yeux...

J'ai eu envie de lui répondre :

— Hé! dis donc, la petite mère, et ton pot de chambre... est-ce qu'il coûte très cher?... Et l'envoie-t-on à Londres quand il est fêlé?

Non, là, vrai!... Elles en ont du toupet, et elles en font du chichi, pour peu de chose. Et quand je pense que c'est uniquement pour vous humilier, pour vous épater!...

La maison n'est pas si bien que ça... Il n'y a pas de quoi, vraiment, être si fière d'une maison... De l'extérieur, mon Dieu!... avec les grands massifs d'arbres qui l'encadrent somptueusement et les jardins qui descendent jusqu'à la rivière en pentes molles, ornés de vastes pelouses rectangulaires, elle a l'air de quelque chose... Mais à l'intérieur... c'est triste, vieux, branlant, et cela sent le renfermé... Je ne comprends pas qu'on puisse vivre là-dedans... Rien que des nids à rats, des escaliers de bois à vous rompre le col et dont les marches gauchies tremblent et craquent sous les pieds... des couloirs bas et sombres où, en guise de tapis moelleux, ce sont des carreaux mal joints, passés au rouge et vernis, vernis, glissants, glissants... Les cloisons trop minces, faites de planches trop sèches, rendent les chambres sonores, comme des intérieurs de violon... C'est toc et province, quoi!... Elle n'est pas meublée, pour sûr, comme à Paris... Dans toutes les pièces, du vieil acajou, de vieilles étoffes mangées aux vers, de vieilles carpettes usées, décolorées, et des fauteuils et des canapés, ridiculement raides, sans ressorts, vermoulus et boiteux... Ce qu'ils doivent vous moudre les épaules, et vous écorcher les fesses!... Vraiment, moi qui aime tant les tentures claires, les vastes divans élastiques où l'on s'allonge voluptueusement sur des piles de coussins,

28

et tous ces jolis meubles modernes, si luxueux, si riches et si gais, je me sens toute triste de la morne tristesse de ceux-là... Et j'ai peur de ne pouvoir jamais m'habituer à si peu de confortable, à un tel manque d'élégance, à tant de poussières anciennes et de formes mortes...

Madame, non plus, n'est pas habillée comme à Paris. Elle manque de chic et ignore les grandes couturières... Elle est plutôt fagotée, comme on dit. Bien qu'elle affiche une certaine prétention dans ses toilettes, elle retarde d'au moins dix ans sur la mode... Et quelle mode!... Quoique ça, elle ne serait pas mal, si elle voulait; du moins, elle ne serait pas trop mal... Son pire défaut est qu'elle n'éveille en vous aucune sympathie, qu'elle n'est femme en rien... Mais elle a des traits réguliers, de jolis cheveux naturellement blonds, et une belle peau... une peau trop fraîche, par exemple, et comme si elle souffrait d'une mauvaise maladie intérieure... Je connais ces types de femmes et je ne me trompe point à l'éclat de leur teint. C'est rose dessus, oui, et dedans, c'est pourri... Ça ne tient debout, ça ne marche, ça ne vit qu'au moyen de ceintures, de bandages hypogastriques, de pessaires, un tas d'horreurs secrètes et de mécanismes compliqués... Ce qui ne les empêche pas de faire leur poire dans le monde... Mais oui! C'est coquet, s'il vous plaît... ça flirte dans les coins, ça étale des chairs peintes, ça joue de la prunelle, ça se trémousse du derrière; et ça n'est bon qu'à mettre dans des bocaux d'esprit de vin... Ah! malheur!... On n'a guère d'agrément avec elles, je vous assure, et ça n'est pas toujours ragoûtant de les servir.

Soit tempérament, soit indisposition organique, je serais bien étonnée que Madame fût portée sur la chose... Aux expressions de son visage, aux gestes durs, aux flexions raides de son corps, on ne sent pas du tout l'amour, et, jamais, le désir, avec ses charmes, ses souplesses et ses abandons, n'a passé par là... Des vieilles filles vierges, elle garde, en toute sa personne, je ne sais quoi d'aigre et de suri, je ne sais quoi de desséché, de momifié, ce qui est rare chez les blondes... Ce n'est pas Madame qu'une belle musique comme *Faust* — ah! ce *Faust!* — ferait tomber de langueur et s'évanouir de volupté entre les bras d'un beau mâle... Ah, non, par exemple! Elle n'appartient pas à ce genre de femmes très laides, sur les figures de qui l'ardeur du sexe met parfois tant de vie radieuse, tant de séductions et tant de beauté... Après tout, il ne faut pas se fier à des airs comme celui de Madame... J'en ai connu de plus sévères et de plus grincheuses, qui éloignaient toute idée de désir et d'amour, et qui étaient de fameuses gourgandines, et qui faisaient les quatre cent dix-neuf coups, avec leur valet de chambre ou leur cocher...

Par exemple, bien que Madame se force pour être aimable, elle n'est sûrement pas à la coule, comme des fois j'en ai vu... Je la crois très méchante, très moucharde, très ronchonneuse; un sale caractère et un méchant cœur... Elle doit être, sans cesse, sur le dos des gens, à les asticoter de toutes les manières... Et des « savez-vous faire ceci? »... Et des « savez-vous faire cela? » Ou bien encore : « Êtes-vous casseuse?... Êtes-vous soigneuse?... Avez-vous beaucoup de mémoire? Avez-vous beaucoup d'ordre? » Ça n'en finit pas... Et aussi : « Êtes-vous très propre?... Moi, je suis exigeante sur la propreté... je passe sur bien des choses... mais sur la propreté, je suis intraitable... » Est-ce qu'elle me prend pour une fille de ferme, une paysanne, une bonne de province?... La propreté?... Ah! je la connais, cette rengaine. Elles disent toutes ça... et, souvent, quand on va au fond des choses, quand on retourne leurs jupes et qu'on fouille dans leur linge... ce qu'elles sont sales !... Quelquefois à vous soulevez le cœur de dégoût...

Aussi, je me méfie de la propreté de Madame... Lorsqu'elle m'a montré son cabinet de toilette, je n'y ai remarqué ni petit meuble, ni baignoire, ni rien de ce qu'il faut à une femme soignée et qui la pratique dans les coins... Et ce que c'est sommaire, là-dedans, en fait de bibelots, de flacons, de tous ces objets intimes et parfumés que j'aime tant à tripoter... Il me tarde de voir Madame, toute nue, pour m'amuser un peu... Ça doit être du joli...

Le soir, comme je mettais le couvert, Monsieur est entré dans la salle à manger... Il revenait de la chasse... C'est un homme très grand, avec une large carrure d'épaules, de fortes moustaches noires, et un teint mat... Ses manières sont un peu lourdes, un peu gauches, mais il paraît bon enfant... Évidemment, ce n'est pas un génie comme M. Jules Lemaitre, que j'ai tant de fois servi, rue Christophe-Colomb, ni un élégant comme M. de Janzé. — Ah, celui-là ! Pourtant, il est sympathique... Ses cheveux drus et frisés, son cou de taureau, ses mollets de lutteur, ses lèvres charnues, très rouges et souriantes, attestent la force et la bonne humeur... Je parie qu'il est porté sur la chose, lui... J'ai vu cela, tout de suite, à son nez mobile, flaireur, sensuel, à ses yeux extrêmement brillants, doux en même temps que rigolos... Jamais, je crois, je n'ai rencontré, chez un être humain, de tels sourcils, épais jusqu'à en être obscènes, et des mains si velues... Ce qu'il doit en avoir un dessus de malle, le gros père !... Comme la plupart des hommes peu intelligents et de muscles développés, il est d'une grande timidité.

Il m'a examinée d'un air tout drôle, d'un air où il y avait de la bienveillance, de la surprise, du contentement... quelque chose aussi de polisson sans effronterie, de déshabilleur, sans brutalité. Il est évident que Monsieur n'est pas habitué à des

femmes de chambre comme moi, que je l'épate, que
j'ai fait, sur lui, du premier coup, une grande
impression... Il m'a dit, avec un peu d'embarras :

— Ah!... ah!... c'est vous, la nouvelle femme de
chambre?...

J'ai tendu mon buste en avant, j'ai baissé légèrement les yeux, puis, modeste et mutine, à la fois, de
ma voix la plus douce, j'ai répondu simplement :

— Mais oui, Monsieur, c'est moi...

Alors, il a balbutié :

— Ainsi, vous êtes arrivée?... C'est très bien...
c'est très bien...

Il aurait voulu parler encore... cherchait quelque
chose à dire, mais, n'étant pas éloquent ni débrouil-
lard, il ne trouvait rien... Je m'amusais vivement de
sa gêne... Après un court silence :

— Comme ça, a-t-il fait, vous venez de Paris?

— Oui, Monsieur...

— C'est très bien... c'est très bien.

Et s'enhardissant :

— Comment vous appelez-vous?

— Célestine... Monsieur...

Par manière de contenance, il s'est frotté les
mains, et il a repris :

— Célestine!... Ah! Ah!... C'est très bien... Un nom
pas commun... un joli nom, ma foi!... Pourvu que
Madame ne vous oblige pas à le changer... elle a
cette manie...

J'ai répondu, digne et soumise :

— Je suis à la disposition de Madame...

— Sans doute... sans doute... Mais c'est un joli
nom...

J'ai manqué éclater de rire... Monsieur s'est mis à
marcher dans la salle, puis, tout d'un coup, il s'est
assis sur une chaise, il a allongé ses jambes et,
mettant dans son regard comme une excuse, dans sa
voix, comme une prière, il m'a demandé :

— Eh bien, Célestine... car moi, je vous appellerai

toujours Célestine... voulez-vous m'aider à retirer mes bottes?... Ça ne vous ennuie pas, au moins?

— Certainement, non, Monsieur...

— Parce que, voyez-vous... ces sacrées bottes... elles sont très difficiles... elles glissent mal...

Dans un mouvement que j'essayai de rendre harmonieux et souple, et même provocant, je me suis agenouillée en face de lui. Et pendant que je l'aidais à retirer ses bottes, qui étaient mouillées et couvertes de boue, j'ai parfaitement senti que son nez s'excitait aux parfums de ma nuque, que ses yeux suivaient, avec un intérêt grandissant, les contours de mon corsage et tout ce qui se révélait de moi, à travers la robe... Tout à coup, il murmure :

— Sapristi! Célestine... Vous sentez rudement bon...

Sans lever les yeux, j'ai pris un air ingénu :

— Moi, Monsieur?...

— Bien sûr... vous... Parbleu!... je pense que ce n'est pas mes pieds...

— Oh! Monsieur!...

Et ce : « Oh! Monsieur! » était, en même temps qu'une protestation en faveur de ses pieds, une sorte de réprimande amicale — amicale jusqu'à l'encouragement — pour sa familiarité... A-t-il compris?... Je le crois, car, de nouveau, avec plus de force, et, même, avec une sorte de tremblement amoureux, il a répété :

— Célestine!... Vous sentez rudement bon... rudement bon...

Ah mais! il s'émancipe, le gros père... J'ai fait celle qui était légèrement scandalisée par cette insistance, et je me suis tue... Timide comme il est et ne connaissant rien aux trucs des femmes, Monsieur s'est troublé... Il a craint sans doute d'avoir été trop loin, et changeant d'idée brusquement :

— Vous habituez-vous ici, Célestine?...

Cette question?... Si je m'habitue ici?... Voilà

trois heures que je suis ici... J'ai dû me mordre les lèvres, pour ne pas pouffer... Il en a de drôles, le bonhomme... et vraiment il est un peu bête...

Mais cela ne fait rien... Il ne me déplaît pas... Dans sa vulgarité même, il dégage je ne sais quoi de puissant... et aussi une odeur de mâle... un fumet de fauve, pénétrant et chaud... qui ne m'est pas désagréable.

Quand ses bottes eurent été retirées, et pour le laisser sur une bonne impression de moi, je lui ai demandé, à mon tour :

— Je vois que Monsieur est chasseur... Monsieur a fait une bonne chasse, aujourd'hui ?

— Je ne fais jamais de bonnes chasses, Célestine, a-t-il répliqué, en hochant la tête... C'est pour marcher... pour me promener... pour n'être pas ici, où je m'ennuie...

— Ah ! Monsieur s'ennuie ici ?...

Après une pause, il a rectifié galamment :

— C'est-à-dire... je m'ennuyais... Car maintenant... enfin... voilà !...

Puis, avec un sourire bête et touchant :

— Célestine ?...

— Monsieur !

— Voulez-vous me donner mes pantoufles ?... Je vous demande pardon...

— Mais, Monsieur, c'est mon métier...

— Oui... enfin... Elles sont sous l'escalier... dans un petit cabinet noir... à gauche...

Je crois que j'en aurai tout ce que je voudrai de ce type-là... Il n'est pas malin, il se livre du premier coup... Ah ! on pourrait le mener loin...

Le dîner, peu luxueux, composé des restes de la veille, s'est passé sans incidents, presque silencieusement... Monsieur dévore, et Madame pignoche dans les plats avec des gestes maussades et des moues dédaigneuses... Ce qu'elle absorbe, ce sont des cachets, des sirops, des gouttes, des pilules, toute une pharmacie qu'il faut avoir bien soin de mettre sur la table, à chaque repas, devant son assiette... Ils ont très peu parlé, et, encore, sur des choses et des gens de l'endroit qui sont pour moi d'un intérêt médiocre... Ce que j'ai compris, c'est qu'ils reçoivent très peu. D'ailleurs, il était visible que leur pensée n'était point à ce qu'ils disaient... Ils m'observaient, chacun, selon les idées qui les mènent, conduits, chacun, par une curiosité différente ; Madame, sévère et raide, méprisante même, de plus en plus hostile, et songeant, déjà, à tous les sales tours qu'elle me jouera ; Monsieur en dessous, avec des clignements d'yeux très significatifs et, quoiqu'il s'efforçât de les dissimuler, d'étranges regards sur mes mains... En vérité, je ne sais pas ce qu'ont les hommes à s'exciter ainsi sur mes mains?... Moi, j'avais l'air de ne rien remarquer à leur manège... J'allais, venais digne, réservée, adroite et... lointaine... Ah! s'ils avaient pu voir mon âme, s'ils avaient pu écouter mon âme, comme je voyais et comme j'entendais la leur!...

J'adore servir à table. C'est là qu'on surprend ses maîtres dans toute la saleté, dans toute la bassesse de leur nature intime. Prudents, d'abord, et se surveillant l'un l'autre, ils en arrivent, peu à peu, à se révéler, à s'étaler tels qu'ils sont, sans fard et sans voiles, oubliant qu'il y a autour d'eux quelqu'un qui rôde et qui écoute et qui note leurs tares, leurs bosses morales, les plaies secrètes de leur existence, tout ce que peut contenir d'infamies et de rêves ignobles le cerveau respectable des honnêtes gens. Ramasser ces aveux, les classer, les étiqueter dans notre mémoire, en attendant de s'en faire une arme terrible, au jour des comptes à rendre, c'est une des grandes et fortes joies du métier, et c'est la revanche la plus précieuse de nos humiliations...

De ce premier contact avec mes nouveaux maîtres

je n'ai pu recueillir des indications précises et formelles... Mais j'ai senti que le ménage ne va pas, que Monsieur n'est rien dans la maison, que c'est Madame qui est tout, que Monsieur tremble devant Madame, comme un petit enfant... Ah! il ne doit pas rire tous les jours, le pauvre homme... Sûrement, il en voit, en entend, en subit de toutes les sortes... J'imagine que j'aurai, parfois, du bon temps à être là...

Au dessert, Madame, qui durant le repas n'avait cessé de renifler mes mains, mes bras, mon corsage, a dit d'une voix nette et tranchante :

— Je n'aime pas qu'on se mette des parfums...

Comme je ne répondais pas, faisant semblant d'ignorer que cette phrase s'adressât à moi :

— Vous entendez, Célestine?

— Bien, Madame.

Alors, j'ai regardé, à la dérobée, le pauvre Monsieur qui les aime, lui, les parfums, ou du moins, qui aime mon parfum. Les deux coudes sur la table, indifférent en apparence, mais, dans le fond, humilié et navré, il suivait le vol d'une guêpe attardée au-dessus d'une assiette de fruits... Et c'était maintenant un silence morne dans cette salle à manger que le crépuscule venait d'envahir, et quelque chose d'inexprimablement triste, quelque chose d'indiciblement pesant tombait du plafond sur ces deux êtres dont je me demande vraiment à quoi ils servent et ce qu'ils font sur la terre.

— La lampe, Célestine!

C'était la voix de Madame, plus aigre dans ce silence et dans cette ombre. Elle me fit sursauter...

— Vous voyez bien qu'il fait nuit... Je ne devrais pas avoir à vous demander la lampe... Que ce soit la dernière fois, n'est-ce pas?...

En allumant la lampe, cette lampe qui ne peut se réparer qu'en Angleterre, j'avais envie de crier au pauvre Monsieur :

— Attends un peu, mon gros, et ne crains rien... et ne te désole pas. Je t'en donnerai à boire et à manger des parfums que tu aimes et dont tu es si privé... Tu les respireras, je te le promets, tu les respireras à mes cheveux, à ma bouche, à ma gorge, à toute ma chair... Tous les deux, nous lui en ferons voir de joyeuses, à cette pécore... je t'en réponds !...

Et, pour matérialiser cette muette invocation, en déposant la lampe sur la table, je pris soin de frôler légèrement le bras de Monsieur, et je me retirai...

L'office n'est pas gai. En plus de moi, il n'y a que deux domestiques, une cuisinière qui grinche tout le temps, un jardinier-cocher qui ne dit jamais un mot. La cuisinière s'appelle Marianne, le jardinier-cocher, Joseph... Des paysans abrutis... Et ce qu'ils ont des têtes !... Elle, grasse, molle, flasque, étalée, le cou sortant en triple bourrelet d'un fichu sale avec quoi l'on dirait qu'elle essuie ses chaudrons, les deux seins énormes et difformes roulant sous une sorte de camisole en cotonnade bleue plaquée de graisse, sa robe trop courte découvrant d'épaisses chevilles et de larges pieds chaussés de laine grise ; lui, en manches de chemise, tablier de travail et sabots, rasé, sec, nerveux, avec un mauvais rictus sur les lèvres qui lui fendent le visage d'une oreille à l'autre, et une allure tortueuse, des mouvements sournois de sacristain... Tels sont mes deux compagnons...

Pas de salle à manger pour les domestiques. Nous prenons nos repas dans la cuisine, sur la même table où, durant la journée, la cuisinière fait ses saletés, découpe ses viandes, vide ses poissons, taille ses légumes, avec ses doigts gras et ronds comme des boudins... Vrai !... Ça n'est guère convenable... Le fourneau allumé rend l'atmosphère de la pièce étouffante. Il y circule des odeurs de vieille graisse, de sauces rances, de persistantes fritures. Pendant

37

que nous mangeons, une marmite où bout la soupe des chiens exhale une vapeur fétide qui vous prend à la gorge et vous fait tousser... C'est à vomir !... On respecte davantage les prisonniers dans les prisons et les chiens dans les chenils...

On nous a servi du lard aux choux, et du fromage puant ; ... pour boisson, du cidre aigre... Rien d'autre. Des assiettes de terre, dont l'émail est fendu et qui sentent le graillon, des fourchettes en fer-blanc complètent ce joli service.

Étant trop nouvelle dans la maison, je n'ai pas voulu me plaindre. Mais je n'ai pas voulu manger, non plus. Pour m'abîmer l'estomac davantage, merci !

— Pourquoi ne mangez-vous pas ? m'a dit la cuisinière.

— Je n'ai pas faim.

J'ai articulé cela d'un ton très digne... Alors, Marianne a grogné :

— Il faudrait peut-être des truffes à Mademoiselle ?

Sans me fâcher, mais pincée et hautaine, j'ai répliqué :

— Mais, vous savez, j'en ai mangé des truffes... Tout le monde ne pourrait pas en dire autant ici...

Cela l'a fait taire.

Pendant ce temps, le jardinier-cocher s'emplissait la bouche de gros morceaux de lard, et me regardait en dessous. Je ne saurais dire pourquoi, cet homme a un regard gênant... et son silence me trouble. Bien qu'il ne soit plus jeune, je suis étonnée de la souplesse, de l'élasticité de ses mouvements ; ... ses reins ont des ondulations de reptile... J'en arrive à le détailler davantage... Ses durs cheveux grisonnants, son front bas, ses yeux obliques, ses pommettes proéminentes, sa large et forte mâchoire, et ce menton long, charnu, relevé, tout cela lui donne un caractère étrange que je ne puis définir... Est-il godiche?... Est-il canaille?... Je n'en sais rien. Pourtant, il est curieux que cet homme me retienne de la sorte... A la longue, cette obsession s'atténue et s'efface. Et je me rends compte que c'est là encore un des mille et mille tours de mon imagination excessive, grossissante et romanesque, qui me fait voir les choses et les gens en trop beau ou en trop laid, et qui, de ce misérable Joseph, veut à toute force créer quelqu'un de supérieur au rustre stupide, au lourd paysan qu'il est réellement.

Vers la fin du dîner, Joseph, sans toujours dire un mot, a tiré de la poche de son tablier *La Libre Parole*, qu'il s'est mis à lire avec attention, et Marianne, qui avait bu deux pleines carafes de cidre, s'est amollie, est devenue plus aimable. Vautrée sur sa chaise, ses manches retroussées et découvrant le bras nu, son bonnet un peu de travers sur des cheveux dépeignés, elle m'a demandé d'où j'étais, où j'avais été, si j'avais fait de bonnes places, si j'étais contre les Juifs?... Et nous avons causé, quelque temps, presque amicalement... A mon tour, j'ai demandé des renseignements sur la maison, s'il venait souvent du monde et quel genre de monde, si Monsieur faisait attention aux femmes de chambre, si Madame avait un amant?...

Ah! non, il fallait voir sa tête et celle de Joseph que mes questions interrompaient, par à-coups, dans sa lecture... Ce qu'ils étaient scandalisés et ridicules!... On n'a pas idée de ce qu'ils sont en retard, en province... Ça ne sait rien... ça ne voit rien... ça ne comprend rien... ça s'esbroufe de la chose la plus naturelle... Et, cependant, lui, avec son air pataud et respectable, elle, avec ses manières vertueuses et débraillées, on ne m'ôtera pas de l'esprit qu'ils couchent ensemble... Ah! non!... Il faut être vraiment privée pour se payer un type comme ça...

— On voit bien que vous venez de Paris, de je ne sais d'où?... m'a reproché aigrement la cuisinière.

A quoi Joseph, dodelinant de la tête, a brièvement ajouté :

— Pour sûr !...

Il s'est remis à lire *La Libre Parole*... Marianne s'est levée pesamment et a retiré la marmite du feu... Nous n'avons plus causé...

Alors, j'ai pensé à ma dernière place, à monsieur Jean, le valet de chambre, si distingué avec ses favoris noirs et sa peau blanche soignée comme une peau de femme. Ah ! il était si beau garçon, monsieur Jean, si gai, si gentil, si délicat, si adroit, lorsque, le soir, il nous lisait *Fin de siècle*, qu'il nous racontait des histoires polissonnes et touchantes, qu'il nous mettait au courant des lettres de Monsieur... Il y a du changement, aujourd'hui... Comment cela est-il possible que j'en sois arrivée à m'échouer ici, parmi de telles gens, et loin de tout ce que j'aime ?

J'ai presque envie de pleurer.

Et j'écris ces lignes dans ma chambre, une sale petite chambre, sous les combles, ouverte à tous les vents, aux froids de l'hiver, aux brûlantes chaleurs de l'été. Pas d'autres meubles qu'un méchant lit de fer et qu'une méchante armoire de bois blanc, qui ne ferme point et où je n'ai pas la place de ranger mes affaires... Pas d'autre lumière qu'une chandelle qui fume et coule dans un chandelier de cuivre... Ça fait pitié !... Si je veux continuer à écrire ce journal, ou seulement lire les romans que j'ai apportés et me tirer les cartes, il faudra que je m'achète, de mon propre argent, des bougies... car, pour ce qui est des bougies de Madame... la peau !... comme disait monsieur Jean... Elles sont sous clé.

Demain, je tâcherai de m'arranger un peu... Au-dessus de mon lit, je clouerai mon petit crucifix de cuivre doré, et je mettrai sur la cheminée ma bonne vierge de porcelaine peinte, avec mes petites boîtes, mes petits bibelots et les photographies de monsieur Jean, de façon à introduire dans ce galetas un rayon d'intimité et de joie.

La chambre de Marianne est voisine de la mienne. Une mince cloison la sépare et l'on entend tout ce qui s'y fait... J'ai pensé que Joseph, qui couche dans les communs, viendrait peut-être chez Marianne... Mais non... Marianne a longtemps tourné dans la chambre... Elle a toussé, craché, traîné des chaises, remué un tas de choses... Maintenant elle ronfle... C'est sans doute dans la journée qu'ils font ça!...

Un chien aboie, très loin, dans la campagne... Il est près de deux heures, et ma lumière va s'éteindre... Moi aussi, je vais être obligée de me coucher... Mais je sens que je ne pourrai pas dormir...

Ah! ce que je vais me faire vieille, dans cette baraque!... Non, là, vrai!

II

Je n'ai pas encore écrit une seule fois le nom de mes maîtres. Ils s'appellent d'un nom ridicule et comique : Lanlaire... Monsieur et madame Lanlaire... Monsieur et madame va-t'faire Lanlaire!... Vous voyez d'ici toutes les bonnes plaisanteries qu'un tel nom comporte et qu'il doit forcément susciter. Quant à leurs prénoms, ils sont peut-être plus ridicules que leur nom et, si j'ose dire, ils le complètent. Celui de Monsieur est Isidore; Euphrasie, celui de Madame... Euphrasie!... Je vous demande un peu.

La mercière, chez qui je suis allée tantôt pour un rassortissement de soie, m'a donné des renseignements sur la maison. Ça n'est pas du joli. Mais, pour être juste, je dois dire que je n'ai jamais rencontré une femme si rosse et si bavarde... Si ceux qui fournissent mes maîtres en parlent ainsi, comment doivent en parler ceux qui ne les fournissent pas?... Ah! ils ont de bonnes langues, en province!... Mazette!

Le père de Monsieur était fabricant de draps et banquier à Louviers. Il fit une faillite frauduleuse qui vida toutes les petites bourses de la région, il fut condamné à dix ans de réclusion, ce qui, en comparaison des faux, abus de confiance, vols, crimes de toute sorte qu'il avait commis, fut jugé très doux. Durant qu'il accomplissait sa peine à Gaillon, il mourut. Mais il avait eu soin de mettre de côté et en sûreté, paraît-il, quatre cent cinquante mille francs, lesquels, habilement soustraits aux créanciers ruinés, constituent toute la fortune personnelle de Monsieur... Et allez donc!... Ça n'est pas plus malin que ça, d'être riche.

Le père de Madame, lui, c'est bien pire, quoiqu'il n'ait point été condamné à de la prison et qu'il ait quitté cette vie, respecté de tous les honnêtes gens. Il était marchand d'hommes. La mercière m'a expliqué que, sous Napoléon III, tout le monde n'étant pas soldat comme aujourd'hui, les jeunes gens riches « tombés au sort » avaient le droit de « se racheter du service ». Ils s'adressaient à une agence ou à un monsieur qui, moyennant une prime variant de mille à deux mille francs, selon les risques du moment, leur trouvait un pauvre diable, lequel consentait à les remplacer au régiment pendant sept années et, en cas de guerre, à mourir pour eux. Ainsi, on faisait, en France, la traite des Blancs, comme en Afrique, la traite des Noirs?... Il y avait des marchés d'hommes, comme des marchés de bestiaux pour une plus horrible boucherie? Cela ne m'étonne pas trop... Est-ce qu'il n'y en a plus aujourd'hui? Et que sont donc les bureaux de placement et les maisons publiques, sinon des foires d'esclaves, des étals de viande humaine?

D'après la mercière, c'était un commerce fort lucratif, et le père de Madame, qui l'avait accaparé pour tout le département, s'y montrait d'une grande habileté, c'est-à-dire qu'il gardait pour lui et mettait dans sa poche la majeure partie de la prime... Voici dix ans qu'il est mort, maire du Mesnil-Roy, suppléant du juge de paix, conseiller général, président de la fabrique, trésorier du bureau de bienfaisance, décoré, et, en plus du Prieuré qu'il avait acheté pour rien, laissant douze cent mille francs, dont six cent mille sont allés à Madame, car Madame a un frère qui a mal tourné, et on ne sait pas ce qu'il est devenu... Eh bien... on dira ce qu'on voudra... Voilà de l'argent qui n'est guère propre, si tant est qu'il y en ait qui le soit... Pour moi, c'est bien simple, je n'ai vu que du sale argent et que de mauvais riches.

Les Lanlaire — est-ce pas à vous dégoûter? — ont donc plus d'un million. Ils ne font rien que d'économiser... et c'est à peine s'ils dépensent le tiers de leurs rentes. Rognant sur tout, sur les autres et sur eux-mêmes, chipotant âprement sur les notes, reniant leur parole, ne reconnaissant des conventions acceptées que ce qui est écrit et signé, il faut avoir l'œil avec eux, et, dans les rapports d'affaires, ne jamais ouvrir la porte à une contestation quelconque. Ils en profitent aussitôt pour ne pas payer, surtout les petits fournisseurs qui ne peuvent supporter les frais d'un procès, et les pauvres diables qui n'ont point de défense... Naturellement, ils ne donnent jamais rien, si ce n'est, de temps en temps, à l'église, car ils sont fort dévots. Quant aux pauvres, ils peuvent crever de faim devant la porte du Prieuré, implorer et gémir. La porte reste toujours fermée...

— Je crois même, disait la mercière, que s'ils pouvaient prendre quelque chose dans la besace des mendiants, ils le feraient sans remords, avec une joie sauvage...

Et elle ajoutait, à titre d'exemple monstrueux :

— Ainsi, nous tous ici qui gagnons notre vie péniblement, quand nous rendons le pain bénit, nous achetons de la brioche. C'est une question de convenance et d'amour-propre... Eux, les sales pingres, ils distribuent, quoi ?... Du pain, ma chère demoiselle. Et pas même du pain blanc, du pain de première qualité... Non... du pain d'ouvrier... Est-ce pas honteux... des personnes si riches?... Même que la Paumier, la femme du tonnelier, a entendu un jour Mme Lanlaire dire au curé qui lui reprochait doucement cette crasserie : « Monsieur le curé, c'est toujours assez bon pour ces gens-là ! »

Il faut être juste, même avec ses maîtres. S'il n'y a qu'une voix sur le compte de Madame, on n'en veut pas à Monsieur... On ne déteste pas Monsieur... Chacun est d'accord pour déclarer que Monsieur n'est pas fier, qu'il serait généreux envers le monde, et ferait beaucoup de bien, s'il le pouvait. Le malheur est qu'il ne le peut pas... Monsieur n'est rien chez lui... moins que les domestiques, pourtant durement traités, moins que le chat à qui on permet tout... Peu à peu, et pour être tranquille, il a abdiqué toute autorité de maître de maison, toute dignité d'homme aux mains de sa femme. C'est Madame qui dirige, règle, organise, administre tout... Madame s'occupe de l'écurie, de la basse-cour, du jardin, de la cave, du bûcher et elle trouve à redire sur tout. Jamais les choses ne vont comme elle voudrait, et elle prétend sans cesse qu'on la vole... Ce qu'elle a un œil !... C'est inimaginable. On ne lui pose pas de blagues, bien sûr, car elle les connaît toutes... C'est elle qui paie les notes, touche les rentes et les fermages, conclut les marchés... Elle a des roueries de vieux comptable, des indélicatesses d'huissier véreux, des combinaisons géniales d'usurier... C'est à ne pas croire... Naturellement, elle tient la bourse, férocement, et elle n'en dénoue les cordons que pour y faire entrer plus d'argent, toujours... Elle laisse Monsieur sans un sou, c'est à peine s'il a de quoi s'acheter du tabac, le pauvre. Au milieu de sa richesse, il est encore plus dénué que tout le monde d'ici... Pourtant, il ne bronche pas, il ne bronche jamais... Il obéit comme les camarades.

Ah! ce qu'il est drôle, des fois, avec son air de chien embêté et soumis... Quand, Madame étant sortie, arrive un fournisseur avec une facture, un pauvre avec sa misère, un commissionnaire qui réclame un pourboire, il faut voir Monsieur... Monsieur est vraiment d'un comique!... Il fouille dans ses poches, se tâte, rougit, s'excuse, et il dit, l'œil piteux :

— Tiens!... Je n'ai pas de monnaie sur moi... Je n'ai que des billets de mille francs... Avez-vous de la monnaie de mille francs?... Non ?... Alors, il faudra repasser...

Des billets de mille francs, lui, qui n'a jamais cent sous sur lui!... Jusqu'à son papier à lettres que Madame renferme dans une armoire, dont elle a, seule, la clef, et qu'elle ne lui donne que feuille par feuille, en grognant :

— Merci!... Tu en uses du papier... A qui donc peux-tu écrire pour en user autant?...

Ce qu'on lui reproche seulement, ce que l'on ne comprend pas, c'est son indigne faiblesse et qu'il se laisse mener de la sorte par une pareille mégère... Car, enfin, personne ne l'ignore, et Madame le crie assez par-dessus les toits... Monsieur et Madame ne sont plus rien l'un pour l'autre... Madame, qui est malade du ventre et ne peut avoir d'enfants, ne veut plus entendre parler de la chose. Il paraît que ça lui fait mal à crier... A ce propos, il circule, dans le pays, une bonne histoire...

Un jour, à la confession, Madame expliquait son cas au curé et lui demandait si elle pouvait *tricher* avec son mari...

— Qu'est-ce que vous entendez par *tricher*, mon enfant?... fit le curé.

— Je ne sais pas au juste, mon père, répondit Madame, embarrassée... De certaines caresses...

— De certaines caresses!... Mais, mon enfant,

vous n'ignorez pas que... de certaines caresses...
c'est un péché mortel...

— C'est bien pour cela, mon père, que je solli-
cite l'autorisation de l'Église...

— Oui!... oui!... mais enfin... voyons... de certaines caresses... souvent?...

— Mon mari est un homme robuste... de forte
santé... Deux fois par semaine, peut-être...

— Deux fois par semaine?... C'est beaucoup...
c'est trop... c'est de la débauche... Si robuste que
soit un homme, il n'a pas besoin, deux fois par
semaine, de... de... de certaines caresses...

Il demeura, quelques secondes, perplexe, puis
finalement :

— Eh bien, soit... Je vous autorise... à de certaines caresses... deux fois par semaine... à condition toutefois... *primo*... que vous n'y prendrez,
vous, aucun plaisir coupable...

— Ah! je vous le jure, mon père!...

— *Secundo*... que vous donnerez tous les ans une
somme de deux cents francs... pour l'autel de la
Très-Saint-Vierge...

— Deux cents francs?... sursauta Madame...
Pour ça?... Ah non!...

Et elle envoya promener le curé en douceur...

— Alors, terminait la mercière, qui me faisait ce
récit... Pourquoi Monsieur est-il si bon, est-il si
lâche envers une femme qui lui refuse non seulement de l'argent, mais du plaisir? C'est moi qui la
mettrais à la raison et rudement, encore...

Et voici ce qui arrive... Quand Monsieur, qui est
un homme vigoureux, extrêmement porté sur la
chose, et qui est aussi un brave homme, veut se
payer — dame, écoutez donc? — une petite joie
d'amour, ou une petite charité envers un pauvre, il
en est réduit à des expédients ridicules, des carot-
tages grossiers, des emprunts pas très dignes, dont
la découverte par Madame amène des scènes ter-

ribles, des brouilles qui, souvent, durent des mois entiers... On voit alors Monsieur s'en aller par la campagne et marcher, marcher comme un fou, faisant des gestes furieux et menaçants, écrasant des mottes de terre, parlant tout seul, dans le vent, dans la pluie, dans la neige... puis, rentrer le soir chez lui, plus timide, plus courbé, plus tremblant, plus vaincu que jamais...

Le curieux et le mélancolique aussi de cette histoire, c'est que, au milieu des pires récriminations de la mercière, parmi ces infamies dévoilées, ces saletés honteuses qui se colportent de bouche en bouche, de boutique en boutique, de maison en maison, je sens que, dans la ville, on jalouse les Lanlaire, plus encore qu'on les mésestime. En dépit de leur inutilité criminelle, de leur malfaisance sociale, malgré tout ce qu'ils écrasent sous le poids de leur hideux million, c'est ce million qui leur donne, quand même, une auréole de respectabilité et presque de gloire. On les salue plus bas que les autres, on les accueille avec plus d'empressement que les autres... On appelle... avec quelle complaisance servile!... la sale bicoque où ils vivent dans la crasse de leur âme, le château... A des étrangers qui viendraient s'enquérir des curiosités du pays, je suis sûre que la mercière elle-même, si haineuse, répondrait :

— Nous avons une belle église... une belle fontaine... nous avons surtout quelque chose de très beau... les Lanlaire... les Lanlaire qui possèdent un million et habitent un château... Ce sont d'affreuses gens, et nous en sommes très fiers...

L'adoration du million!... C'est un sentiment bas, commun non seulement aux bourgeois, mais à la plupart d'entre nous, les petits, les humbles, les sans le sou de ce monde. Et moi-même, avec mes allures en dehors, mes menaces de tout casser, je n'y échappe point... Moi que la richesse opprime, moi qui lui dois mes douleurs, mes vices, mes haines, les plus amères d'entre mes humiliations, et mes rêves impossibles et le tourment à jamais de ma vie, eh bien, dès que je me trouve en présence d'un riche, je ne puis m'empêcher de le regarder comme un être exceptionnel et beau, comme une espèce de divinité merveilleuse, et, malgré moi, par-delà ma volonté et ma raison, je sens monter, du plus profond de moi-même, vers ce riche très souvent imbécile et quelquefois meurtrier, comme un encens d'admiration... Est-ce bête?... Et pourquoi?... pourquoi?

En quittant cette sale mercière et cette étrange boutique où, d'ailleurs, il me fut impossible de rassortir ma soie, je songeais avec découragement à tout ce que cette femme m'avait raconté sur mes maîtres... Il bruinait... Le ciel était crasseux comme l'âme de cette marchande de potins... Je glissais sur le pavé gluant de la rue, et, furieuse contre la mercière et contre mes maîtres, et contre moi-même, furieuse contre ce ciel de province, contre cette boue, dans laquelle pataugeaient mon cœur et mes pieds, contre la tristesse incurable de la petite ville, je ne cessais de me répéter :

— Eh bien!... me voilà propre... Il ne me manquait plus que cela... Et je suis bien tombée!...

Ah oui! je suis bien tombée... Et voici du nouveau.

Madame s'habille toute seule et se coiffe elle-même. Elle s'enferme à double tour dans son cabinet de toilette, et c'est à peine si j'ai le droit d'y entrer... Dieu sait ce qu'elle fait là-dedans des heures et des heures!... Ce soir, n'y tenant plus, j'ai frappé à la porte, carrément. Et telle est la petite conversation qui s'est engagée entre Madame et moi.

— Toc, toc!

— Qui est là?

Ah! cette voix aigre, glapissante, qu'on aimerait à faire rentrer, dans la bouche, d'un coup de poing...

— C'est moi, Madame...

— Qu'est-ce que vous voulez?

— Je viens faire le cabinet de toilette...

— Il est fait... allez-vous-en... Et ne venez que quand je vous sonne...

C'est-à-dire que je ne suis même pas une femme de chambre, ici... Je ne sais pas ce que je suis ici... et quelles sont mes attributions... Et, pourtant, habiller, déshabiller, coiffer, il n'y a que cela qui me plaise dans le métier... J'aime à jouer avec les chemises de nuit, les chiffons et les rubans, tripoter les lingeries, les chapeaux, les dentelles, les fourrures, frotter mes maîtresses après le bain, les poudrer, poncer leurs pieds, parfumer leurs poitrines, oxygéner leurs chevelures, les connaître, enfin, du bout de leurs mules à la pointe de leur chignon, les voir toutes nues... De cette façon, elles deviennent pour vous autre chose qu'une maîtresse, presque une amie ou une complice, souvent une esclave... On est forcément la confidente d'un tas de choses, de leurs peines, de leurs vices, de leurs déceptions d'amour, des secrets les plus intimes du ménage, de leurs maladies... Sans compter que lorsqu'on est adroite, on les tient par une foule de détails qu'elles ne soupçonnent même pas... On en tire beaucoup plus... C'est, à la fois, profitable et amusant... Voilà comment je comprends le métier de femme de chambre...

On ne s'imagine pas combien il y en a — comment dire cela? — combien il y en a qui sont indécentes et loufoques dans l'intimité, même parmi celles qui, dans le monde, passent pour les plus retenues, les plus sévères, pour des vertus inaccessibles... Ah, dans les cabinets de toilette, comme les masques tombent!... Comme s'effritent et se lézardent les façades les plus orgueilleuses!...

51

J'en ai eu une qui avait un drôle de truc... Tous les matins, avant de passer sa chemise, tous les soirs, après l'avoir retirée, elle restait nue, à s'examiner des quarts d'heure, minutieusement, devant la psyché... Puis, elle tendait sa poitrine en avant, se renversait la nuque en arrière, levait d'un mouvement brusque ses bras en l'air, de façon que ses seins qui pendaient, pauvres loques de chair, remontassent un peu... Et elle me disait :

— Célestine... regardez donc !... N'est-ce pas qu'ils sont encore fermes ?

C'était à pouffer... D'autant que le corps de Madame... oh ! quelle ruine lamentale !... Quand, de la chemise tombée, il sortait débarrassé de ses blindages et de ses soutiens, on eût dit qu'il allait se répandre sur le tapis en liquide visqueux... Le ventre, la croupe, les seins, des outres dégonflées, des poches qui se vidaient et dont il ne restait plus que des plis gras et flottants... Ses fesses avaient l'inconsistance molle, la surface trouée des vieilles éponges... Et pourtant, dans cet écroulement des formes, une grâce survivait... douloureuse... ou plutôt le souvenir d'une grâce... la grâce d'une femme qui avait pu être belle autrefois et dont toute la vie avait été une vie d'amour... Par un aveuglement providentiel qui atteint la plupart des créatures vieillissantes, elle ne se voyait pas dans son irréparable flétrissure... Elle multipliait les soins savants, les coquetteries raffinées, pour appeler l'amour, encore... Et l'amour accourait à ce dernier appel... Mais d'où ?... Ah ! que c'était mélancolique !...

Quelquefois, juste avant le dîner, essoufflée, un peu honteuse, Madame rentrait...

— Vite... vite... Je suis en retard... Déshabillez-moi...

D'où revenait-elle, avec ce visage fatigué, ces yeux cernés, épuisée jusqu'à tomber, comme une masse, sur le divan du cabinet de toilette?... Et le désordre de ses dessous!... La chemise saccagée et salie, les jupons rattachés à la hâte, le corset de travers et délacé, les jarretelles libres, les bas tirebouchonnés... Et les cheveux désondulés, à la pointe desquels frissonnaient encore la raclure légère d'un drap, le duvet d'un oreiller!... Et la croûte de fard tombée, sous les baisers, de sa bouche, de ses joues, mettait à vif les meurtrissures et les plis de son visage, si cruellement, comme des plaies...

Pour essayer de détourner mes soupçons, elle gémissait :

— Je ne sais ce que j'ai eu... Cela m'a pris, tout d'un coup, chez la couturière... une syncope... On a été obligé de me déshabiller... Je suis encore toute malade...

Et, souvent, prise de pitié, je faisais semblant d'être la dupe de ces stupides explications...

Une matinée, tandis que j'étais auprès de Madame, on sonna. Le valet de chambre étant sorti, j'allai ouvrir... Un jeune homme entra... Aspect louche, sombre et vicieux... mi-ouvrier, mi-rôdeur... Un de ces êtres ambigus, comme on en rencontre parfois, au bal Dourlans, et qui vivent du meurtre ou de l'amour... Il avait une figure très pâle, de petites moustaches noires, une cravate rouge. Ses épaules s'engonçaient dans un veston trop large et il se dandinait, selon les rites les plus classiques. Il commença par inspecter, avec des regards surpris et troubles, la richesse de l'antichambre, le tapis, les glaces, les tableaux, les tentures... Puis il me tendit une lettre pour Madame, en me disant d'une voix traînante, grasseyante, mais impérieuse :

— Y a une réponse...

Venait-il pour son compte?... N'était-ce qu'un commissionnaire?... J'écartai cette seconde hypothèse. Les gens qui viennent pour les autres ne mettent pas tant d'autorité dans leur façon d'être et de parler...

— Je vais voir si Madame y est... fis-je prudemment, en tournant la lettre dans mes mains.

Il répliqua :

— Elle y est... Je le sais... Et pas de blagues !... C'est urgent...

Madame lut la lettre... Elle devint presque livide, et, dans cet effroi subit, elle s'oublia jusqu'à balbutier :

— Il est là, chez moi ?... Vous l'avez laissé seul, dans l'antichambre ?... Comment a-t-il su mon adresse ?

Mais, se remettant très vite, et d'un air détaché :

— Ce n'est rien... Je ne le connais pas... C'est un pauvre... un pauvre très intéressant... Sa mère va mourir...

Elle ouvrit en hâte son secrétaire d'une main tremblante, en retira un billet de cent francs :

— Portez-lui ça... vite... vite... le pauvre garçon !...

— Mâtiche !... ne pus-je m'empêcher de grincer, entre mes dents. Madame est bien généreuse, aujourd'hui... Et ses pauvres ont de la chance.

Et j'appuyai sur ce mot de « pauvre », avec une intention féroce...

— Mais, allez donc !... ordonna Madame, qui ne tenait plus en place...

Quand je rentrai, Madame, qui n'avait pas beaucoup d'ordre et qui, souvent laissait traîner ses affaires sur les meubles, avait déchiré la lettre, dont les derniers menus morceaux achevaient de se consumer dans la cheminée...

Je n'ai donc jamais su au juste ce que c'était que ce garçon... Et je ne l'ai pas revu... Mais ce que je sais, ce que j'ai vu, c'est que Madame, cette matinée-là, avant de passer sa chemise, ne se regarda pas nue dans la psyché... et elle ne me demanda point, en remontant ses déplorables seins : « N'est-ce pas qu'ils sont encore bien fermes? » Toute la journée, elle resta chez elle, inquiète et nerveuse, sous l'impression d'une grande peur...

A partir de ce moment, quand Madame était en retard, le soir, je tremblais toujours qu'elle n'eût été assassinée, au fond de quel bouge!... Et, comme nous parlions à l'office de mes terreurs, quelquefois, le maître d'hôtel, un petit vieux très laid, cynique, et qui avait sur le front une tache de vin, maugréait :

— Eh bien... quoi?... Sûr que ça lui arrivera un jour ou l'autre... Qu'est-ce que vous voulez?... Au lieu d'aller courir les souteneurs, cette vieille salope, pourquoi qu'elle ne s'adresse pas, dans sa maison, à un homme de confiance, de tout repos?

— A vous, peut-être?... ricanais-je...

Et le maître d'hôtel, se rengorgeant, parmi tous les pouffements de l'assistance, répliquait :

— Tiens!.... Je l'arrangerais bien, moi, pour un peu de galette...

C'était une perle que cet homme-là...

Mon avant-dernière maîtresse, elle, c'était une autre histoire... Et ce que nous nous en faisions aussi une pinte de bon sang, le soir, autour de la table, le repas fini!... Aujourd'hui, je m'aperçois que nous avions tort, car Madame n'était pas une méchante femme. Elle était très douce, très généreuse, très malheureuse... Et elle me comblait de cadeaux... Des fois, on est vraiment trop rosse, ça il faut le dire... Et ça ne tombe jamais que sur celles qui se montrèrent gentilles pour nous...

Son mari, à celle-là... une espèce de savant, un membre de je ne sais plus quelle Académie, la négligeait beaucoup... Non qu'elle fût laide, elle était, au contraire, fort jolie; non qu'il courût après les autres femmes; il était d'une sagesse exemplaire... Plus très jeune et, sans doute, peu porté sur la chose, ça ne lui disait rien, quoi !... Il restait des mois et des mois sans venir la nuit, chez Madame... Et Madame se désespérait... Tous les soirs, je faisais à Madame une belle toilette d'amour... des chemises transparentes... des parfums à se pâmer... et de tout... Elle me disait :

— Il viendra, peut-être, ce soir, Célestine ?... Savez-vous ce qu'il fait, en ce moment ?

— Monsieur est dans sa bibliothèque... Il travaille...

Elle avait un geste d'accablement.

— Toujours, dans sa bibliothèque !... Mon Dieu !...

Et elle soupirait :

— Il viendra peut-être, tout de même, ce soir...

J'achevais de la pomponner et, fière de cette beauté, de cette volupté, qui étaient un peu mon œuvre, je considérais Madame avec admiration. Je m'enthousiasmais :

— Monsieur aurait joliment tort de ne pas venir, ce soir, car, rien qu'à voir Madame, sûr que Monsieur ne s'embêterait pas... ce soir !

— Ah ! taisez-vous... taisez-vous !... frissonnait-elle.

Naturellement, le lendemain, c'étaient des tristesses, des plaintes, des pleurs...

— Ah ! Célestine !... Monsieur n'est pas venu, cette nuit... Toute la nuit, je l'ai attendu... et il n'est pas venu... Et il ne viendra jamais plus !

Je la consolais de mon mieux :

— C'est que Monsieur est sans doute trop fatigué avec ses travaux... Les savants, ça n'a pas toujours la tête à ça... Ça pense à on ne sait quoi... Si Madame essayait des gravures, avec Monsieur ?... Il paraît qu'il y a de belles gravures, auxquelles les hommes les plus froids ne résistent pas...

— Non... non... à quoi bon?...

— Et si Madame faisait, tous les soirs, servir à Monsieur... des choses très épicées... des écrevisses?...

— Non! non!...

Elle secouait tristement la tête :

— Il ne m'aime plus, voilà mon malheur... Il ne m'aime plus...

Alors, timidement, sans haine, d'un regard plutôt implorant, elle m'interrogeait :

— Célestine, soyez franche avec moi... Monsieur ne vous a jamais poussée dans un coin?... Il ne vous a jamais embrassée?... Il ne vous a jamais...?

Non... cette idée!

— Dites-le-moi, Célestine?...

Je m'écriais :

— Bien sûr que non, Madame... Ah! Monsieur se moque bien de ça!... Et puis, est-ce que Madame s'imagine que je voudrais faire de la peine à Madame?...

— Il faudrait me le dire... suppliait-elle... Vous êtes une belle fille... Vos yeux sont si amoureux.... vous devez avoir un si beau corps!...

Elle m'obligeait à lui tâter les mollets, la poitrine, les bras, les hanches. Elle comparait les parties de son corps aux parties correspondantes du mien, avec un tel oubli de toute pudeur que, gênée, rougissante, je me demandais si cela n'était pas un truc de la part de Madame et si, sous cette affliction de femme délaissée, elle ne cachait point l'arrière-pensée d'un désir pour moi... Et elle ne cessait de gémir.

— Mon Dieu! mon Dieu!... Pourtant... voyons... je ne suis pas une vieille femme... Et je ne suis pas laide... N'est-ce pas que je n'ai point un gros ventre?... N'est-ce pas que mes chairs sont fermes et douces?... Et j'ai tant d'amour... si vous saviez... tant d'amour au cœur!...

Souvent, elle éclatait en sanglots, se jetait sur le divan et la tête enfouie dans un coussin, pour étouffer ses larmes, elle bégayait :

— Ah ! n'aimez jamais, Célestine... n'aimez jamais... On est trop... trop... trop malheureuse !

Une fois qu'elle pleurait plus fort qu'à l'ordinaire, j'affirmai brusquement :

— Moi, à la place de Madame, je prendrais un amant... Madame est une trop belle femme pour rester comme ça...

Elle fut comme effrayée de mes paroles :

— Taisez-vous... oh ! taisez-vous... s'écria-t-elle.

J'insistai :

— Mais toutes les amies de Madame en ont, des amants....

— Taisez-vous... Ne me parlez jamais de cela...

— Mais puisque Madame est si amoureuse !...

Avec une imprudence tranquille, je lui citai le nom d'un petit jeune homme très chic qui venait souvent à la maison... Et j'ajoutai :

— Un amour d'homme !... Et comme il doit être adroit, délicat avec les femmes !...

— Non... non... Taisez-vous... Vous ne savez pas ce que vous dites...

— Comme Madame voudra... Moi, ce que j'en fais, c'est pour le bien de Madame...

Et obstinée dans son rêve, pendant que Monsieur, sous la lampe de la bibliothèque, alignait des chiffres et traçait des ronds avec des compas, elle répétait :

— Il viendra, peut-être, cette nuit ?...

Tous les jours à l'office, durant le petit déjeuner, c'était l'unique sujet de notre conversation... On s'informait auprès de moi...

— Eh bien ?... Quoi ?... Est-ce que Monsieur a marché enfin ?

— Rien, toujours...

Vous pensez si c'était là un thème admirable

pour les grasses plaisanteries, les allusions obscènes, les rires insultants... On faisait même des paris sur le jour où Monsieur se déciderait enfin à « marcher ».

A la suite d'une discussion futile où j'avais tous les torts, j'ai quitté Madame. Je l'ai quittée salement, en lui jetant à la figure, à sa pauvre figure étonnée, toutes ses lamentables histoires, tous ses petits malheurs intimes, toutes ses confidences par quoi elle m'avait livré son âme, sa petite âme plaintive, bébête et charmante, assoiffée de désirs... Oui, tout cela, je le lui ai jeté à la figure, comme des paquets de boue... Et j'ai fait pire... Je l'ai accusée des plus sales débauches... des passions les plus ignobles... Ce fut quelque chose de hideux...

Il y a des moments où c'est en moi comme un besoin, comme une folie d'outrage... une perversité qui me pousse à rendre irréparables des riens... Je n'y résiste pas, même quand j'ai conscience que j'agis contre mes intérêts, et que j'accomplis mon propre malheur...

Cette fois-là, j'allai beaucoup plus loin dans l'injustice et dans l'insulte ignominieuse. Voici ce que je trouvai... Quelques jours après être sortie de chez Madame, je pris une carte postale et, de façon à ce que tout le monde pût la lire dans la maison, j'écrivis cette jolie missive... oui, j'eus l'aplomb d'écrire ceci :

« Je vous préviens, Madame, que je vous renvoie, en port payé, tous les soi-disant cadeaux que vous m'avez faits... Je suis une fille pauvre, mais j'ai trop de dignité — et j'aime trop la propreté — pour conserver les sales nippes dont vous vous êtes débarrassée, en me les donnant, au lieu de les jeter — comme elles le méritaient — aux ordures de la rue. Il ne faut pas que vous vous imaginiez, parce que je n'ai pas un sou, que je consente à porter sur moi vos dégoûtants jupons, par exemple, dont l'étoffe est mangée et toute jaune, à force que vous y avez pissé dedans... j'ai l'honneur de vous saluer. »

C'était tapé, soit!... Mais c'était bête aussi, d'autant plus bête que, comme je l'ai déjà dit, Madame s'était toujours montrée généreuse envers moi, au point que ces affaires — que je me gardai bien de lui renvoyer d'ailleurs, — je les vendis le lendemain quatre cents francs à une marchande à la toilette...

N'était-ce point seulement la forme irritée du dépit où je me trouvais d'avoir quitté une place exceptionnellement agréable, comme on n'en rencontre pas beaucoup dans une existence de femme de chambre, une maison où il y avait tant de coulage... où l'on nous donnait tout à gogo... comme des princes?...

Et puis, zut!... on n'a pas le temps d'être juste avec ses maîtres... Et tant pis, ma foi! Il faut que les bons paient pour les mauvais...

Avec tout cela, que vais-je faire ici?... Dans ce trou de province, avec une pimbêche comme est ma nouvelle maîtresse, je n'ai pas à rêver de pareilles aubaines, ni espérer de semblables distractions... Je ferai du ménage embêtant... de la couture qui m'assomme... rien d'autre... Ah! quand je me rappelle les places où j'ai servi, cela rend ma situation encore plus triste, plus insupportablement triste... Et j'ai bien envie de m'en aller, de tirer ma révérence une bonne fois, à ce pays de sauvages...

Tantôt, j'ai croisé Monsieur dans l'escalier. Il partait pour la chasse... Monsieur m'a regardée d'un air polisson... Il m'a encore demandé :

— Eh bien, Célestine... est-ce que vous vous habituez ici?...

Décidément, c'est une manie... J'ai répondu :

— Je ne sais pas encore, Monsieur...

Puis, effrontément :

— Et Monsieur... est-ce qu'il s'habitue, lui?...

Monsieur a pouffé... Monsieur prend bien la plaisanterie... Monsieur est vraiment bon enfant...

— Il faut vous habituer, Célestine... Il faut vous habituer... sapristi!...

J'étais en veine de hardiesse... J'ai encore répondu :

— Je tâcherai, Monsieur... avec l'aide de Monsieur...

Je crois que Monsieur voulait me dire quelque chose de très raide. Ses yeux brillaient comme deux braises... Mais Madame est apparue en haut de l'escalier... Monsieur a filé de son côté, moi du mien.... C'est dommage...

Ce soir, à travers la porte du salon, j'ai entendu Madame qui disait à Monsieur, sur ce ton aimable que vous pouvez soupçonner :

— Je ne veux pas qu'on soit familier avec mes domestiques...

Ses domestiques!... Est-ce que les domestiques de Madame ne sont pas les domestiques de Monsieur?... Ah bien!... vrai!...

III

Ce matin, dimanche, je suis allée à la messe.

J'ai déjà déclaré que, sans être dévote, j'avais tout de même de la religion... On aura beau dire et beau faire, la religion c'est toujours la religion. Les riches peuvent peut-être s'en passer, mais elle est nécessaire aux gens comme nous... Je sais bien qu'il y a des particuliers qui s'en servent d'une drôle de façon, que beaucoup de curés et de bonnes sœurs ne lui font pas honneur... Il n'importe. Quand on est malheureuse — et, dans le métier, on l'est beaucoup plus qu'à son tour — il n'y a encore que ça pour endormir vos peines... que ça... et l'amour... Oui, mais l'amour, c'est un autre genre de consolation... Aussi, même dans les maisons impies, je ne manquais jamais la messe. D'abord, la messe, c'est une sortie, une distraction, du temps gagné sur les ennuis quotidiens de la baraque... C'est surtout des camarades qu'on rencontre, des histoires qu'on apprend, des occasions de faire connaissance... Ah! si j'avais voulu, à la sortie de la chapelle des Assomptionnistes, écouter de vieux messieurs très bien qui m'en chuchotaient, à l'oreille, de drôles de psaumes, je ne serais peut-être pas ici, aujourd'hui!...

Aujourd'hui, le temps s'est remis. Il fait un beau soleil, un de ces soleils brumeux qui rendent la

63

marche agréable, et moins lourdes, les tristesses... Je ne sais pourquoi, sous l'influence de cette matinée bleu et or, j'ai dans le cœur presque de la gaieté...

Nous sommes à quinze cents mètres de l'église. Le chemin est gentil qui y conduit... une petite sente, ondulant entre des haies... Au printemps, il doit y avoir tout plein de fleurs, des cerisiers sauvages et des épines blanches qui sentent si bon... Moi, j'aime les épines blanches... Elles me rappellent des choses, quand j'étais petite fille... A part ça, la campagne est comme toutes les campagnes... elle n'a rien d'épatant. C'est une vallée très large, et puis, là-bas, au bout de la vallée, des coteaux. Dans la vallée, il y a une rivière ; sur les coteaux, il y a une forêt... tout cela couvert d'un voile de brume, transparente et dorée, qui cache trop à mon gré le paysage.

C'est drôle, je garde ma fidélité à la nature bretonne... je l'ai dans le sang. Aucune ne me paraît aussi belle, aucune ne me parle mieux à l'âme. Même au milieu des plus riches, des plus grasses campagnes normandes, j'ai la nostalgie de la lande, et de cette mer tragique et splendide où je suis née... Et ce souvenir brusquement évoqué met un nuage de mélancolie dans la gaieté de ce joli matin.

En chemin, je rencontre des femmes et des femmes... Un paroissien sous le bras, elles vont aussi, comme moi, à la messe : cuisinières, femmes de chambre et de basse-cour, épaisses, lourdaudes et marchant avec des lenteurs, des dandinements de bêtes. Ce qu'elles sont drôlement torchées, dans leurs costumes de fêtes... des paquets !... Elles sentent le pays à plein nez, et l'on voit bien qu'elles n'ont point servi à Paris... Elles me regardent avec curiosité, une curiosité défiante et sympathique, à la fois... Elles détaillent, en les enviant, mon chapeau, ma robe collante, ma petite jaquette beige et mon parapluie roulé dans son fourreau de soie verte. Ma toilette de dame les étonne, et surtout, je crois, la façon coquette et pimpante que j'ai de la porter. Elles se poussent du coude, ont des yeux énormes, des bouches démesurément ouvertes, pour se montrer mon luxe et mon chic. Et je vais, me trémoussant, leste et légère, la bottine pointue, et relevant d'un geste hardi ma robe qui, sur les jupons de dessous, fait un bruit de soie froissée... Qu'est-ce que vous voulez?... Moi je suis contente qu'on m'admire.

En passant près de moi, j'entends qu'elles se disent, dans un chuchotement :

— C'est la nouvelle du Prieuré...

L'une d'elles, courte, grosse, rougeaude, asthmatique et qui semble porter péniblement un immense ventre sur des jambes écartées en tréteau, sans doute pour le mieux caler, m'aborde en souriant, d'un sourire épais, visqueux, sur des lèvres de vieille licheuse.

— C'est vous, la nouvelle femme de chambre du Prieuré?... Vous vous appelez Célestine?... Vous êtes arrivée de Paris, il y a quatre jours?...

Elle sait tout déjà... elle est au courant de tout, aussi bien que moi-même. Et rien ne m'amuse, sur ce corps pansu, sur cette outre ambulante, comme ce chapeau mousquetaire, un large chapeau de feutre noir, dont les plumes se balancent dans la brise.

Elle continue :

— Moi, je m'appelle Rose... mam'zelle Rose... Je suis chez M. Mauger... à côté de chez vous... un ancien capitaine... Vous l'avez peut-être déjà vu?

— Non, Mademoiselle...

— Vous auriez pu le voir, par-dessus la haie qui sépare les deux propriétés... Il est toujours dans le jardin, en train de jardiner. C'est encore un bel homme, vous savez!...

Nous marchons plus lentement, car mam'zelle

Rose manque d'étouffer. Elle siffle de la gorge comme une bête fourbue. A chaque respiration, sa poitrine s'enfle et retombe, pour s'enfler encore... Elle dit, en hachant ses mots :

— J'ai ma crise... Oh, ce que le monde souffre aujourd'hui... c'est incroyable !

Puis, entre des sifflements et des hoquets, elle m'encourage :

— Il faudra venir me voir, ma petite... Si vous avez besoin de quelque chose... d'un bon conseil, de n'importe quoi... ne vous gênez pas... J'aime les jeunesses, moi... On prendra un petit verre de noyau, en causant... Beaucoup de ces demoiselles viennent chez nous...

Elle s'arrête un instant, reprend haleine, et d'une voix plus basse, sur un ton confidentiel :

— Et tenez, mademoiselle Célestine... si vous voulez vous faire adresser votre correspondance chez nous ?... Ce serait plus prudent... Un bon conseil que je vous donne... Mme Lanlaire lit les lettres... toutes les lettres... Même qu'une fois, elle a bien failli être condamnée par le juge de paix... Je vous le répète... Ne vous gênez pas.

Je la remercie et nous continuons de marcher... Bien que son corps tangue et roule, comme un vieux bateau sur une forte mer, Mlle Rose semble, maintenant, respirer avec plus de facilité... Et nous allons, potinant :

— Ah ! vous en trouverez du changement ici, bien sûr... D'abord, ma petite, au Prieuré, on ne garde pas une seule femme de chambre... c'est réglé... Quand ce n'est pas Madame qui les renvoie, c'est Monsieur qui les engrosse... Un homme terrible, M. Lanlaire... Les jolies, les laides, les jeunes, les vieilles... et, à chaque coup, un enfant !... Ah ! on la connaît, la maison, allez... Et tout le monde vous dira ce que je vous dis... On est mal nourri... on n'a pas de liberté... on est accablé de besogne... Et des reproches, tout le temps, des criailleries... Un vrai enfer, quoi !... Rien que de vous voir, gentille et bien élevée comme vous êtes, il n'y a point de doute que vous n'êtes pas faite pour rester chez de pareils grigous...

Tout ce que la mercière m'a raconté, Mlle Rose me le raconte à nouveau, avec des variantes plus pénibles. Si violent est le besoin qu'a cette femme de bavarder, qu'elle finit par oublier sa souffrance. La méchanceté a raison de son asthme... Et le débinage de la maison va son train, mêlé aux affaires intimes du pays. Bien que je sache déjà tout cela, les histoires de Rose sont si noires et si désespérantes ses paroles, que me revoilà toute triste. Je me demande si je ne ferais pas mieux de partir... Pourquoi tenter une expérience où je suis vaincue d'avance ?

Quelques femmes se sont jointes à nous, curieuses, frôleuses, accompagnant d'un : « Pour sûr ! » énergique, chacune des révélations de Rose qui, de moins en moins essoufflée, continue de jaboter :

— Un bien bonhomme que M. Mauger... et, tout seul, ma petite... Autant dire que je suis la maîtresse... Dame !... un ancien capitaine... c'est naturel, n'est-ce pas ?... Ça n'a pas d'administration... ça n'entend rien aux affaires de ménage... ça aime à être soigné, dorloté... son linge bien tenu... ses manies respectées... de bons petits plats... S'il n'avait pas, près de lui, une personne de confiance, il se laisserait gruger par les uns, par les autres... Ce n'est pas ça qui manque ici, mon Dieu, les voleurs !

L'intonation de ses petites phrases coupées, le clignement de ses yeux achèvent de me révéler sa situation exacte dans la maison du capitaine Mauger...

— Dame !... N'est-ce pas ?... Un homme tout seul, et qui a encore des idées... Et puis, il y a tout de même de l'ouvrage... Et nous allons prendre un petit garçon, pour aider...

Elle a de la chance, cette Rose... Moi aussi, souvent, j'ai rêvé de servir chez un vieux... C'est dégoûtant... Mais on est tranquille, au moins, et on a de l'avenir... N'empêche qu'il n'est pas difficile, pour un capitaine qui a encore des idées... Et ce que ça doit être rigolo, tous les deux, sous l'édredon!...

Nous traversons tout le pays... Ah vrai!... Il n'est pas joli... Il ne ressemble en rien au boulevard Malesherbes... Des rues sales, étroites, tortueuses, et des places où les maisons sont de guingois, des maisons qui ne tiennent pas debout, des maisons noires, en vieux bois pourri, avec de hauts pignons branlants et des étages ventrus qui avancent les uns sur les autres, comme dans l'ancien temps... Les gens qui passent sont vilains, vilains, et je n'ai pas aperçu un seul beau garçon... L'industrie du pays est le chausson de lisière. La plupart des chaussonniers, qui n'ont pu livrer aux usines le travail de la semaine, travaillent encore... Et je vois, derrière des vitres, de pauvres faces chétives, des dos courbés, des mains noires qui tapotent sur des semelles de cuir...

Cela ajoute encore à la tristesse morne du lieu... On dirait d'une prison.

Mais voici la mercière qui, sur le pas de sa porte, nous sourit et nous salue...

— Vous allez à la messe de huit heures?... Moi, je suis allée à la messe de sept heures... Vous n'êtes pas en retard... Vous ne voudriez pas entrer, un instant?

Rose remercie... Elle me met en garde contre la mercière, qui est une méchante femme et dit du mal de tout le monde... une vraie peste, quoi!... Puis elle recommence à me vanter les vertus de son maître et les douceurs de sa place... Je lui demande :

— Alors, le capitaine n'a pas de famille?

— Pas de famille?... s'écrie-t-elle, scandalisée... Eh bien, ma petite, vous n'y êtes pas... Ah! si, il en a une famille, et une propre!... Des tas de nièces et de cousines... des fainéants, des sans le sou, des traîne-misère... et qui le grugeaient... et qui le volaient... fallait voir ça!... C'était une abomination... Aussi, vous pensez si j'y ai mis bon ordre... si j'ai nettoyé la maison de toute cette vermine... Mais, ma chère demoiselle, sans moi, le capitaine serait sur la paille, aujourd'hui... Ah! le pauvre homme!... Il est bien content de ça, allez, maintenant...

J'insiste avec une intention ironique que, d'ailleurs, elle ne comprend pas:

— Et, sans doute, mademoiselle Rose, qu'il vous mettra sur son testament?...

Prudemment, elle réplique:

— Monsieur fera ce qu'il voudra... il est libre... Bien sûr que ce n'est pas moi qui l'influence... Je ne lui demande rien... je ne lui demande même pas de me payer des gages... Aussi, je suis chez lui par dévouement... Mais il connaît la vie... il sait ceux qui l'aiment, qui le soignent avec désintéressement, qui le dorlotent... Il ne faudrait pas croire qu'il est aussi bête que certaines personnes le prétendent, Mme Lanlaire en tête... qui en dit des choses sur nous!... C'est un malin au contraire, mademoiselle Célestine... et qui a une volonté à lui... Pour ça!...

Sur cette éloquente apologie du capitaine, nous arrivons à l'église.

La grosse Rose ne me quitte pas... Elle m'oblige à prendre une chaise près de la sienne, et se met à marmotter des prières, à faire des génuflexions et des signes de croix... Ah! cette église! Avec ses grossières charpentes qui la traversent et qui soutiennent la voûte chancelante, elle ressemble à une grange; avec son public, toussant, crachant, heurtant les bancs, traînant les chaises, on dirait aussi d'un cabaret de village. Je ne vois que des faces abruties par l'ignorance, des bouches fielleuses crispées par la haine... Il n'y a là que de pauvres êtres qui viennent demander à Dieu quelque chose contre quelqu'un... Il m'est impossible de me recueillir et je sens descendre en moi et sur moi comme un grand froid... C'est peut-être qu'il n'y a même pas un orgue dans cette église?... Est-ce drôle? Je ne puis pas prier sans orgue... Un chant d'orgue, ça m'emplit la poitrine, puis l'estomac... ça me rend toute chose... comme en amour. Si j'entendais toujours des voix d'orgue, je crois bien que je ne pécherais jamais... Ici, à la place de l'orgue, c'est une vieille dame, dans le chœur, avec des lunettes bleues et un pauvre petit châle noir sur les épaules, qui, péniblement, tapote sur une espèce de piano, pulmonique et désaccordé... Et c'est toujours des gens qui toussotent et crachotent, un bruit de catarrhe qui couvre les psalmodies du prêtre et les répons des enfants de chœur. Et ce que cela sent mauvais!... odeurs mêlées de fumier, d'étable, de terre, de paille aigre, de cuir mouillé... d'encens avarié... Vraiment, ils sont bien mal élevés en province!

La messe tire en longueur et je m'ennuie... Je suis surtout vexée de me trouver au milieu d'un monde si ordinaire, si laid, et qui fait si peu attention à moi. Pas un joli spectacle, pas une jolie toilette où reposer ma pensée... où égayer mes yeux... Jamais je n'ai mieux compris que je suis faite pour la joie de l'élégance et du chic... Au lieu de s'exalter, comme aux messes de Paris, tous mes sens offensés protestent à la fois... Pour me distraire, je suis attentivement les mouvements du prêtre qui officie. Ah bien, merci! C'est une espèce de grand gaillard, tout jeune, de physionomie vulgaire, couleur de brique rose. Avec ses cheveux ébouriffés, sa mâchoire de proie, ses lèvres goulues, ses petits yeux obscènes, ses paupières cernées de noir, je l'ai bien vite jugé... Ce qu'il doit s'en payer, à table, de la nourriture, celui-là!... Et au confessionnal, donc... ce qu'il doit en dire des saletés et en trousser des jupons!... Rose, s'apercevant que je le regarde, se penche vers moi, et, tout bas, elle me dit :

70

— C'est le nouveau vicaire... Je vous le recommande. Il n'y en a pas comme lui pour confesser les femmes.... M. le curé est un saint homme, bien sûr... mais on le trouve trop sévère... Tandis que le nouveau vicaire...

Elle claque de la langue et se remet en prière, la tête courbée sur le prie-Dieu.

Eh bien, il ne me plairait pas, le nouveau vicaire. Il a l'air sale et brutal... Il ressemble plus à un charretier qu'à un prêtre... Moi, il me faut de la délicatesse, de la poésie... de l'au-delà... et des mains blanches. J'aime que les hommes soient doux et chics, comme était monsieur Jean...

Après la messe, Rose m'entraîne chez l'épicière... En quelques mots mystérieux, elle m'explique qu'il faut être bien avec elle, et que toutes les domestiques lui font une cour empressée...

Encore une petite boulotte — décidément, c'est le pays des grosses femmes... Son visage est criblé de taches de rousseur, ses cheveux, blond filasse, rares et ternes, laissent voir des parties de crâne, au sommet duquel se hérisse drôlement, et pareil à un petit balai, un chignon. Au moindre mouvement, sa poitrine, sous le corsage de drap brun, remue comme un liquide dans une bouteille... Ses yeux, bordés d'un cercle rouge, s'éraillent, et sa bouche ignoble transforme en grimaces le sourire... Rose me présente :

— Madame Gouin, je vous amène la nouvelle femme de chambre du Prieuré...

L'épicière m'observe avec attention et je remarque que son regard s'attache à ma taille, à mon ventre, avec une obstination gênante... Elle dit d'une voix blanche :

— Mademoiselle est chez elle, ici... Mademoiselle est une belle fille... Mademoiselle est parisienne, sans doute ?...

— En effet, madame Gouin, j'arrive de Paris...

— Ça se voit... ça se voit, tout de suite... Il n'y a pas besoin de vous regarder à deux fois... J'aime beaucoup les Parisiennes... elles savent ce que c'est que de vivre... Moi aussi j'ai servi à Paris, quand j'étais jeune... j'ai servi chez une sage-femme de la rue Guénégaud, Mme Tripier... Vous la connaissez peut-être ?...

— Non...

— Ça ne fait rien... Ah ! dame, il y a longtemps... Mais entrez donc, mademoiselle Célestine...

Elle nous fait passer, cérémonieusement, dans l'arrière-boutique où se trouvent déjà réunies, autour d'une table ronde, quatre domestiques...

— Ah ! vous en aurez du tintouin, ma pauvre demoiselle... gémit l'épicière en m'offrant un siège... Ce n'est pas parce que l'on ne me prend plus rien, au château... mais je puis bien dire que c'est une maison infernale... infernale... N'est-ce pas, Mesdemoiselles ?...

— Pour sûr !... répondent, unanimement, avec des gestes pareils et de pareilles grimaces, les quatre domestiques interpellées...

Mme Gouin poursuit :

— Merci !... je ne voudrais pas fournir des gens qui marchandent tout le temps et crient, comme des putois, qu'on les vole, qu'on leur fait du tort... Ils peuvent bien aller où ils veulent...

Le chœur des domestiques reprend :

— Bien sûr qu'ils peuvent aller où ils veulent.

A quoi Mme Gouin, s'adressant plus particulièrement à Rose, ajoute d'un ton ferme :

— On ne court pas après, dites, mam'zelle Rose ?... Dieu merci, on n'a pas besoin d'eux, n'est-ce pas ?

Rose se contente de hausser les épaules et de mettre dans ce geste tout ce qu'il y a en elle de fiel concentré, de rancunes et de mépris... Et l'énorme chapeau mousquetaire, par le mouvement désordonné des plumes noires, accentue l'énergie de ces sentiments violents.

Puis, après un silence :

— Tenez!... Parlons point de ces gens-là... Chaque fois que j'en parle, j'ai mal au ventre...

Une petite noiraude, maigre, avec un museau de rat, un front fleuri de boutons et des yeux qui suintent, s'écrie au milieu des rires :

— Pour sûr, qu'on les a quelque part...

Là-dessus, les histoires, les potins recommencent... C'est un flot ininterrompu d'ordures vomies par ces tristes bouches, comme d'un égout... Il semble que l'arrière-boutique en est empestée... Je ressens une impression d'autant plus pénible que la pièce où nous sommes est sombre et que les figures y prennent des déformations fantastiques... Elle n'est éclairée, cette pièce, que par une étroite fenêtre qui s'ouvre sur une cour crasseuse, humide, une sorte de puits formé par des murs que ronge la lèpre des mousses... Une odeur de saumure, de légumes fermentés, de harengs saurs, persiste autour de nous, imprègne nos vêtements... C'est intolérable... Alors, chacune de ces créatures, tassées sur leur chaise comme des paquets de linge sale, s'acharne à raconter une vilenie, un scandale, un crime... Lâchement, j'essaie de sourire avec elles, d'applaudir avec elles, mais j'éprouve quelque chose d'insurmontable, quelque chose comme un affreux dégoût... Une nausée me retourne le cœur, me monte à la gorge impérieusement, m'affadit la bouche, me serre les tempes... Je voudrais m'en aller... Je ne le puis, et je reste là, idiote, tassée comme elles sur ma chaise, ayant les mêmes gestes qu'elles, je reste là à écouter stupidement ces voix aigres qui me font l'effet d'eaux de vaisselle, glou-gloutant et s'égouttant par les éviers et par les plombs...

Je sais bien qu'il faut se défendre contre ses

maîtres... et je ne suis pas la dernière à le faire, je vous assure... Mais non... là... tout de même, cela passe l'imagination... Ces femmes me sont odieuses ; je les déteste, et je me dis tout bas que je n'ai rien de commun avec elles... L'éducation, le frottement avec les gens chics, l'habitude des belles choses, la lecture des romans de Paul Bourget m'ont sauvée de ces turpitudes... Ah ! les jolies et amusantes rosseries des offices parisiens, elles sont loin !...

C'est Rose qui décidément obtient le plus grand succès... Elle raconte avec des yeux papillotants et des lèvres mouillées de plaisir :

— Tout cela n'est rien auprès de Mme Rodeau... la femme du notaire... Ah ! il s'en passe des choses chez elle...

— Je m'en doutais... dit l'une.

Une autre énonce, en même temps :

— Elle a beau être dans les curés... je l'ai toujours pensé que c'est une rude cochonne...

Tous les regards sont émerillonnés, tous les cous tendus vers Rose, qui commence son récit :

— Avant-hier, M. Rodeau était parti, soi-disant à la campagne, pour toute la journée...

Afin de m'édifier sur le compte de M. Rodeau, elle ouvre, en mon honneur, cette parenthèse :

— Un homme louche... un notaire guère catholique, que ce M. Rodeau... Ah ! il y en a des micmacs dans son étude... à preuve que j'ai fait retirer par le capitaine des fonds qu'il y avait déposés... Oui, dame !... Mais ce n'est pas de M. Rodeau qu'il s'agit pour l'instant...

La parenthèse fermée, elle redonne à son récit un tour plus général :

— M. Rodeau était donc à la campagne... Qu'est-ce qu'il va faire si souvent à la campagne ?... Ça, par exemple... on ne le sait pas... Il était donc parti à la campagne... Mme Rodeau fait aussitôt monter le petit clerc... le petit gars Justin... dans sa chambre... sous prétexte de la balayer... Un drôle de balayage, mes enfants!... Elle était quasiment toute nue, avec des yeux drôles, comme une chienne en chasse. Elle le fait venir près d'elle... l'embrasse... le caresse... et, disant qu'elle va lui chercher ses puces, voilà qu'elle le déshabille... Et alors, savez-vous ce qu'elle a fait?... Eh bien, tout à coup, elle s'est jetée dessus, cette goule-là, et elle l'a pris de force... de force, oui, Mesdemoiselles... Et si vous saviez de quelle manière elle l'a pris?...

— Comment qu'elle l'a pris?... interroge vivement la petite noiraude, dont le museau de rat s'allonge et remue...

Toutes sont anxieuses... Mais, devenant sévère, pudique, Rose déclare :

— Ça ne peut pas se dire à des demoiselles!...

Des « ah! » de désappointement suivent cette réponse. Rose continue, tour à tour indignée et émue :

— Un enfant de quinze ans... si c'est possible!... Et joli... joli comme un amour... et innocent, le pauvre petit martyr!... Ne pas respecter l'enfance... faut-il en avoir du vice dans le sang!... Paraît qu'en rentrant chez lui... il tremblait... tremblait... pleurait... pleurait... le chérubin... que c'était à vous fendre l'âme... Qu'est-ce que vous dites de ça?...

C'est une explosion d'indignations, une avalanche de mots orduriers... Rose attend que le calme soit revenu... Elle poursuit :

— La mère est venue me conter la chose... Moi, je lui ai conseillé, vous pensez bien, d'actionner le notaire et sa femme.

— Pour sûr... ah! pour sûr...

— Eh bien, la Justine hésite... parce que et parce qu'est-ce... Finalement, elle ne veut pas... J'ai idée que M. le curé, qui dîne toutes les semaines chez les Rodeau, est intervenu... Enfin, elle a peur... quoi!... Ah! si c'était moi... Certes, j'ai de la religion... mais il n'y a pas de curé qui tienne... Je leur en ferais cracher de l'argent... des cents et des mille... et des dix mille francs...

— Pour sûr... ah! pour sûr...

— Manquer une occasion comme ça?... Malheur!

Et le chapeau mousquetaire claque comme une tente sous l'orage...

L'épicière ne dit rien... Elle a l'air gêné... Sans doute qu'elle fournit le notaire... Adroitement elle interrompt les imprécations de Rose.

— J'espère que mademoiselle Célestine voudra bien accepter un petit verre de cassis avec ces demoiselles?... Et vous, mam'zelle Rose?...

Cette invitation calme toutes les colères, et, tandis que d'un placard elle retire une bouteille et des verres que Rose dispose sur la table, les yeux s'allument et les langues passent, effilées, sur les lèvres gourmandes...

En partant, l'épicière me dit, aimable et souriante :

— Ne faites pas attention, parce que vos maîtres ne prennent rien chez moi... Il faudra revenir me voir...

Je rentre avec Rose qui achève de me mettre au courant de la chronique du pays... J'aurais cru que son stock d'infamies dût être épuisé... Nullement... Elle en trouve, elle en invente de nouvelles et de plus épouvantables... Ses ressources dans la calomnie sont infinies... Et sa langue va toujours, sans un arrêt... Tous et toutes y passent ou y reviennent. C'est étonnant ce qu'en quelques minutes on peut déshonorer de gens, en province... Elle me reconduit ainsi jusqu'à la grille du Prieuré... là, elle ne peut pas se décider à me quitter... parle encore... parle sans cesse, cherche à m'envelopper, à m'étourdir de son amitié et de son dévouement... Moi, j'ai la tête cassée par tout ce que j'ai entendu, et la vue du Prieuré me donne au cœur comme un découragement... Ah! ces grandes pelouses sans fleurs!... Et cette immense bâtisse qui a l'air d'une caserne ou d'une prison et où il me semble que, derrière chaque fenêtre, un regard vous espionne!...

Le soleil est plus chaud, la brume a disparu, et le paysage, là-bas, se fait plus net... Au-delà de la plaine, sur les coteaux, j'aperçois de petits villages qui se dorent dans la lumière, égayés de toits rouges; la rivière à travers la plaine, jaune et verte, luit çà et là en courbes argentées... Et quelques nuages décorent le ciel de leurs fresques légères et charmantes... Mais je n'éprouve aucun plaisir à contempler tout cela... Je n'ai plus qu'un désir, une volonté, une obsession, fuir ce soleil, cette plaine, ces coteaux, cette maison et cette grosse femme, dont la voix méchante m'affole et me torture.

Enfin, elle se dispose à me laisser... me prend la main et la serre, affectueusement, dans ses gros doigts gantés de mitaines. Elle me dit :

— Et puis, ma petite, vous savez, Mme Gouin, c'est une femme bien aimable... et bien adroite... Il faudra la voir souvent...

Elle s'attarde encore... et avec plus de mystère :

— Elle en a soulagé, allez, des jeunes filles!... Dès qu'on s'aperçoit de quelque chose... on va la trouver... Ni vu, ni connu... On peut se fier à elle... ça, je vous le dis... C'est une femme très... très savante...

Les yeux plus brillants, son regard attaché sur moi, avec une ténacité étrange, elle répète :

— Très savante... et adroite... et discrète!... C'est la Providence du pays... Allons, ma petite, n'oubliez pas de venir chez nous, quand vous pourrez... Et allez, souvent, chez Mme Gouin... Vous ne vous en repentirez pas... A bientôt... à bientôt!

Elle est partie... Je la vois qui, de son pas en roulis, s'éloigne, longe, énorme, le mur puis la haie... et brusquement s'enfonce dans un chemin où elle disparaît...

Je passe devant Joseph, le jardinier-cocher, qui ratisse les allées... Je crois qu'il va me parler, il ne me parle pas... Il me regarde seulement d'un air oblique, avec une expression singulière qui me fait presque peur...

— Un beau temps, ce matin, monsieur Joseph...

Joseph grogne je ne sais quoi entre ses dents... Il est furieux que je me sois permis de marcher dans l'allée qu'il ratisse...

Quel drôle de bonhomme, et comme il est malappris... Et pourquoi ne m'adresse-t-il jamais la parole?... Et pourquoi ne répond-il jamais, non plus, quand je lui parle?...

A la maison, Madame n'est pas contente... Elle me reçoit très mal, me bouscule :

— A l'avenir, je vous prie de ne pas rester si longtemps dehors...

J'ai envie de répliquer, car je suis agacée, irritée, énervée... mais, heureusement, je me contiens... Je me borne à bougonner un peu.

— Qu'est-ce que vous dites?...

— Je ne dis rien...

— C'est heureux... Et puis, je vous défends de vous promener avec la bonne de M. Mauger... C'est une très mauvaise connaissance pour vous... Voyez... tout est en retard ce matin, à cause de vous...

Je m'écrie, en dedans :

— Zut!... zut!... et zut!... Tu m'embêtes... Je parlerai à qui je veux... je verrai qui me plaît... Tu ne me feras pas la loi, chameau...

Il a suffi que j'entende sa voix aigre, que je retrouve ses yeux méchants et ses ordres tyranniques, pour que fût effacée instantanément l'impression mauvaise, l'impression de dégoût que je rapportais de la messe, de l'épicière et de Rose... Rose et l'épicière ont raison; la mercière aussi a raison...

elles ont toutes raison... Et je me promets de voir Rose, de la voir souvent, de retourner chez l'épicière... de faire de cette sale mercière ma meilleure amie... puisque Madame me le défend... Et je répète intérieurement, avec une énergie sauvage :

— Chameau !... chameau !... chameau !...

Mais j'eusse été bien mieux soulagée si j'avais eu le courage de lui jeter, de lui crier, en pleine face, cette injure...

Dans la journée, après le déjeuner, Monsieur et Madame sont sortis en voiture. Le cabinet de toilette, les chambres, le bureau de Monsieur, toutes les armoires, tous les placards, tous les buffets sont fermés à clé... Qu'est-ce que je disais ?... Ah bien... merci !... Pas moyen de lire une lettre, et de se faire des petits paquets...

Alors, je suis restée dans ma chambre... J'ai écrit à ma mère, à monsieur Jean, et j'ai lu : *En famille*... Quel joli livre !... Et qu'il est bien écrit !... C'est drôle, tout de même... j'aime bien entendre des choses cochonnes... Mais je n'aime pas en lire... Je n'aime que les livres qui font pleurer...

Au dîner, on a servi le pot-au-feu... Il m'a semblé que Monsieur et Madame étaient en froid. Monsieur a lu *Le Petit Journal* avec une ostentation provocante... Il froissait le papier, en roulant de bons yeux, comiques et doux... Même quand il est en colère, les yeux de Monsieur restent doux et timides. A la fin, sans doute pour engager la conversation, Monsieur, toujours le nez sur son journal, s'est écrié :

— Tiens !... Encore une femme coupée en morceaux...

Madame n'a rien répondu... Très raide, très droite, austère dans sa robe de soie noire, le front plissé, le regard dur, elle n'a pas cessé de songer... A quoi ?...

C'est peut-être à cause de moi que Madame boude Monsieur...

IV

Depuis une semaine, je ne puis plus écrire une seule ligne de mon journal... Quand vient le soir, je suis éreintée, fourbue, à cran... Je ne pense plus qu'à me coucher et dormir... Dormir!... Si je pouvais toujours dormir!...

Ah! quelle baraque, mon Dieu! Rien n'en peut donner l'idée.

Pour un oui, pour un non, Madame vous fait monter et descendre les deux maudits étages... On n'a même pas le temps de s'asseoir dans la lingerie, et de souffler un peu que... drinn!... drinn!... drinn!... il faut se lever et repartir... Cela ne fait rien qu'on soit indisposée... drinn!... drinn!... drinn!... Moi, dans ces moments-là, j'ai aux reins des douleurs qui me plient en deux, qui me tordent le ventre, et me feraient presque crier... drinn!... drinn!... drinn!... Ça ne compte pas... On n'a point le temps d'être malade, on n'a pas le droit de souffrir... La souffrance, c'est un luxe de maître... Nous, nous devons marcher, et vite, et toujours... marcher, au risque de tomber... Drinn!... drinn!... drinn!... Et si, au coup de sonnette, l'on tarde un peu à venir, alors, ce sont des reproches, des colères, des scènes.

— Eh bien?... Que faites-vous donc?... Vous n'entendez donc pas?... Êtes-vous sourde?... Voilà trois heures que je sonne... C'est agaçant, à la fin...

Et, le plus souvent ce qui se passe, le voici...

— Drinn!... drinn!... drinn!...

Allons bon!... Cela vous jette de votre chaise, comme sous la poussée d'un ressort...

— Apportez-moi une aiguille.

Je vais chercher l'aiguille.

— Bien!... apportez-moi du fil.

Je vais chercher le fil.

— Bon!... apportez-moi un bouton...

Je vais chercher le bouton.

— Qu'est-ce que c'est que ce bouton?... Je ne vous ai pas demandé ce bouton... Vous ne comprenez rien... Un bouton blanc, numéro 4... Et dépêchez-vous!

Et je vais chercher le bouton blanc, numéro 4... Vous pensez si je maugrée, si je rage, si j'invective Madame dans le fond de moi-même?... Durant ces allées et venues, ces montées et ces descentes, Madame a changé d'idée... Il lui faut autre chose, ou il ne lui faut plus rien :

— Non... remportez l'aiguille et le bouton... Je n'ai pas le temps...

J'ai les reins rompus, les genoux presque ankylosés, je n'en puis plus... Cela suffit à Madame... elle est contente... Et dire qu'il existe une société pour la protection des animaux...

Le soir, en passant sa revue, dans la lingerie, elle tempête :

— Comment?... Vous n'avez rien fait?... A quoi employez-vous donc vos journées?... Je ne vous paie pas pour que vous flâniez du matin au soir...

Je réplique d'un ton un peu bref, car cette injustice me révolte :

— Mais, Madame m'a dérangée, tout le temps.

— Je vous ai dérangée, moi?... D'abord, je vous défends de me répondre... Je ne veux pas d'observation, entendez-vous?... Je sais ce que je dis.

Et des claquements de porte, des ronchonnements

qui n'en finissent pas... Dans les corridors, à la cuisine, au jardin, des heures entières, on entend sa voix qui glapit... Ah! qu'elle est tannante!

En vérité, on ne sait par quel bout la prendre... Que peut-elle donc avoir, dans le corps, pour être toujours dans un tel état d'irritation? Et comme je la planterais là, si j'étais sûre de trouver une place, tout de suite...

Tantôt je souffrais plus encore que de coutume... Je ressentais une douleur si aiguë que c'était à croire qu'une bête me déchirait, avec ses dents, avec ses griffes, l'intérieur du corps... Déjà, le matin, en me levant, à force d'avoir perdu du sang, je m'étais évanouie... Comment ai-je eu le courage de me tenir debout, de me traîner, de faire mon service? Je n'en sais rien... Parfois, dans l'escalier, j'étais obligée de m'arrêter, de me cramponner à la rampe afin de reprendre haleine et de ne pas tomber... J'étais verte, avec des sueurs froides qui me mouillaient les cheveux... C'était à hurler... Mais je suis dure au mal, et j'ai cette fierté de ne jamais me plaindre devant mes maîtres... Madame me surprit, à un moment où je pensais défaillir. Tout tournait autour de moi, la rampe, les marches et les murs.

— Qu'avez-vous? me dit-elle, rudement.

— Je n'ai rien.

Et j'essayai de me redresser.

— Si vous n'avez rien, reprit Madame, pourquoi ces manières-là?... Je n'aime pas qu'on me fasse des figures d'enterrement... Vous avez un service très désagréable...

Malgré ma douleur, je l'aurais giflée...

Au milieu de ces épreuves, je repense toujours à mes places anciennes... Aujourd'hui, c'est celle de la rue Lincoln que je regrette le plus... J'y étais seconde femme de chambre et je n'avais, pour ainsi dire, rien à faire. La journée, nous la passions dans la lingerie, une lingerie magnifique, avec un tapis de feutre rouge, et garnie du haut en bas de grandes armoires d'acajou, à serrures dorées. Et l'on riait, et l'on s'amusait à dire des bêtises, à faire la lecture, à singer les réceptions de Madame, tout cela sous la surveillance d'une gouvernante anglaise, qui nous préparait du thé, du bon thé que Madame achetait en Angleterre, pour ses petits déjeuners du matin... Quelquefois, de l'office, le maître d'hôtel — un qui était à la coule — nous apportait des gâteaux, des toasts au caviar, des tranches de jambon, un tas de bonnes choses...

Je me souviens qu'un après-midi on m'obligea à revêtir un costume très chic de Monsieur, de Coco, comme nous l'appelions entre nous... Naturellement, on joua à toutes sortes de jeux risqués ; on alla même très loin dans la plaisanterie. Et j'étais si drôle en homme, et je ris tellement fort de me voir ainsi que, n'y tenant plus, je laissai des traces humides dans le pantalon de Coco...

Ça c'était une place !...

Je commence à bien connaître Monsieur... On a raison de dire que c'est un homme excellent et généreux, car, s'il n'était point tel, il n'y aurait pas dans le monde de pire canaille, de plus parfait filou... Le besoin, la rage qu'il a d'être charitable le poussent à commettre des actions qui ne sont pas très bien. Si l'intention est louable chez lui, il n'en va pas de même, chez les autres, du résultat qui est souvent désastreux... Il faut le dire, sa bonté fut la cause de petites vilenies, dans le genre de celle-ci...

Mardi dernier, un très vieux bonhomme, le père Pantois, apportait des églantiers que Monsieur avait commandés, en cachette de Madame, naturellement... C'était à la tombée du jour... J'étais descendue chercher de l'eau chaude pour un savonnage en retard... Madame, sortie en ville, n'était pas encore rentrée... Et je bavardais à la cuisine, avec Marianne, quand Monsieur, cordial, joyeux, expansif et bruyant, amena le père Pantois... Il lui fait aussitôt servir du pain, du fromage et du cidre... Et le voilà qui cause avec lui.

Le bonhomme me faisait pitié, tant il était exténué, maigre, salement vêtu... Son pantalon, une loque ; sa casquette, un bouchon d'ordures... Et sa chemise ouverte laissait voir un coin de sa poitrine nue, gercée, gaufrée, culottée comme du vieux cuir... Il mangea avec avidité.

— Eh bien, père Pantois... s'écria Monsieur... en se frottant les mains... ça va mieux, hein?...

Le vieillard, la bouche pleine, remercia :

— Vous êtes ben honnête, monsieur Lanlaire... Parce que, voyez-vous, depuis ce matin, quatre heures, que je suis parti de chez nous... j'avais rien dans le corps... rien...

— Eh bien, mangez, mon père Pantois... régalez-vous, nom d'un chien!...

— Vous êtes ben honnête, monsieur Lanlaire... Faites excuse...

Le vieux se taillait d'énormes morceaux de pain, qu'il était longtemps à mâcher, car il n'avait plus de dents... Quand il fut un peu rassasié :

— Et les églantiers, père Pantois? interrogea Monsieur... Ils sont beaux, hein?

— Y en a de beaux... y en a de moins beaux... y en a quasiment de toutes les sortes, monsieur Lanlaire... Dame!... on ne peut guère choisir... et c'est dur à arracher, allez... Et puis, monsieur Porcellet ne veut plus qu'on les prenne dans son bois... Faut aller loin, maintenant, pour en trouver... ben loin... Si je vous disais que je viens de la forêt de Raillon, à plus de trois lieues d'ici?... Ma foi, oui, monsieur Lanlaire...

Pendant que le bonhomme parlait, Monsieur

s'était attablé auprès de lui... Gai, presque farceur, il lui tapa sur les épaules, et il s'exclama :

— Cinq lieues !... sacré père Pantois, va !... Toujours fort... toujours jeune...

— Point tant qu'ça, monsieur Lanlaire... point tant qu'ça...

— Allons donc !... insista Monsieur... fort comme un vieux Turc... et de bonne humeur, sapristi !... On n'en fait plus comme vous, aujourd'hui, mon père Pantois... Vous êtes de la vieille roche, vous...

Le vieillard hocha la tête, sa tête décharnée, couleur de bois ancien, et il répéta :

— Point tant qu'ça... Les jambes faiblissent, monsieur Lanlaire... les bras mollissent... Et les reins donc... Ah, les sacrés reins !... Je n'ai quasiment plus de force... Et puis, la femme qu'est malade, qui ne quitte plus son lit... et qui coûte gros de médicaments !... On n'est guère heureux... on n'est guère heureux... Si, au moins, on vieillissait pas ?... C'est ça, voyez-vous, monsieur Lanlaire... c'est ça qu'est le pire... de l'affaire...

Monsieur soupira, fit un geste vague, puis résumant philosophiquement la question :

— Hé oui !... Mais qu'est-ce que vous voulez, père Pantois ?... C'est la vie... On ne peut pas être et avoir été... C'est comme ça...

— Ben sûr !... Faut se faire une raison...

— Voilà !...

— Au bout le bout, quoi !... C'est-il pas vrai, dites, monsieur Lanlaire ?

— Ah ! dame !

Et, après une pause, il ajouta d'une voix devenue mélancolique :

— Tout le monde a ses tristesses, allez, mon père Pantois.

— Ben oui...

Il y eut un silence. Marianne hachait des fines herbes... La nuit tombait sur le jardin... Les deux grands tournesols, qu'on apercevait dans la perspective de la porte ouverte, se décoloraient, se noyaient d'ombre... Et le père Pantois mangeait toujours... Son verre était resté vide... Monsieur le remplit... et, brusquement, abandonnant les hauteurs métaphysiques, il demanda :

— Et qu'est-ce qu'ils valent, les églantiers, cette année ?

— Les églantiers, monsieur Lanlaire ?... Eh bien, cette année, l'un dans l'autre, les églantiers valent vingt-deux francs le cent... C'est un peu cher, je le sais ben... Mais j'peux pas à moins... En vérité du bon Dieu !... Ainsi... tenez...

En homme généreux et qui méprise les questions d'argent, Monsieur interrompit le vieillard, qui se disposait à se lancer dans des explications justificatives.

— C'est bon, père Pantois... Entendu... Est-ce que je marchande jamais avec vous, moi ?... Et même, ce n'est pas vingt-deux francs que je vous les paierai, vos églantiers... c'est vingt-cinq francs... Ah !...

— Ah ! monsieur Lanlaire... vous êtes trop bon...

— Non, non... Je suis juste... je suis pour le peuple, moi, pour le travail... sacrebleu !

Et, tapant sur la table, il surenchérit...

— Et ce n'est pas vingt-cinq francs... c'est trente francs, nom d'un chien !... Trente francs, vous entendez, mon père Pantois ?...

Le bonhomme leva vers Monsieur ses pauvres yeux étonnés et reconnaissants, et il bégaya :

— J'entends ben... C'est un plaisir que de travailler pour vous, monsieur Lanlaire... Vous savez ce que c'est que le travail, vous...

Monsieur arrêta ces effusions...

— Et j'irai vous payer ça... voyons... nous sommes mardi... j'irai vous payer ça... dimanche ?... Ça vous va-t-il ?... Et, par la même occasion, ma foi, je prendrai mon fusil... C'est entendu ?...

Les lueurs de reconnaissance qui brillaient dans les yeux du père Pantois s'éteignirent... Il était gêné, troublé, ne mangeait plus...

— C'est que... fit-il timidement... enfin, si vous pouviez vous acquitter à'nuit?... Ça m'obligerait ben, monsieur Lanlaire... Vingt-deux francs, seulement... Faites excuse...

— Vous plaisantez, père Pantois!... répliqua Monsieur, avec une superbe assurance... Certainement, je vais vous payer ça, tout de suite... Ah, nom de Dieu!... Ce que j'en disais, moi... c'était pour aller faire un petit tour, par chez vous...

Il fouilla dans les poches de son pantalon, tâta celles de son veston et de son gilet, et simulant la surprise, il s'écria :

— Allons, bon!... Voilà encore que je n'ai pas de monnaie... Je n'ai que des sacrés billets de mille francs...

Dans un rire forcé et vraiment sinistre, il demanda :

— Je parie que vous n'avez pas de monnaie de mille francs, mon père Pantois?

Voyant Monsieur rire, le père Pantois crut qu'il était convenable à lui de rire aussi... et il répondit, gaillard :

— Ha!... ha!... ha!... J'en ai même jamais vu de ces sacrés billets-là!...

— Eh bien alors... à dimanche!... conclut Monsieur.

Monsieur s'était versé un verre de cidre et il trinquait avec le père Pantois, lorsque Madame, qu'on n'avait pas entendu venir, entra brusquement, en coup de vent, dans la cuisine... Ah! son œil en voyant ça... en voyant Monsieur attablé auprès du vieux pauvre, et trinquant avec lui!...

— Qu'est-ce que c'est?... fit-elle, les lèvres toutes blanches.

Monsieur balbutia, ânonna :

— C'est des églantiers... tu sais bien, mignonne... des églantiers... Le père Pantois m'apportait des églantiers... Tous les rosiers ont été gelés, cet hiver...

— Je n'ai pas commandé d'églantiers... Il n'y a pas besoin d'églantiers ici.

Cela fut dit d'un ton coupant... Puis elle fit demi-tour, s'en alla en claquant la porte et proférant des paroles injurieuses... Dans sa colère, elle ne m'avait pas aperçue...

Monsieur et le pauvre vieux arracheur d'églantiers s'étaient levés... Gênés, ils regardaient la porte par où Madame venait de disparaître... puis ils se regardaient, l'un l'autre, sans oser se dire un mot. Ce fut Monsieur, qui, le premier, rompit ce silence pénible...

— Eh bien... à dimanche, père Pantois.

— A dimanche, monsieur Lanlaire...

— Et portez-vous bien, père Pantois...

— Vous, de même, monsieur Lanlaire...

— Et trente francs... Je ne m'en dédis pas...

— Vous êtes ben honnête...

Et le vieux, tremblant sur ses jambes, le dos courbé, s'en alla et se fondit dans la nuit du jardin...

Pauvre Monsieur !... il a dû recevoir sa semonce... Et quant au père Pantois, si jamais il touche ses trente francs... eh bien, il aura de la chance...

Je ne veux pas donner raison à Madame... mais je trouve que Monsieur a tort de causer familièrement avec des gens trop au-dessous de lui... Ça n'est pas digne...

Je sais bien qu'il n'a pas la vie drôle, non plus... et qu'il s'en tire comme il peut... Ça n'est pas toujours commode... Quand il rentre tard de la chasse, crotté, mouillé, et chantant pour se donner du courage, Madame le reçoit très mal.

— Ah! c'est gentil de me laisser seule, toute une journée...

89

— Mais, tu sais bien, mignonne...

— Tais-toi...

Elle le boude des heures et des heures, le front
dur... la bouche mauvaise... Lui, la suit partout,
tremble, balbutie des excuses...

— Mais, mignonne, tu sais bien...

— Fiche-moi la paix... Tu m'embêtes...

Le lendemain, Monsieur ne sort pas, naturellement, et Madame crie :

— Qu'est-ce que tu fais à tourner ainsi dans la
maison, comme une âme en peine ?

— Mais, mignonne...

— Tu ferais bien mieux de sortir, d'aller à la
chasse... le diable sait où !... Tu m'agaces... tu
m'énerves... Va-t-en !...

De telle sorte qu'il ne sait jamais ce qu'il doit
faire, s'il doit s'en aller ou rester, être ici ou ailleurs !
Problème difficile... Mais, comme dans les deux cas
Madame crie, Monsieur a pris le parti de s'en aller le
plus souvent possible. De cette façon, il ne l'entend
pas crier...

Ah ! il fait vraiment pitié !

L'autre matinée, comme j'allais étendre un peu de
linge sur la haie, je l'aperçus dans le jardin. Monsieur jardinait... Le vent, ayant pendant la nuit
couché par terre quelques dahlias, il les rattachait à
leurs tuteurs...

Très souvent, quand il ne sort pas avant le déjeuner, Monsieur jardine ; du moins, il fait semblant de
s'occuper à n'importe quoi, dans ses plates-bandes...
C'est toujours du temps de gagné sur les ennuis de
l'intérieur... Pendant ces moments-là, on ne lui fait
pas de scènes... Loin de Madame, il n'est plus le
même. Sa figure s'éclaire, son œil luit... Son caractère, naturellement gai, reprend le dessus... Vraiment, il n'est pas désagréable... A la maison, par
exemple, il ne me parle presque plus et, tout en

suivant son idée, semble ne pas faire attention à moi... Mais, dehors, il ne manque jamais de m'adresser un petit mot gentil, après s'être bien assuré, toutefois, que Madame ne peut l'épier... Lorsqu'il n'ose pas me parler, il me regarde... et son regard est plus éloquent que ses paroles... D'ailleurs, je m'amuse à l'exciter de toutes les manières... et, bien que je n'aie pris à son égard aucune résolution, à lui monter la tête sérieusement...

En passant près de lui, dans l'allée où il travaillait, penché sur ses dahlias, des brins de raphia aux dents, je lui dis, sans ralentir le pas :

— Oh! comme Monsieur travaille, ce matin!

— Hé oui! répondit-il... ces sacrés dahlias!... Vous voyez bien...

Il m'invita à m'arrêter un instant.

— Eh bien, Célestine?... J'espère que vous vous habituez ici, maintenant?

Toujours sa manie!... Toujours sa même difficulté d'engager la conversation!... Pour lui faire plaisir, je répliquai en souriant :

— Mais oui, Monsieur... certainement... je m'habitue.

— A la bonne heure... Ça n'est pas malheureux enfin... ça n'est pas malheureux.

Il s'était redressé tout à fait, m'enveloppait d'un regard très tendre, répétait : « Ça n'est pas malheureux » se donnant ainsi le temps de trouver à me dire quelque chose d'ingénieux...

Il retira de ses dents les brins de raphia, les noua au haut du tuteur, et, les jambes écartées, les deux paumes plaquées sur ses hanches, les paupières bridées, les yeux franchement obscènes, il s'écria :

— Je parie, Célestine, que vous avez dû en faire des farces à Paris?... Hein, en avez-vous fait, de ces farces!...

Je ne m'attendais pas à celle-là... Et j'eus une grande envie de rire... Mais je baissai les yeux pudiquement, l'air fâché, et tâchant à rougir, comme il convenait en la circonstance :

— Ah! Monsieur!... fis-je sur un ton de reproche.

— Eh bien quoi?... insista-t-il... Une belle fille comme vous... avec des yeux pareils!... Ah! oui, vous avez dû faire de ces farces!... Et tant mieux... Moi, je suis pour qu'on s'amuse, sapristi!... Moi, je suis pour l'amour, nom d'un chien!...

Monsieur s'animait étrangement. Et sur sa personne robuste, fortement musclée, je reconnaissais les signes les plus évidents de l'exaltation amoureuse. Il s'embrasait... le désir flambait dans ses prunelles... Je crus devoir verser sur tout ce feu une bonne douche d'eau glacée. Je dis, d'un ton très sec, et, en même temps, très noble :

— Monsieur se trompe... Monsieur croit parler à ses autres femmes de chambre... Monsieur doit savoir pourtant que je suis une honnête fille...

Très digne, pour bien marquer à quel point j'avais été offensée de cet outrage, j'ajoutai :

— Monsieur mériterait que j'aille tout de suite me plaindre à Madame...

Et je fis mine de partir... Vivement, Monsieur m'empoigna le bras...

— Non... non!... balbutia-t-il...

Comment ai-je pu dire tout cela, sans pouffer?... Comment ai-je pu renfoncer dans ma gorge le rire qui y sonnait, à pleins grelots?... En vérité, je n'en sais rien...

Monsieur était prodigieusement ridicule... Livide, maintenant, la bouche grande ouverte, une double expression d'embêtement et de peur sur toute sa personne, il demeurait silencieux et se grattait la nuque à petits coups d'ongle.

Près de nous, un vieux poirier tordait sa pyramide de branches, mangées de lichens et de mousses... quelques poires y pendaient à portée de la main... Une pie jacassait, ironiquement, au haut d'un châtaignier voisin... Tapi derrière la bordure de buis, le chat giflait un bourdon... Le silence devenait de plus en plus pénible, pour Monsieur... Enfin, après des efforts presque douloureux, des efforts qui amenaient sur ses lèvres de grotesques grimaces, Monsieur me demanda :

— Aimez-vous les poires, Célestine?

— Oui, Monsieur...

Je ne désarmais pas... je répondais sur un ton d'indifférence hautaine.

Dans la crainte d'être surpris par sa femme, il hésita quelques secondes... Et soudain, comme un enfant maraudeur, il détacha une poire de l'arbre et me la donna... ah! si piteusement!... Ses genoux fléchissaient... sa main tremblait...

— Tenez, Célestine... cachez cela dans votre tablier... On ne vous en donne jamais à la cuisine, n'est-ce pas?...

— Non, Monsieur...

— Eh bien... je vous en donnerai encore... quelquefois... parce que... parce que... je veux que vous soyez heureuse...

La sincérité et l'ardeur de son désir, sa gaucherie, ses gestes maladroits, ses paroles effarées, et aussi sa force de mâle, tout cela m'avait attendrie... J'adoucis un peu mon visage, voilai d'une sorte de sourire la dureté de mon regard, et moitié ironique, moitié câline, je lui dis :

— Oh! Monsieur!... Si Madame vous voyait?...

Il se troubla encore, mais comme nous étions séparés de la maison par un épais rideau de châtaigniers, il se remit vite, et crâneur maintenant que je devenais moins sévère, il clama, avec des gestes dégagés :

— Eh bien quoi... Madame?... Eh bien quoi?... Je me moque bien de Madame, moi!... Il ne faudrait pas qu'elle m'embête, après tout... J'en ai assez... j'en ai par-dessus la tête, de Madame...

Je prononçai gravement :

— Monsieur a tort... Monsieur n'est pas juste... Madame est une femme très aimable.

Il sursauta :

— Très aimable ?... Elle ?... Ah, grand Dieu !... Mais vous ne savez donc pas ce qu'elle a fait ?... Elle a gâché ma vie... Je ne suis plus un homme... je ne suis plus rien... On se fout de moi, partout dans le pays... Et c'est à cause de ma femme... Ma femme ?... c'est... c'est... une vache... oui, Célestine... une vache... une vache... une vache !...

Je lui fis de la morale... je lui parlai doucement, vantant hypocritement l'énergie, l'ordre, toutes les vertus domestiques de Madame... A chacune de mes phrases, il s'exaspérait davantage.

— Non, non !... Une vache... une vache !...

Pourtant, je parvins à le calmer un peu. Pauvre Monsieur !... Je jouais de lui avec une aisance merveilleuse... D'un simple regard, je le faisais passer de la colère à l'attendrissement. Alors il bégayait :

— Oh ! vous êtes si douce, vous... vous êtes si gentille !... Vous devez être si bonne !... Tandis que cette vache...

— Allons, Monsieur... allons !...

Il reprenait :

— Vous êtes si douce !... Et cependant... quoi ?... vous n'êtes qu'une femme de chambre...

Un moment, il se rapprocha de moi, et très bas :

— Si vous vouliez, Célestine ?...

— Si je voulais... quoi ?...

— Si vous vouliez... vous savez bien... enfin... vous savez bien ?...

— Monsieur voudrait peut-être que je trompe Madame avec Monsieur ? Que je fasse avec Monsieur des cochonneries ?...

Il se méprit à l'expression de mon visage... et les yeux hors de la tête, les veines du cou gonflées, les lèvres humides et baveuses, il répondit d'une voix sourde :

— Oui là!... Eh bien, oui, là!...

— Monsieur n'y pense pas?

— Je ne pense qu'à ça, Célestine...

Il était très rouge, congestionné...

— Ah! Monsieur va encore recommencer...

Il essaya de me saisir les mains, de m'attirer à lui...

— Eh bien, oui, là... bredouilla-t-il... je vais recommencer... Je... vais... recommencer... parce que... parce que... je suis fou de vous... de toi... Célestine... parce que je ne pense qu'à ça... que je ne dors plus... que je me sens... tout malade... Et ne craignez rien de moi... N'aie pas peur de moi... Je ne suis pas une brute, moi... je... je... ne vous ferai pas d'enfant... Diable non!... Ça... je le jure!... Je... je... nous... nous...

— Un mot de plus, Monsieur, et, cette fois, je dis tout à Madame... Et si quelqu'un vous voyait, en cet état, dans le jardin?

Il s'arrêta net... Navré, honteux, tout bête, il ne savait plus que faire de ses mains, de ses yeux, de toute sa personne... Et il regardait, sans les voir, le sol à ses pieds, le vieux poirier, le jardin... Vaincu enfin, il dénoua, au haut du tuteur, les brins de raphia, se pencha à nouveau sur les dahlias écroulés... et triste, infiniment, et suppliant, il gémit :

— Tout à l'heure, Célestine... je vous ai dit... je vous ai dit cela... comme je vous aurais dit autre chose... comme je vous aurais dit... n'importe quoi... Je suis une vieille bête... Il ne faut pas m'en vouloir... il ne faut pas surtout en parler à Madame... C'est vrai, pourtant, si quelqu'un nous avait vus, dans le jardin?...

Je me sauvai pour ne pas rire.

Oui, j'avais envie de rire... Et, cependant, une émotion chantait dans mon cœur... quelque chose — comment exprimer cela?... — de maternel... Bien sûr que Monsieur ne me plairait pas pour coucher avec... Mais, un de plus ou de moins, au fond qu'est-ce que cela ferait ?... Je pourrais lui donner du bonheur au pauvre gros père qui en est si privé, et j'en aurais de la joie aussi, car, en amour, donner du bonheur aux autres, c'est peut-être meilleur que d'en recevoir, des autres... Même lorsque notre chair reste insensible à ses caresses, quelle sensation délicieuse et pure de voir un pauvre bougre dont les yeux se tournent, et qui se pâme dans nos bras ?... Et puis, ce serait rigolo... à cause de Madame... Nous verrons, plus tard.

Monsieur n'est pas sorti de toute la journée... Il a relevé ses dahlias et, l'après-midi, il n'a pas quitté le bûcher où, pendant plus de quatre heures, il a cassé du bois, avec acharnement... De la lingerie, j'écoutais avec une sorte de fierté les coups de maillet, sur les coins de fer...

Hier, Monsieur et Madame ont passé toute l'après-midi à Louviers... Monsieur avait rendez-vous avec son avoué, Madame avec sa couturière... Sa couturière !...

J'ai profité de ce moment de répit pour rendre visite à Rose, que je n'avais pas revue depuis ce fameux dimanche... Je n'étais pas fâchée non plus de connaître le capitaine Mauger...

Un vrai type de loufoque, celui-là, et comme on en voit peu, je vous assure... Figurez-vous une tête de carpe, avec des moustaches et une longue barbiche grises... Très sec, très nerveux, très agité, il ne tient pas en place, travaille toujours, soit au jardin, soit dans une petite pièce où il fait de la menuiserie, en chantant des airs militaires, en imitant la trompette du régiment...

Le jardin est fort joli, un vieux jardin divisé en planches carrées, où sont cultivées les fleurs d'autrefois, de très vieilles fleurs qu'on ne rencontre plus que dans de très vieilles campagnes et chez de très vieux curés...

Quand je suis arrivée, Rose, confortablement assise à l'ombre d'un acacia, devant une table rustique sur laquelle était posée sa corbeille à ouvrage, reprisait des bas, et le capitaine accroupi sur une pelouse, le chef coiffé d'un ancien bonnet de police, bouchait les fuites d'un tuyau d'arrosage qui s'était crevé la veille...

On m'accueillit avec empressement... et Rose ordonna au petit domestique, qui sarclait une planche de reines-marguerites, d'aller chercher la bouteille de noyau et des verres.

Les premières politesses échangées :

— Eh bien, me demanda le capitaine... il n'est donc pas encore claqué, votre Lanlaire ?... Ah, vous pouvez vous vanter de servir chez une fameuse crapule... Je vous plains bien, allez, ma chère demoiselle.

Il m'expliqua que jadis Monsieur et lui vivaient en bons voisins, en inséparables amis... Une discussion à propos de Rose les avait brouillés à mort... Monsieur reprochait au capitaine de ne pas tenir son rang avec sa servante, de l'admettre à sa table...

Interrompant son récit, le capitaine força en quelque sorte mon témoignage.

— A ma table !... Et si je veux l'admettre dans mon lit ?... Voyons... est-ce que je n'en ai pas le droit ?... Est-ce que cela le regarde ?...

— Bien sûr que non, monsieur le capitaine...

Rose, d'une voix pudique, soupira :

— Un homme tout seul, n'est-ce pas ?... c'est bien naturel.

Depuis cette discussion fameuse qui avait failli se terminer en coups de poing, les deux anciens amis passaient leur temps à se faire des procès et des niches... Ils se haïssaient sauvagement.

— Moi... déclara le capitaine... toutes les pierres de mon jardin, je les lance par-dessus la haie, dans celui de Lanlaire... Tant pis si elles tombent sur ses

cloches et sur ses châssis... ou plutôt, tant mieux...
Ah! le cochon!... Du reste, vous allez voir...

Ayant aperçu une pierre dans l'allée, il se précipita pour la ramasser, atteignit la haie avec des
prudences, des rampements de trappeur, et il lança
la pierre dans notre jardin de toutes ses forces. On
entendit un bruit de verre cassé. Triomphant, il
revint ensuite vers nous, et secoué, étouffé, tordu
par le rire, il chantonna :

— Encore un carreau d'cassé... v'là le vitrier qui
passe...

Rose le couvait d'un regard maternel. Elle me dit,
avec admiration :

— Est-il drôle!... est-il enfant!... Comme il est
jeune pour son âge!...

Après que nous eûmes siroté un petit verre de
noyau, le capitaine Mauger voulut me faire les
honneurs du jardin... Rose s'excusa de ne pouvoir
nous accompagner, à cause de son asthme, et nous
recommanda de ne pas nous attarder trop longtemps...

— D'ailleurs, fit-elle, en plaisantant... je vous surveille...

Le capitaine m'emmena à travers des allées, des
carrés bordés de buis, des plates-bandes remplies de
fleurs. Il me nommait les plus belles, remarquant
chaque fois qu'il n'y en avait pas de pareilles, chez
ce cochon de Lanlaire... Tout à coup, il cueillit une
petite fleur orangée, bizarre et charmante, en fit
tourner la tige doucement dans ses doigts, et il me
demanda :

— En avez-vous mangé?...

Je fus tellement surprise par cette question sau-
grenue, que je restai bouche close. Le capitaine
affirma :

— Moi, j'en ai mangé... C'est parfait de goût... J'ai
mangé de toutes les fleurs qui sont ici... Il y en a de
bonnes... il y en a de moins bonnes... il y en a qui ne

valent pas grand-chose... D'abord, moi, je mange de tout...

Il cligna de l'œil, claqua de la langue, se tapa sur le ventre, et répéta d'une voix plus forte, où dominait l'accent d'un défi :

— Je mange de tout, moi !...

La façon dont le capitaine venait de proclamer cette étrange profession de foi me révéla que sa grande vanité, dans la vie, était de manger de tout... Je m'amusai à flatter sa manie...

— Et vous avez raison, monsieur le capitaine.

— Pour sûr... répondit-il, non sans orgueil... Et ce n'est pas seulement des plantes que je mange... c'est des bêtes aussi... des bêtes que personne n'a mangées... des bêtes qu'on ne connaît pas... Moi, je mange de tout...

Nous continuâmes notre promenade autour des planches fleuries, dans les allées étroites où se balançaient de jolies corolles, bleues, jaunes, rouges... Et, en regardant les fleurs, il me semblait que le capitaine avait au ventre de petits sursauts de joie... Sa langue passait sur ses lèvres gercées, avec un bruit menu et mouillé...

Il me dit encore :

— Et je vais vous avouer... Il n'y a pas d'insectes, pas d'oiseaux, pas de vers de terre que je n'aie mangés. J'ai mangé des putois et des couleuvres, des rats et des grillons, des chenilles... J'ai mangé de tout... On connaît ça dans le pays, allez !... Quand on trouve une bête, morte ou vivante, une bête que personne ne sait ce que c'est, on se dit : « Faut l'apporter au capitaine Mauger. »... On me l'apporte... et je la mange... L'hiver surtout, par les grands froids, il passe des oiseaux inconnus... qui viennent d'Amérique... de plus loin, peut-être... On me les apporte... et je les mange... Je parie qu'il n'y a pas, dans le monde, un homme qui ait mangé autant de choses que moi... Je mange de tout...

La promenade terminée, nous revînmes nous asseoir sous l'acacia. Et je me disposais à prendre congé, quand le capitaine s'écria :

— Ah!... il faut que je vous montre quelque chose de curieux et que vous n'avez, bien sûr, jamais vu...

Et il appela d'une voix retentissante :

— Kléber!... Kléber!...

Entre deux appels, il m'expliqua :

— Kléber... c'est mon furet... Un phénomène...

Et il appela encore :

— Kléber!... Kléber!...

Alors, sur une branche, au-dessus de nous, entre des feuilles vertes et dorées, apparurent un museau rose et deux petits yeux noirs, très vifs, joliment éveillés.

— Ah!... je savais bien qu'il n'était pas loin... Allons, viens ici, Kléber!... Psstt!...

L'animal rampa sur la branche, s'aventura sur le tronc, descendit avec prudence, en enfonçant ses griffes dans l'écorce. Son corps, tout en fourrure blanche, marqué de taches fauves, avait des mouvements souples, des ondulations gracieuses de serpent... Il toucha terre, et, en deux bonds, il fut sur les genoux du capitaine qui se mit à le caresser, tout joyeux.

— Ah!...le bon Kléber!... Ah!... le charmant petit Kléber!...

Il se tourna vers moi :

— Avez-vous jamais vu un furet aussi bien apprivoisé?... Il me suit dans le jardin, partout, comme un petit chien... Je n'ai qu'à l'appeler... et il est là, tout de suite, la queue frétillante, la tête levée... Il mange avec nous... couche avec nous... C'est une petite bête que j'aime, ma foi, autant qu'une personne... Tenez, mademoiselle Célestine, j'en ai refusé trois cents francs... Je ne le donnerais pas pour mille francs... pour deux mille francs... Ici, Kléber...

L'animal leva la tête vers son maître ; puis il grimpa sur lui, escalada ses épaules et, après mille caresses et mille gentillesses, se roula autour du cou du capitaine, comme un foulard... Rose ne disait rien... Elle semblait agacée.

Alors, une idée infernale me traversa le cerveau.

— Je parie, dis-je tout à coup..., je parie, monsieur le capitaine, que vous ne mangez pas votre furet ?...

Le capitaine me regarda avec un étonnement profond, puis avec une tristesse infinie... Ses yeux devinrent tout ronds, ses lèvres tremblèrent.

— Kléber ?... balbutia-t-il... manger Kléber ?...

Évidemment, cette question ne s'était jamais posée devant lui, qui avait mangé de tout... C'était comme un monde nouveau, étrangement comestible, qui se révélait à lui...

— Je parie, répétai-je férocement, que vous ne mangez pas votre furet ?...

Effaré, angoissé, mû par une mystérieuse et invincible secousse, le vieux capitaine s'était levé de son banc... Une agitation extraordinaire était en lui...

— Répétez voir un peu !... bégaya-t-il.

Pour la troisième fois, violemment, en détachant chaque mot, je dis :

— Je parie que vous ne mangez pas votre furet ?...

— Je ne mange pas mon furet ? Qu'est-ce que vous dites ?... Vous dites que je ne le mange pas ?... Oui, vous dites cela ?... Eh bien, vous allez voir... Moi, je mange de tout...

Il empoigna le furet. Comme on rompt un pain, d'un coup sec il cassa les reins de la petite bête, et la jeta, morte sans une secousse, sans un spasme, sur le sable de l'allée, en criant à Rose :

— Tu m'en feras une gibelotte, ce soir !...

Et il courut, avec des gesticulations folles, s'enfermer dans sa maison...

Je connus là quelques minutes d'une véritable,

indicible horreur. Tout étourdie encore par l'action abominable que je venais de commettre, je me levai pour partir. J'étais très pâle... Rose m'accompagna... Elle souriait :

— Je ne suis pas fâchée de ce qui vient d'arriver, me confia-t-elle... Il aimait trop son furet... Moi, je ne veux pas qu'il aime quelque chose... Je trouve déjà qu'il aime trop ses fleurs...

Elle ajouta, après un court silence :

— Par exemple, il ne vous pardonnera jamais ça... C'est un homme qu'il ne faut pas défier... Dame... un ancien militaire !...

Puis, quelques pas plus loin :

— Faites attention, ma petite... On commence à jaser sur vous dans le pays. Il paraît qu'on vous a vue, l'autre jour, dans le jardin, avec M. Lanlaire... C'est bien imprudent, croyez-moi... Il vous enguirlandera, si ce n'est déjà fait... Enfin, faites attention. Avec cet homme-là, rappelez-vous... Du premier coup... pan !... un enfant.

Et comme elle refermait sur moi la barrière :

— Allons... au revoir !... Il faut, maintenant, que j'aille faire ma gibelotte...

Toute la journée, j'ai revu le cadavre du pauvre petit furet, là-bas, sur le sable de l'allée...

Ce soir, au dîner, en servant le dessert, Madame m'a dit très sévèrement :

— Si vous aimez les pruneaux, vous n'avez qu'à m'en demander... je verrai si je dois vous en donner... mais je vous défends d'en prendre...

J'ai répondu :

— Je ne suis pas une voleuse, Madame, et je n'aime pas les pruneaux...

Madame a insisté :

— Je vous dis que vous avez pris des pruneaux...

J'ai répliqué :

— Si Madame me croit une voleuse, Madame n'a qu'à me donner mon compte.

Madame m'a arraché des mains l'assiette de pruneaux.

— Monsieur en a mangé cinq ce matin... il y en avait trente-deux... il n'y en a plus que vingt-cinq... vous en avez donc dérobé deux... Que cela ne vous arrive plus !...

C'était vrai... J'en avais mangé deux... Elle les avait comptés !...

Non !... De ma vie !...

V

Ma mère est morte. J'en ai reçu la nouvelle, ce matin, par une lettre du pays. Quoique je n'aie jamais eu d'elle que des coups, cela m'a fait de la peine, et j'ai pleuré, pleuré, pleuré... En me voyant pleurer, Madame m'a dit :

— Qu'est-ce encore que ces manières-là ?...

J'ai répondu :

— Ma mère, ma pauvre mère est morte !...

Alors, Madame, de sa voix ordinaire :

— C'est un malheur... et je n'y peux rien... En tout cas, il ne faut pas que l'ouvrage en souffre...

Ç'a été tout... Ah ! vrai !... La bonté n'étouffe pas Madame...

Ce qui m'a rendue le plus malheureuse, c'est que j'ai vu une coïncidence entre la mort de ma mère... et le meurtre du petit furet. J'ai pensé que c'était là une punition du ciel, et que ma mère ne serait peut-être pas morte si je n'avais pas obligé le capitaine à tuer le pauvre Kléber... J'ai eu beau me répéter que ma mère était morte avant le furet... Rien n'y a fait... et cette idée m'a poursuivie, toute la journée, comme un remords...

J'aurais bien voulu partir... Mais Audierne, c'est si loin... au bout du monde, quoi !... Et je n'ai pas d'argent... Quand je toucherai les gages de mon premier mois, il faudra que je paie le bureau ; je ne pourrai même pas rembourser les quelques petites dettes contractées durant les jours où j'ai été sur le pavé...

Et puis, à quoi bon partir?... Mon frère est au service sur un bateau de l'État, en Chine, je crois, car voilà bien longtemps qu'on n'a reçu de ses nouvelles... Et ma sœur Louise?... Où est-elle maintenant?... Je ne sais pas... Depuis qu'elle nous quitta, pour suivre Jean Le Duff à Concarneau, on n'a plus entendu parler d'elle... Elle a dû rouler, par-ci, par-là, le diable sait où!... Elle est peut-être en maison; elle est peut-être morte, elle aussi. Et peut-être aussi que mon frère est mort...

Oui, pourquoi irais-je là-bas?... A quoi cela m'avancerait-il?... Je n'y ai plus personne, et ma mère n'a rien laissé, pour sûr... Les frusques et les quelques meubles qu'elle possédait ne paieront pas certainement l'eau-de-vie qu'elle doit...

C'est drôle, tout de même... Tant qu'elle vivait, je ne pensais presque jamais à elle... je n'éprouvais pas le désir de la revoir. Je ne lui écrivais qu'à mes changements de place, et seulement pour lui donner mon adresse... Elle m'a tant battue... j'ai été si malheureuse avec elle, qui était toujours ivre!... Et d'apprendre, tout d'un coup, qu'elle est morte, voilà que j'ai l'âme en deuil, et que je me sens plus seule que jamais...

Et je me rappelle mon enfance avec une netteté singulière... Je revois tout des êtres et des choses parmi lesquels j'ai commencé le dur apprentissage de la vie... Il y a vraiment trop de malheur d'un côté, trop de bonheur de l'autre... Le monde n'est pas juste.

Une nuit, je me souviens — j'étais bien petite, pourtant — je me souviens que nous fûmes réveillés en sursaut par la corne du bateau de sauvetage. Oh! ces appels dans la tourmente et dans la nuit, qu'ils sont lugubres!... Depuis la veille, le vent soufflait en tempête; la barre du port était toute blanche et furieuse; quelques chaloupes seulement avaient pu rentrer... Les autres, les pauvres autres se trouvaient sûrement en péril...

Sachant que le père pêchait dans les parages de l'île de Sein, ma mère ne s'inquiétait pas trop... Elle espérait qu'il avait relâché au port de l'île, comme cela était arrivé, tant de fois... Cependant, en entendant la corne du bateau de sauvetage, elle se leva toute tremblante et très pâle... m'enveloppa à la hâte d'un gros châle de laine et se dirigea vers le môle... Ma sœur Louise, qui était déjà grande, et mon frère plus petit la suivaient, criant :

— Ah! sainte Vierge!... Ah! nostre Jésus!...

Et elle aussi criait :

— Ah! sainte Vierge!... Ah! nostre Jésus!...

Les ruelles étaient pleines de monde : des femmes, des vieux, des gamins. Sur le quai, où l'on entendait gémir les bateaux, se hâtaient une foule d'ombres effarées. Mais, on ne pouvait tenir sur le môle à cause du vent trop fort, surtout à cause des lames qui, s'abattant sur la chaussée de pierre, la balayaient de bout en bout, avec des fracas de canonnade... Ma mère prit la sente. « Ah! sainte Vierge!... Ah! nostre Jésus! »... prit la sente qui contourne l'estuaire jusqu'au phare... Tout était noir sur la terre, et sur la mer, noire aussi, de temps en temps, au loin, dans le rayonnement de la lumière du phare, d'énormes brisants, des soulèvements de vagues blanchissaient... Malgré les secousses... « Ah! sainte Vierge!... ah! nostre Jésus! »... malgré les secousses et en quelque sorte bercée par elles, malgré le vent et en quelque sorte étourdie par lui, je m'endormis dans les bras de ma mère... Je me réveillai dans une salle basse, et je vis, entre des dos sombres, entre des visages mornes, entre des bras agités, je vis, sur un lit de camp, éclairé par deux chandelles, un grand cadavre...

« Ah! sainte Vierge!... Ah! nostre Jésus! »... un cadavre effrayant, long et nu, tout rigide, la face broyée, les membres rayés de balafres saignantes, meurtris de taches bleues... C'était mon père...

Je le vois encore... Il avait les cheveux collés au crâne, et, dans les cheveux, des goémons emmêlés qui lui faisaient comme une couronne... Des hommes étaient penchés sur lui, frottaient sa peau avec des flanelles chaudes, lui insufflaient de l'air par la bouche... Il y avait le maire... il y avait M. le recteur... il y avait le capitaine des douanes... il y avait le gendarme maritime... J'eus peur, je me dégageai de mon châle, et, courant entre les jambes de ces hommes, sur les dalles mouillées, je me mis à crier, à appeler papa... à appeler maman... Une voisine m'emporta...

C'est à partir de ce moment que ma mère s'adonna, avec rage, à la boisson. Elle essaya bien, les premiers temps, de travailler dans les sardineries, mais, comme elle était toujours ivre, aucun de ses patrons ne voulut la garder. Alors, elle resta chez elle à s'enivrer, querelleuse et morne ; et quand elle était pleine d'eau-de-vie, elle nous battait... Comment se fait-il qu'elle ne m'ait pas tuée?...

Moi, je fuyais la maison, tant que je le pouvais. Je passais mes journées à gaminer sur le quai, à marauder dans les jardins, à barboter dans les flaques, aux heures de la marée basse... Ou bien, sur la route de Plogoff, au fond d'un dévalement herbu, abrité du vent de mer et garni d'arbustes épais, je polissonnais avec les petits garçons, parmi les épines blanches... Quand je rentrais le soir, il m'arrivait de trouver ma mère étendue sur le carreau en travers du seuil, inerte, la bouche salie de vomissements, une bouteille brisée dans la main... Souvent, je dus enjamber son corps... Ses réveils étaient terribles... Une folie de destruction l'agitait... Sans écouter mes prières et mes cris, elle m'arrachait du lit, me poursuivait, me piétinait, me cognait aux meubles, criant :

— Faut que j'aie ta peau!... Faut que j'aie ta peau!...

Bien des fois, j'ai cru mourir...

Et puis elle se débaucha, pour gagner de quoi boire. La nuit, toutes les nuits, on entendait des coups sourds, frappés à la porte de notre maison... Un matelot entrait, emplissant la chambre d'une forte odeur de salure marine et de poisson... Il se couchait, restait une heure et repartait... Et un autre venait après, se couchait aussi, restait une heure encore et repartait... Il y eut des luttes, de grandes clameurs effrayantes dans le noir de ces abominables nuits, et, plusieurs fois, les gendarmes intervinrent...

Des années s'écoulèrent pareilles... On ne voulait de moi nulle part, ni de ma sœur, ni de mon frère... On s'écartait de nous dans les ruelles. Les honnêtes gens nous chassaient, à coups de pierre, des maisons où nous allions, tantôt marauder, tantôt mendier... Un jour, ma sœur Louise, qui faisait, elle aussi, une sale noce avec les matelots, s'enfuit... Et ce fut ensuite mon frère qui s'engagea mousse... Je restai seule avec ma mère...

A dix ans, je n'étais plus chaste. Initiée par le triste exemple de maman à ce que c'est que l'amour, pervertie par toutes les polissonneries auxquelles je me livrais avec les petits garçons, je m'étais développée physiquement très vite... Malgré les privations et les coups, mais sans cesse au grand air de la mer, libre et forte, j'avais tellement poussé, qu'à onze ans je connaissais les premières secousses de la puberté... Sous mon apparence de gamine, j'étais presque femme...

A douze ans, j'étais femme, tout à fait... et plus

vierge... Violée ? Non, pas absolument... Consentante ? Oui, à peu près... du moins dans la mesure où le permettaient l'ingénuité de mon vice et la candeur de ma dépravation... Un dimanche, après la grand-messe, le contremaître d'une sardinerie, un vieux, aussi velu, aussi mal odorant qu'un bouc, et dont le visage n'était qu'une broussaille sordide de barbe et de cheveux, m'entraîna sur la grève, du côté de Saint-Jean. Et là, dans une cachette de la falaise, dans un trou sombre du rocher où les mouettes venaient faire leur nid... où les matelots cachaient quelquefois les épaves trouvées en mer... là, sur un lit de goémon fermenté, sans que je me sois refusée ni débattue... il me posséda... pour une orange !... Il s'appelait d'un drôle de nom : M. Cléophas Biscouille...

Et voilà une chose incompréhensible, dont je n'ai trouvé l'explication dans aucun roman. M. Biscouille était laid, brutal, repoussant... En outre, les quatre ou cinq fois qu'il m'attira dans le trou noir du rocher, je puis dire qu'il ne me donna aucun plaisir ; au contraire. Alors, quand je repense à lui — et j'y pense souvent — comment se fait-il que ce ne soit jamais pour le détester et pour le maudire ? A ce souvenir, que j'évoque avec complaisance, j'éprouve comme une grande reconnaissance... comme une grande tendresse et aussi, comme un regret véritable de me dire que, plus jamais, je ne reverrai ce dégoûtant personnage, tel qu'il était, sur le lit de goémon...

A ce propos, qu'on me permette d'apporter ici, si humble que je sois, ma contribution personnelle à la biographie des grands hommes...

M. Paul Bourget était l'intime ami et le guide spirituel de la comtesse Fardin, chez qui, l'année dernière, je servais comme femme de chambre. J'entendais dire toujours que lui seul connaissait, jusque dans le tréfonds, l'âme si compliquée des femmes... Et bien des fois, j'avais eu l'idée de lui écrire, afin de lui soumettre ce cas de psychologie passionnelle... Je n'avais pas osé... Ne vous étonnez pas trop de la gravité de telles préoccupations. Elles ne sont point coutumières aux domestiques, j'en conviens. Mais, dans les salons de la comtesse, on ne parlait jamais que de psychologie... C'est un fait reconnu que notre esprit se modèle sur celui de nos maîtres, et ce qui se dit au salon se dit également à l'office. Le malheur était que nous n'eussions pas à l'office un Paul Bourget, capable d'élucider et de résoudre les cas de féminisme que nous y discutions... Les explications de monsieur Jean lui-même ne me satisfaisaient pas...

Un jour, ma maîtresse m'envoya porter une lettre « urgente », à l'illustre maître. Ce fut lui qui me remit la réponse... Alors je m'enhardis à lui poser la question qui me tourmentait, en mettant, toutefois, sur le compte d'une amie, cette scabreuse et obscure histoire... M. Paul Bourget me demanda :

— Qu'est-ce que c'est que votre amie? Une femme du peuple?... Une pauvresse, sans doute?...

— Une femme de chambre, comme moi, illustre maître.

M. Bourget eut une grimace supérieure, une moue de dédain. Ah sapristi! il n'aime pas les pauvres.

— Je ne m'occupe pas de ces âmes-là, dit-il... Ce sont de trop petites âmes... Ce ne sont même pas des âmes... Elles ne sont pas du ressort de ma psychologie...

Je compris que, dans ce milieu, on ne commence à être une âme qu'à partir de cent mille francs de rentes...

Ce n'est pas comme M. Jules Lemaitre, un familier de la maison, lui aussi, qui, sur la même interrogation, répondit, en me pinçant la taille gentiment :

— Eh bien, charmante Célestine, votre amie est une bonne fille, voilà tout. Et si elle vous ressemble, je lui dirais bien deux mots, vous savez... hé!... hé!... hé!...

Lui, du moins, avec sa figure de petit faune bossu et farceur, il ne faisait pas de manières... et il était bon enfant... Quel dommage qu'il soit tombé dans les curés!...

Avec tout cela, je ne sais ce que je serais devenue dans cet enfer d'Audierne, si les Petites Sœurs de Pont-Croix, me trouvant intelligente et gentille, ne m'avaient recueillie par pitié. Elles n'abusèrent pas de mon âge, de mon ignorance, de ma situation difficile et honnie pour se servir de moi, pour me séquestrer, à leur profit, comme il arrive souvent dans ces sortes de maisons, qui poussent l'exploitation humaine jusqu'au crime... C'étaient de pauvres petits êtres candides, timides, charitables, et qui n'étaient pas riches, et qui n'osaient même pas tendre la main aux passants, ni mendier dans les maisons... Il y avait, quelquefois, chez elles, bien de la misère, mais on s'arrangeait comme on pouvait... Et au milieu de toutes les difficultés de vivre, elles n'en continuaient pas moins d'être gaies et de chanter sans cesse, comme des pinsons... Leur ignorance de la vie avait quelque chose d'émouvant, et qui me tire les larmes, aujourd'hui que je puis mieux comprendre leur bonté infinie, et si pure...

Elles m'apprirent à lire, à écrire, à coudre, à faire le ménage, et, quand je fus à peu près instruite de ces choses nécessaires, elles me placèrent, comme petite bonne, chez un colonel en retraite qui venait, tous les étés, avec sa femme et ses deux filles, dans une espèce de petit château délabré, près de Comfort... De braves gens, certes, mais si tristes, si tristes!... Et maniaques!... Jamais sur leur visage un sourire, ni une joie sur leurs vêtements, qui restaient obstinément noirs... Le colonel avait fait installer un tour sous les combles, et là, toute la journée, seul, il tournait des coquetiers de buis, ou bien, ces billes ovales, qu'on appelle des « œufs », et qui servent aux ménagères à ravauder leurs bas. Madame rédigeait placets sur placets, pétitions sur pétitions, afin d'obtenir un bureau de tabac. Et les deux filles, ne disant rien, ne faisant rien, l'une, avec un bec de canard, l'autre avec une face de lapin, jaunes et maigres, anguleuses et fanées, se desséchaient sur place, ainsi que deux plantes à qui tout manque, le sol, l'eau, le soleil... Ils m'ennuyèrent énormément... Au bout de huit mois, je les envoyai promener, par un coup de tête que j'ai regretté...

Mais quoi!... J'entendais Paris respirer et vivre autour de moi... Son haleine m'emplissait le cœur de désirs nouveaux. Bien que je ne sortisse pas souvent, j'avais admiré avec un prodigieux étonnement, les rues, les étalages, les foules, les palais, les voitures éclatantes, les femmes parées... Et quand, le soir, j'allais me coucher au sixième étage, j'enviais les autres domestiques de la maison... et leurs farces que je trouvais charmantes... et leurs histoires qui me laissaient dans des surprises merveilleuses... Si peu de temps que je sois restée dans cette maison, j'ai vu là, le soir, au sixième, toutes les débauches, et j'en ai pris ma part, avec l'emportement, avec l'émulation d'une novice... Ah! que j'en ai nourri alors des espoirs vagues et des ambitions incertaines, dans cet idéal fallacieux du plaisir et du vice...

Hé oui!... On est jeune... on ne connaît rien de la vie... on se fait des imaginations et des rêves... Ah, les rêves! Des bêtises... J'en ai soupé, comme disait M. Xavier, un gamin joliment perverti, dont j'aurai à parler bientôt...

Et j'ai roulé... Ah! ce que j'ai roulé... C'est effrayant quand j'y songe...

Je ne suis pas vieille, pourtant, mais j'en ai vu des choses, de près... j'en ai vu des gens tout nus... Et j'ai reniflé l'odeur de leur linge, de leur peau, de leur âme... Malgré les parfums, ça ne sent pas bon... Tout ce qu'un intérieur respecté, tout ce qu'une famille honnête peuvent cacher de saletés, de vices honteux, de crimes bas, sous les apparences de la vertu... ah! je connais ça!... Ils ont beau être riches, avoir des frusques de soie et de velours, des meubles dorés; ils ont beau se laver dans des machins d'argent et faire de la piaffe... je les connais!... Ça n'est pas propre... Et leur cœur est plus dégoûtant que ne l'était le lit de ma mère...

Ah! qu'une pauvre domestique est à plaindre, et comme elle est seule!... Elle peut habiter des maisons nombreuses, joyeuses, bruyantes, comme elle est seule, toujours!... La solitude, ce n'est pas de vivre seule, c'est de vivre chez les autres, chez des gens qui ne s'intéressent pas à vous, pour qui vous comptez moins qu'un chien, gavé de pâtée, ou qu'une fleur, soignée comme un enfant de riche... des gens dont vous n'avez que les défroques inutiles ou les restes gâtés :

— Vous pouvez manger cette poire, elle est pourrie... Finissez ce poulet à la cuisine, il sent mauvais...

Chaque mot vous méprise, chaque geste vous ravale plus bas qu'une bête... Et il ne faut rien dire; il faut sourire et remercier, sous peine de passer pour une ingrate ou un mauvais cœur... Quelquefois, en coiffant mes maîtresses, j'ai eu l'envie folle de leur déchirer la nuque, de leur fouiller les seins avec mes ongles...

Heureusement qu'on n'a pas toujours de ces idées noires... On s'étourdit et on s'arrange pour rigoler de son mieux, entre soi.

Ce soir, après le dîner, me voyant toute triste,

Marianne s'est attendrie, a voulu me consoler. Elle est allée chercher, au fond du buffet, dans un amas de vieux papiers et de torchons sales, une bouteille d'eau-de-vie...

— Il ne faut pas vous affliger comme ça, m'a-t-elle dit... il faut vous secouer un peu, ma pauvre petite... vous réconforter.

Et m'ayant versé à boire, durant une heure, les coudes sur la table, d'une voix traînante et gémissante, elle m'a raconté des histoires sinistres de maladies, des accouchements, la mort de sa mère, de son père, de sa sœur... Sa voix devenait, à chaque minute, plus pâteuse... ses yeux s'humectaient, et elle répétait, en lichant son verre :

— Il ne faut pas s'affliger comme ça... La mort de votre maman... ah! c'est un grand malheur... Mais qu'est-ce que vous voulez?... nous sommes toutes mortelles... Ah! mon Dieu! Ah! pauvre petite!...

Puis, elle s'est mise tout à coup à pleurer, à pleurer et tandis qu'elle pleurait, pleurait, elle ne cessait de gémir.

— Il ne faut pas s'affliger... il ne faut pas s'affliger...

C'était d'abord une plainte... cela devint bientôt une sorte d'affreux braiement, qui alla grandissant... Et son gros ventre, et sa grosse poitrine, et son triple menton, secoués par les sanglots, se soulevaient en houles énormes...

— Taisez-vous donc, Marianne, lui ai-je dit... Madame n'aurait qu'à vous entendre et venir...

Mais elle ne m'a pas écoutée, et pleurant plus fort :

— Ah! quel malheur!... quel grand malheur!...

Si bien que, moi aussi, l'estomac affadi par la boisson et le cœur ému par les larmes de Marianne, je me suis mise à sangloter comme une Madeleine... Tout de même... ce n'est point une mauvaise fille...

Mais je m'ennuie ici... je m'ennuie... je m'ennuie !... Je voudrais servir chez une cocotte, ou bien en Amérique...

VI

Pauvre Monsieur !... Je crois que j'ai été trop raide, l'autre jour, avec lui, dans le jardin... Peut-être ai-je dépassé la mesure ?... Il s'imagine, tant il est godiche, qu'il m'a offensée gravement et que je suis une imprenable vertu... Ah ! ses regards humiliés, implorants, et qui ne cessent de me demander pardon !...

Quoique je sois redevenue plus aguichante et gentille, il ne me dit plus rien de la chose, et il ne se décide pas davantage à tenter une nouvelle attaque directe, pas même le coup classique du bouton de culotte à recoudre... Un coup grossier, mais qui ne rate pas souvent son effet... En ai-je recousu, mon Dieu, de ces boutons-là !...

Et pourtant, il est visible qu'il en a envie, qu'il en meurt d'envie, de plus en plus... Dans la moindre de ses paroles éclate l'aveu... l'aveu détourné de son désir... et quel aveu !... Mais il est aussi de plus en plus timide. Une résolution à prendre lui fait peur... Il craint d'amener une rupture définitive, et il ne se fie plus à mes regards encourageants...

Une fois, en m'abordant avec une expression étrange, avec quelque chose d'égaré dans les yeux, il m'a dit :

— Célestine... vous... vous... cirez... très bien...

117

mes chaussures... très... très... bien... Jamais...
elles n'ont été... cirées... comme ça... mes chaussures...

C'est là que j'attendais le coup du bouton... Mais
non... Monsieur haletait, bavait, comme s'il eût
mangé une poire trop grosse et trop juteuse...

Puis il a sifflé son chien... et il est parti...

Mais voici ce qui est plus fort...

Hier, Madame était allée au marché, car elle fait
son marché elle-même ; Monsieur était sorti
depuis l'aube, avec son fusil et son chien... Il
rentra de bonne heure, ayant tué trois grives, et
aussitôt monta dans son cabinet de toilette, pour
prendre un tub et s'habiller, comme il avait coutume... Pour ça !... Monsieur est très propre, lui...
et il ne craint pas l'eau... Je pensai que le moment
était favorable d'essayer quelque chose qui le mît
enfin à l'aise avec moi... Quittant mon ouvrage, je
me dirigeai vers le cabinet de toilette... et, quelques secondes, je restai l'oreille collée à la porte,
écoutant... Monsieur tournait et retournait dans la
pièce... Il sifflotait, chantonnait :

Et allez donc, Mam'zelle Suzon !...
Et ron, ronron... petit patapon...

Une habitude qu'il a de mêler, en chantant, un
tas de refrains...

J'entendis des chaises remuer, des placards
s'ouvrir et se refermer, puis, l'eau ruisselant dans
le tub, des « Ah ! », des « Oh ! », des « Fuuii ! », des
« Brrr ! » que la surprise de l'eau froide arrachait à
Monsieur... Alors, brusquement, j'ouvris la porte...

Monsieur était devant moi, de face, la peau toute
mouillée, grelottant, et l'éponge, en ses mains,
coulait comme une fontaine... Ah !... sa tête, ses
yeux, son immobilité !... Jamais, je ne vis, je crois,
un homme aussi ahuri... N'ayant point de man-

teau pour recouvrir la nudité de son corps, par un geste, instinctivement pudique et comique, il s'était servi de l'éponge comme d'une feuille de vigne. Il me fallut une forte volonté pour réprimer, devant ce spectacle, le rire qui se déchaînait en moi. Je remarquai que Monsieur avait sur les épaules une grosse touffe de poils, et la poitrine, tel un ours... Tout de même, c'est un bel homme... Mazette!...

Naturellement, je poussai un cri de pudeur alarmée, ainsi qu'il convenait, et je refermai la porte avec violence... Mais derrière la porte, je me disais : « Il va me rappeler, bien sûr... Et que va-t-il arriver?... Ma foi!... » J'attendis quelques minutes... Plus un bruit... sinon le bruit cristallin d'une goutte d'eau qui, de temps en temps, tombait dans le tub... « Il réfléchit, pensais-je... il n'ose pas se décider... mais il va me rappeler »... En vain... Bientôt l'eau ruissela de nouveau... ensuite j'entendis que Monsieur s'essuyait, se frottait, s'ébrouait... et des glissements de savate traînèrent sur le parquet... des chaises remuèrent... des placards s'ouvrirent et se refermèrent... Enfin Monsieur recommença de chantonner;

> *Et allez donc, Mam'zelle Suzon!...*
> *Et ron, ronron... petit patapon.*

— Non, vraiment, il est trop bête!... murmurai-je, tout bas, dépitée et furieuse.

Et je me retirai, dans la lingerie, bien résolue à ne plus lui accorder jamais rien du bonheur que ma pitié, à défaut de mon désir, avait parfois rêvé de lui donner...

L'après-midi, Monsieur, très préoccupé, ne cessa de tourner autour de moi. Il me rejoignit à la basse-cour, au moment où j'allais porter au fumier les ordures des chats... Et comme, pour rire un peu de son embarras, je m'excusais de ce qui était arrivé le matin :

— Ça ne fait rien... souffla-t-il... ça ne fait rien... Au contraire...

Il voulut me retenir, bredouilla je ne sais quoi... Mais je le plantai, là... au milieu de sa phrase dans laquelle il s'empêtrait... et je lui dis, d'une voix cinglante, ces mots :

— Je demande pardon à Monsieur... Je n'ai pas le temps de parler à Monsieur... Madame m'attend...

— Sapristi, Célestine, écoutez-moi une seconde...

— Non, Monsieur...

Quand je pris l'angle de l'allée qui conduit à la maison, j'aperçus Monsïeur... Il n'avait pas changé de place... Tête basse, jambes molles, il regardait toujours le fumier, en se grattant la nuque.

Après le dîner, au salon, Monsieur et Madame eurent une forte pique.

Madame disait :

— Je te dis que tu fais attention à cette fille...

Monsieur répondait :

— Moi?... Ah! par exemple!... En voilà une idée!... Voyons, mignonne... Une roulure pareille... une sale fille qui a peut-être de mauvaises maladies... Ah! celle-là est trop forte!...

Madame reprenait :

— Avec ça que je ne connais pas ta conduite... et tes goûts.

— Permets... ah! permets!...

— Et tous les sales torchons... et tous les derrières crottés que tu trousses dans la campagne!...

J'entendais le parquet crier sous les pas de Monsieur qui marchait, dans le salon, avec une animation fébrile.

— Moi?... Ah! par exemple!... En voilà des

idées !... Où vas-tu chercher tout cela, mignonne ?...

Madame s'obstinait :

— Et la petite Jézureau ?... Quinze ans, misérable !... Et pour laquelle il a fallu que je paie cinq cents francs !... Sans quoi, aujourd'hui, tu serais peut-être en prison, comme ton voleur de père...

Monsieur ne marchait plus... Il s'était effondré dans un fauteuil... Il se taisait...

La discussion finit sur ces mots de Madame :

— Et puis, ça m'est égal !... Je ne suis pas jalouse... Tu peux bien coucher avec cette Célestine... Ce que je ne veux pas, c'est que cela me coûte de l'argent...

Ah ! non !... Je les retiens, tous les deux...

Je ne sais pas si, comme le prétend Madame, Monsieur trousse les petites filles dans la campagne... Quand cela serait, il n'aurait pas tort, si tel est son plaisir... C'est un fort homme, et qui mange beaucoup... Il lui en faut... Et Madame ne lui en donne jamais... Du moins, depuis que je suis ici, Monsieur peut se fouiller... Ça, j'en suis certaine... Et c'est d'autant plus extraordinaire qu'ils n'ont qu'un lit... Mais une femme de chambre, à la coule, et qui a de l'œil, sait parfaitement ce qui se passe chez ses maîtres... Elle n'a même pas besoin d'écouter aux portes... Le cabinet de toilette, la chambre à coucher, le linge, et tant d'autres choses, lui en racontent assez... Il est même inconcevable, quand on veut donner des leçons de morale aux autres et qu'on exige la continence de ses domestiques, qu'on ne dissimule pas mieux les traces de ses manies amoureuses... Il y a, au contraire, des gens qui éprouvent, par une sorte de défi, ou par une sorte d'inconscience, ou par une sorte de corruption étrange, le besoin de les étaler... Je ne me pose pas en bégueule, et j'aime à rire, comme tout le monde... Mais vrai !... J'ai vu des ménages... et des plus respectables... qui dépassaient tout de même la mesure du dégoût...

Autrefois, dans les commencements, cela me faisait un drôle d'effet de revoir mes maîtres... après... le lendemain... J'étais toute troublée... En servant le déjeuner, je ne pouvais m'empêcher de les regarder, de regarder leurs yeux, leurs bouches, leurs mains, avec une telle insistance que Monsieur ou Madame, souvent, me disait :

— Qu'avez-vous ?... Est-ce qu'on regarde ses maîtres de cette façon-là ? Faites donc attention à votre service...

Oui, de les voir, cela éveillait en moi des idées, des images... comment exprimer cela ?... des désirs qui me persécutaient le reste de la journée et, faute de les pouvoir satisfaire comme j'eusse voulu, me livraient avec une frénésie sauvage à l'abêtissante, à la morne obsession de mes propres caresses...

Aujourd'hui, l'habitude qui remet toute chose en sa place, m'a appris un autre geste, plus conforme, je crois, à la réalité... Devant ces visages, sur qui les pâtes, les eaux de toilette, les poudres n'ont pu effacer les meurtrissures de la nuit, je hausse les épaules... Et ce qu'ils me font suer, le lendemain, ces honnêtes gens, avec leurs airs dignes, leurs manières vertueuses, leur mépris pour les filles qui fautent, et leurs recommandations sur la conduite et sur la morale.

— Célestine, vous regardez trop les hommes... Célestine, ça n'est pas convenable de causer, dans les coins, avec le valet de chambre... Célestine, ma maison n'est pas un mauvais lieu... Tant que vous serez à mon service et dans ma maison, je ne souffrirai pas...

Et patati... et patata !...

Ce qui n'empêche pas Monsieur, en dépit de sa morale, de vous jeter sur des divans, de vous pousser sur des lits... et de ne vous laisser, généralement, en échange d'une complaisance brusque et éphémère, autre chose qu'un enfant... Arrange-toi, après, comme tu peux et si tu peux... Et si tu ne peux pas, eh bien, crève avec ton enfant... Cela ne le regarde pas...

Leur maison!... Ah! vrai!...

Rue Lincoln, par exemple, ça se passait le vendredi, régulièrement. Il ne pouvait pas y avoir d'erreur là-dessus.

Le vendredi était le jour de Madame. Il venait beaucoup de monde, des femmes et des femmes, jacasses, évaporées, effrontées, maquillées, Dieu sait!... Du monde très chouette, enfin... Probable qu'elles devaient dire, entre elles, pas mal de saletés et que cela excitait Madame... Et puis, le soir, c'était l'Opéra et ce qui s'ensuit... Que ce fût ceci, ou cela ou bien autre chose, le certain c'est que, tous les vendredis... allez-y donc!...

Si c'était le jour de Madame, on peut dire que c'était la nuit de Monsieur, la nuit de Coco... Et quelle nuit!... Il fallait voir, le lendemain, le cabinet de toilette, la chambre, le désordre des meubles, des linges partout, l'eau des cuvettes répandue sur les tapis... Et l'odeur violente de tout cela, une odeur de peau humaine, mêlée à des parfums... à des parfums qui sentaient bon, quoique ça!... Dans le cabinet de toilette de Madame, une grande glace tenait toute la hauteur du mur jusqu'au plafond... Souvent, devant la glace, il y avait des piles de coussins effondrés, foulés, écrasés, et, de chaque côté, de hauts candélabres, dont les bougies disparues avaient coulé et pendaient, en longues larmes figées, aux branches d'argent... Ah! il leur en fallait des micmacs à ceux-là! Et je me demande ce qu'ils auraient bien pu inventer, s'ils n'avaient pas été mariés!...

Et ceci me rappelle notre fameux voyage en

Belgique, l'année où nous allâmes passer quelques semaines à Ostende... A la station de Feignies, visite de la douane. C'était la nuit... et Monsieur très endormi... était resté dans son compartiment... Ce fut Madame qui se rendit, avec moi, dans la salle où l'on inspectait les bagages...

— Avez-vous quelque chose à déclarer ? nous demanda un gros douanier qui, à la vue de Madame, élégante et jolie, se douta bien qu'il aurait plaisir à manipuler d'agréables choses... Car il existe des douaniers, pour qui c'est une sorte de plaisir physique et presque un acte de possession, que de fourrer leurs gros doigts dans les pantalons et dans les chemises des belles dames.

— Non... répondit Madame... Je n'ai rien.

— Alors... ouvrez cette malle...

Parmi les six malles que nous emportions, il avait choisi la plus grande, la plus lourde, une malle en peau de truie, recouverte de son enveloppe de toile grise.

— Puisqu'il n'y a rien ! insista Madame irritée.

— Ouvrez tout de même... commanda ce malotru, que la résistance de ma maîtresse incitait visiblement à un plus complet, à un plus tyrannique examen...

Madame — ah ! je la vois encore — prit, dans son petit sac, le trousseau de clefs et ouvrit la malle... Le douanier, avec une joie haineuse, renifla l'odeur exquise qui s'en échappait, et, aussitôt, il se mit à fouiller, de ses pattes noires et maladroites, parmi les lingeries fines et les robes... Madame était furieuse, poussait des cris, d'autant que l'animal bousculait, froissait avec une malveillance évidente tout ce que nous avions rangé si précieusement...

La visite allait se terminer sans plus d'encombres, quand le gabelou, exhibant du fond de la malle un long écrin de velours rouge, questionna :

— Et ça?... Qu'est-ce que c'est que ça?

— Des bijoux... répondit Madame avec assurance, sans le moindre trouble.

— Ouvrez-le...

— Je vous dis que ce sont des bijoux. A quoi bon?

— Ouvrez-le...

— Non... Je ne l'ouvrirai pas... C'est un abus de pouvoir... Je vous dis que je ne l'ouvrirai pas... D'ailleurs, je n'ai pas la clé...

Madame était dans un état d'extraordinaire agitation. Elle voulut arracher l'écrin litigieux des mains du douanier qui, se reculant, menaça :

— Si vous ne voulez pas ouvrir cet écrin, je vais aller chercher l'inspecteur...

— C'est une indignité... une honte.

— Et si vous n'avez pas la clé de cet écrin, eh bien, on le forcera.

Exaspérée, Madame cria :

— Vous n'avez pas le droit... Je me plaindrai à l'ambassade... aux ministres... je me plaindrai au Roi, qui est de nos amis... Je vous ferai révoquer, entendez-vous... condamner, mettre en prison.

Mais ces paroles de colère ne produisaient aucun effet sur l'impassible douanier, qui répéta avec plus d'autorité :

— Ouvrez l'écrin...

Madame était devenue toute pâle et se tordait les mains.

— Non! fit-elle, je ne l'ouvrirai pas... Je ne veux pas... je ne peux pas l'ouvrir...

Et, pour la dixième fois au moins, l'entêté douanier commanda :

— Ouvrez l'écrin!

Cette discussion avait interrompu les opérations de la douane et groupé, autour de nous, quelques voyageurs curieux... Moi-même, j'étais prodigieusement intéressée par les péripéties de ce petit

drame et, surtout. par le mystère de cet écrin que
je ne connaissais pas, que je n'avais jamais vu chez
Madame, et qui, certainement, avait été introduit
dans la malle, à mon insu.

Brusquement, Madame changea de tactique, se
fit plus douce, presque caressante avec l'incorrup-
tible douanier, et, s'approchant de lui de façon à
l'hypnotiser de son haleine et de ses parfums, elle
supplia tout bas :

— Éloignez ces gens, je vous en prie... Et
j'ouvrirai l'écrin...

Le gabelou crut, sans doute, que Madame lui
tendait un piège. Il hocha sa vieille tête obstinée et
méfiante :

— En voilà assez, des manières... Tout ça, c'est
de la frime... Ouvrez l'écrin...

Alors, confuse, rougissante, mais résignée,
Madame prit dans son porte-monnaie une toute
petite, une toute mignonne clé d'or, et, tâchant à
ce que le contenu en demeurât invisible à la foule,
elle ouvrit l'écrin de velours rouge, que le douanier lui présentait, solidement tenu dans ses
mains. Au même instant, le douanier fit un bond
en arrière, effaré, comme s'il avait eu peur d'être
mordu par une bête venimeuse.

— Nom de Dieu !... jura-t-il.

Puis, le premier moment de stupéfaction passé,
il cria avec un mouvement du nez, rigolo :

— Fallait le dire que vous étiez veuve !

Et il referma l'écrin, pas assez vite toutefois,
pour que les rires, les chuchotements, les paroles
désobligeantes, et même les indignations qui écla-
tèrent dans la foule, ne vinssent démontrer à
Madame que « ses bijoux » avaient été parfaitement aperçus des voyageurs...

Madame fut gênée... Pourtant, je dois
reconnaître qu'elle montra une certaine crânerie,
en cette circonstance plutôt difficile... Ah ! vrai !

126

elle ne manquait pas d'effronterie... Elle m'aida à remettre de l'ordre dans la malle bouleversée. Et nous quittâmes la salle, sous les sifflets, sous les rires insultants de l'assistance.

Je l'accompagnai jusqu'à son wagon, portant le sac où elle avait remisé l'écrin fameux... Un moment, sur le quai, elle s'arrêta, et avec une impudence tranquille, elle me dit :

— Dieu que j'ai été bête !... J'aurais dû déclarer que l'écrin vous appartenait.

Avec la même impudence, je répondis :

— Je remercie beaucoup Madame. Madame est très bonne pour moi... Mais moi, je préfère me servir de ces « bijoux-là »... au naturel...

— Taisez-vous !... fit Madame, sans fâcherie... Vous êtes une petite sotte...

Et elle alla retrouver, dans le wagon, Coco qui ne se doutait de rien...

Du reste, Madame n'avait pas de chance. Soit effronterie, soit manque d'ordre, il lui arrivait souvent des histoires pareilles ou analogues. J'en aurais quelques-unes à raconter qui, sous ce rapport, sont des plus édifiantes... Mais il y a un moment où le dégoût l'emporte, où la fatigue vous vient de patauger sans cesse dans de la saleté... Et puis, je crois que j'en ai dit assez sur cette maison, qui fut pour moi le plus complet exemple de ce que j'appellerai le débraillement moral. Je me bornerai à quelques indications.

Madame cachait dans un des tiroirs de son armoire une dizaine de petits livres, en peau jaune, avec des fermoirs dorés... des amours de livres, semblables à des paroissiens de jeune fille. Quelquefois, le samedi matin, elle en oubliait un sur la table, près de son lit... ou bien dans le cabinet de toilette, parmi les coussins... C'était plein d'images extraordinaires... Je ne joue pas les saintes nitouches, mais je dis qu'il faut être rudement putain pour garder chez soi de pareilles horreurs, et pour s'amuser avec. Rien que d'y penser, j'en ai chaud... Des femmes avec des femmes, des hommes avec des hommes... sexes mêlés, confondus dans des embrassements fous, dans des ruts exaspérés... Des nudités dressées, arquées, bandées, vautrées, en tas, en grappes, en procession de croupes soudées l'une à l'autre par des étreintes compliquées et d'impossibles caresses... Des bouches en ventouse comme des tentacules de pieuvre, vidant les seins, épuisant les ventres, tout un paysage de cuisses et de jambes, nouées, tordues comme des branches d'arbres dans la jungle!... Ah! non!...

Mathilde, la première femme de chambre, chipa un de ces livres. Elle supposait que Madame n'aurait pas le toupet de le lui réclamer... Madame le lui réclama pourtant... Après avoir fouillé ses tiroirs, cherché partout, en vain, elle dit à Mathilde :

— Vous n'avez pas vu un livre dans la chambre?

— Quel livre, Madame?

— Un livre jaune...

— Un livre de messe, sans doute?

Elle regarda bien en face Madame, qui ne se déconcerta pas, et elle ajouta :

— Il me semble en effet que j'ai vu un livre jaune avec un fermoir doré sur la table, près du lit, dans la chambre de Madame...

— Eh bien?

— Eh bien, je ne sais pas ce que Madame en a fait...

— L'avez-vous pris?...

— Moi, Madame?...

Et avec une insolence magnifique :

— Ah! non... alors! cria-t-elle... Madame ne voudrait pas que je lise de pareils livres!

Cette Mathilde, elle était épatante!... Et Madame n'insista plus.

Et tous les jours, à la lingerie, Mathilde disait :

— Attention!... Nous allons dire la messe...

Elle tirait de sa poche le petit livre jaune et nous en faisait la lecture, malgré les protestations de la gouvernante anglaise qui bêlait : « Taisez-vous... vous êtes de malhonnêtes filles » et qui, durant des minutes, l'œil agrandi sous les lunettes, s'écrasait le nez contre les images qu'elle avait l'air de renifler... Ce qu'on s'est amusé avec ça !

Ah! cette gouvernante anglaise! Jamais je n'ai rencontré dans ma vie une telle pocharde, et si drôle. Elle avait l'ivresse tendre, amoureuse, passionnée, surtout avec les femmes. Les vices qu'elle cachait à jeun sous un masque d'austérité comique se révélaient alors en toute leur beauté grotesque. Mais ils étaient plus cérébraux qu'actifs, et je n'ai pas entendu dire qu'elle les eût jamais réalisés. Selon l'expression de Madame, Miss se contentait de se « réaliser » elle-même... Vraiment, elle eût manqué à la collection d'humanité loufoque et déréglée qui illustrait cette maison bien moderne...

Une nuit, j'étais de service, attendant Madame. Tout le monde dormait dans l'hôtel, et je restais, seule, à sommeiller pesamment dans la lingerie... Vers deux heures du matin, Madame rentra. Au coup de sonnette, je me levai et trouvai Madame dans sa chambre. Les yeux sur le tapis, et se dégantant, elle riait à se tordre :

— Voilà, une fois encore, Miss complètement ivre... me dit-elle...

Et elle me montra la gouvernante, vautrée, les bras allongés, une jambe en l'air, et qui, geignant, soupirant, bredouillait des paroles inintelligibles...

— Allons, fit Madame, relevez-la et allez la coucher...

Comme elle était fort lourde et molle, Madame voulut bien m'aider et c'est à grand-peine que nous parvînmes à la remettre debout.

Miss s'était accrochée les deux mains au manteau de Madame, et elle disait à Madame :

— Je ne veux pas te quitter... je ne veux plus jamais te quitter. Je t'aime bien... Tu es mon bébé. Tu es belle...

— Miss, répliquait Madame en riant, vous êtes une vieille pocharde... Allez vous coucher.

— Non, non... je veux coucher avec toi... tu es belle... je t'aime bien... Je veux t'embrasser.

Se retenant d'une main au manteau, de l'autre main elle cherchait à caresser les seins de Madame, et sa bouche, sa vieille bouche s'avançait en baisers humides et bruyants...

— Cochonne, cochonne... tu es une petite cochonne... Je veux t'embrasser... Pou!... pou!... pou!...

Je pus enfin dégager Madame des étreintes de Miss, que j'entraînai hors de la chambre... Et ce fut sur moi que se tourna sa tendresse passionnée. Bien que chancelant sur ses jambes, elle voulait m'enlacer la taille, et sa main s'égarait sur moi plus hardiment que sur Madame, et à des endroits de mon corps plus précis... Il n'y avait pas d'erreur.

— Finissez donc, vieille sale!...

— Non! non... toi aussi... tu es belle... je t'aime bien... viens avec moi... Pou!... pou!... pou!...

Je ne sais comment je me serais débarrassée d'elle si, dès qu'elle fut entrée dans sa chambre, les hoquets n'eussent noyé, dans un flot ignoble et fétide, ses ardeurs obstinées.

Ces scènes-là amusaient beaucoup Madame. Madame n'avait de réelle joie qu'au spectacle du vice, même le plus dégoûtant...

Un autre jour, je surpris Madame en train de

raconter à une amie, dans son cabinet de toilette, les impressions d'une visite qu'elle avait faite, la veille, avec son mari, dans une maison spéciale où elle avait vu deux petits bossus faire l'amour...

— Il faut voir ça, ma chère... Rien n'est plus passionnant...

Ah! ceux qui ne perçoivent, des êtres humains, que l'apparence et que, seules, les formes extérieures éblouissent, ne peuvent pas se douter de ce que le beau monde, de ce que « la haute société » est sale et pourrie... On peut dire d'elle, sans la calomnier, qu'elle ne vit que pour la basse rigolade et pour l'ordure... J'ai traversé bien des milieux bourgeois et nobles, et il ne m'a été donné que très rarement de voir que l'amour s'y accompagnât d'un sentiment élevé, d'une tendresse profonde, d'un idéal de souffrance, de sacrifice ou de pitié, qui en font une chose grande et sainte.

Encore un mot sur Madame... Hormis les jours de réception et des dîners de gala, Madame et Coco recevaient très intimement un jeune ménage très chic, avec qui ils couraient les théâtres, les petits concerts, les cabinets de restaurant, et même, dit-on, de plus mauvais lieux : l'homme très joli, efféminé, le visage presque imberbe; la femme, une belle rousse, avec des yeux étrangement ardents, et une bouche comme je n'en ai jamais vu de plus sensuelle. On ne savait pas exactement ce que c'était que ces deux êtres-là... Quand ils dînaient, tous les quatre, il paraît que leur conversation prenait une allure si effrayante, si abominable que, bien des fois, le maître d'hôtel, qui n'était pas bégueule pourtant, eut l'envie de leur jeter les plats à la figure... Il ne doutait point du reste qu'il y eût, entre eux, des relations antinaturelles, et qu'ils fissent des fêtes pareilles à celles reproduites dans les petits livres jaunes de Madame. La chose est, sinon fréquente, du moins connue. Et les gens qui ne pratiquent point ce vice par passion, s'y adonnent par snobisme... C'est ultra-chic...

Qui donc aurait pu penser de telles horreurs de Madame, qui recevait des archevêques et des nonces du pape, et dont *Le Gaulois*, chaque semaine, célébrait les vertus, l'élégance, la charité, les dîners *smart* et la fidélité aux pures traditions catholiques de la France?...

Tout de même, ils avaient beau avoir du vice, avoir tous les vices dans cette maison-là, on y était libre, heureuse, et Madame ne s'occupait jamais de la conduite du personnel...

Ce soir, nous sommes restés plus longtemps que de coutume à la cuisine. J'ai aidé Marianne à faire ses comptes... Elle ne parvenait pas à s'en tirer... J'ai constaté que, ainsi que toutes les personnes de confiance, elle grappille de-ci, vole de-là, autant qu'elle peut... Elle a même des roueries qui m'étonnent... mais il faut les mettre au point... Il lui arrive de ne pas se retrouver dans ses chiffres, ce qui la gêne beaucoup avec Madame, qui s'y retrouve, elle, et tout de suite... Joseph s'humanise un peu, avec moi. Maintenant, il daigne me parler, de temps à autre... Ainsi, ce soir il n'est pas allé comme d'ordinaire chez le sacristain, son intime ami... Et, pendant que Marianne et moi, nous travaillions, il a lu *La Libre Parole*... C'est son journal... Il n'admet pas qu'on puisse en lire un autre... J'ai remarqué que, tout en lisant, plusieurs fois, il m'a observée avec des expressions nouvelles dans les yeux...

La lecture terminée, Joseph a bien voulu m'exposer ses opinions politiques... Il est las de la République qui le ruine et qui le déshonore... Il veut un sabre...

— Tant que nous n'aurons pas un sabre — et bien rouge — il n'y a rien de fait... dit-il.

Il est pour la religion... parce que... enfin... voilà... il est pour la religion...

— Tant que la religion n'aura pas été restaurée en France comme autrefois... tant qu'on n'obligera pas tout le monde à aller à la messe et à confesse... il n'y a rien de fait, nom de Dieu !...

Il a accroché dans sa sellerie, les portraits du pape et de Drumont; dans sa chambre, celui de Déroulède; dans la petite pièce aux graines, ceux de Guérin et du général Mercier... de rudes lapins... des patriotes... des Français, quoi !... Précieusement, il collectionne toutes les chansons antijuives, tous les portraits en couleur des généraux, toutes les caricatures de « bouts coupés ». Car Joseph est violemment antisémite... Il fait partie de toutes les associations religieuses, militaristes et patriotiques du département. Il est membre de la Jeunesse antisémite de Rouen, membre de la vieillesse antijuive de Louviers, membre encore d'une infinité de groupes et de sous-groupes, comme Le Gourdin national, le Tocsin normand, les Bayados du Vexin... etc. Quand il parle des juifs, ses yeux ont des lueurs sinistres, ses gestes, des férocités sanguinaires... Et il ne va jamais en ville sans une matraque :

— Tant qu'il restera un juif en France... il n'y a rien de fait...

Et il ajoute :

— Ah, si j'étais à Paris, bon Dieu !... J'en tuerais... j'en brûlerais... j'en étriperais de ces maudits youpins !... Il n'y a pas de danger, les traîtres, qu'ils soient venus s'établir au Mesnil-Roy... Ils savent bien ce qu'ils font, allez, les vendus !...

Il englobe, dans une même haine, protestants, francs-maçons, libres-penseurs, tous les brigands qui ne mettent jamais le pied à l'église, et qui ne sont, d'ailleurs, que des juifs déguisés... Mais il n'est pas clérical, il est pour la religion, voilà tout...

Quant à l'ignoble Dreyfus, il ne faudrait pas qu'il s'avisât de rentrer de l'île du Diable, en France... Ah! non... Et pour ce qui est de l'immonde Zola, Joseph l'engage fort à ne point venir à Louviers, comme le bruit en court, pour y donner une conférence... Son affaire serait claire, et c'est Joseph qui s'en charge... Ce misérable traître de Zola qui, pour six cent mille francs, a livré toute l'armée française et aussi toute l'armée russe, aux Allemands et aux Anglais!... Et ça n'est pas une blague... un potin... une parole en l'air : non, Joseph en est sûr... Joseph le tient du sacristain, qui le tient du curé, qui le tient de l'évêque, qui le tient du pape... qui le tient de Drumont... Ah! les juifs peuvent visiter le Prieuré... Ils trouveront, écrits par Joseph, à la cave, au grenier, à l'écurie, à la remise, sous la doublure des harnais, jusque sur les manches des balais, partout, ces mots : « Vive l'armée!... Mort aux juifs! »

Marianne approuve, de temps en temps, par des mouvements de tête, des gestes silencieux, ces discours violents... Elle aussi, sans doute, la République la ruine et la déshonore... Elle aussi est pour le sabre, pour les curés et contre les juifs... dont elle ne sait rien d'ailleurs, sinon qu'il leur manque quelque chose, quelque part.

Et moi aussi, bien sûr, je suis pour l'armée, pour la patrie, pour la religion et contre les juifs... Qui donc, parmi nous, les gens de maison, du plus petit au plus grand, ne professe pas ces chouettes doctrines ?... On peut dire tout ce qu'on voudra des domestiques... ils ont bien des défauts, c'est possible... mais ce qu'on ne peut pas leur refuser, c'est d'être patriotes... Ainsi, moi, la politique, ce n'est pas mon genre et elle m'assomme... Eh bien, huit jours avant de partir pour ici, j'ai carrément refusé de servir, comme femme de chambre, chez Labori... Et toutes les camarades qui, ce jour-là, étaient au bureau, ont refusé aussi :

— Chez ce salaud-là?... Ah! non alors!... Ça, jamais!...

Pourtant, lorsque je m'interroge sérieusement, je ne sais pas pourquoi je suis contre les juifs, car j'ai servi chez eux, autrefois, du temps où on pouvait le faire encore avec dignité... Au fond, je trouve que les juives et les catholiques, c'est tout un... Elles sont aussi vicieuses, ont d'aussi sales caractères, d'aussi vilaines âmes les unes que les autres... Tout cela, voyez-vous, c'est le même monde, et la différence de religion n'y est pour rien... Peut-être, les juives font-elles plus de piaffe, plus d'esbroufe... peut-être font-elles valoir davantage l'argent qu'elles dépensent?... Malgré ce qu'on raconte de leur esprit d'administration et de leur avarice, je prétends qu'il n'est pas mauvais d'être dans ces maisons-là, où il y a encore plus de coulage que dans les maisons catholiques.

Mais Joseph ne veut rien entendre... Il m'a reproché d'être une patriote à la manque, une mauvaise Française, et, sur des prophéties de massacres, sur une sanglante évocation de crânes fracassés et de tripes à l'air, il est parti se coucher.

Aussitôt, Marianne a retiré du buffet la bouteille d'eau-de-vie. Nous avions besoin de nous remettre, et nous avons parlé d'autre chose... Marianne, de jour en jour plus confiante, m'a raconté son enfance, sa jeunesse difficile, et, comme quoi, étant petite bonne chez une marchande de tabac, à Caen, elle fut débauchée par un interne... un garçon tout fluet, tout mince, tout blond, et qui avait des yeux bleus et une barbe en pointe, courte et soyeuse... ah! si soyeuse!... Elle devint enceinte, et la marchande de tabac qui couchait avec un tas de gens, avec tous les sous-officiers de la garnison, la chassa de chez elle... Si jeune, sur le pavé d'une grande ville, avec un gosse dans le ventre!... Ah! elle en connut de la misère, son ami n'ayant pas d'argent... Et elle serait morte de faim, bien sûr, si l'interne ne lui avait enfin trouvé, à l'école de médecine, une drôle de place.

— Mon Dieu, oui... dit-elle... au Boratoire, je tuais les lapins... et j'achevais les petits cochons d'Inde... C'était bien gentil...

Et ce souvenir amène sur les grosses lippes de Marianne un sourire qui m'a paru étrangement mélancolique...

Après un silence, je lui demande :

— Et le gosse?... qu'est-ce qu'il est devenu?

Marianne fait un geste vague et lointain, un geste qui semble écarter les lourds voiles de ces limbes où dort son enfant... Elle répond d'une voix qu'éraille l'alcool :

— Ah! bien... vous pensez... Qu'est-ce que j'en aurais fait, mon Dieu?...

— Comme les petits cochons d'Inde, alors?...

— C'est ça...

Et elle s'est reversé à boire...

Nous sommes montées, dans nos chambres, un peu grises...

VII

Décidément, voici l'automne. Des gelées, qu'on n'attendait pas si tôt, ont roussi les dernières fleurs du jardin. Les dahlias, les pauvres dahlias témoins de la timidité amoureuse de Monsieur sont brûlés; brûlés aussi les grands tournesols qui montaient la faction à la porte de la cuisine. Il ne reste plus rien dans les plates-bandes désolées, plus rien que quelques maigres géraniums ici et là, et cinq ou six touffes d'asters qui avant de mourir, elles aussi, penchent sur le sol leurs bouquets d'un bleu triste de pourriture. Dans les parterres du capitaine Mauger, que j'ai vus, tantôt, par-dessus la haie, c'est un véritable désastre, et tout y est couleur de tabac.

Les arbres, à travers la campagne, commencent de jaunir et de se dépouiller, et le ciel est funèbre. Durant quatre jours, nous avons vécu dans un brouillard épais, un brouillard brun qui sentait la suie et qui ne se dissipait même pas l'après-midi... Maintenant, il pleut, une pluie glacée, fouettante, qu'active, en rafales, une mauvaise bise de nord-ouest...

Ah! je ne suis pas à la noce... Dans ma chambre, il fait un froid de loup. Le vent y souffle, l'eau y pénètre par les fentes du toit, principalement autour des deux châssis qui distribuent une lumière

137

avare, dans ce sombre galetas... Et le bruit des ardoises soulevées, des secousses qui ébranlent la toiture, des charpentes qui craquent, des charnières qui grincent, y est assourdissant... Malgré l'urgence des réparations, j'ai eu toutes les peines du monde à obtenir de Madame qu'elle fît venir le plombier, demain matin... Et je n'ose pas encore réclamer un poêle, bien que je sente, moi qui suis très frileuse, que je ne pourrai continuer d'habiter cette mortelle chambre l'hiver... Ce soir, pour arrêter le vent et la pluie, j'ai dû calfeutrer les châssis avec de vieux jupons... Et cette girouette, au-dessus de ma tête, qui ne cesse de tourner sur son pivot rouillé et qui, par instants, glapit dans la nuit si aigrement, qu'on dirait la voix de Madame, après une scène, dans les corridors...

Les premières révoltes calmées, la vie s'établit monotone, engourdissante et je finis par m'y habituer peu à peu, sans trop en souffrir moralement. Jamais il ne vient personne ici ; on dirait d'une maison maudite. Et, en dehors des menus incidents domestiques que j'ai contés, jamais il ne se passe rien... Tous les jours sont pareils, et toutes les besognes, et tous les visages... C'est l'ennui dans la mort... Mais je commence à être tellement abrutie, que je m'accommode de cet ennui, comme si c'était une chose naturelle. Même, d'être privée d'amour, cela ne me gêne pas trop, et je supporte sans trop de douloureux combats cette chasteté à laquelle je suis condamnée, à laquelle, plutôt, je me suis condamnée, car j'ai renoncé à Monsieur, j'ai plaqué Monsieur définitivement. Monsieur m'embête, et je lui en veux de m'avoir, par lâcheté, débinée si grossièrement devant Madame... Ce n'est point qu'il se résigne ou qu'il me lâche. Au contraire... il s'obstine à tourner autour de moi, avec des yeux de plus en plus ronds, une bouche de plus en plus baveuse. Suivant une expression que j'ai lue dans je ne sais plus quel livre, c'est toujours vers mon auge qu'il mène s'abreuver les cochons de son désir...

Maintenant que les jours raccourcissent, Monsieur se tient, avant le dîner, dans son bureau, où il fait le diable sait quoi, par exemple... où il occupe son temps à remuer sans raison de vieux papiers, à pointer des catalogues de graines et des réclames de pharmacie, à feuilleter d'un air distrait, de vieux livres de chasse... Il faut le voir, quand j'entre, à la nuit, pour fermer ses persiennes ou surveiller son feu. Alors, il se lève, tousse, éternue, s'ébroue, se cogne aux meubles, renverse des objets, tâche d'attirer, d'une façon stupide, mon attention... C'est à se tordre... Je fais semblant de ne rien entendre, de ne rien comprendre à ses singeries puériles, et je m'en vais, silencieuse, hautaine, sans plus le regarder que s'il n'était pas là...

Hier soir, cependant, nous avons échangé les courtes paroles que voici :

— Célestine !...

— Monsieur désire quelque chose ?...

— Célestine !... Vous êtes méchante avec moi... Pourquoi êtes-vous méchante avec moi ?

— Mais, Monsieur sait bien que je suis une roulure...

— Voyons...

— Une sale fille...

— Voyons... voyons...

— Que j'ai de mauvaises maladies...

— Mais, nom d'un chien, Célestine !... Voyons, Célestine... Écoutez-moi...

— Merde !...

Ma foi, oui !... j'ai lâché cela, carrément... J'en ai assez... Ça ne m'amuse plus de lui mettre, par mes coquetteries, la tête et le cœur à l'envers...

Rien ne m'amuse ici... Et le pire, c'est que rien,

non plus, ne m'y embête... Est-ce l'air de ce sale pays, le silence de la campagne, la nourriture trop lourde et grossière?... Une torpeur m'envahit, qui n'est pas d'ailleurs sans charme... En tout cas, elle émousse ma sensibilité, engourdit mes rêves, m'aide à mieux endurer les insolences et les criailleries de Madame... Grâce à elle aussi, j'éprouve un certain contentement à bavarder, le soir, des heures, avec Marianne et Joseph, cet étrange Joseph qui, décidément, ne sort plus et semble prendre plaisir à rester avec nous... L'idée que Joseph est, peut-être, amoureux de moi, eh bien cela me flatte... Mon Dieu, oui... j'en suis là... Et puis, je lis, je lis... des romans, des romans et encore des romans... J'ai relu du Paul Bourget... Ses livres ne me passionnent plus comme autrefois, même ils m'assomment, et je juge qu'ils sont faux et en toc... Ils sont conçus dans cet état d'âme que je connais bien pour l'avoir éprouvé quand, éblouie, fascinée, je pris contact avec la richesse et avec le luxe... J'en suis revenue, aujourd'hui... et ils ne m'épatent plus... Ils épatent toujours Paul Bourget... Ah! je ne serais plus assez niaise pour lui demander des explications psychologiques, car, mieux que lui, je sais ce qu'il y a derrière une portière de salon et sous une robe de dentelles...

Ce à quoi je ne puis m'habituer, c'est de ne point recevoir de lettres de Paris. Tous les matins, lorsque vient le facteur, j'ai au cœur, comme un petit déchirement, à me savoir si abandonnée de tout le monde; et c'est par là que je mesure le mieux l'étendue de ma solitude... En vain, j'ai écrit à mes anciennes camarades, à monsieur Jean surtout, des lettres pressantes et désolées; en vain, je les ai suppliés de s'occuper de moi, de m'arracher de mon enfer, de me trouver, à Paris, une place quelconque, si humble soit-elle... Aucun, aucune ne me répond... Je n'aurais jamais cru à tant d'indifférence, à tant d'ingratitude...

Et cela me force à me raccrocher plus fortement à ce qui me reste : le souvenir et le passé. Souvenirs où, malgré tout, la joie domine la souffrance... passé qui me redonne l'espoir que tout n'est pas fini de moi, et qu'il n'est point vrai qu'une chute accidentelle soit la dégringolade irrémédiable... C'est pourquoi, seule dans ma chambre, tandis que, de l'autre côté de la cloison, les ronflements de Marianne me représentent les écœurements du présent, je tâche à couvrir ce bruit ridicule du bruit de mes bonheurs anciens, et je ressasse passionnément ce passé, afin de reconstituer avec ses morceaux épars l'illusion d'un avenir, encore.

Justement, aujourd'hui, 6 octobre, voici une date pleine de souvenirs... Depuis cinq années que s'est accompli le drame que je veux conter, tous les détails en sont demeurés vivaces en moi. Il y a un mort dans ce drame, un pauvre petit mort, doux et joli, et que j'ai tué pour lui avoir donné trop de caresses et trop de joies, pour lui avoir donné trop de vie... Et, depuis cinq années qu'il est mort — mort de moi — ce sera la première fois que, le 6 octobre, je n'irai point porter sur sa tombe les fleurs coutumières... Mais ces fleurs, que je n'irai point porter sur sa tombe, j'en ferai un bouquet plus durable et qui ornera, et qui parfumera sa mémoire chérie mieux que les fleurs de cimetière, le coin de terre où il dort... Car les fleurs dont sera composé le bouquet que je lui ferai, j'irai les cueillir, une à une, dans le jardin de mon cœur... dans le jardin de mon cœur où ne poussent pas que les fleurs mortelles de la débauche, où éclosent aussi les grands lys blancs de l'amour...

C'était un samedi, je me souviens... Au bureau de placement de la rue du Colisée où, depuis huit jours, je venais régulièrement, chaque matinée, chercher une place, on me présenta à une vieille dame en deuil. Jamais, jusqu'ici, je n'avais rencontré visage plus avenant, regards plus doux, manières plus simples, jamais je n'avais entendu plus entraînantes paroles... Elle m'accueillit avec une grande politesse qui me fit chaud au cœur.

— Mon enfant, me fit-elle, Mme Paulhat-Durand (c'était la placeuse) m'a fait de vous le meilleur éloge... Je crois que vous le méritez, car vous avez une figure intelligente, franche et gaie, qui me plaît beaucoup. J'ai besoin d'une personne de confiance et de dévouement... De dévouement !... Ah ! je sais que je demande là une chose bien difficile... car, enfin, vous ne me connaissez pas et vous n'avez aucune raison de m'être dévouée... Je vais vous expliquer dans quelles conditions je me trouve... Mais ne restez pas debout, mon enfant... venez vous asseoir près de moi...

Il suffit qu'on me parle doucement, il suffit qu'on ne me considère point comme un être en dehors des autres et en marge de la vie, comme quelque chose d'intermédiaire entre un chien et un perroquet, pour que je sois, tout de suite, émue,... et, tout de suite, je sens revivre en moi une âme d'enfant... Toutes mes rancunes, toutes mes haines, toutes mes révoltes, je les oublie comme par miracle, et je n'éprouve plus, envers les personnes qui me parlent humainement, que des sentiments d'abnégation et d'amour... Je sais aussi, par expérience, qu'il n'y a que les gens malheureux, pour mettre la souffrance des humbles de plain-pied avec la leur... Il y a toujours de l'insolence et de la distance dans la bonté des heureux !...

Quand je fus assise auprès de cette vénérable dame en deuil, je l'aimais déjà... je l'aimais véritablement.

Elle soupira :

— Ce n'est pas une place bien gaie que je vous offre, mon enfant...

Avec une sincérité d'enthousiasme qui ne lui échappa point, je protestai vivement :

— Il n'importe, Madame... Tout ce que Madame me demandera, je le ferai...

Et c'était vrai... J'étais prête à tout...

Elle me remercia d'un bon regard tendre, et elle reprit :

— Eh bien, voici... J'ai été très éprouvée dans la vie... De tous les miens que j'ai perdus... il ne me reste plus qu'un petit-fils... menacé, lui aussi, de mourir du mal terrible dont les autres sont morts...

Craignant de prononcer le nom de ce terrible mal, elle me l'indiqua, en posant sur sa poitrine sa vieille main gantée de noir... et, avec une expression plus douloureuse :

— Pauvre petit !... C'est un enfant charmant, un être adorable... en qui j'ai mis mes dernières espérances. Car, après lui, je serai toute seule... Et qu'est-ce que je ferai sur la terre, mon Dieu ?...

Ses prunelles se couvrirent d'un voile de larmes... A petits coups de son mouchoir, elle les essuya et continua :

— Les médecins assurent qu'on peut le sauver... qu'il n'est pas profondément atteint... Ils ont prescrit un régime dont ils attendent beaucoup de bien... Tous les après-midi, Georges devra prendre un bain de mer, ou plutôt, il devra se tremper une seconde dans la mer... Ensuite, il faudra qu'on le frotte énergiquement, sur tout le corps, avec un gant de crin, pour activer la circulation... ensuite, il faudra l'obliger à boire un verre de vieux porto... ensuite qu'il reste étendu, au moins une heure, dans un lit bien chaud... Ce que je voudrais de vous, mon enfant, c'est cela, d'abord... Mais comprenez-moi bien, c'est surtout de la jeunesse, de la gentillesse, de la gaieté, de la vie... Chez moi, c'est ce qui lui manque le plus... J'ai deux serviteurs très dévoués... mais ils sont vieux, tristes et maniaques... Georges ne peut les souffrir... Moi-même, avec ma vieille tête blanchie et mes constants habits de deuil, je sens que je l'afflige... Et ce qu'il y a de pire, je sens bien aussi que, souvent, je ne puis lui cacher mes appréhensions... Ah! je sais que ce n'est peut-être pas le rôle d'une jeune fille, telle que vous, auprès d'un aussi jeune enfant, comme est Georges... car il n'a que dix-neuf ans, mon Dieu!... Le monde trouvera, sans doute, à y redire... Je ne m'occupe pas du monde... je ne m'occupe que de mon petit malade... et j'ai confiance en vous... Vous êtes une honnête femme, je suppose...

— Oh!... oui... Madame... m'écriai-je, certaine à l'avance d'être l'espèce de sainte que venait chercher la grand-mère désolée, pour le salut de son enfant.

— Et lui... le pauvre petit, grand Dieu!... Dans son état!... Dans son état, voyez-vous, plus que les bains de mer, peut-être, il a besoin de ne rester jamais seul, d'avoir, sans cesse, auprès de lui, un joli visage, un rire frais et jeune... quelque chose qui éloigne de son esprit l'idée de la mort, quelqu'un qui lui donne confiance en la vie... Voulez-vous?...

— J'accepte, Madame, répondis-je, émue jusqu'aux entrailles... Et que Madame soit sûre que je soignerai bien M. Georges...

Il fut convenu que j'entrerais, le soir même, dans la place, et que nous partirions, le surlendemain, pour Houlgate où la dame en deuil avait loué une belle villa sur la plage.

La grand-mère n'avait pas menti... M. Georges était un enfant charmant, adorable. Son visage imberbe avait la grâce d'un beau visage de femme ; d'une femme aussi, ses gestes indolents, et ses mains longues, très blanches, très souples, où transparaissait le réticule des veines... Mais quels yeux ardents !... Quelles prunelles dévorées d'un feu sombre, dans des paupières cernées de bleu et qu'on eût dites brûlées par les flammes du regard !... Quel intense foyer de pensée, de passion, de sensibilité, d'intelligence, de vie intérieure !... Et comme déjà les fleurs rouges de la mort envahissaient ses pommettes !... Il semblait que ce ne fût pas de la maladie, que ce ne fût pas de la mort qu'il mourait, mais de l'excès de vie, de la fièvre de vie qui était en lui et qui rongeait ses organes, desséchait sa chair... Ah ! qu'il était joli et douloureux à contempler !... Quand la grand-mère me mena près de lui, il était étendu sur une chaise longue et il tenait, dans sa longue main blanche, une rose sans parfum... Il me reçut, non comme une domestique, presque comme une amie qu'il attendait... Et moi, dès ce premier moment, je m'attachai à lui, de toutes les forces de mon âme.

L'installation à Houlgate se fit sans incidents, comme s'était fait le voyage. Tout était prêt, lorsque nous y arrivâmes... Nous n'avions plus qu'à prendre possession de la villa, une villa spacieuse, élégante, pleine de lumière et de gaieté, qu'une large terrasse, avec ses fauteuils d'osier et ses tentes bigarrées, séparait de la plage. On descendait à la mer par un escalier de pierre, pratiqué dans la digue, et les vagues venaient chanter sur les premières marches, aux heures de la marée montante. Au rez-de-chaussée, la chambre de M. Georges s'ouvrait par de larges baies, sur un admirable paysage de mer... La mienne, — une chambre de maître, tendue de claire cretonne, — en face de celle de M. Georges, de l'autre côté d'un couloir, donnait sur un petit jardin où poussaient quelques maigres fusains et de plus maigres rosiers. Exprimer par des mots ma joie, ma fierté, mon émotion, tout ce que j'éprouvai d'orgueil pur et nouveau à être ainsi traitée, choyée, admise comme une dame, au bien-être, au luxe, au partage de cette chose si vainement convoitée, qu'est la famille... expliquer comment, par un simple coup de baguette de cette miraculeuse fée : la bonté, il arriva, instantanément que c'en fut fini du souvenir de mes humiliations passées, et que je conçus tous les devoirs auxquels m'astreignait cette dignité d'être humain, enfin conférée, je ne le puis... Ce que je puis dire, c'est que, véritablement, je connus la magie de la transfiguration... Non seulement le miroir attesta que j'étais devenue subitement plus belle, mais mon cœur me cria que j'étais réellement meilleure... Je découvris en moi des sources, des sources, des sources... des sources intarissables, des sources sans cesse jaillissantes de dévouement, de sacrifice... d'héroïsme... et je n'eus plus qu'une pensée : sauver à force de soins intelligents, de fidélités attentives, d'ingéniosités merveilleuses, sauver M. Georges de la mort...

Avec une foi robuste dans ma puissance de guérison, je disais, je criais à la pauvre grand-mère, qui ne cessait de se désespérer et souvent, dans le salon voisin, passait ses journées à pleurer :

— Ne pleurez plus, Madame... Nous le sauverons... Je vous jure que nous le sauverons...

De fait, au bout de quinze jours, M. Georges se trouva beaucoup mieux. Un grand changement s'opérait dans son état... Les crises de toux diminuaient, s'espaçaient; le sommeil et l'appétit se régularisaient... Il n'avait plus, la nuit, ces sueurs abondantes et terribles, qui le laissaient, au matin, haletant et brisé... Ses forces revenaient au point que nous pouvions faire de longues courses en voiture, et de petites promenades à pied, sans trop de fatigue... C'était, en quelque sorte, une résurrection... Comme le temps était très beau, l'air très chaud, mais tempéré par la brise de mer, les jours que nous ne sortions pas, nous en passions la plus grande partie, à l'abri des tentes, sur la terrasse de la villa, attendant l'heure du bain, « de la trempette dans la mer », ainsi que le disait, gaiement, M. Georges... Car il était gai, toujours gai, et jamais il ne parlait de son mal... jamais il ne parlait de la mort. Je crois bien que, durant ces jours-là, jamais il ne prononça ce mot terrible de mort... En revanche, il s'amusait beaucoup de mon bavardage, le provoquait, au besoin, et moi, confiante en ses yeux, rassurée par son cœur, entraînée par son indulgence et sa gentillesse, je lui disais tout ce qui me traversait l'esprit, farces, folies et chansons... Ma petite enfance, mes petits désirs, mes petits malheurs, et mes rêves, et mes révoltes, et mes diverses stations chez des maîtres cocasses, ou infâmes, je lui racontais tout sans trop masquer la vérité car, si jeune qu'il fût, si séparé du monde, si enfermé qu'il eût toujours été, par une prescience, par une divination merveilleuse qu'ont les malades, il comprenait tout de la vie... Une vraie amitié, que facilita sûrement son caractère et que souhaita sa solitude, et, surtout, que les soins intimes et constants dont je réjouissais sa pauvre chair moribonde amenèrent pour ainsi dire automatiquement, s'était établie entre nous... J'en fus heureuse au-delà de ce que je puis exprimer, et j'y gagnai de dégrossir mon esprit au contact incessant du sien.

M. Georges adorait les vers... Des heures entières, sur la terrasse, au chant de la mer, ou bien, le soir, dans sa chambre, il me demandait de lui lire des poèmes de Victor Hugo, de Baudelaire, de Verlaine, de Maeterlinek. Souvent, il fermait les yeux, restait immobile, les mains croisées sur sa poitrine, et croyant qu'il s'était endormi, je me taisais... Mais il souriait et il me disait :

— Continue, petite... Je ne dors pas... J'entends mieux ainsi ces vers... j'entends mieux ainsi ta voix... Et ta voix est charmante...

Parfois, c'est lui qui m'interrompait. Après s'être recueilli, il récitait lentement, en prolongeant les rythmes, les vers qui l'avaient le plus enthousiasmé, et il cherchait — ah! que je l'aimais de cela! — à m'en faire comprendre, à m'en faire sentir la beauté...

Un jour il me dit... et j'ai gardé ces paroles comme une relique :

— Ce qu'il y a de sublime, vois-tu, dans les vers, c'est qu'il n'est point besoin d'être un savant pour les comprendre et pour les aimer... au contraire... Les savants ne les comprennent pas et, la plupart du temps, ils les méprisent, parce qu'ils ont trop d'orgueil... Pour aimer les vers, il suffit d'avoir une âme... une petite âme toute nue, comme une fleur... Les poètes parlent aux âmes des simples, des tristes, des malades... Et c'est en cela qu'ils sont éternels... Sais-tu bien que, lorsqu'on a de la sensibilité, on est toujours un peu poète?... Et toi-même, petite Célestine, souvent tu m'as dit des choses qui sont belles comme des vers...

— Oh!... monsieur Georges... vous vous moquez de moi...

— Mais non!... Et tu n'en sais rien que tu m'as dit ces choses belles... Et c'est ce qui est délicieux...

Ce furent pour moi des heures uniques; quoi qu'il arrive de la destinée, elles chanteront dans mon cœur, tant que je vivrai... J'éprouvai cette sensation, indiciblement douce, de redevenir un être nouveau, d'assister, pour ainsi dire, de minute en minute, à la révélation de quelque chose d'inconnu de moi et qui, pourtant, était moi... Et, aujourd'hui, malgré de pires déchéances, toute reconquise que je sois par ce qu'il y a en moi de mauvais et d'exaspéré, si j'ai conservé ce goût passionné pour la lecture, et, parfois, cet élan vers des choses supérieures à mon milieu social et à moi-même, si, tâchant à reprendre confiance en la spontanéité de ma nature, j'ai osé, moi, ignorante de tout, écrire ce journal, c'est à M. Georges que je le dois...

Ah oui!... je fus heureuse... heureuse surtout de voir le gentil malade renaître peu à peu... ses chairs se regonfler et refleurir son visage, sous la poussée d'une sève neuve... heureuse de la joie, et des espérances, et des certitudes que la rapidité de cette résurrection donnait à toute la maison, dont j'étais, maintenant, la reine et la fée... On m'attribuait, on attribuait à l'intelligence de mes soins, à la vigilance de mon dévouement et, plus encore peut-être, à ma constante gaieté, à ma jeunesse pleine d'enchantements, à ma surprenante influence sur M. Georges, ce miracle incomparable... Et la pauvre grand-mère me remerciait, me comblait de reconnaissance et de bénédictions, et de cadeaux... comme une nourrice à qui l'on a confié un baby presque mort et qui, de son lait pur et sain, lui refait des organes... un sourire... une vie.

Quelquefois, oublieuse de son rang, elle me prenait les mains, les caressait, les embrassait, et, avec des larmes de bonheur, elle me disait :

— Je savais bien... moi... quand je vous ai vue... je savais bien!...

Et déjà des projets... des voyages au soleil... des campagnes pleines de roses!

— Vous ne nous quitterez plus jamais... plus jamais, mon enfant.

Son enthousiasme me gênait souvent... mais j'avais fini par croire que je le méritais... Si comme bien d'autres l'eussent fait à ma place, j'avais voulu abuser de sa générosité... Ah! malheur!...

Et ce qui devait arriver arriva.

Cette journée-là, le temps avait été très chaud, très lourd, très orageux. Au-dessus de la mer plombée et toute plate, le ciel roulait des nuages étouffants, de gros nuages roux, où la tempête ne pouvait éclater. M. Georges n'était pas sorti, même sur la terrasse, et nous étions restés dans sa chambre. Plus nerveux que d'habitude, d'une nervosité due sans doute aux influences électriques de l'atmosphère, il avait même refusé que je lui lise des vers.

— Cela me fatiguerait... disait-il... Et, d'ailleurs, je sens que tu les lirais très mal, aujourd'hui.

Il était allé dans le salon, où il avait essayé de jouer un peu de piano. Le piano l'ayant agacé, tout de suite il était revenu dans la chambre où il avait cru se distraire, un instant, en crayonnant d'après moi, quelques silhouettes de femmes... Mais il n'avait pas tardé à abandonner papier et crayons, en maugréant avec un peu d'impatience.

— Je ne peux pas... je ne suis pas en train... Ma main tremble... Je ne sais ce que j'ai... Et toi aussi, tu as je ne sais quoi... Tu ne tiens pas en place...

Finalement, il s'était étendu sur sa chaise longue, près de la grande baie par où l'on découvrait un immense espace de mer... Des barques de pêche, au loin, fuyant l'orage toujours menaçant, rentraient au port de Trouville... D'un regard distrait, il suivait leurs manœuvres et leurs voilures grises...

Comme l'avait dit M. Georges, c'est vrai, je ne tenais pas en place... et je m'agitais, je m'agitais... afin d'inventer quelque chose qui occupât son esprit... Naturellement, je ne trouvais rien... et mon agitation ne calmait pas celle du malade...

— Pourquoi t'agiter ainsi?... Pourquoi t'énerver ainsi?... Reste auprès de moi...

Je lui avais demandé :

— Est-ce que vous n'aimeriez pas être sur ces petites barques, là-bas?... Moi, si!...

— Ne parle donc pas pour parler... A quoi bon dire des choses inutiles... Reste auprès de moi.

A peine assise près de lui, et la vue de la mer lui devenant tout à coup insupportable, il m'avait demandé de baisser le store de la baie...

— Ce faux jour m'exaspère... cette mer est horrible... Je ne veux pas la voir... Tout est horrible, aujourd'hui. Je ne veux rien voir, je ne veux voir que toi...

Doucement, je l'avais grondé.

— Ah! monsieur Georges, vous n'êtes pas sage... Ça n'est pas bien... Et si votre grand-mère venait, et qu'elle vous vît en cet état... vous la feriez encore pleurer!...

S'étant soulevé un peu sur les coussins :

— D'abord, pourquoi m'appelles-tu « monsieur Georges »?... Tu sais que cela me déplaît...

— Je ne peux pourtant pas vous appeler « monsieur Gaston »!

— Appelle-moi « Georges » tout court... méchante...

— Ça, je ne pourrais pas... je ne pourrais jamais!

Alors il avait soupiré.

— Est-ce curieux!... Tu es donc toujours une pauvre petite esclave?

Puis il s'était tu... Et le reste de la journée s'était écoulé, moitié dans l'énervement, moitié dans le silence, qui était aussi un énervement, et plus pénible...

Après le dîner, le soir, l'orage enfin éclata. Le vent se mit à souffler avec violence, la mer à battre la digue avec un grand bruit sourd... M. Georges ne voulut pas se coucher... Il sentait qu'il lui serait impossible de dormir, et c'est si long, dans un lit, les nuits sans sommeil !... Lui, sur la chaise longue, moi, assise près d'une petite table sur laquelle brûlait, voilée d'un abat-jour, une lampe qui répandait autour de nous une clarté rose et très douce, nous ne disions rien... Quoique ses yeux fussent plus brillants que de coutume, M. Georges semblait plus calme... et le reflet rose de la lampe avivait son teint, dessinait, dans de la lumière, les traits de sa figure fine et charmante... Moi, je travaillais à un ouvrage de couture.

Tout à coup, il me dit :

— Laisse un peu ton ouvrage, Célestine... et viens près de moi...

J'obéissais toujours à ses désirs, à ses caprices... Il avait des effusions, des enthousiasmes d'amitié que j'attribuais à la reconnaissance... J'obéis comme les autres fois.

— Plus près de moi... encore plus près... fit-il. Puis :

— Donne-moi ta main, maintenant...

Sans la moindre défiance, je lui laissai prendre ma main qu'il caressa :

— Comme ta main est jolie !... Et comme tes yeux sont jolis !... Et comme tu es jolie, toute... toute... toute !...

Souvent, il m'avait parlé de ma bonté... jamais il ne m'avait dit que j'étais jolie — du moins, jamais il ne me l'avait dit avec cet air-là... Surprise et, dans le fond, charmée de ces paroles qu'il débitait d'une voix un peu haletante et grave, instinctive- ment je me reculai :

— Non... non... ne t'en va pas... Reste près de moi... tout près... Tu ne peux pas savoir comme cela me fait du bien que tu sois près de moi... comme cela me réchauffe... Tu vois... je ne suis plus nerveux, agité... je ne suis plus malade... je suis content... je suis heureux... très... très heureux...

Et m'ayant enlacé la taille, chastement, il m'obligea de m'asseoir près de lui, sur la chaise longue... Et il me demanda :

— Est-ce que tu es mal ainsi ?

Je n'étais point rassurée. Il y avait dans ses yeux un feu plus ardent... Sa voix tremblait davantage... de ce tremblement que je connais — ah oui ! que je connais ! — ce tremblement que donne aux voix de tous les hommes, le désir violent d'aimer... J'étais très émue, très lâche... et la tête me tournait un peu... Mais, bien résolue à me défendre de lui, et surtout à le défendre énergiquement contre lui-même, je répondis d'un air gamin :

— Oui, monsieur Georges, je suis très mal... Laissez-moi me relever...

Son bras ne quittait pas ma taille.

— Non... non... je t'en prie !... Sois gentille...

Et sur un ton, dont je ne saurais rendre la douceur câline, il ajouta :

— Tu es toute craintive... Et de quoi donc as-tu peur ?

En même temps, il approcha son visage du mien... et je sentis son haleine chaude... qui m'apportait une odeur fade... quelque chose comme un encens de la mort...

Le cœur saisi par une inexprimable angoisse, je criai :

— Monsieur Georges ! Ah ! monsieur Georges !... Laissez-moi... Vous allez vous rendre malade... Je vous en supplie !... laissez-moi...

Je n'osais pas me débattre à cause de sa faiblesse, par respect pour la fragilité de ses membres... J'essayai seulement — avec quelles précautions ! — d'éloigner sa main qui, gauche, timide, frissonnante, cherchait à dégrafer mon corsage, à palper mes seins... Et je répétais :

— Laissez-moi !... C'est très mal ce que vous faites là, monsieur Georges... Laissez-moi...

Son effort pour me maintenir contre lui l'avait fatigué... L'étreinte de ses bras ne tarda pas à faiblir. Durant quelques secondes, il respira plus difficilement... puis une toux sèche lui secoua la poitrine...

— Ah ! vous voyez bien, monsieur Georges... lui dis-je, avec toute la douceur d'un reproche maternel... Vous vous rendez malade à plaisir... vous ne voulez rien écouter... et il va falloir tout recommencer... Vous serez bien avancé, après... Soyez sage, je vous en prie ! Et si vous étiez bien gentil, savez-vous ce que vous feriez ?... Vous vous coucheriez tout de suite...

Il retira sa main qui m'enlaçait, s'allongea sur la chaise longue, et, tandis que je replaçais sous sa tête les coussins qui avaient glissé, très triste, il soupira :

— Après tout... c'est juste... Je te demande pardon...

— Vous n'avez pas à me demander pardon, monsieur Georges... vous avez à être calme...

— Oui... oui !... fit-il, en regardant le point du plafond où la lampe faisait un rond de mouvante lumière... J'étais un peu fou... d'avoir songé, un instant, que tu pouvais m'aimer... moi qui n'ai jamais eu d'amour... moi qui n'ai jamais eu rien... que de la souffrance... Pourquoi m'aimerais-tu ?... Cela me guérissait de t'aimer... Depuis que tu es là, près de moi et que je te désire... depuis que tu es là, avec ta jeunesse... ta fraîcheur... et tes yeux... et tes mains... tes petites mains tout en soie, dont les soins sont des caresses si douces... et que je ne rêve que de toi... je sens en moi, dans mon âme et dans mon corps, des vigueurs nouvelles... toute une vie inconnue bouillonner... C'est-à-dire, je sentais cela... car, maintenant... Enfin, qu'est-ce que tu veux ?... J'étais fou !... Et toi... toi... c'est juste...

J'étais très embarrassée. Je ne savais que dire; je ne savais que faire... Des sentiments puissants et contraires me tiraillaient dans tous les sens... Un élan me précipitait vers lui... un devoir sacré m'en éloignait... Et niaisement, parce que je n'étais pas sincère, parce que je ne pouvais pas être sincère dans une lutte où combattaient avec une égale force ces désirs et ce devoir, je balbutiais :

— Monsieur Georges, soyez sage... Ne pensez pas à ces vilaines choses-là... Cela vous fait du mal... Voyons, monsieur Georges... soyez bien gentil...

Mais, il répétait :

— Pourquoi m'aimerais-tu ?... C'est vrai... tu as raison de ne pas m'aimer... Tu me crois malade... Tu crains d'empoisonner ta bouche aux poisons de la mienne... et de gagner mon mal — le mal dont je meurs, n'est-ce pas ? — dans un baiser de moi !... C'est juste...

La cruelle injustice de ces paroles me frappa en plein cœur.

— Ne dites pas cela, monsieur Georges... m'écriai-je, éperdue... C'est horrible et méchant, ce que vous dites là... Et vous me faites trop de peine... trop de peine...

Je saisis ses mains... elles étaient moites et brûlantes. Je me penchai sur lui... son haleine avait l'ardeur rauque d'une forge :

— C'est horrible... horrible !

Il continua :

— Un baiser de toi... mais c'était cela ma résurrection... mon rappel complet à la vie... Ah ! tu as cru sérieusement à tes bains... à ton porto... à ton gant de crin ?... Pauvre petite !... C'est en ton amour que je me suis baigné... c'est le vin de ton amour que j'ai bu... c'est la révulsion de ton amour qui m'a fait courir, sous la peau, un sang neuf... C'est parce que ton baiser, je l'ai tant espéré, tant voulu, tant attendu, que je me suis repris à vivre, à être fort... car je suis fort, maintenant... Mais, je ne t'en veux pas de me le refuser... tu as raison de me le refuser... Je comprends... je comprends... Tu es une petite âme timide et sans courage... un petit oiseau qui chante sur une branche... puis sur une autre... et s'en va, au moindre bruit... frroutt !

— C'est affreux ce que vous dites là, monsieur Georges.

Il continua encore, tandis que je me tordais les mains :

— Pourquoi est-ce affreux ?... Mais non, ce n'est pas affreux... c'est juste. Tu me crois malade... Tu crois qu'on est malade, quand on a de l'amour... Tu ne sais pas que l'amour, c'est de la vie... de la vie éternelle... Oui, oui, je comprends... puisque ton baiser qui est la vie pour moi... tu t'imagines que ce serait peut-être, pour toi, la mort... N'en parlons plus...

Je ne pus en entendre davantage. Était-ce la pitié ?... était-ce ce que contenaient de sanglants reproches, d'amers défis, ces paroles atroces et sacrilèges ?... était-ce simplement l'amour impulsif et barbare qui, tout à coup, me posséda ?... Je n'en sais rien... C'était peut-être cela, tout ensemble... Ce que je sais, c'est que je me laissai tomber, comme une masse, sur la chaise longue, et, soulevant dans mes mains la tête adorable de l'enfant, éperdument, je criai :

— Tiens ! méchant... regarde comme j'ai peur... regarde donc comme j'ai peur !...

Je collai ma bouche à sa bouche, je heurtai mes dents aux siennes, avec une telle rage frémissante, qu'il me semblait que ma langue pénétrât dans les plaies profondes de sa poitrine, pour y lécher, pour y boire, pour en ramener tout le sang empoisonné et tout le pus mortel. Ses bras s'ouvrirent et se refermèrent, dans une étreinte, sur moi...

Et ce qui devait arriver, arriva...

Eh bien, non. Plus je réfléchis à cela, et plus je suis sûre que ce qui me jeta dans les bras de Georges, ce qui souda mes lèvres aux siennes, ce fut, d'abord et seulement, un mouvement impérieux, spontané de protestation contre les sentiments bas que Georges attribuait — par ruse, peut-être — à mon refus... Ce fut surtout un acte de piété fervente, désintéressée et très pure, qui voulait dire :

— Non, je ne crois pas que tu sois malade... non, tu n'es pas malade... Et la preuve, c'est que je n'hésite pas à mêler mon haleine à la tienne, à la respirer, cette haleine, à la boire, à m'en imprégner la poitrine, à m'en saturer toute la chair... Et quand même tu serais réellement malade?... quand même ton mal serait contagieux et mortel à qui l'approche, je ne veux pas que tu aies de moi cette idée monstrueuse que je redoute de le gagner, d'en souffrir et d'en mourir...

Je n'avais pas non plus prévu et calculé ce qui, fatalement, devait résulter de ce baiser, et que je n'aurais point la force, une fois dans les bras de mon ami, une fois mes lèvres sur les siennes, de m'arracher à cette étreinte, et de repousser ce baiser... Mais voilà!... Lorsqu'un homme me tient, aussitôt la peau me brûle et la tête me tourne... me tourne... Je deviens ivre... je deviens folle... Je deviens sauvage... Je n'ai plus d'autre volonté que celle de mon désir... Je ne vois plus que lui... je ne pense plus qu'à lui... et je me laisse mener par lui, docile et terrible... jusqu'au crime!...

Ah! ce premier baiser de M. Georges!... Ses caresses maladroites et délicieuses... l'ingénuité passionnée de tous ses gestes... et l'émerveillement de ses yeux devant le mystère, enfin dévoilé, de la femme et de l'amour!... Dans ce premier baiser, je m'étais donnée, toute, avec cet emporte-

157

ment qui ne ménage rien, cette fièvre, cette volupté inventive, dure et brisante, qui dompte, assomme les mâles les plus forts et leur fait demander grâce... Mais, l'ivresse passée, lorsque je vis le pauvre et fragile enfant, haletant, presque pâmé dans mes bras, j'eus un remords affreux... du moins la sensation, et, pour ainsi dire, l'épouvante que je venais de commettre un meurtre...

— Monsieur Georges... monsieur Georges!... Je vous ai fait du mal... Ah! pauvre petit!

Mais lui, avec quelle grâce féline, tendre et confiante, avec quelle reconnaissance éblouie, il se pelotonna contre moi, comme pour y chercher une protection... Et il me dit, ses yeux pleins d'extase :

— Je suis heureux... Maintenant, je puis mourir...

Et comme je me désespérais, comme je maudissais ma faiblesse :

— Je suis heureux... répéta-t-il... Oh! reste avec moi... ne me quitte pas de toute la nuit. Seul, vois-tu, il me semble que je ne pourrais pas supporter la violence, pourtant si douce, de mon bonheur...

Pendant que je l'aidais à se coucher, il eut une crise de toux... Elle fut courte heureusement... Mais si courte qu'elle fût, j'en eus l'âme déchirée... Est-ce qu'après l'avoir soulagé et guéri, j'allais le tuer, désormais?... Je crus que je ne pourrais pas retenir mes larmes... Et je me détestai...

— Ce n'est rien... ce n'est rien... fit-il, en souriant... Il ne faut pas te désoler, puisque je suis si heureux... Et puis, je ne suis pas malade... je ne suis plus malade... Tu vas voir comme je vais bien dormir contre toi... Car, je veux dormir, comme si j'étais ton petit enfant, entre tes seins... ma tête entre tes seins...

— Et si votre grand-mère me sonnait, cette nuit, monsieur Georges?...

158

— Mais non... mais non... grand-mère ne son-
nera pas... Je veux dormir contre toi...

Certains malades ont une puissance amoureuse
que n'ont point les autres hommes, même les plus
forts. C'est que je crois réellement que l'idée de la
mort, que la présence de la mort aux lits de luxure,
est une terrible, une mystérieuse excitation à la
volupté... Durant les quinze jours qui suivirent
cette mémorable nuit — nuit délicieuse et tragique — ce fut comme une sorte de furie qui
s'empara de nous, qui mêla nos baisers, nos corps,
nos âmes, dans une étreinte, dans une possession
sans fin. Nous avions hâte de jouir, pour tout le
passé perdu, nous voulions vivre, presque sans un
repos, cet amour dont nous sentions le dénoue-
ment proche, dans la mort...

— Encore... encore... encore !...

Un revirement subit s'était opéré en moi... Non
seulement, je n'éprouvais plus de remords, mais
lorsque M. Georges faiblissait, je savais, par des
caresses nouvelles et plus aiguës, ranimer pour un
instant ses membres brisés, leur redonner un semblant de forces... Mon baiser avait la vertu atroce
et la brûlure vivifiante d'un moxa.

— Toujours... toujours... toujours !...

Mon baiser avait quelque chose de sinistre et de
follement criminel... Sachant que je tuais Georges,
je m'acharnais à me tuer, moi aussi, dans le même
bonheur et dans le même mal... Délibérément, je
sacrifiais sa vie et la mienne... Avec une exaltation
âpre et farouche qui décuplait l'intensité de nos
spasmes, j'aspirais, je buvais la mort, toute la
mort, à sa bouche... et je me barbouillais les lèvres
de son poison... Une fois qu'il toussait, pris, dans
mes bras, d'une crise plus violente que de coutume, je vis mousser à ses lèvres un gros, immonde
crachat sanguinolent.

— Donne... donne... donne !

Et j'avalai le crachat, avec une avidité meurtrière, comme j'eusse fait d'un cordial de vie...

Monsieur Georges ne tarda pas à dépérir. Les
crises devinrent plus fréquentes, plus graves, plus
douloureuses. Il cracha du sang, eut de longues
syncopes, pendant lesquelles on le crut mort. Son
corps s'amaigrit, se creusa, se décharna, au point
qu'il ressemblait véritablement à une pièce anato-
mique. Et la joie qui avait reconquis la maison se
changea, bien vite, en une douleur morne. La
grand-mère recommença de passer ses journées
dans le salon, à pleurer, prier, épier les bruits, et,
l'oreille collée à la porte qui la séparait de son
enfant, à subir l'affreuse et persistante angoisse
d'entendre un cri... un râle... un soupir, le dernier... la fin de ce qui lui restait de cher et d'encore
vivant, ici-bas... Lorsque je sortais de la chambre,
elle me suivait, pas à pas, dans la maison, et
gémissait :

— Pourquoi, mon Dieu ?... pourquoi ?... Et
qu'est-il donc arrivé ?

Elle me disait aussi :

— Vous vous tuez, ma pauvre petite... Vous ne
pouvez pourtant pas passer toutes vos nuits
auprès de Georges... Je vais demander une sœur,
pour vous suppléer...

Mais je refusais... Et elle me chérissait davantage de ce refus... et aussi de ce qu'ayant accompli
déjà un miracle, je pouvais en accomplir un autre,
encore... Est-ce effrayant ? J'étais son dernier
espoir !...

Quant aux médecins, mandés de Paris, ils
s'étonnèrent des progrès de la maladie, et qu'elle
eût causé en si peu de temps de tels ravages... Pas
une minute, ni eux, ni personne, ne soupçonnèrent
l'épouvantable vérité... Leur intervention se borna
à conseiller des potions calmantes.

Seul, monsieur Georges demeurait gai, heureux,

d'une gaieté constante, d'un inaltérable bonheur. Non seulement il ne se plaignait jamais, mais son âme se répandait, toujours, en effusions de reconnaissance. Il ne parlait que pour exprimer sa joie... Le soir, dans sa chambre, quelquefois, après des crises terribles, il me disait :

— Je suis heureux... Pourquoi te désoler et pleurer?... Ce sont tes larmes qui me gâtent un peu la joie... la joie ardente, dont je suis rempli... Ah! je t'assure que, de mourir, ce n'est pas payer cher le surhumain bonheur que tu m'as donné... J'étais perdu... la mort était en moi... rien ne pouvait empêcher qu'elle fût en moi... Tu me l'as rendue rayonnante et bénie... Ne pleure donc pas, chère petite... Je t'adore... et je te remercie...

Ma fièvre de destruction était bien tombée, maintenant... Je vivais dans un affreux dégoût de moi-même, dans une indicible horreur de mon crime, de mon meurtre... Il ne me restait plus que l'espoir, la consolation ou l'excuse que j'eusse gagné le mal de mon ami, et de mourir avec lui, en même temps que lui... Là où l'horreur atteignait son paroxysme, là où je me sentais précipitée dans le vertige de la folie, c'était lorsque monsieur Georges, m'attirant à lui de ses bras moribonds, collait sa bouche agonisante sur la mienne, voulait encore de l'amour, appelait encore l'amour que je n'avais pas le courage, que je n'avais même plus le droit — sans commettre un crime nouveau, et un plus atroce meurtre — de lui refuser...

— Encore ta bouche!... Encore tes yeux!... Encore ta joie!

Il n'avait plus la force d'en supporter les caresses et les secousses. Souvent, il s'évanouit dans mes bras...

Et ce qui devait arriver, arriva...

Nous étions, alors, au mois d'octobre, exactement le 6 octobre. L'automne étant demeuré doux et chaud, cette année-là, les médecins avaient conseillé de prolonger le séjour du malade à la mer, en attendant qu'on pût le transporter dans le Midi. Toute la journée du 6 octobre, monsieur Georges avait été plus calme. J'avais ouvert, toute grande, la grande baie de la chambre, et, couché sur la chaise longue, près de la baie, préservé de l'air par de chaudes couvertures, il avait respiré, pendant quatre heures au moins, et délicieusement, les émanations iodées du large... Le soleil vivifiant, les bonnes odeurs marines, la plage déserte, reconquise par les pêcheurs de coquillages, le réjouissaient... Jamais, je ne l'avais vu plus gai. Et cette gaieté sur sa face décharnée où la peau, de semaine en semaine plus mince, était sur l'ossature comme une transparente pellicule, avait quelque chose de funèbre et de si pénible à voir, que, plusieurs fois, je dus sortir de la chambre, afin de pleurer librement. Il refusa que je lui lise des vers... Quand j'ouvris le livre :

— Non! dit-il... Tu es mon poème... tu es tous mes poèmes... Et c'est bien plus beau, va!

Il lui était défendu de parler... La moindre conversation le fatiguait, et souvent amenait une crise de toux. D'ailleurs, il n'avait presque plus la force de parler. Ce qui lui restait de vie, de pensée, de volonté d'exprimer, de sensibilité, s'était concentré dans son regard devenu un foyer ardent où l'âme, sans cesse, attisait un feu d'une surprenante, d'une surnaturelle intensité... Ce soir-là, le soir du 6 octobre, il paraissait ne plus souffrir... Ah! je le vois encore, étendu, dans son lit, la tête haute sur l'oreiller, jouant, de ses longues mains maigres, tranquillement, avec les franges bleues du rideau et me souriant, et suivant toutes mes allées et venues de son regard qui dans l'ombre du lit, brillait et brûlait comme une lampe.

On avait disposé, dans la chambre, une couchette pour moi, une petite couchette de garde-malade et, — ô ironie! afin, sans doute, de ménager sa pudeur et la mienne — un paravent, derrière lequel je pusse me déshabiller. Mais je ne couchais pas, souvent, dans la couchette; monsieur Georges voulait toujours m'avoir près de lui. Il ne se trouvait réellement bien, réellement heureux que quand j'étais près de lui, ma peau nue contre la sienne, nue aussi, mais hélas, nue comme sont nus les os.

Après avoir dormi deux heures, d'un sommeil presque paisible, vers minuit, il se réveilla. Il avait un peu de fièvre; la pointe de ses pommettes était plus rouge. Me voyant assise à son chevet, les joues humides de larmes, il me dit sur un ton de doux reproche :

— Ah! voilà que tu pleures encore!... Tu veux donc me rendre triste, et me faire de la peine?... Pourquoi n'es-tu pas couchée?... Viens te coucher près de moi...

J'obéis docilement, car la moindre contrariété lui était funeste. Il suffisait d'un mécontentement léger, pour déterminer une congestion et que les suites en fussent redoutables... Sachant mes craintes, il en abusait... Mais, à peine dans le lit, sa main chercha mon corps, sa bouche ma bouche. Timidement, et sans résister, je suppliai :

— Pas ce soir, je vous en prie!... Soyez sage, ce soir...

Il ne m'écouta pas. D'une voix tremblante de désir et de mort, il répondit :

— Pas ce soir!... Tu répètes toujours la même chose... Pas ce soir!... Ai-je le temps d'attendre?

Je m'écriai, secouée de sanglots :

— Ah! monsieur Georges... vous voulez donc que je vous tue?... vous voulez donc que j'aie toute ma vie le remords de vous avoir tué?

Toute ma vie!... J'oubliais déjà que je voulais mourir avec lui, mourir de lui, mourir comme lui.

— Monsieur Georges... monsieur Georges !...
Par pitié pour moi, je vous en conjure !

Mais ses lèvres étaient sur mes lèvres... La mort
était sur mes lèvres...

— Tais-toi !... fit-il, haletant... Je ne t'ai jamais
autant aimée que ce soir...

Et nos deux corps se confondirent... Et, le désir
réveillé en moi, ce fut un supplice atroce dans la
plus atroce des voluptés d'entendre, parmi les
soupirs et les petits cris de Georges, d'entendre le
bruit de ses os qui, sous moi, cliquetaient comme
les ossements d'un squelette...

Tout à coup, ses bras me désenlacèrent et retom-
bèrent, inertes, sur le lit ; ses lèvres se dérobèrent
et abandonnèrent mes lèvres. Et de sa bouche
renversée jaillit un cri de détresse... puis un flot de
sang chaud qui m'éclaboussa tout le visage. D'un
bond, je fus hors du lit. En face, une glace me
renvoya mon image, rouge et sanglante... Je
m'affolai, et courant, éperdue, dans la chambre, je
voulus appeler au secours... Mais l'instinct de la
conservation, la crainte des responsabilités, de la
révélation de mon crime... je ne sais quoi encore
de lâche et de calculé... me fermèrent la bouche...
me retinrent au bord de l'abîme où sombrait ma
raison... Très nettement, très rapidement, je
compris qu'il était impossible que, dans l'état de
nudité, dans l'état de désordre, dans l'état
d'amour où nous étions, Georges, moi, et la
chambre... je compris qu'il était impossible que
quelqu'un entrât en cet instant, dans la chambre...

O misère humaine !... Il y avait quelque chose de
plus spontané que ma douleur, de plus puissant
que mon épouvante, c'étaient mon ignoble prudence et mes bas calculs... Dans cette terreur, j'eus
la présence d'esprit d'ouvrir la porte du salon...
puis la porte de l'antichambre... et d'écouter...
Aucun bruit... Tout dormait dans la maison...

Alors, je revins près du lit... Je soulevai le corps de Georges, léger comme une plume dans mes bras... J'exhaussai sa tête de façon à la maintenir droite dans mes mains... Le sang continuait de couler par la bouche, en filaments poisseux... j'entendais que sa poitrine s'évacuait par la gorge, avec un bruit de bouteille qu'on vide... Ses yeux révulsés ne montraient plus, entre les paupières agrandies, que leurs globes rougeâtres.

— Georges!... Georges!... Georges!...

Georges ne répondit pas à ces appels, à ces cris... Il ne les entendait pas... il n'entendait plus rien des cris et des appels de la terre :

— Georges!... Georges!... Georges!

Je lâchai son corps ; son corps s'affaissa sur le lit... Je lâchai sa tête ; sa tête retomba, lourde, sur l'oreiller... Je posai ma main sur son cœur... son cœur ne battit pas...

— Georges!... Georges!... Georges!...

L'horreur fut trop forte de ce silence, de ces lèvres muettes... de l'immobilité rouge de ce cadavre... et de moi-même... Et brisée de douleur, brisée de l'effrayante contrainte de ma douleur, je m'écroulai sur le tapis, évanouie...

Combien de minutes dura cet évanouissement, ou combien de siècles ?... Je ne le sais pas. Revenue à moi, une pensée suppliciante domina toutes les autres : faire disparaître ce qui pouvait m'accuser... Je me lavai le visage... je me rhabillai... je remis — oui, j'eus cet affreux courage — je remis de l'ordre sur le lit et dans la chambre... Et quand cela fut fini... je réveillai la maison... je criai la terrible nouvelle, dans la maison...

Ah! cette nuit!... J'ai connu, cette nuit-là, de tortures tout ce qu'en contient l'enfer...

Et celle d'aujourd'hui me la rappelle... La tempête souffle, comme elle soufflait là-bas, la nuit où je commençai sur cette pauvre chair mon œuvre de destruction... Et le hurlement du vent dans les arbres du jardin, il me semble que c'est le hurlement de la mer, sur la digue de l'à jamais maudite villa d'Houlgate.

De retour à Paris, après les obsèques de M. Georges, je ne voulus pas rester, malgré ses supplications multipliées, au service de la pauvre grand-mère... J'avais hâte de m'en aller... de ne plus revoir ce visage en larmes, de ne plus entendre ces sanglots qui me déchiraient le cœur... J'avais hâte surtout de m'arracher à sa reconnaissance, à ce besoin qu'elle avait, en sa détresse radotante, de me remercier sans cesse de mon dévouement, de mon héroïsme, de m'appeler sa « fille... sa chère petite fille », de m'embrasser, avec de folles effusions de tendresse... Bien des fois, durant les quinze jours que je consentis, sur sa prière, à passer près d'elle, j'eus l'envie impérieuse de me confesser, de m'accuser, de lui dire tout ce que j'avais de trop pesant à l'âme et qui, souvent, m'étouffait... A quoi bon?... Est-ce qu'elle en eût éprouvé un soulagement quelconque?... C'eût été ajouter une affliction plus poignante à ses autres afflictions, et cette horrible pensée et ce remords inexpiable que, sans moi, son cher enfant ne serait peut-être pas mort... Et puis, il faut que je l'avoue, je ne m'en sentis pas le courage... Je partis de chez elle, avec mon secret, vénérée d'elle comme une sainte, comblée de riches cadeaux et d'amour...

Or, le jour même de mon départ, comme je revenais de chez Mme Paulhat-Durand, la placeuse, je rencontrai dans les Champs-Élysées un ancien camarade, un valet de chambre, avec qui j'avais servi, pendant six mois, dans la même maison. Il y avait bien deux ans que je ne l'avais vu. Les premiers mots échangés, j'appris que, ainsi que moi, il cherchait une place. Seulement, ayant de chouettes extras pour l'instant, il ne se pressait pas d'en trouver.

— Cette sacrée Célestine! fit-il, heureux de me revoir... toujours épatante!...

C'était un bon garçon, gai, farceur, et qui aimait la noce... Il proposa :

— Si on dînait ensemble, hein?...

J'avais besoin de me distraire, de chasser loin de moi un tas d'images trop tristes, un tas de pensées obsédantes. J'acceptai...

— Chic, alors!... fit-il.

Il prit mon bras, et m'emmena chez un marchand de vins de la rue Cambon... Sa gaieté lourde, ses plaisanteries grossières, sa vulgaire obscénité, je les sentis vivement... Elles ne me choquèrent point... Au contraire, j'éprouvai une certaine joie canaille, une sorte de sécurité crapuleuse, comme à la reprise d'une habitude perdue... Pour tout dire, je me reconnus, je reconnus ma vie et mon âme en ces paupières fripées, en ce visage glabre, en ces lèvres rasées qui accusent le même rictus servile, le même pli de mensonge, le même goût de l'ordure passionnelle, chez le comédien, le juge et le valet...

Après le dîner, nous flânâmes quelque temps sur les boulevards... Puis il me paya une tournée de cinématographe. J'étais un peu molle d'avoir bu trop de vin de Saumur. Dans le noir de la salle, pendant que, sur la plaque lumineuse, l'armée française défilait, aux applaudissements de l'assistance, il m'empoigna la taille et me donna, sur la nuque, un baiser qui faillit me décoiffer.

— Tu es épatante... souffla-t-il... Ah! nom d'un chien!... ce que tu sens bon...

Il m'accompagna jusqu'à mon hôtel et nous restâmes là, quelques minutes, sur le trottoir, silencieux, un peu bêtes... Lui, du bout de sa

canne, tapait la pointe de ses bottines... Moi, la
tête penchée, les coudes au corps, les mains dans
mon manchon, j'écrasais, sous mes pieds, une
peau d'orange...

— Eh bien, au revoir! lui dis-je...

— Ah! non, fit-il... laisse-moi monter avec toi...
Voyons, Célestine?

Je me défendis, vaguement, pour la forme... il
insista :

— Voyons!... qu'est-ce que tu as?... Des peines
de cœur?... Justement... c'est le moment...

Il me suivit. Dans cet hôtel-là, on ne regardait
pas trop à qui rentrait le soir... Avec son escalier
étroit et noir, sa rampe gluante, son atmosphère
ignoble, ses odeurs fétides, il tenait de la maison
de passe et du coupe-gorge... Mon compagnon
toussa pour se donner de l'assurance... Et moi, je
songeais, l'âme pleine de dégoût :

— Ah!... dame!... ça ne vaut pas les villas
d'Houlgate, ni les hôtels chauds et fleuris de la rue
Lincoln...

A peine dans ma chambre, et dès que j'eus ver-
rouillé la porte, il se rua sur moi et me jeta brutalement, les jupes levées, sur le lit.

Tout de même, ce qu'on est vache, parfois!... Ah,
misère de nous!

Et la vie me reprit, avec ses hauts, ses bas, ses
changements de visage, ses liaisons finies aussitôt
que commencées... et ses sautes brusques des intérieurs opulents dans la rue... comme toujours...

Chose singulière!... Moi qui, dans mon exaltation amoureuse, dans une soif ardente de sacrifice,
sincèrement, passionnément, avais voulu mourir,
j'eus durant de longs mois la peur d'avoir gagné la
contagion aux baisers de M. Georges... La moindre
indisposition, la plus passagère douleur me furent
une terreur véritable. Souvent, la nuit, je me

réveillais avec des épouvantes folles, des sueurs glacées... je me tâtais la poitrine, où par suggestion j'éprouvais des douleurs et des déchirements ; j'interrogeais mes crachats où je voyais des filaments rouges : à force de compter les pulsations de mes veines, je me donnais la fièvre... Il me semblait, en me regardant dans la glace, que mes yeux se creusaient, que mes pommettes rosissaient, de ce rose mortel qui colorait les joues de M. Georges... A la sortie d'un bal public, une nuit, je pris un rhume et je toussai pendant une semaine... Je crus que c'était fini de moi... Je me couvris le dos d'emplâtres, j'avalai toute sorte de médecines bizarres... j'adressai même un don pieux à saint Antoine de Padoue... Puis, comme en dépit de ma peur, ma santé restait forte, que j'avais la même endurance aux fatigues du métier et du plaisir... cela passa...

L'année dernière, le 6 octobre, de même que tous les ans à cette triste date, j'allai déposer des fleurs sur la tombe de M. Georges. C'était au cimetière Montmartre. Dans la grande allée, je vis, devant moi, à quelques pas devant moi, la pauvre grand-mère. Ah !... qu'elle était vieille... et qu'ils étaient vieux aussi, les deux vieux domestiques qui l'accompagnaient. Voûtée, courbée, chancelante, elle marchait pesamment, soutenue aux aisselles par ses deux vieux serviteurs, aussi voûtés, aussi courbés, aussi chancelants que leur maîtresse... Un commissionnaire suivait, qui portait une grosse gerbe de roses blanches et rouges... Je ralentis mon allure, ne voulant point les dépasser et qu'ils me reconnussent... Cachée derrière le mur d'un haut monument funéraire, j'attendis que la pauvre vieille femme douloureuse eût déposé ses fleurs, égrené ses prières et ses larmes sur la tombe de son petit-fils... Ils revinrent du même pas accablé, par la petite allée, en frôlant le mur du caveau où j'étais... Je me dissimulai davantage pour ne point les voir, car il me semblait que c'étaient mes remords, les fantômes de mes remords qui défilaient devant moi... M'eût-elle reconnue?... Ah! je ne le crois pas... Ils marchaient sans rien regarder... sans rien voir de la terre, autour d'eux... Leurs yeux avaient la fixité des yeux d'aveugles... leurs lèvres allaient, allaient, et aucune parole ne sortait d'elles... On eût dit de trois vieilles âmes mortes, perdues dans le dédale du cimetière, et cherchant leurs tombes... Je revis cette nuit tragique... et ma face toute rouge... et le sang qui coulait par la bouche de Georges. Cela me fit froid au cœur... Elles disparurent enfin...

Où sont-elles aujourd'hui, ces trois ombres lamentables?... Elles sont peut-être mortes un peu plus... elles sont peut-être mortes tout à fait. Après avoir erré encore, des jours et des nuits, peut-être qu'elles ont trouvé le trou de silence et de repos qu'elles cherchaient...

C'est égal!... Une drôle d'idée qu'elle avait eue l'infortunée grand-mère de me choisir comme garde-malade d'un aussi jeune, d'un aussi joli enfant comme était monsieur Georges... Et vraiment, quand j'y repense, qu'elle n'ait jamais rien soupçonné... qu'elle n'ait jamais rien vu... qu'elle n'ait jamais rien compris, c'est ce qui m'épate le plus!... Ah! on peut le dire maintenant... ils n'étaient pas bien malins, tous les trois... Ils en avaient une couche de confiance!...

J'ai revu le capitaine Mauger, par-dessus la haie... Accroupi devant une plate-bande, nouvellement bêchée, il repiquait des plants de pensées et des ravenelles... Dès qu'il m'a aperçue, il a quitté son travail, et il est venu jusqu'à la haie pour causer. Il ne m'en veut plus du tout du meurtre de

son furet. Il paraît même très gai. Il me confie, en
pouffant de rire, que, ce matin, il a pris au collet le
chat blanc des Lanlaire... Probable que le chat
venge le furet.

— C'est le dixième que je leur estourbis en douceur, s'écrie-t-il, avec une joie féroce, en se tapant
la cuisse et, ensuite, en se frottant les mains,
noires de terre... Ah! il ne viendra plus gratter le
terreau de mes châssis, le salaud... il ne ravagera
plus mes semis, le chameau!... Et si je pouvais
aussi prendre au collet votre Lanlaire et sa
femelle?... Ah! les cochons!... Ah!... ah!... ah!...
Ça, c'est une idée!...

Cette idée le fait se tordre un instant... Et, tout à
coup, les yeux pétillants de malice sournoise, il me
demande :

— Pourquoi que vous ne leur fourrez pas du poil
à gratter, dans leur lit?... Les saligauds!... Ah!
nom de Dieu, je vous en donnerais bien un paquet,
moi!... Ça, c'est une idée!...

Puis :

— A propos... vous savez?... Kléber?... mon
petit furet?

— Oui... Eh bien?

— Eh bien, je l'ai mangé... Heu!... heu!...

— Ça n'est pas très bon, dites?...

— Heu!... c'est comme du mauvais lapin.

Ç'a été toute l'oraison funèbre du pauvre animal.

Le capitaine me raconte aussi que l'autre
semaine, sous un tas de fagots, il a capturé un
hérisson. Il est en train de l'apprivoiser... Il
l'appelle Bourbaki... Ça, c'est une idée!... Une bête
intelligente, farceuse, extraordinaire et qui mange
de tout!...

— Ma foi oui!... s'exclame-t-il... Dans la même
journée, ce sacré hérisson a mangé du beefsteak,
du haricot de mouton, du lard salé, du fromage de

gruyère, des confitures... Il est épatant... on ne peut pas le rassasier... il est comme moi... il mange de tout !...

A ce moment, le petit domestique passe dans l'allée, charriant dans une brouette des pierres, de vieilles boîtes de sardines, un tas de débris, qu'il va porter au trou à ordures...

— Viens ici !... hèle le capitaine...

Et, comme sur son interrogation, je lui dis que Monsieur est à la chasse, Madame en ville, et Joseph en course, il prend dans la brouette chacune de ces pierres, chacun de ces débris, et, l'un après l'autre, il les lance dans le jardin, en criant très fort :

— Tiens, cochon !... Tiens, misérable !...

Les pierres volent, les débris tombent sur une planche fraîchement travaillée, où, la veille, Joseph avait semé des pois.

— Et allez donc !... Et ça encore !... Et encore, par-dessus le marché !...

La planche est bientôt couverte de débris et saccagée... La joie du capitaine s'exprime par une sorte de ululement et des gestes désordonnés... Puis retroussant sa vieille moustache grise, il me dit, d'un air conquérant et paillard :

— Mademoiselle Célestine... vous êtes une belle fille, sacrebleu !... Faudra venir me voir, quand Rose ne sera pas là... hein ?... Ça, c'est une idée !...

Eh bien, vrai !... Il ne doute de rien...

VIII

18 octobre.

Enfin, j'ai reçu une lettre de monsieur Jean. Elle est bien sèche, cette lettre. On dirait à la lire qu'il ne s'est jamais rien passé d'intime entre nous. Pas un mot d'amitié, pas une tendresse, pas un souvenir!... Il ne m'y parle que de lui... S'il faut l'en croire, il paraît que Jean est devenu un personnage d'importance. Cela se voit, cela se sent à cet air protecteur et un peu méprisant que, dès le début de sa lettre, il prend avec moi... En somme, il ne m'écrit que pour m'épater... Je l'ai toujours connu vaniteux — dame, il était si beau garçon! — mais jamais autant qu'aujourd'hui. Les hommes, ça ne sait pas supporter les succès, ni la gloire...

Jean est toujours premier valet de chambre chez Mme la comtesse Fardin et Mme la comtesse est, peut-être, la femme de France dont on parle le plus, en ce moment. A son service de valet de chambre, Jean ajoute le rôle de manifestant politique et de conspirateur royaliste. Il manifeste avec Coppée, Lemaitre, Quesnay de Beaurepaire, il conspire avec le général Mercier, tout cela, pour renverser la République. L'autre soir, il a accompagné Coppée à une réunion de la Patrie Française. Il se pavanait sur l'estrade, derrière le grand patriote, et, toute la soirée, il a tenu son pardessus... Du reste, il peut dire qu'il a tenu tous les pardessus de tous les grands

patriotes de ce temps... Ça comptera, dans sa vie...
Un autre soir, à la sortie d'une réunion dreyfusarde
où la comtesse l'avait envoyé, afin de « casser des
gueules de cosmopolites », il a été emmené au poste,
pour avoir conspué les sans-patrie, et crié à pleine
gorge : « Mort aux juifs!... Vive le Roy!... Vive
l'armée! » Mme la comtesse a menacé le gouvernement de le faire interpeller, et monsieur Jean a été
aussitôt relâché... Il a même été augmenté par sa
maîtresse, de vingt francs par mois, pour ce haut
fait d'armes... M. Arthur Meyer a mis son nom dans
Le Gaulois... Son nom figure aussi, en regard d'une
somme de cent francs, dans *La Libre Parole*, parmi
les listes d'une souscription pour le colonel Henry...
C'est Coppée qui l'a inscrit d'office... Coppée encore,
qui l'a nommé membre d'honneur de la Patrie Française... une ligue épatante... Tous les domestiques
des grandes maisons en sont... Il y a aussi des
comtes, des marquis et des ducs... En venant déjeuner, hier, le général Mercier a dit à Jean : « Eh bien,
mon brave Jean? » Mon brave Jean!... Jules Guérin,
dans *L'Anti-juif*, a écrit, sous ce titre : « Encore une
victime des Youpins! » ceci : « Notre vaillant camarade antisémite, M. Jean... etc. » Enfin, M. Forain,
qui ne quitte plus la maison, a fait poser Jean pour
un dessin, qui doit symboliser l'âme de la patrie...
M. Forain trouve que Jean a « la gueule de ça! »...
C'est étonnant ce qu'il reçoit en ce moment d'acco-
lades illustres, de sérieux pourboires, de distinc-
tions honorifiques, extrêmement flatteuses. Et si,
comme tout le fait croire, le général Mercier se
décide à faire citer Jean, dans le futur procès Zola
pour un faux témoignage... que l'état-major réglera
ces jours-ci... rien ne manquerait plus à sa gloire...
Le faux témoignage est ce qu'il y a de plus chic, de
mieux porté, cette année, dans la haute société...
Être choisi comme faux témoin, cela équivaut, en
plus d'une gloire certaine et rapide, à gagner le gros

lot de la loterie... M. Jean s'aperçoit bien qu'il fait, de plus en plus, sensation, dans le quartier des Champs-Élysées... Quand, le soir, au café de la rue François-Ier, il va jouer « à la poule au gibier » ou qu'il mène, sur les trottoirs, pisser les chiens de Mme la comtesse, il est l'objet de la curiosité et du respect universels... les chiens aussi, du reste... C'est pourquoi, en vue d'une célébrité qui ne peut manquer de s'étendre du quartier sur Paris, et de Paris sur la France, il s'est abonné à *L'Argus de la Presse*, tout comme Mme la comtesse. Il m'enverra ce qu'on écrira sur lui, de mieux tapé. C'est tout ce qu'il peut faire pour moi, car je dois comprendre qu'il n'a pas le temps de s'occuper de ma situation... Il verra, plus tard... « quand nous serons au pouvoir », m'écrit-il, négligemment... Tout ce qui m'arrive, c'est de ma faute... je n'ai jamais eu d'esprit de conduite... je n'ai jamais eu de suite dans les idées... j'ai gaspillé les meilleures places, sans aucun profit... Si je n'avais pas fait la mauvaise tête, moi aussi, peut-être serais-je au mieux avec le général Mercier, Coppée, Déroulède... et, peut-être — bien que je ne sois qu'une femme — verrais-je étinceler mon nom dans les colonnes du *Gaulois*, qui est si encourageant pour tous les genres de domesticité... Etc., etc.

J'ai presque pleuré, à la lecture de cette lettre car j'ai senti que monsieur Jean est tout à fait détaché de moi, et qu'il ne me faut plus compter sur lui... sur lui et sur personne !... Il ne me dit pas un mot de celle qui m'a remplacée... Ah ! je la vois d'ici, je les vois d'ici, tous les deux, dans la chambre que je connais si bien, s'embrassant, se caressant... et courant, ensemble, comme nous faisions si gentiment, les bals publics et les théâtres... Je le vois, lui, en pardessus mastic, au retour des courses, ayant perdu son argent, et disant à l'autre, comme il me l'a dit, tant de fois, à moi-même : « Prête-moi tes petits bijoux, et ta montre, pour que je les mette au clou ! » A moins que sa nouvelle condition de manifestant politique et de conspirateur royaliste ne lui ait donné des ambitions nouvelles, et qu'il ait quitté les amours de l'office, pour les amours du salon ?... Il en reviendra.

Est-ce vraiment de ma faute, ce qui m'arrive ?... Peut-être !... Et pourtant, il me semble qu'une fatalité, dont je n'ai jamais été la maîtresse, a pesé sur toute mon existence, et qu'elle a voulu que je ne demeurasse jamais, plus de six mois, dans la même place... Quand on ne me renvoyait pas, c'est moi qui partais, à bout de dégoût. C'est drôle et c'est triste... j'ai toujours eu la hâte d'être « ailleurs », une folie d'espérance dans « ces chimériques ailleurs », que je parais de la poésie vaine, du mirage illusoire des lointains... surtout depuis mon séjour à Houlgate, auprès du pauvre M. Georges... De ce séjour, il m'est resté je ne sais quelle inquiétude... je ne sais quel angoissant besoin de m'élever, sans pouvoir y atteindre, jusqu'à des idées et des formes inétreignables... Je crois bien que cette trop brusque et trop courte entrevision d'un monde, qu'il eût mieux valu que je ne connusse point, ne pouvant le connaître mieux, m'a été très funeste... Ah ! qu'elles sont décevantes ces routes vers l'inconnu !... L'on va, l'on va, et c'est toujours la même chose... Voyez cet horizon poudroyant, là-bas... C'est bleu, c'est rose, c'est frais, c'est lumineux et léger comme un rêve... Il doit faire bon vivre, là-bas... Vous approchez... vous arrivez... Il n'y a rien... Du sable, des cailloux, des coteaux tristes comme des murs. Il n'y a rien d'autre... Et, au-dessus de ce sable, de ces cailloux, de ces coteaux, un ciel gris, opaque, pesant, un ciel où le jour se navre, où la lumière pleure de la suie... Il n'y a rien... rien de ce qu'on est venu chercher... D'ailleurs, ce que je cherche, je l'ignore... et j'ignore aussi qui je suis.

Un domestique, ce n'est pas un être normal, un être social... C'est quelqu'un de disparate, fabriqué de pièces et de morceaux qui ne peuvent s'ajuster l'un dans l'autre, se juxtaposer l'un à l'autre... C'est quelque chose de pire : un monstrueux hybride humain... Il n'est plus du peuple, d'où il sort ; il n'est pas, non plus, de la bourgeoisie où il vit et où il tend... Du peuple qu'il a renié, il a perdu le sang généreux et la force naïve... De la bourgeoisie, il a gagné les vices honteux, sans avoir pu acquérir les moyens de les satisfaire... et les sentiments vils, les lâches peurs, les criminels appétits, sans le décor, et, par conséquent, sans l'excuse de la richesse... L'âme toute salie, il traverse cet honnête monde bourgeois et rien que d'avoir respiré l'odeur mortelle qui monte de ces putrides cloaques, il perd, à jamais, la sécurité de son esprit, et jusqu'à la forme même de son moi... Au fond de tous ces souvenirs, parmi ce peuple de figures où il erre, fantôme de lui-même, il ne trouve à remuer que de l'ordure, c'est-à-dire de la souffrance... Il rit souvent, mais son rire est forcé. Ce rire ne vient pas de la joie rencontrée, de l'espoir réalisé, et il garde l'amère grimace de la révolte, le pli dur et crispé du sarcasme. Rien n'est plus douloureux et laid que ce rire ; il brûle et dessèche... Mieux vaudrait, peut-être, que j'eusse pleuré ! Et puis, je ne sais pas... Et puis, zut !... Arrivera ce qui pourra...

Mais il n'arrive rien... jamais rien... Et je ne puis m'habituer à cela. C'est cette monotonie, cette immobilité dans la vie qui me sont le plus pénibles à supporter... Je voudrais partir d'ici... Partir ?... Mais où et comment ? Je ne sais pas et je reste !...

Madame est toujours la même ; méfiante, méthodique, dure, rapace, sans un élan, sans une fantaisie, sans une spontanéité, sans un rayon de joie sur sa face de marbre... Monsieur a repris ses habitudes, et je m'imagine, à de certains airs sournois, qu'il me garde rancune de mes rigueurs ; mais ses rancunes ne sont pas dangereuses... Après le déjeuner, armé, guêtré, il part pour la chasse, rentre à la nuit, ne me demande plus de l'aider à retirer ses bottes, et se couche à neuf heures... Il est toujours pataud, comique et vague... Il engraisse. Comment des gens si riches peuvent-ils se résigner à une aussi morne existence ?... Il m'arrive, parfois, de m'interroger sur Monsieur ?... Qu'est-ce que j'aurais fait de lui ?... Il n'a pas d'argent et ne m'eût pas donné de plaisir. Et puisque Madame n'est pas jalouse !...

Ce qui est terrible dans cette maison, c'est son silence. Je ne peux m'y faire... Pourtant, malgré moi, je m'habitue à glisser mes pas, à « marcher en l'air », comme dit Joseph... Souvent, dans ces couloirs sombres, le long de ces murs froids, je me fais, à moi-même, l'effet d'un spectre, d'un revenant. J'étouffe, là-dedans... Et je reste !...

Ma seule distraction est d'aller, le dimanche, au sortir de la messe, chez Mme Gouin, l'épicière... Le dégoût m'en éloigne, mais l'ennui, plus fort, m'y ramène. Là, du moins, on se retrouve, toutes ensemble... On potine, on rigole, on fait du bruit, en sirotant des petits verres de mêlé-cassis... Il y a là, un peu, l'illusion de la vie... Et le temps passe... L'autre dimanche, je n'ai pas vu la petite, aux yeux suintants, au museau de rat... Je m'informe...

— Ce n'est rien... ce n'est rien... me dit l'épicière d'un ton qu'elle veut rendre mystérieux.

— Elle est donc malade ?...

— Oui... mais ce n'est rien... Dans deux jours, il n'y paraîtra plus...

Et mam'zelle Rose me regarde, avec des yeux qui confirment, et qui semblent dire :

— Ah ! Vous voyez bien !... C'est une femme très adroite...

Aujourd'hui, justement, j'ai appris, chez l'épicière, que des chasseurs avaient trouvé la veille,
dans la forêt de Raillon, parmi des ronces et des
feuilles mortes, le cadavre d'une petite fille, horriblement violée... Il paraît que c'est la fille d'un
cantonnier... On l'appelait dans le pays, la petite
Claire... Elle était un peu innocente, mais douce et
gentille... et elle n'avait pas douze ans!... Bonne
aubaine, vous pensez, pour un endroit comme ici...
où l'on est réduit à ressasser, chaque semaine, les
mêmes histoires... Aussi, les langues marchent-
elles...

D'après Rose, toujours mieux informée que les
autres, la petite Claire avait son petit ventre ouvert
d'un coup de couteau, et les intestins coulaient par
la blessure... La nuque et la gorge gardaient,
visibles, les marques de doigts étrangleurs... Ses
parties, ses pauvres petites parties, n'étaient qu'une
plaie affreusement tuméfiée, comme si elles eussent
été forcées — une comparaison de Rose — par le
manche trop gros d'une cognée de bûcheron... On
voyait encore, dans la bruyère courte, à un endroit
piétiné et foulé, la place où le crime s'était
accompli... Il devait remonter à huit jours, au
moins, car le cadavre était presque entièrement
décomposé...

Malgré l'horreur sincère qu'inspire ce meurtre, je
sens parfaitement que, pour la plupart de ces créatures, le viol et les images obscènes qu'il évoque, en
sont, pas tout à fait une excuse, mais certainement
une atténuation... car le viol, c'est encore de
l'amour... On raconte un tas de choses... on se rappelle que la petite Claire était toute la journée, dans
la forêt... Au printemps, elle y cueillait des jon-
quilles, des muguets, des anémones, dont elle faisait, pour les dames de la ville, de gentils bouquets ;
elle y cherchait des morilles qu'elle venait vendre,
au marché, le dimanche... L'été, c'étaient des cham-

pignons de toute sorte... et d'autres fleurs... Mais, à cette époque, qu'allait-elle faire dans la forêt où il n'y a plus rien à cueillir ?...

L'une dit, judicieusement :

— Pourquoi que le père ne s'est pas inquiété de la disparition de la petite ?... C'est peut-être lui qui a fait le coup ?...

A quoi, l'autre, non moins judicieusement, réplique :

— Mais s'il avait voulu faire le coup... il n'avait pas besoin d'emmener sa fille dans la forêt... voyons !...

Mam'zelle Rose intervient :

— Tout cela est bien louche, allez !... Moi...

Avec des airs entendus, des airs de quelqu'un qui connaît de terribles secrets, elle poursuit d'une voix plus basse, d'une voix de confidence dangereuse...

— Moi... je ne sais rien... je ne veux rien affirmer... Mais...

Et comme elle laisse notre curiosité en suspens sur ce « mais... » :

— Quoi donc ?... quoi donc ?... s'écrie-t-on de toutes parts, le col tendu, la bouche ouverte...

— Mais... je ne serais pas étonnée... que ce fût...

Nous sommes haletantes...

— Monsieur Lanlaire... là... si vous voulez mon idée, achève-t-elle, avec une expression de férocité atroce et basse...

Plusieurs protestent... d'autres se réservent... J'affirme que monsieur Lanlaire est incapable d'un tel crime et je m'écrie :

— Lui, seigneur Jésus ?... Ah ! le pauvre homme... il aurait bien trop peur...

Mais Rose, avec plus de haine encore, insiste :

— Incapable ?... Ta... ta... ta... Et la petite Jézureau ?... Et la petite à Valentin ?... Et la petite Dougère ?... Rappelez-vous donc ?... Incapable ?...

— Ce n'est pas la même chose... Ce n'est pas la même chose...

Dans leur haine contre Monsieur, elles ne veulent pas aller, comme Rose, jusqu'à l'accusation formelle d'assassinat... Qu'il viole les petites filles qui consentent à se laisser violer?... mon Dieu, passe encore... Qu'il les tue?... ça n'est guère croyable... Rageusement, Rose s'obstine... Elle écume... elle frappe sur la table de ses grosses mains molles... elle se démène, clamant :

— Puisque je vous dis que si, moi... Puisque j'en suis sûre, ah!...

Mme Gouin, restée songeuse, finit par déclarer de sa voix blanche :

— Ah! dame, Mesdemoiselles... ces choses-là... on ne sait jamais... Pour la petite Jézureau... c'est une fameuse chance, je vous assure, qu'il ne l'ait pas tuée...

Malgré l'autorité de l'épicière... malgré l'entêtement de Rose, qui n'admet pas qu'on déplace la question, elles passent, l'une après l'autre, la revue de tous les gens du pays qui auraient pu faire le coup... Il se trouve qu'il y en a des tas... tous ceux-là qu'elles détestent, tous ceux-là contre qui elles ont une jalousie, une rancune, un dépit... Enfin, la petite femme pâle au museau de rat propose :

— Vous savez bien qu'il est venu, la semaine dernière, deux capucins qui n'avaient pas bon air, avec leurs sales barbes, et qui mendiaient partout?... Est-ce que ce ne serait pas eux?...

On s'indigne :

— De braves et pieux moines!... De saintes âmes du bon Dieu!... C'est abominable...

Et, tandis que nous nous en allons, ayant soupçonné tout le monde, Rose, acharnée, répète :

— Puisque je vous le dis, moi... Puisque c'est lui.

Avant de rentrer, je m'arrête un instant à la sellerie, où Joseph astique ses harnais... Au-dessus d'un dressoir, où sont symétriquement rangées des bouteilles de vernis et des boîtes de cirage, je vois flamboyer aux lambris de sapin le portrait de Drumont... Pour lui donner plus de majesté, sans doute, Joseph l'a récemment orné d'une couronne de laurier-sauce. En face, le portrait du pape disparaît, presque entièrement caché, sous une couverture de cheval pendue à un clou. Des brochures antijuives, des chansons patriotiques s'empilent sur une planche, et dans un coin la matraque se navre parmi les balais.

Brusquement, je dis à Joseph, sans un autre motif que la curiosité :

— Savez-vous, Joseph, qu'on a trouvé dans la forêt la petite Claire assassinée et violée ?

Tout d'abord, Joseph ne peut réprimer un mouvement de surprise — est-ce bien de la surprise ?... Si rapide, si furtif qu'ait été ce mouvement, il me semble qu'au nom de la petite Claire il a eu comme une étrange secousse, comme un frisson... Il se remet très vite.

— Oui, dit-il d'une voix ferme... je sais... On m'a conté ça, au pays, ce matin...

Il est maintenant indifférent et placide. Il frotte ses harnais avec un gros torchon noir, méthodiquement. J'admire la musculature de ses bras nus, l'harmonieuse et puissante souplesse de ses biceps... la blancheur de sa peau. Je ne vois pas ses yeux sous les paupières rabaissées, ses yeux obstinément fixés sur son ouvrage. Mais je vois sa bouche... toute sa bouche large... son énorme mâchoire de bête cruelle et sensuelle... Et j'ai comme une étreinte légère au cœur... Je lui demande encore :

— Sait-on qui a fait le coup ?...

Joseph hausse les épaules... Moitié railleur, moitié sérieux, il répond :

— Quelques vagabonds, sans doute... quelques sales youpins...

Puis, après un court silence :

— Puuutt !... Vous verrez qu'on ne les pincera pas... Les magistrats, c'est tous des vendus.

Il replace sur leurs selles les harnais terminés, et désignant le portrait de Drumont, dans son apothéose de laurier-sauce, il ajoute :

— Si on avait celui-là ?... Ah ! malheur !

Je ne sais pourquoi, par exemple, je l'ai quitté, l'âme envahie par un singulier malaise...

Enfin, avec cette histoire, on va donc avoir de quoi parler et se distraire un peu...

Quelquefois, quand Madame est sortie et que je m'ennuie trop, je vais à la grille sur le chemin où Mam'zelle Rose vient me retrouver... Toujours en observation, rien ne lui échappe de ce qui se passe chez nous, de ce qui y entre ou en sort. Elle est plus rouge, plus grasse, plus molle que jamais. Les lippes de sa bouche pendent davantage, son corsage ne parvient plus à contenir les houles déferlantes de ses seins... Et de plus en plus elle est hantée d'idées obscènes... Elle ne voit que ça, ne pense qu'à ça... ne vit que pour ça... Chaque fois que nous nous rencontrons, son premier regard est pour mon ventre, sa première parole pour me dire sur ce ton gras qu'elle a :

— Rappelez-vous ce que je vous ai recommandé... Dès que vous vous apercevrez de ça, allez tout de suite chez Mme Gouin... tout de suite.

C'est une véritable obsession, une manie... Un peu agacée, je réplique :

— Mais pourquoi voulez-vous que je m'aperçoive de ça ?... Je ne connais personne ici.

— Ah ! fait-elle... c'est si vite arrivé, un malheur... Un moment d'oubli... bien naturel... et ça y est... Des fois, on ne sait pas comment *ça s'arrive*... J'en ai bien vu, allez, qui étaient comme vous... sûres de ne rien avoir... et puis ça y était tout de même... Mais avec Mme Gouin on peut être tranquille... C'est une vraie bénédiction pour un pays qu'une femme aussi savante...

Et elle s'anime, hideuse, toute sa grosse chair soulevée de basse volupté.

— Autrefois, ici, ma chère petite, on ne rencontrait que des enfants... La ville était empoisonnée d'enfants... Une abomination!... Ça grouillait dans les rues, comme des poules dans une cour de ferme... ça piaillait sur le pas des portes... ça faisait un tapage!... On ne voyait que ça, quoi!... Eh bien, je ne sais si vous l'avez remarqué... aujourd'hui on n'en voit plus... il n'y en a presque plus...

Avec un sourire plus gluant, elle poursuit :

— Ce n'est pas que les filles s'amusent moins. Ah! bon Dieu, non... Au contraire... Vous ne sortez jamais le soir... mais si vous alliez vous promener, à neuf heures, sous les marronniers... vous verriez ça... Partout, sur les bancs, il y a des couples... qui s'embrassent, se caressent... C'est bien gentil... Ah! moi, vous savez, l'amour je trouve ça si mignon... Je comprends qu'on ne puisse pas vivre sans l'amour... Oui, mais c'est embêtant aussi d'avoir à ses trousses des *chiées* d'enfants... Eh bien, elles n'en ont pas... elles n'en ont plus... Et c'est à Mme Gouin qu'elles doivent ça... Un petit moment désagréable à passer... ce n'est pas, après tout, la mer à boire. A votre place, je n'hésiterais pas... Une jolie fille comme vous, si distinguée, et qui doit être si bien faite... un enfant, ce serait un meurtre...

— Rassurez-vous... Je n'ai pas envie d'en avoir...

— Oui... oui... personne n'a envie d'en avoir. Seulement... Dites donc?... Votre Monsieur ne vous a jamais proposé la chose?...

— Mais non...

— C'est étonnant... car il est connu pour ça... Même, la matinée où il vous serrait de si près, dans le jardin?...

— Je vous assure...

Mam'zelle Rose hoche la tête.

— Vous ne voulez rien dire... vous vous méfiez de

moi... c'est votre affaire. Seulement, on sait ce qu'on sait...

Elle m'impatiente à la fin... Je lui crie :

— Ah! ça! Est-ce que vous vous imaginez que je couche avec tout le monde... avec des vieux dégoûtants?...

D'un ton froid, elle me répond :

— Hé! ma petite, ne prenez pas la mouche. Il y a des vieux qui valent des jeunes... C'est vrai que vos affaires ne me regardent point... Ce que j'en dis, moi, n'est-ce pas?...

Et elle conclut, d'une voix mauvaise, où le vinaigre a remplacé le miel :

— Après tout... ça se peut bien... Sans doute que votre M. Lanlaire aime mieux les fruits plus verts. Chacun son idée, ma petite...

Des paysans passent dans le chemin, et saluent mam'zelle Rose avec respect.

— Bonjour, mam'zelle Rose... Et le capitaine, il va toujours bien?...

— Il va bien, merci... Il tire du vin, tenez...

Des bourgeois passent dans le chemin, et saluent mam'zelle Rose avec respect.

— Bonjour, mam'zelle Rose... Et le capitaine?

— Toujours vaillant... Merci... Vous êtes bien honnêtes.

Le curé passe dans le chemin, d'un pas lent, dodelinant de la tête. A la vue de mam'zelle Rose, il salue, sourit, referme son bréviaire et s'arrête :

— Ah! c'est vous, ma chère enfant?... Et le capitaine?...

— Merci, monsieur le curé... ça va tout doucement... Le capitaine s'occupe à la cave...

— Tant mieux... tant mieux... J'espère qu'il a semé de belles fleurs... et que, l'année prochaine, à la Fête-Dieu, nous aurons encore un superbe reposoir?...

— Bien sûr... monsieur le curé...

— Toutes mes amitiés au capitaine, mon enfant...

— Et vous de même, monsieur le curé...

Et, en s'en allant, son bréviaire ouvert à nouveau :

— Au revoir... au revoir... Il ne faudrait dans une paroisse que des paroissiennes comme vous.

Et je rentre, un peu triste, un peu découragée, un peu haineuse, laissant cette abominable Rose jouir de son triomphe, saluée par tous, respectée de tous, grasse, heureuse, hideusement heureuse. Bientôt, je suis sûre que le curé la mettra dans une niche de son église, entre deux cierges, et nimbée d'or, comme une sainte...

IX

25 octobre.

Un qui m'intrigue, c'est Joseph. Il a des allures vraiment mystérieuses et j'ignore ce qui se passe au fond de cette âme silencieuse et forcenée. Mais sûrement, il s'y passe quelque chose d'extraordinaire. Son regard, parfois, est lourd à supporter, tellement lourd que le mien se dérobe sous son intimidante fixité. Il a des façons de marcher lentes et glissées, qui me font peur. On dirait qu'il traîne rivé à ses chevilles un boulet, ou plutôt le souvenir d'un boulet... Est-ce le bagne qu'il rappelle ou le couvent?... Les deux, peut-être. Son dos aussi me fait peur et aussi son cou large, puissant, bruni par le hâle comme un vieux cuir, raidi de tendons qui se bandent comme des grelins. J'ai remarqué sur sa nuque un paquet de muscles durs, exagérément bombés, comme en ont les loups et les bêtes sauvages qui doivent porter, dans leurs gueules, des proies pesantes.

Hormis sa folie antisémite, qui dénote, chez Joseph, une grande violence et le goût du sang, il est plutôt réservé sur toutes les autres choses de la vie. Il est même impossible de savoir ce qu'il pense. Il n'a aucune des vantardises, ni aucune des humilités professionnelles, par où se reconnaissent les vrais domestiques; jamais non plus un mot de plainte, jamais un débinage contre ses maîtres. Ses maîtres,

187

il les respecte sans servilité, semble leur être dévoué sans ostentation. Il ne boude pas sur la besogne, la plus rebutante des besognes. Il est ingénieux ; il sait tout faire, même les choses les plus difficiles et les plus différentes, qui ne sont point de son service. Il traite le Prieuré, comme s'il était à lui, le surveille, le garde jalousement, le défend. Il en chasse les pauvres, les vagabonds et les importuns, flaireur et menaçant comme un dogue. C'est le type du serviteur de l'ancien temps, le domestique d'avant la Révolution... De Joseph, on dit, dans le pays : « Il n'y en a plus comme lui... Une perle ! » Je sais qu'on cherche à l'arracher aux Lanlaire. De Louviers, d'Elbeuf, de Rouen, on lui fait les propositions les plus avantageuses. Il les refuse et ne se vante pas de les avoir refusées... Ah ! ma foi non... Il est ici, depuis quinze ans, il considère cette maison comme la sienne. Tant qu'on voudra de lui, il restera... Madame si soupçonneuse et qui voit le mal partout lui montre une confiance aveugle. Elle qui ne croit à personne, elle croit à Joseph, à l'honnêteté de Joseph, au dévouement de Joseph.

— Une perle !... Il se jetterait au feu pour nous, dit-elle.

Et, malgré son avarice, elle l'accable de menues générosités et de petits cadeaux.

Pourtant, je me méfie de cet homme. Cet homme m'inquiète et, en même temps, il m'intéresse prodigieusement. Souvent, j'ai vu des choses effrayantes passer dans l'eau trouble, dans l'eau morte de ses yeux... Depuis que je m'occupe de lui, il ne m'apparaît plus tel que je l'avais jugé tout d'abord à mon entrée dans cette maison, un paysan grossier, stupide et pataud. J'aurais dû l'examiner plus attentivement. Maintenant, je le crois singulièrement fin et retors, et même mieux que fin, pire que retors... je ne sais comment m'exprimer sur lui... Et puis, est-ce l'habitude de le voir, tous les jours ?... Je ne le trouve plus si laid, ni si vieux... L'habitude agit comme une atténuation, comme une brume, sur les objets et sur les êtres. Elle finit, peu à peu, par effacer les traits d'un visage, par estomper les déformations ; elle fait qu'un bossu avec qui l'on vit quotidiennement n'est plus, au bout d'un certain temps, bossu... Mais il y a autre chose ; il y a tout ce que je découvre en Joseph de nouveau et de profond... et qui me bouleverse. Ce n'est pas l'harmonie des traits, ni la pureté des lignes qui crée pour une femme, la beauté d'un homme. C'est quelque chose de moins apparent, de moins défini... une sorte d'affinité et, si j'osais... une sorte d'atmosphère sexuelle, âcre, terrible ou grisante, dont certaines femmes subissent, même malgré elles, la forte hantise... Eh bien, Joseph dégage autour de lui cette atmosphère-là... L'autre jour, je l'ai admiré qui soulevait une barrique de vin... Il jouait avec elle ainsi qu'un enfant avec sa balle de caoutchouc. Sa force exceptionnelle, son adresse souple, le levier formidable de ses reins, l'athlétique poussée de ses épaules, tout cela m'a rendue rêveuse. L'étrange et maladive curiosité, faite de peur autant que d'attirance, qu'excite en moi l'énigme de ces louches allures, de cette bouche close, de ce regard impressionnant, se double encore de cette puissance musculaire, de cette carrure de taureau. Sans pouvoir me l'expliquer davantage, je sens qu'il y a entre Joseph et moi une correspondance secrète... un lien physique et moral qui se resserre un peu plus tous les jours...

De la fenêtre de la lingerie où je travaille, je le suis des yeux, quelquefois, dans le jardin... Il est là, courbé sur son ouvrage, la face presque à fleur de terre, ou bien agenouillé contre le mur où s'alignent des espaliers... Et soudain il disparaît... il s'évanouit... Le temps de pencher la tête... et il n'y a plus personne... S'enfonce-t-il dans le sol ?... Passe-t-il à travers les murs ?... Il m'arrive, de temps en temps, d'aller au jardin pour lui transmettre un ordre de Madame... Je ne le vois nulle part, et je l'appelle.

— Joseph!... Joseph!... Où êtes-vous?

Aucune réponse... J'appelle encore :

— Joseph!... Joseph!... Où êtes-vous?

Tout à coup, sans bruit, Joseph surgit de derrière un arbre, de derrière une planche de légumes, devant moi. Il surgit, devant moi, dans le soleil, avec son masque sévère et fermé, ses cheveux aplatis sur le crâne, la chemise ouverte sur sa poitrine velue... D'où vient-il?... D'où sort-il?... D'où est-il tombé?...

— Ah! Joseph, que vous m'avez fait peur...

Et sur les lèvres et dans les yeux de Joseph erre un sourire effrayant qui, véritablement, a des lueurs courtes, rapides de couteau. Je crois que cet homme est le diable...

Le viol de la petite Claire défraie toujours les conversations et surexcite les curiosités de la ville. On s'arrache les journaux de la région et de Paris qui le racontent. *La Libre Parole* dénonce nettement et en bloc les juifs, et elle affirme que c'est un « meurtre rituel... ». Les magistrats sont venus sur les lieux... on a fait des enquêtes, des instructions; on a interrogé beaucoup de gens... Personne ne sait rien... L'accusation de Rose, qui a circulé, n'a rencontré partout que de l'incrédulité; tout le monde a haussé les épaules... Hier, les gendarmes ont arrêté un pauvre colporteur qui a pu prouver facilement qu'il n'était pas dans le pays, au moment du crime. Le père, désigné par la rumeur publique, s'est disculpé... Du reste, on n'a sur lui que les meilleurs renseignements... Donc, nulle part, nul indice qui puisse mettre la justice sur les traces du coupable. Il paraît que ce crime fait l'admiration des magistrats et qu'il a été commis avec une habileté surprenante, sans doute par des professionnels... par des Parisiens... Il paraît aussi que le procureur de la République mène l'affaire mollement et pour la forme. L'assassinat d'une petite fille pauvre, ça n'est pas très passionnant... Il y a donc tout lieu de croire qu'on ne trouvera jamais rien et que l'affaire sera bientôt classée, comme tant d'autres qui n'ont pas dit leur secret...

Je ne serais pas étonnée que Madame crût son mari coupable... Ça, c'est comique, et elle devrait le mieux connaître. Elle est toute drôle, depuis la nouvelle. Elle a des façons de regarder Monsieur qui ne sont pas naturelles. J'ai remarqué que, durant le repas, chaque fois qu'on sonnait, elle avait un petit sursaut...

Après le déjeuner, aujourd'hui, comme Monsieur manifestait l'intention de sortir, elle l'en a empêché...

— Vraiment, tu peux bien rester ici... Qu'est-ce que tu as besoin d'être toujours dehors?

Elle s'est même promenée avec Monsieur, une grande heure, dans le jardin. Naturellement, Monsieur ne s'aperçoit de rien; il n'en perd pas une bouchée de viande, ni une bouffée de tabac... Quel gros lourdaud!

J'aurais bien voulu savoir ce qu'ils peuvent se dire, quand ils sont seuls, tous les deux... Hier soir, pendant plus de vingt minutes, j'ai écouté derrière la porte du salon... J'ai entendu Monsieur qui froissait un journal... Assise devant son petit bureau, Madame écrivait ses comptes :

— Qu'est-ce que je t'ai donné hier?... a demandé Madame.

— Deux francs... a répondu Monsieur.

— Tu es sûr?...

— Mais oui, mignonne...

— Eh bien, il me manque trente-huit sous...

— Ce n'est pas moi qui les ai pris...

— Non... c'est le chat...

Ils ne se sont rien dit d'autre...

A la cuisine, Joseph n'aime pas qu'on parle de la petite Claire. Quand Marianne ou moi nous mettons la conversation sur ce sujet, il la change aussitôt, ou bien il n'y prend pas part. Ça l'ennuie... Je ne sais pas pourquoi, cette idée m'est venue — et elle s'enfonce, de plus en plus dans mon esprit — que c'est Joseph qui a fait le coup. Je n'ai pas de preuves, pas d'indices qui puissent me permettre de le soupçonner... pas d'autres indices que ces yeux, pas d'autres preuves que ce léger mouvement de surprise qui lui échappa, lorsque, de retour de chez l'épicière, brusquement, dans la sellerie, je lui jetai pour la première fois au visage le nom de la petite Claire, assassinée et violée... Et cependant, ce soupçon purement intuitif a grandi, est devenu une possibilité, puis une certitude. Je me trompe, sans doute. Je tâche à me convaincre que Joseph est une « perle... ». Je me répète que mon imagination s'exalte à de simples folies, qu'elle obéit aux influences de cette perversité romanesque, qui est en moi... Mais j'ai beau faire, cette impression subsiste en dépit de moi-même, ne me quitte pas un instant, prend la forme harcelante et grimaçante de l'idée fixe... Et j'ai une irrésistible envie de demander à Joseph :

— Voyons, Joseph, est-ce vous qui avez violé la petite Claire dans le bois?... Est-ce vous, vieux cochon?

Le crime a été commis un samedi... Je me souviens que Joseph, à peu près à la même date, est allé chercher de la terre de bruyère, dans le bois de Raillon... Il a été absent, toute la journée, et il n'est rentré au Prieuré avec son chargement que le soir, tard... De cela, je suis sûre... Et, — coïncidence extraordinaire —, je me souviens de certains gestes agités, de certains regards plus troubles, qu'il avait, ce soir-là, en rentrant... Je n'y avais pas pris garde, alors... Pourquoi l'eussé-je fait?... Aujourd'hui, ces détails de physionomie me reviennent avec force... Mais, est-ce bien le samedi du crime que Joseph est allé dans la forêt de Raillon?... Je cherche en vain à préciser la date de son absence... Et puis, avait-il réellement ces gestes inquiets, ces regards accusateurs que je lui prête et qui me le dénoncent?... N'est-ce pas moi qui m'acharne à me suggestionner l'étrangeté inhabituelle de ces gestes et de ces regards, à vouloir, sans raison, contre toute vraisemblance, que ce soit Joseph — une perle — qui ait fait le coup?... Cela m'irrite et, en même temps, cela me confirme dans mes appréhensions, de ne pouvoir reconstituer le drame de la forêt... Si encore l'enquête judiciaire avait signalé les traces fraîches d'une voiture sur les feuilles mortes et sur la bruyère, aux alentours?... Mais non... L'enquête ne signale rien de tel... elle signale le viol et le meurtre d'une petite fille, voilà tout... Eh bien, c'est justement cela qui me surexcite... Cette habileté de l'assassin à ne pas laisser derrière soi la moindre preuve de son crime, cette invisibilité diabolique, j'y sens, j'y vois la présence de Joseph... Énervée, j'ose, tout d'un coup, après un silence, lui poser cette question :

— Joseph, quel jour avez-vous été chercher de la terre de bruyère, dans la forêt de Raillon?... Est-ce que vous vous le rappelez?...

Sans hâte, sans sursaut, Joseph lâche le journal qu'il lisait... Son âme est bronzée désormais contre les surprises...

— Pourquoi ça?... fait-il.

— Pour savoir...

Joseph dirige sur moi un regard lourd et profond... Ensuite il prend, sans affectation, l'air de quelqu'un qui fouillerait dans sa mémoire pour y retrouver des souvenirs déjà anciens. Et il répond :

— Ma foi!... je ne sais plus trop... je crois bien que c'était samedi...

— Le samedi où l'on a trouvé le cadavre de la petite Claire dans le bois?... poursuis-je, en donnant à cette interrogation, trop vivement débitée, un ton agressif.

Joseph ne lève pas ses yeux de sur les miens. Son regard est devenu quelque chose de si aigu, de si terrible, que, malgré mon effronterie coutumière, je suis obligée de détourner la tête.

— C'est possible... fait-il encore... Ma foi!... je crois bien que c'était ce samedi-là...

Et il ajoute :

— Ah! les sacrées femmes!... vous feriez bien mieux de penser à autre chose. Si vous lisiez le journal... vous verriez qu'on a encore tué des juifs en Alger... Ça, au moins, ça vaut la peine...

A part son regard, il est calme, naturel, presque bonhomme... Ses gestes sont aisés, sa voix ne tremble plus... Je me tais... et Joseph, reprenant le journal qu'il avait posé sur la table, se remet à lire le plus tranquillement du monde...

Moi, je me suis remise à songer... Je voudrais retrouver dans la vie de Joseph, depuis que je suis ici, un trait de férocité active... Sa haine des juifs, la menace que sans cesse il exprime de les supplicier, de les tuer, de les brûler, tout cela n'est peut-être que de la hâblerie... C'est surtout de la politique... Je cherche quelque chose de plus précis, de plus formel, à quoi je ne puisse pas me tromper sur le tempérament criminel de Joseph. Et je ne trouve toujours que des impressions vagues et morales, des hypothèses auxquelles mon désir ou ma crainte qu'elles soient d'irrécusables réalités donne une importance et une signification que, sans doute, elles n'ont pas... Mon désir ou ma crainte?... De ces deux sentiments, j'ignore lequel me pousse...

Si, pourtant... Voici un fait... un fait réel... un fait

horrible... un fait révélateur... Celui-là, je ne l'invente pas... je ne l'exagère pas... je ne l'ai pas rêvé... il est bien tel qu'il est... Joseph est chargé de tuer les poulets, les lapins, les canards. Il tue les canards, selon une antique méthode normande, en leur enfonçant une épingle dans la tête... Il pourrait les tuer, d'un coup, sans les faire souffrir. Mais il aime à prolonger leur supplice par de savants raffinements de torture; il aime à sentir leur chair frissonner, leur cœur battre dans ses mains; il aime à suivre, à compter, à recueillir dans ses mains leur souffrance, leurs frissons d'agonie, leur mort... Une fois, j'ai assisté à la mort d'un canard tué par Joseph... Il le tenait entre ses genoux. D'une main il lui serrait le col, de l'autre il lui enfonçait une épingle dans le crâne, puis tournait, tournait l'épingle dans le crâne, d'un mouvement lent et régulier... Il semblait moudre du café... Et en tournant l'épingle, Joseph disait avec une joie sauvage :

— Faut qu'il souffre... tant plus qu'il souffre, tant plus que le sang est bon au goût...

L'animal avait dégagé des genoux de Joseph ses ailes qui battaient, battaient... Son col se tordait, même maintenu par Joseph, en affreuse spirale... et, sous le matelas des plumes, sa chair soubresautait... Alors Joseph jeta l'animal sur les dalles de la cuisine et, les coudes aux genoux, le menton dans ses paumes réunies, il se mit à suivre, d'un œil hideusement satisfait, ses bonds, ses convulsions, le grattement fou de ses pattes jaunes sur le sol...

— Finissez donc, Joseph, criai-je. Tuez-le donc tout de suite... c'est horrible de faire souffrir les bêtes.

Et Joseph répondit :

— Ça m'amuse... J'aime ça...

Je me rappelle ce souvenir, j'évoque tous les détails sinistres de ce souvenir, j'entends toutes les paroles de ce souvenir... Et j'ai envie... une envie encore plus violente, de crier à Joseph :

— C'est vous qui avez violé la petite Claire, dans le bois... Oui... oui... j'en suis sûre, maintenant... c'est vous, vous, vous, vieux cochon...

Il n'y a plus à douter. Joseph doit être une immense canaille. Et cette opinion que j'ai de sa personne morale, au lieu de m'éloigner de lui, loin de mettre entre nous de l'horreur, fait, non pas que je l'aime peut-être, mais qu'il m'intéresse énormément. C'est drôle, j'ai toujours eu un faible pour les canailles... Ils ont un imprévu qui fouette le sang... une odeur particulière qui vous grise, quelque chose de fort et d'âpre qui vous prend par le sexe. Si infâmes que soient les canailles, ils ne le sont jamais autant que les honnêtes gens. Ce qui m'ennuie de Joseph, c'est qu'il a la réputation et, pour celui qui ne connaît pas ses yeux, les allures d'un honnête homme. Je l'aimerais mieux franchement, effrontément canaille. Il est vrai qu'il n'aurait plus cette auréole de mystère, ce prestige de l'inconnu qui m'émeut et me trouble et qui m'attire — oui là — qui m'attire vers ce vieux monstre.

Maintenant je suis plus calme, parce que j'ai la certitude, parce que rien ne peut m'enlever désormais la certitude que c'est lui qui a violé la petite Claire, dans le bois.

Depuis quelque temps, je m'aperçois que j'ai fait sur le cœur de Joseph une impression considérable. Son mauvais accueil est fini ; son silence ne m'est plus hostile ou méprisant, et il y a presque de la tendresse dans ses bourrades. Ses regards n'ont plus de haine — en ont-ils jamais eu d'ailleurs ? — et s'ils sont encore si terribles, parfois, c'est qu'il cherche à me connaître mieux, toujours mieux, et qu'il veut m'éprouver. Comme la plupart des paysans, il est extrêmement méfiant, il évite de se livrer aux autres, car il croit qu'on veut le « mettre dedans ». Il doit posséder de nombreux secrets, mais il les cache jalousement, sous un masque sévère, renfrogné et brutal, comme on renferme des trésors dans un coffre de fer, armé de barres solides et de mystérieux verrous. Pourtant, vis-à-vis de moi, sa méfiance s'atténue... Il est charmant pour moi, dans son genre... Il fait tout ce qu'il peut pour me marquer son amitié et me plaire. Il se charge des corvées trop pénibles, prend à son compte les gros ouvrages qui me sont attribués, et cela, sans mièvrerie, sans arrière-pensée galante, sans chercher à provoquer ma reconnaissance, sans vouloir en tirer un profit quelconque. De mon côté, je remets de l'ordre dans ses affaires, je raccommode ses chaussettes, ses pantalons, rapièce ses chemises, range son armoire, avec bien plus de soin et de coquetterie que celle de Madame. Et il me dit avec des yeux de contentement :

— C'est bien ça, Célestine... Vous êtes une bonne femme... une femme d'ordre. L'ordre, voyez-vous, c'est la fortune. Et quand on est gentille, avec ça... quand on est une belle femme, il n'y a pas mieux.

Jusque-là, nous n'avons causé ensemble que par à-coups. Le soir, à la cuisine, avec Marianne, la conversation ne peut être que générale... Aucune intimité n'est permise entre nous deux. Et, quand je le vois seul, rien n'est plus difficile que de le faire parler... Il refuse tous les longs entretiens, craignant sans doute de se compromettre. Deux mots par-ci... deux mots par-là... aimables ou bourrus... et c'est tout... Mais ses yeux parlent, à défaut de sa bouche... Et ils rôdent autour de moi, et ils m'enveloppent, et ils descendent en moi, au plus profond de moi, afin de me retourner l'âme et de voir ce qu'il y a dessous.

Pour la première fois, nous nous sommes entretenus longuement hier. C'était le soir. Les maîtres étaient couchés; Marianne était montée dans sa chambre, plus tôt que de coutume. Ne me sentant pas disposée à lire ou à écrire, je m'ennuyais d'être seule. Toujours obsédée par l'image de la petite Claire, j'allai retrouver Joseph dans la sellerie où, à la lueur d'une lanterne sourde, il épluchait des graines, assis devant une petite table de bois blanc. Son ami, le sacristain, était là, près de lui, debout, portant sous ses deux bras des paquets de petites brochures, rouges, vertes, bleues, tricolores... Gros yeux ronds dépassant l'arcade des sourcils, crâne aplati, peau fripée, jaunâtre et grenue, il ressemblait à un crapaud... Du crapaud, il avait aussi la lourdeur sautillante. Sous la table, les deux chiens, roulés en boule, dormaient, la tête enfouie dans leurs poils.

— Ah! c'est vous, Célestine? fit Joseph.

Le sacristain voulut cacher ses brochures... Joseph le rassura.

— On peut parler devant Mademoiselle... C'est une femme d'ordre...

Et il recommanda :

— Ainsi, mon vieux, c'est compris, hein?... A Bazoches... à Courtain... à Fleur-sur-Tille... Et que ce soit distribué demain, dans la journée... Et tâche de rapporter des abonnements... Et, que je te le dise encore... va partout... entre dans toutes les maisons... même chez les républicains... Ils te foutront peut-être à la porte?... Ça ne fait rien... Entête-toi... Si tu gagnes un de ces sales cochons... c'est toujours ça... Et puis rappelle-toi que tu as cent sous par républicain...

Le sacristain approuvait en hochant la tête. Ayant recalé les brochures sous ses bras, il partit, accompagné jusqu'à la grille par Joseph.

Quand celui-ci revint, il vit ma figure curieuse, mes yeux interrogateurs :

— Oui... fit-il négligemment, quelques chansons... quelques images... et des brochures contre les juifs, qu'on distribue pour la propagande... Je me suis arrangé avec les messieurs prêtres... je travaille pour eux, quoi! C'est dans mes idées, pour sûr... faut dire aussi que c'est bien payé...

Il se remit devant la petite table où il épluchait ses graines. Les deux chiens réveillés tournèrent dans la pièce et allèrent se recoucher plus loin.

— Oui... oui... répéta-t-il... c'est pas mal payé... Ah! ils en ont de l'argent, allez, les messieurs prêtres.

Et comme s'il eût craint d'avoir trop parlé, il ajouta :

— Je vous dis ça... Célestine... parce que vous êtes une bonne femme... une femme d'ordre... et que j'ai confiance en vous... C'est entre nous, dites?...

Après un silence :

— Quelle bonne idée que vous soyez venue ici, ce soir... remercia-t-il... C'est gentil... ça me flatte...

Jamais je ne l'avais vu aussi aimable, aussi causant... Je me penchai sur la petite table, tout près de lui, et, remuant les graines triées dans une assiette, je répondis avec coquetterie :

— C'est vrai aussi... vous êtes parti, tout de suite, après le dîner. On n'a pas eu le temps de tailler une bavette... Voulez-vous que je vous aide à éplucher vos graines?

— Merci, Célestine... C'est fini...

Il se gratta la tête :

— Sacristi!... fit-il, ennuyé... je devrais aller voir aux châssis... Les mulots ne me laissent pas une salade, ces vermines-là... Et puis, ma foi, non... faut que je vous cause, Célestine...

Joseph se leva, referma la porte qui était restée entrouverte, m'entraîna au fond de la sellerie. J'eus peur, une minute... La petite Claire, que j'avais oubliée, m'apparut sur la bruyère de la forêt, affreusement pâle et sanglante... Mais les regards de Joseph n'étaient pas méchants; ils semblaient plutôt timides... On se voyait à peine dans cette pièce sombre qu'éclairait, d'une clarté trouble et sinistre, la lueur sourde de la lanterne.... Jusque-là, la voix de Joseph avait tremblé. Elle prit soudain de l'assurance, presque de la gravité.

— Il y a déjà quelques jours que je voulais vous confier ça, Célestine... commença-t-il... Eh bien, voilà... J'ai de l'amitié pour vous... Vous êtes une bonne femme... une femme d'ordre... Maintenant, je vous connais bien, allez!...

Je crus devoir sourire d'un malicieux et gentil sourire, et je répliquai :

— Vous y avez mis le temps, avouez-le... Et pourquoi étiez-vous si désagréable avec moi?... Vous ne me parliez jamais... vous me bousculiez toujours... Vous rappelez-vous les scènes que vous me faisiez, quand je traversais les allées que vous veniez de ratisser?... O le vilain bourru!

Joseph se mit à rire et haussa les épaules :

— Ben oui... Ah! dame, on ne connaît pas les gens du premier coup... Les femmes, surtout, c'est le diable à connaître... et vous arriviez de Paris!... Maintenant, je vous connais bien...

— Puisque vous me connaissez si bien, Joseph, dites-moi donc ce que je suis...

La bouche serrée, l'œil grave, il prononça :

— Ce que vous êtes, Célestine?... Vous êtes comme moi...

— Je suis comme vous, moi?...

— Oh! pas de visage, bien sûr... Mais, vous et moi, dans le fin fond de l'âme, c'est la même chose... Oui, oui, je sais ce que je dis...

Il y eut encore un moment de silence. Il reprit d'une voix moins dure :

— J'ai de l'amitié pour vous, Célestine... Et puis...

— Et puis?...

— J'ai aussi de l'argent... un peu d'argent...

— Ah?...

— Oui, un peu d'argent... Dame! on n'a pas servi, pendant quarante ans, dans de bonnes maisons, sans faire quelques petites économies... Pas vrai?

200

— Bien sûr... répondis-je, étonnée de plus en plus par les paroles et par les allures de Joseph... Et vous avez beaucoup d'argent ?

— Oh! un peu... seulement...

— Combien ?... Faites voir !...

Joseph eut un léger ricanement :

— Vous pensez bien qu'il n'est pas ici... Il est dans un endroit où il fait des petits...

— Oui, mais combien ?...

Alors, d'une voix basse, chuchotée :

— Peut-être quinze mille francs... peut-être plus...

— Mazette !... vous êtes calé, vous !...

— Oh! peut-être moins aussi... On ne sait pas...

Tout à coup, les deux chiens, simultanément, dressèrent la tête, bondirent vers la porte et se mirent à aboyer. Je fis un geste d'effroi...

— Ça n'est rien... rassura Joseph, en leur envoyant à chacun un coup de pied dans les flancs... c'est des gens qui passent dans le chemin... Et, tenez, c'est la Rose qui rentre chez elle... Je reconnais son pas.

En effet, quelques secondes après, j'entendis un bruit de pas traînant sur le chemin, puis un bruit plus lointain de barrière refermée... Les chiens se turent.

Je m'étais assise sur un escabeau, dans un coin de la sellerie. Joseph, les mains dans ses poches, se promenait dans l'étroite pièce où son coude heurtait aux lambris de sapin des lanières de cuir... Nous ne parlions plus, moi horriblement gênée, et regrettant d'être venue. Joseph visiblement tourmenté de ce qu'il avait encore à me dire. Au bout de quelques minutes, il se décida :

— Faut que je vous confie encore une chose, Célestine... Je suis de Cherbourg... Et Cherbourg, c'est une rude ville, allez... pleine de marins, de soldats... de sacrés lascars qui ne boudent pas sur le plaisir ; le commerce y est bon... Eh bien, je sais qu'il

y a à Cherbourg, à cette heure, une bonne occasion...
S'agirait d'un petit café, près du port, d'un petit
café, placé on ne peut pas mieux... L'armée boit
beaucoup, en ce moment... tous les patriotes sont
dans la rue... ils crient, ils gueulent, ils s'assoiffent...
Ce serait l'instant de l'avoir... On gagnerait des
mille et des cents, je vous en réponds... Seulement,
voilà!... faudrait une femme là-dedans... une femme
d'ordre... une femme gentille... bien nippée... et qui
ne craindrait pas la gaudriole. Les marins, les militaires, c'est rieur, c'est farceur, c'est bon enfant... ça
se saoule pour un rien... ça aime le sexe... ça dépense
beaucoup pour le sexe... Votre idée là-dessus, Célestine?...

— Moi?... fis-je, hébétée.

— Oui, enfin, une supposition?... Ça vous plai-
rait-il?...

— Moi?...

Je ne savais pas où il voulait en venir... je tombais
de surprise en surprise. Bouleversée, je n'avais pas
trouvé autre chose à répondre... Il insista :

— Ben sûr, vous... Et qui donc voulez-vous qui
vienne dans le petit café?... Vous êtes une bonne
femme... vous avez de l'ordre... vous n'êtes point de
ces mijaurées qui ne savent seulement point
entendre une plaisanterie... vous êtes patriote, nom
de nom!... Et puis vous êtes gentille, mignonne tout
plein... vous avez des yeux à rendre folle toute la
garnison de Cherbourg... Ça serait ça, quoi!...
Depuis que je vous connais bien... depuis que je sais
tout ce que vous pouvez faire... cette idée-là ne cesse
de me trotter par la tête...

— Eh bien? Et vous?...

— Moi aussi, tiens!... On se marierait de bonne
amitié...

— Alors, criai-je, subitement indignée... vous
voulez que je fasse la putain pour vous gagner de
l'argent?...

Joseph haussa les épaules, et, tranquille, il dit :

— En tout bien, tout honneur, Célestine... Ça se comprend, voyons...

Ensuite, il vint à moi, me prit les mains, les serra à me faire hurler de douleur, et il balbutia :

— Je rêve de vous, Célestine, de vous dans le petit café... J'ai les sangs tournés de vous...

Et, comme je restai interdite, un peu épouvantée de cet aveu, et sans un geste et sans une parole, il continua :

— Et puis... il y a peut-être plus de quinze mille francs... peut-être plus de dix-huit mille francs... On ne sait pas ce que ça fait de petits... cet argent-là... Et puis, des choses... des choses... des bijoux... Vous seriez rudement heureuse, allez, dans le petit café...

Il me tenait la taille serrée dans l'étau puissant de ses bras... Et je sentais tout son corps qui tremblait de désirs contre moi... S'il avait voulu, il m'eût prise, il m'eût étouffée, sans que je tentasse la moindre résistance. Et il continuait de me décrire son rêve :

— Un petit café bien joli... bien propre... bien reluisant... Et puis, au comptoir, derrière une grande glace, une belle femme, habillée en Alsace-Lorraine, avec un beau corsage de soie... et de larges rubans de velours... Hein, Célestine?... Pensez à ça... J'en recauserons un de ces jours... j'en recauserons...

Je ne trouvais rien à dire... rien, rien, rien!... J'étais stupéfiée par cette chose, à laquelle je n'avais jamais songé... mais j'étais aussi, sans haine, sans horreur contre le cynisme de cet homme... Joseph répéta, de cette même bouche qui avait baisé les plaies sanglantes de la petite Claire, en me serrant avec ces mêmes mains qui avaient serré, étouffé, étranglé, assassiné la petite Claire dans le bois :

— J'en recauserons... je suis vieux... je suis laid... possible... Mais pour arranger une femme, Célestine... retenez bien ceci... il n'y en a pas un comme moi... J'en recauserons...

Pour arranger une femme!... Il en a, vraiment, de sinistres!... Est-ce une menace?... Est-ce une promesse?...

Aujourd'hui, Joseph a repris ses habitudes de silence... On dirait que rien ne s'est passé, hier soir, entre nous... Il va, il vient, il travaille... il mange... il lit son journal... comme tous les jours... Je le regarde, et je voudrais le détester... je voudrais que sa laideur m'apparût telle qu'un immense dégoût me séparât de lui à jamais... Eh bien, non... Ah! comme c'est drôle!... Cet homme me donne des frissons... et je n'ai pas de dégoût... Et c'est une chose effrayante que je n'aie pas de dégoût, puisque c'est lui qui a tué, qui a violé la petite Claire dans le bois!...

X

Rien ne me fait plaisir comme de retrouver dans les journaux le nom d'une personne chez qui j'ai servi. Ce plaisir, je l'ai éprouvé, ce matin, plus vif que jamais, en apprenant par *Le Petit Journal* que Victor Charrigaud venait de publier un nouveau livre qui a beaucoup de succès et dont tout le monde parle avec admiration... Ce livre s'intitule : *De cinq à sept*, et il fait scandale, dans le bon sens. C'est, dit l'article, une suite d'études mondaines, brillantes et cinglantes qui, sous leur légèreté, cachent une philosophie profonde... Oui, compte là-dessus !... En même temps que de son talent, on loue fort Victor Charrigaud de son élégance, de ses relations distinguées, de son salon... Ah ! parlons-en de son salon... Durant huit mois, j'ai été femme de chambre chez les Charrigaud, et je crois bien que je n'ai jamais rencontré de pareils mufles... Dieu sait pourtant !

Tout le monde connaît de nom Victor Charrigaud. Il a déjà publié une suite de livres à tapage. *Leurs Jarretelles, Comment elles dorment, Les Bigoudis sentimentaux, Colibris et Perroquets* sont parmi les plus célèbres. C'est un homme d'infiniment d'esprit, un écrivain d'infiniment de talent et dont le malheur a été que le succès lui arrivât trop vite, avec la fortune. Ses débuts donnèrent les plus grandes espérances. Chacun était frappé de ses fortes qualités d'observation, de ses dons puissants de satire, de son implacable et juste ironie qui pénétrait si avant dans le ridicule humain. Un esprit averti et libre, pour qui les conventions mondaines n'étaient que mensonge et servilité, une âme généreuse et clairvoyante qui, au lieu de se courber sous l'humiliant niveau du préjugé, dirigeait bravement ses impulsions vers un idéal social, élevé et pur. Du moins, c'est ainsi que me parla de Victor Charrigaud un peintre de ses amis qui était toqué de moi, que j'allais voir quelquefois, et de qui je tiens les jugements qui précèdent et les détails qui vont suivre sur la littérature et la vie de cet homme illustre.

Parmi les ridicules si durement flagellés par lui, Charrigaud avait surtout choisi le ridicule du snobisme. En sa conversation verveuse et nourrie de faits, plus encore que dans ses livres, il en notait le caractère de lâcheté morale, de dessèchement intellectuel, avec une âpre précision dans le pittoresque, une large et rude philosophie et des mots aigus, profonds, terribles qui, recueillis par les uns, colportés par les autres, se répétaient aux quatre coins de Paris et devenaient, en quelque sorte, classiques tout de suite... On pourrait faire toute une étonnante psychologie du snobisme avec les impressions, les traits, les profils serrés, les silhouettes étrangement dessinées et vivantes que son originalité renouvelait et prodiguait, sans jamais se lasser... Il semble donc que si quelqu'un devait échapper à cette sorte d'influenza morale qui sévit si fort dans les salons, ce fût Victor Charrigaud, mieux que tout autre préservé de la contagion par cet admirable antiseptique : l'ironie... Mais l'homme n'est que surprise, contradiction, incohérence et folie...

A peine eut-il senti passer les premières caresses du succès, que le snob qui était en lui — et c'est pour cela qu'il le peignait avec une telle force d'expression — se révéla, explosa, pourrait-on dire, comme

un engin qui vient de recevoir la secousse élec-
trique... Il commença par lâcher ses amis devenus
encombrants ou compromettants, ne gardant que
ceux qui, les uns par leur talent accepté, les autres,
par leur situation dans la presse, pouvaient lui être
utiles et entretenir de leurs persistantes réclames sa
jeune renommée. En même temps, il fit de la toilette
et de la mode une de ses préoccupations les plus
acharnées. On le vit avec des redingotes d'un philip-
pisme audacieux, des cols et des cravates d'un 1830
exagéré, des gilets de velours d'un galbe irrésistible,
des bijoux affichants, et il sortit d'étuis en métal,
incrustés de pierres trop précieuses, des cigarettes
somptueusement roulées dans des papiers d'or...
Mais, lourd de membres, gauche de gestes, avec des
emmanchements épais et des articulations
canailles, il conservait, malgré tout, l'allure massive
des paysans d'Auvergne, ses compatriotes. Trop
neuf dans une trop soudaine élégance où il se sentait
dépaysé, il avait beau s'étudier et étudier les plus
parfaits modèles du chic parisien, il ne parvenait
pas à acquérir cette aisance, cette ligne souple, fine
et droite, qu'il enviait — avec quelle violente haine
— aux jeunes élégants des clubs, des courses, des
théâtres et des restaurants. Il s'étonna, car, après
tout, il n'avait que des fournisseurs de choix, les
plus illustres tailleurs, de mémorables chemisiers,
et quels bottiers... quels bottiers!... En s'examinant
dans la glace, il s'injuriait avec désespoir.

— J'ai beau sur mes habits multiplier velours,
moires et satins, j'ai toujours l'air d'un mufle. Il y a
là quelque chose qui n'est pas naturel.

Quant à Mme Charrigaud, jusque-là simple et mise
avec un goût discret, elle arbora, elle aussi, des
toilettes éclatantes, fracassantes, des cheveux trop
rouges, des bijoux trop gros, des soies trop riches,
des airs de reine de lavoir, des majestés d'impéra-
trice de mardi-gras... On s'en moquait beaucoup, et

parfois cruellement. Les camarades, à la fois humiliés et réjouis de tant de luxe et de mauvais goût, se vengeaient en disant plaisamment de ce pauvre Victor Charrigaud :

— Vraiment, il n'a pas de chance pour un ironiste...

Grâce à d'heureuses démarches, d'incessantes diplomaties et de plus incessantes platitudes, ils furent reçus dans ce qu'ils appelaient, eux aussi, le vrai monde, chez les banquiers israélites, des ducs du Venezuela, des archiducs en état de vagabondage, et chez de très vieilles dames, folles de littérature, de proxénétisme et d'académie... Ils ne pensèrent plus qu'à cultiver et à développer ces relations nouvelles, à en conquérir d'autres plus enviables et plus difficiles, d'autres, d'autres et toujours d'autres...

Un jour, pour se dégager d'une invitation qu'il avait maladroitement acceptée chez un ami sans éclat, mais qu'il tenait encore à ménager, Charrigaud lui écrivit la lettre suivante :

« Mon cher vieux, nous sommes désolés. Excuse-nous de te manquer de parole, pour lundi. Mais nous venons de recevoir, précisément pour ce jour-là, une invitation à dîner chez les Rothschild... C'est la première... Tu comprends que nous ne pouvons pas la refuser. Ce serait un désastre... Heureusement, je connais ton cœur. Loin de nous en vouloir, je suis sûr que tu partageras notre joie et notre fierté. »

Un autre jour, il racontait l'achat qu'il venait de faire d'une villa à Deauville :

— Je ne sais, en vérité, pour qui ils nous prenaient ces gens-là... Ils nous prenaient sans doute pour des journalistes, pour des bohèmes... Mais je leur ai fait voir que j'avais un notaire...

Peu à peu, il élimina tout ce qui lui restait des amis de sa jeunesse, ces amis dont la seule présence chez lui était un constant et désobligeant rappel au passé, et l'aveu de cette tare, de cette infériorité sociale : la littérature et le travail. Et il s'ingénia aussi à éteindre les flammes qui, parfois, s'allumaient en son cerveau, à étouffer définitivement dans le respect ce maudit esprit dont il s'effrayait de sentir, à de certains jours, les brusques reviviscences et qu'il croyait mort à jamais. Puis il ne lui suffit plus d'être reçu chez les autres, il voulut à son tour recevoir les autres chez lui... L'inauguration d'un petit hôtel qu'il venait d'acheter, dans Auteuil, pouvait être le prétexte d'un dîner.

J'arrivai dans la maison au moment où les Charrigaud avaient résolu qu'ils donneraient, enfin, ce dîner... Non pas un de ces dîners intimes, gais et sans pose, comme ils en avaient l'habitude et qui, durant quelques années, avaient fait leur maison si charmante, mais un dîner vraiment élégant, vraiment solennel, un dîner guindé et glacé, un dîner *select* où seraient cérémonieusement priées, avec quelques correctes célébrités de la littérature et de l'art, quelques personnalités mondaines, pas trop difficiles, pas trop régulières non plus, mais suffisamment décoratives pour qu'un peu de leur éclat rejaillît sur eux...

— Car le difficile, disait Victor Charrigaud, ce n'est pas de dîner en ville, c'est de donner à dîner, chez soi...

Après avoir longuement réfléchi à ce projet, Victor Charrigaud proposa :

— Eh bien, voilà !... Je crois que nous ne pouvons avoir tout d'abord que des femmes divorcées... avec leurs amants. Il faut bien commencer par quelque chose. Il y en a de fort sortables et que les journaux les plus catholiques citent avec admiration... Plus tard, quand nos relations seront devenues plus choisies et plus étendues, eh bien, nous les sèmerons les divorcées...

— C'est juste... approuva Mme Charrigaud. Pour le moment, l'important est d'avoir ce qu'il y a de mieux dans le divorce. Enfin, on a beau dire, le divorce, c'est une situation.

— Il a au moins ce mérite qu'il supprime l'adultère, ricana Charrigaud... L'adultère, c'est si vieux jeu... Il n'y a plus que l'ami Bourget pour croire à l'adultère — l'adultère chrétien — et aux meubles anglais...

A quoi Mme Charrigaud répliqua sur un ton d'agacement nerveux :

— Que tu es assommant, avec tes mots d'esprit et tes méchancetés... Tu verras... tu verras que nous ne pourrons jamais, à cause de cela, nous faire un salon comme il faut.

Et elle ajouta :

— Si tu veux devenir vraiment un homme du monde, apprends d'abord à être un imbécile ou à te taire...

On fit, défit et refit une liste d'invités qui, après de laborieuses combinaisons, se trouva arrêtée comme suit :

La comtesse Fergus, divorcée, et son ami, l'économiste et député, Joseph Brigard.

La baronne Henri Gogsthein, divorcée, et son ami, le poète Théo Crampp...

La baronne Otto Butzinghen et son ami, le vicomte Lahyrais, clubman, sportsman, joueur et tricheur.

Mme de Rambure, divorcée, et son amie, Mme Tiercelet, en instance de divorce.

Sir Harry Kimberly, musicien symboliste, fervent pédéraste, et son jeune ami Lucien Sartorys, beau comme une femme, souple comme un gant de peau de Suède, mince et blond comme un cigare.

Les deux académiciens Joseph Dupont de la Brie, numismate obscène, et Isidore Durand de la Marne, mémorialiste galant dans l'intimité et sinologue sévère à l'Institut...

Le portraitiste Jacques Rigaud.

Le romancier psychologue Maurice Fernancourt.

Le chroniqueur mondain Poult d'Essoy.

Les invitations furent lancées et, grâce à d'actives entremises, acceptées, toutes...

Seule, la comtesse Fergus hésita :

— Les Charrigaud ? dit-elle. Est-ce vraiment une maison convenable ?... Lui, n'a-t-il pas fait tous les métiers à Montmartre, autrefois ?... Ne raconte-t-on pas qu'il vendait des photographies obscènes, pour lesquelles il avait posé, avec des avantages en plâtre ?... Et elle, ne courait-il pas de fâcheuses histoires sur son compte ?... N'a-t-elle pas eu des aventures assez vulgaires avant son mariage ? Ne dit-on point qu'elle a été modèle... qu'elle a posé l'ensemble ? Quelle horreur ! Une femme qui se mettait toute nue devant des hommes... qui n'étaient même pas ses amants ?...

Finalement, elle accepta l'invitation quand on lui eut affirmé que Mme Charrigaud n'avait posé que la tête, que Charrigaud, très vindicatif, serait bien capable de la déshonorer dans un de ses livres, et que Kimberly viendrait à ce dîner... Oh ! du moment que Kimberly avait promis de venir... Kimberly, un si parfait gentleman, et si délicat, et si charmant, tellement charmant !...

Les Charrigaud furent mis au courant de ces négociations et de ces scrupules. Loin de s'en formaliser, ils se félicitèrent qu'on eût mené à bien les unes et vaincu les autres. Il ne s'agissait plus maintenant que de se surveiller et, comme disait Mme Charrigaud, de se comporter en véritables gens du monde... Ce dîner, si merveilleusement préparé et combiné, si habilement négocié, c'était vraiment leur première manifestation dans le nouvel avatar de leur destinée élégante, de leurs ambitions mondaines... Il fallait donc que ce fût épatant...

Huit jours avant, tout était sens dessus dessous

dans la maison. Il fallut, en quelque sorte, remettre à neuf l'appartement et que rien n'y « clochât ». On essaya des combinaisons de lumière et des décorations de table, afin de ne pas être embarrassé au dernier moment. A ce propos, M. et Mme Charrigaud se querellèrent comme des portefaix, car ils n'avaient pas les mêmes idées, et leur esthétique différait sur tous les points... elle inclinait à des arrangements sentimentaux, lui voulant que ce fût sévère et « artiste »...

— C'est idiot... criait Charrigaud... ils croiront être chez une grisette... Ah! ce qu'ils vont se payer nos têtes!...

— Je te conseille de parler, répliquait Mme Charrigaud, arrivée au paroxysme de la nervosité... Tu es bien resté le même qu'autrefois, un sale voyou de brasserie... Et puis, j'en ai assez... j'en ai plein le dos...

— Eh bien, c'est ça... divorçons, mon petit loup, divorçons... Au moins, de cette façon, nous complèterons la série et nous ne ferons pas tache parmi nos invités.

On s'aperçut aussi que l'argenterie manquerait, qu'il manquerait de la vaisselle et des cristaux. Ils durent en louer, et louer des chaises également, car ils n'en avaient que quinze; encore étaient-elles dépareillées... Enfin, le menu fut commandé à l'un des grands restaurateurs du boulevard.

— Que ce soit ultra-chic, recommanda Mme Charrigaud, et qu'on ne reconnaisse rien de ce que l'on servira. Des émincés de crevettes, des côtelettes de foie gras, des gibiers comme des jambons, des jambons comme des gâteaux, des truffes en mousses, et des purées en branches... des cerises carrées et des pêches en spirale... Enfin tout ce qu'il y a de plus chic...

— Soyez tranquille, affirma le restaurateur. Je sais si bien déguiser les choses que je mets au défi quiconque de savoir ce qu'il mange... C'est une spécialité de la maison...

Enfin, le grand jour arriva.

Monsieur se leva de bonne heure, inquiet, nerveux, agité. Madame qui n'avait pu dormir de toute la nuit, fatiguée par les courses de la veille, par les préparatifs de toute sorte, ne tint pas en place. Cinq ou six fois, le front plissé, haletante, trépidante et si lasse qu'elle avait, disait-elle, le ventre dans les talons, elle passa la dernière revue de l'hôtel, dérangea et remit sans raison des bibelots et des meubles, alla d'une pièce dans l'autre, sans savoir pourquoi et comme si elle eût été folle. Elle tremblait que les cuisiniers ne vinssent pas, que le fleuriste manquât de parole et que les invités ne fussent point placés à table selon la stricte étiquette. Monsieur la suivait partout, vêtu seulement d'un caleçon de soie rose, approuvant ci, critiquant là.

— J'y repense... disait-il... Quelle drôle d'idée tu as eue de commander des centaurées pour la décoration de la table... Je t'assure que le bleu en devient noir à la lumière. Et puis, les centaurées, après tout, ça n'est que de simples bleuets... Nous aurons l'air d'aller cueillir des bleuets dans les blés...

— Oh! des bleuets!... Que tu es agaçant!

— Mais oui, des bleuets... Et les bleuets... Kimberly l'a fort bien dit l'autre soir, chez les Rothschild... ça n'est pas une fleur du monde... Pourquoi pas aussi des coquelicots?...

— Laisse-moi tranquille... répondait Madame... Tu me fais perdre la tête, avec toutes tes observations stupides. C'est bien le moment, vrai!

Et Monsieur s'obstinait :

— Bon... bon... tu verras... tu verras... Pourvu mon Dieu! que tout se passe à peu près bien sans trop d'accidents... sans trop d'accrocs... Je ne savais pas que d'être des gens du monde, cela fût une chose si difficile, si fatigante et si compliquée... Peut-être aurions-nous dû rester de simples voyous?...

Et Madame grinçait :

— Parbleu! je vois bien que cela ne te changera pas... Tu ne fais guère honneur à une femme...

Comme ils me trouvaient jolie et fort élégante à voir, mes maîtres m'avaient distribué aussi un rôle important dans cette comédie... Je devais d'abord présider le vestiaire et, ensuite, aider ou plutôt surveiller les quatre maîtres d'hôtel, quatre grands lascars, à favoris immenses, choisis dans plusieurs bureaux de placement, pour servir cet extraordinaire dîner.

D'abord, tout alla bien... Il y eut cependant une alerte. A neuf heures moins un quart, la comtesse Fergus n'était pas encore arrivée. Si elle avait changé d'idée et résolu, au dernier moment, de ne pas venir? Quelle humiliation!... Quel désastre!... Les Charrigaud faisaient des têtes consternées. Joseph Brigard les rassura. C'était le jour où la comtesse présidait son œuvre admirable des « Bouts de cigares pour les armées de terre et de mer ». Les séances, parfois, finissaient très tard...

— Quelle femme charmante!... s'extasiait Mme Charrigaud, comme si cet éloge eût le pouvoir magique d'accélérer la venue de « cette sale comtesse » que, dans le fond de son âme, elle maudissait.

— Et quel cerveau!... surenchérissait Charrigaud, en proie au même sentiment... L'autre jour, chez les Rothschild, j'ai eu cette sensation qu'il fallait remonter au siècle dernier pour retrouver une si parfaite grâce, et une telle supériorité...

— Et encore! surabondait Joseph Brigard... Voyez-vous, mon cher Monsieur Charrigaud, dans les sociétés égalitaires et démocratiques...

Il allait débiter un de ces discours mi-galants, mi-sociologiques qu'il aimait à colporter de salon en salon, lorsque la comtesse Fergus entra, imposante, majestueuse, dans une toilette noire brodée de jais et d'acier qui faisait valoir la blancheur grasse et la molle beauté de ses épaules. Et ce fut dans un murmure, dans un chuchotement d'admiration que l'on gagna cérémonieusement la salle à manger...

Le commencement du dîner fut assez froid. Malgré son succès, peut-être même à cause de son succès, la comtesse Fergus se montra un peu hautaine, du moins trop réservée. Il semblait qu'elle affectât d'avoir condescendu jusqu'à honorer de sa présence l'humble maison de « ces petites gens ». Charrigaud crut remarquer qu'elle examinait avec une moue discrètement, mais visiblement méprisante, l'argenterie louée, la décoration de la table, la toilette verte de Mme Charrigaud, les quatre maîtres d'hôtel, dont les favoris trop longs trempaient dans les plats. Il en conçut de vagues terreurs et des doutes angoissants sur la bonne tenue de sa table et de sa femme. Ce fut une minute horrible !...

Après quelques répliques banales et pénibles, échangées à propos de futiles actualités, la conversation se généralisa, peu à peu, et, finalement, s'établit sur ce que doit être la correction dans la vie mondaine.

Tous ces pauvres diables et diablesses, tous ces pauvres bougres et bougresses, oubliant leurs propres irrégularités sociales, se montrèrent d'une sévérité étrangement implacable envers les personnes chez qui il était permis de soupçonner, non pas même des tares ou des taches, mais seulement un manquement ancien à la soumission, au respect des lois mondaines, les seules qui doivent être obéies. Vivant, en quelque sorte, hors leur idéal social, rejetés, pour ainsi dire, en marge de cette existence dont ils honoraient, comme une religion, la correction et la régularité perdues, ils s'imaginaient, sans doute y rentrer en en chassant les autres. Le comique de cela était vraiment intense et savoureux. De l'univers ils firent deux grandes parts : d'un côté, ce qui est régulier ; de l'autre, ce qui ne l'est pas ; ici, les gens que l'on peut recevoir ; là, les gens que l'on ne peut pas recevoir... Et ces deux grandes parts devinrent bientôt des morceaux et les morceaux de menues tranches, lesquelles se subdivisèrent à l'infini. Il y avait ceux chez qui l'on peut dîner, et aussi chez qui l'on peut aller, seulement, en soirée... Ceux chez qui l'on ne peut dîner et où l'on peut aller en soirée. Ceux que l'on peut recevoir à sa table et ceux à qui l'on ne permet — et encore dans de certaines circonstances, parfaitement déterminées — que l'entrée de son salon... Il y avait aussi ceux chez qui l'on ne peut dîner et qu'on ne doit pas recevoir chez soi, et ceux que l'on peut recevoir chez soi et chez qui l'on ne peut dîner... ceux que l'on peut recevoir à déjeuner et jamais à dîner ; et ceux chez qui l'on peut dîner à la campagne, et jamais à Paris, etc. Tout cela appuyé d'exemples démonstratifs et péremptoires, illustré de noms connus...

— La nuance... disait le vicomte Lahyrais, sportsman, clubman, joueur et tricheur... Tout est là... C'est par la stricte observance de la nuance qu'un homme est vraiment du monde ou qu'il n'en est pas...

Jamais, je crois, je n'ai entendu des choses si tristes. En les écoutant, j'avais véritablement pitié de ces malheureux.

Charrigaud ne mangeait point, ne buvait point, ne disait rien. Bien qu'il ne fût guère à la conversation, il en sentait, tout de même, comme un poids sur son crâne, la sottise énorme et sinistre. Impatient, fiévreux, très pâle, il surveillait le service, cherchait à surprendre, sur le visage de ses invités, des impressions favorables ou ironiques, et, machinalement, avec des mouvements de plus en plus accélérés, il roulait, malgré les avertissements de sa femme, de grosses boulettes de mie de pain entre ses doigts. Aux questions qu'on lui adressait, il répondait d'une voix effarée, distraite, lointaine :

— Certainement... certainement... certainement...

En face de lui, très raide dans sa robe verte, où rutilaient des perles d'acier vert, d'un éclat phosphorique, une aigrette de plumes rouges dans les cheveux, Mme Charrigaud se penchait à droite, se penchait à gauche, et souriait, sans jamais une parole, d'un sourire si éternellement immobile qu'il semblait peint sur ses lèvres.

— Quelle grue ! se disait Charrigaud... quelle femme stupide et ridicule !... Et quelle toilette de chienlit ! A cause d'elle, demain, nous serons la risée de tout Paris...

Et, de son côté, Mme Charrigaud, sous l'immobilité de son sourire, songeait :

— Quel idiot, ce Victor !... En a-t-il une mauvaise tenue !... Et on nous arrangera, demain, avec ses boulettes...

La discussion mondaine épuisée, on en vint, après une courte digression sur l'amour, à parler bibelots anciens. C'est là où triomphait toujours le jeune Lucien Sartorys, qui en possédait d'admirables. Il avait la réputation d'être un collectionneur très habile, très heureux. Ses vitrines étaient célèbres.

— Mais où trouvez-vous toutes ces merveilles ?... demanda Mme de Rambure...

— A Versailles... répondit Sartorys, chez de poétiques douairières et de sentimentales chanoinesses. On n'imagine pas ce qu'il y a de trésors cachés chez ces vieilles dames.

Mme de Rambure insista :

— Pour les décider à vous les vendre, que leur faites-vous donc ?

Cynique et joli, cambrant son buste mince, il répliqua, avec le visible désir d'étonner :

— Je leur fais la cour... et, ensuite, je me livre sur elles à des pratiques anti-naturelles.

On se récria sur l'audace du propos, mais comme on pardonnait tout à Sartorys, chacun prit le parti d'en rire.

— Qu'appelez-vous des pratiques anti-naturelles ?... interrogea, sur un ton dont l'ironie s'aggravait d'une intention polissonne, un peu lourde, la baronne Gogsthein, qui se plaisait aux situations scabreuses.

Mais, sur un regard de Kimberly, Lucien Sartorys s'était tu... Ce fut Maurice Fernancourt qui, se penchant sur la baronne, dit gravement :

— Cela dépend de quel côté Sartorys place la nature...

Toutes les figures s'éclairèrent d'une gaieté nouvelle... Enhardie par ce succès, Mme Charrigaud, interpellant directement Sartorys qui protestait avec des gestes charmants, s'écria d'une voix forte :

— Alors, c'est vrai ?... Vous en êtes donc ?

Ces paroles firent l'effet d'une douche glacée. La comtesse Fergus agita vivement son éventail... Chacun se regarda avec des airs gênés, scandalisés où perçaient, néanmoins, d'irrésistibles envies de rire. Les deux poings sur la table, les lèvres serrées, plus pâle avec une sueur au front, Charrigaud roulait avec fureur des boulettes de mie de pain et des yeux comiquement hagards... Je ne sais ce qui fût arrivé, si Kimberly, profitant de ce moment difficile et de ce dangereux silence, n'avait raconté son dernier voyage à Londres...

— Oui, dit-il, j'ai passé à Londres huit jours enivrants, et j'ai assisté, mesdames, à une chose unique... un dîner rituel que le grand poète John-Giotto Farfadetti offrait à quelques amis, pour célébrer ses fiançailles avec la femme de son cher Frédéric-Ossian Pinggleton.

— Que ce dut être exquis !... minauda la comtesse Fergus.

— Vous n'imaginez pas... répondit Kimberly, dont le regard, les gestes, et même l'orchidée qui fleurissait la boutonnière de son habit, exprimèrent la plus ardente extase.

Et il continua :

— Figurez-vous, ma chère amie, dans une grande salle que décorent sur les murs bleus, à peine bleus, des paons blancs et des paons d'or... figurez-vous une table de jade, d'un ovale inconcevable et délicieux... Sur la table, quelques coupes où s'harmonisent des bonbons jaunes et des bonbons mauves, et au milieu une vasque de cristal rose, remplie de confitures canaques... et rien de plus... A tour de rôle, drapés en de longues robes blanches, nous passions lentement devant la table, et nous prenions, à la pointe de nos couteaux d'or, un peu de ces confitures mystérieuses que nous portions ensuite à nos lèvres... et rien de plus...

— Oh! je trouve cela émouvant, soupira la comtesse... tellement émouvant!

— Vous n'imaginez pas... Mais le plus émouvant... ce qui, véritablement, transforma cette émotion en un déchirement douloureux de nos âmes, ce fut lorsque Frédéric-Ossian Pinggleton chanta le poème des fiançailles de sa femme et de son ami... Je ne sais rien de plus tragiquement, de plus surhumainement beau...

— Oh! je vous en prie... supplia la comtesse Fergus... redites-nous ce prodigieux poème, Kimberly.

— Le poème, hélas! je ne le puis... Je ne saurais que vous en donner l'essence...

— C'est cela... c'est cela... l'essence.

Malgré ses mœurs où elles n'avaient rien à voir et rien à faire, Kimberly enthousiasmait follement les femmes, car il avait la spécialité des subtils récits de péché et de sensations extraordinaires... Tout à coup, un frémissement courut autour de la table, et les fleurs elles-mêmes, et les bijoux sur les chairs, et les cristaux sur la nappe prirent des attitudes en harmonie avec l'état des âmes. Charrigaud sentait sa raison fuir. Il crut qu'il était tombé subitement dans une maison de fous. Pourtant, à force de volonté, il put encore sourire et dire :

— Mais certainement... certainement...

Les maîtres d'hôtel achevaient de passer quelque chose qui ressemblait à un jambon et d'où s'échappaient, dans un flot de crème jaune, des cerises, pareilles à des larves rouges... Quant à la comtesse Fergus, à demi pâmée, elle était déjà partie pour les régions extra-terrestres...

Kimberly commença :

— Frédéric-Ossian Pinggleton et son ami John-Giotto Farfadetti achevaient dans l'atelier commun la tâche quotidienne. L'un était le grand peintre, l'autre le grand poète ; le premier court et replet ; le second maigre et long ; tous les deux également vêtus de robes de bure, également coiffés de bonnets florentins, tous les deux également neurasthéniques, car ils avaient, dans des corps différents, des âmes pareilles et des esprits filialement jumeaux. John-Giotto Farfadetti chantait en ses vers les merveilleux symboles que son ami Frédéric-Ossian Pinggleton peignait sur ses toiles, si bien que la gloire du poète était inséparable de celle du peintre et qu'on avait fini par confondre leurs deux œuvres et leurs deux immortels génies dans une même adoration.

Kimberly prit un temps... Le silence était religieux... quelque chose de sacré planait au-dessus de la table. Il poursuivit :

— Le jour baissait. Un crépuscule très doux enveloppait l'atelier d'une pâleur d'ombre fluide et lunaire... A peine si l'on distinguait encore, sur les murs mauves, les longues, les souples, les ondulantes algues d'or qui semblaient remuer, sous la vibration d'on ne savait quelle eau magique et profonde... John-Giotto Farfadetti referma l'espèce d'antiphonaire sur le vélin duquel, avec un roseau de Perse, il écrivait, il burinait plutôt ses éternels poèmes ; Frédéric-Ossian Pinggleton retourna contre une draperie son chevalet en forme de lyre, posa sur un meuble fragile sa palette en forme de harpe, et, tous les deux, en face l'un de l'autre, ils s'étendirent, avec des poses augustes et fatiguées, sur une triple rangée de coussins, couleur de fucus, au fond de la mer...

— Hum !... fit Mme Tiercelet dans une petite toux avertisseuse.

— Non, pas du tout... rassura Kimberly... ce n'est pas ce que vous pensez...

Et il continua :

— Au centre de l'atelier, d'un bassin de marbre où baignaient des pétales de rose, un parfum violent montait. Et sur une petite table, des narcisses à très longues tiges mouraient, comme des âmes, dans un vase étroit dont le col s'ouvrait en calice de lys étrangement verts et pervers...

— Inoubliable !... frissonna la comtesse d'une voix si basse qu'on l'entendit à peine.

Et Kimberly, sans s'arrêter, narrait toujours :

— Au-dehors, la rue se faisait plus silencieuse, parce que déserte. De la Tamise venaient, assourdies par la distance, les voix éperdues des sirènes, les voix haletantes des chaudières marines. C'était l'heure où les deux amis, en proie au songe, se taisaient ineffablement...

— Oh ! je les vois si bien !... admira Mme Tiercelet...

— Et cet « ineffablement », comme il est évocateur... applaudit la comtesse Fergus... et tellement pur !

Kimberly profita de ces interruptions flatteuses pour avaler une gorgée de champagne... puis, sentant autour de lui plus d'attention passionnée, il répéta :

— Se taisaient ineffablement... Mais ce soir-là John-Giotto Farfadetti murmura : « J'ai dans le cœur une fleur empoisonnée... » A quoi Frédéric-Ossian Pinggleton répondit : « Ce soir, un oiseau triste a chanté dans mon cœur »... L'atelier parut s'émouvoir de cet insolite colloque. Sur le mur mauve qui, de plus en plus, se décolorait, les algues d'or s'éployèrent, on eût dit, se rétrécirent, s'éployèrent, se rétrécirent encore, selon des rythmes nouveaux d'une ondulation inhabituelle, car il est certain que l'âme des hommes communique à l'âme des choses ses troubles, ses passions, ses ferveurs, ses péchés, sa vie...

— Comme c'est vrai !...

Ce cri sorti de plusieurs bouches n'empêcha point Kimberly de poursuivre un récit qui, désormais, allait se dérouler dans l'émotion silencieuse des auditeurs. Sa voix devint, seulement, plus mystérieuse.

— Cette minute de silence fut poignante et tragique : « O mon ami, supplia John-Giotto Farfadetti, toi qui m'as tout donné... toi de qui l'âme est si merveilleusement jumelle de la mienne, il faut que tu me donnes quelque chose de toi que je n'ai pas eu encore et dont je meurs de ne l'avoir point... » — « Est-ce donc ma vie que tu demandes ? interrogea le peintre... Elle est à toi... tu peux la prendre... » — « Non, ce n'est pas ta vie... c'est plus que ta vie... ta femme ! » — « Botticellina !!!... » cria le poète. — « Oui, Botticellina... Botticellinetta... la chair de ta chair... l'âme de ton âme... le rêve de ton rêve... le sommeil magique de tes douleurs !... » — « Botticellina !... Hélas !... hélas !... Cela devait arriver... Tu t'es noyé en elle... elle s'est noyée en toi, comme dans un lac sans fond, sous la lune... Hélas ! hélas !... Cela devait arriver... » Deux larmes, phosphorescentes dans la pénombre, coulèrent des yeux du peintre. Le poète répondit : « Écoute-moi, ô mon ami !... J'aime

Botticellina... et Botticellina m'aime... et nous mourons tous les deux de nous aimer et de ne pas oser nous le dire, et de ne pas oser nous joindre... Nous sommes, elle et moi, deux tronçons anciennement séparés d'un même être vivant qui, depuis deux mille ans peut-être, se cherchent, s'appellent et se retrouvent enfin, aujourd'hui... O mon cher Pinggleton, la vie inconnue a de ces fatalités étranges, terribles, et délicieuses... Fut-il jamais un plus splendide poème que celui que nous vivons ce soir? » Mais le peintre répétait toujours, d'une voix de plus en plus douloureuse, ce cri : « Botticellina!... Botticellina!... » Il se leva de la triple rangée de coussins sur laquelle il était étendu, et marcha dans l'atelier, fiévreusement... Après quelques minutes d'anxieuse agitation, il dit : « Botticellina était Mienne... Faudra-t-il donc qu'elle soit, désormais, Tienne? » — « Elle sera Nôtre! répliqua le poète, impérieusement... Car Dieu t'a élu pour être le point de suture de cette âme étronçonnée qui est Elle et qui est moi!... Sinon, Botticellina possède la perle magique qui dissipe les songes... moi, le poignard qui délivre des chaînes corporelles... Si tu refuses, nous nous aimerons dans la mort »... Et il ajouta d'un ton profond qui résonna dans l'atelier comme une voix de l'abîme : « Ce serait plus beau encore, peut-être. » — « Non, s'écria le peintre, vous vivrez... Botticellina sera Tienne, comme elle fut Mienne... Je me déchirerai la chair par lambeaux, je m'arracherai le cœur de la poitrine... je briserai contre les murs mon crâne... Mais mon ami sera heureux... Je puis souffrir... La souffrance est une volupté aussi! » — « Et la plus puissante, la plus amère, la plus farouche de toutes les voluptés! s'extasia John-Giotto Farfadetti... J'envie ton sort, va!... Quant à moi, je crois bien que je mourrai ou de la joie de mon amour, ou de la douleur de mon ami... L'heure est venue... Adieu! »... Il se dressa, tel un archange... A ce moment, la draperie s'agita, s'ouvrit et se referma sur une illuminante apparition... C'était Botticellina, drapée dans une robe flottante, couleur de lune... Ses cheveux épars brillaient tout autour d'elle comme des gerbes de feu... Elle tenait à la main une clé d'or... Et l'extase était sur ses lèvres, et le ciel de la nuit dans ses yeux... John-Giotto se précipita et disparut derrière la draperie... Alors, Frédéric-Ossian Pinggleton se recoucha sur la triple rangée de coussins, couleur de fucus, au fond de la mer... Et, tandis qu'il s'enfonçait les ongles dans la chair, que le sang ruisselait de lui comme d'une fontaine, les algues d'or frémirent doucement, à peine visibles, sur le mur qui, peu à peu, s'enduisait de ténèbres... Et la palette en forme de harpe, et le chevalet en forme de lyre résonnèrent longtemps, en chants nuptiaux...

Kimberly se tut quelques instants... puis, durant que l'émotion, autour de la table, étranglait les gorges et serrait les cœurs :

— Voici pourquoi, acheva-t-il, j'ai trempé la pointe de mon couteau d'or dans les confitures que préparèrent les vierges canaques, en l'honneur de fiançailles telles que notre siècle, ignorant de la beauté, n'en connut jamais de si magnifiques.

Le dîner était terminé... On se leva de table dans un silence religieux, mais tout plein de frémissements... Au salon, Kimberly fut très entouré, très félicité... Tous les regards des femmes convergeaient, rayonnaient vers sa face peinte, et lui faisaient comme un halo d'extases...

— Ah! je voudrais tellement avoir mon portrait par Frédéric-Ossian Pinggleton... s'écria fervemment Mme de Rambure... Je donnerais tout pour un tel bonheur...

— Hélas! Madame, répondit Kimberly... depuis cet événement douloureux et sublime que j'ai conté, il est arrivé que Frédéric-Ossian Pinggleton ne veut plus, si charmants qu'ils soient — peindre des visages humains... il ne peint que des âmes...

— Comme il a raison!... J'aimerais tellement être peinte, en âme!...

— De quel sexe? demanda, sur un ton légèrement sarcastique, Maurice Fernancourt, visiblement jaloux du succès de Kimberly.

Celui-ci dit simplement :

— Les âmes n'ont pas de sexe, mon cher Maurice... Elles ont...

— Du poil... aux pattes... chuchota Victor Charrigaud, très bas, de façon à n'être entendu que du romancier psychologue à qui il offrait, en ce moment, un cigare...

Et l'entraînant dans le fumoir :

— Ah! mon vieux! souffla-t-il... je voudrais pouvoir crier des ordures... à pleins poumons, devant tous ces gens-là... J'en ai assez de leurs âmes, de leurs amours verts et pervers, de leurs confitures magiques... Oui, oui... dire des grossièretés, se barbouiller de bonne boue bien fétide et bien noire, pendant un quart d'heure, ah! comme ce serait exquis... et reposant... Et comme cela me soulagerait de tous ces lys nauséeux qu'ils m'ont mis dans le cœur!... Et toi?...

Mais la secousse avait été trop forte et l'impression restait du récit de Kimberly... On ne pouvait plus s'intéresser aux choses vulgaires, terrestres... aux discussions mondaines, esthétiques, passionnelles... Le vicomte Lahyrais lui-même, clubman, sportsman, joueur et tricheur, sentait qu'il lui poussait partout des ailes. Chacun avait besoin de recueillement, de solitude, de prolonger le rêve ou de le réaliser... En dépit des efforts de Kimberly qui allait de l'une à l'autre, demandant : « Avez-vous bu du lait de martre zibeline?... ah! buvez du lait de martre zibeline... c'est tellement ravissant! » la conversation ne put être reprise... si bien que l'un après l'autre, les invités s'excusèrent, s'esquivèrent. A onze heures, tout le monde était parti.

Quand ils se retrouvèrent, en face l'un de l'autre, seuls, Monsieur et Madame se regardèrent longtemps, fixement, hostilement, avant d'échanger leurs impressions.

— Pour un joli ratage, tu sais... c'est un joli ratage... exprima Monsieur.

— C'est de ta faute... reprocha aigrement Madame...

— Ah! elle est bonne celle-là...

— Oui, de ta faute... Tu ne t'es occupé de rien... tu n'as fait que rouler de sales boulettes de pain, entre tes gros doigts. On ne pouvait pas te tirer une parole... Ce que tu étais ridicule!... C'est honteux...

— Eh bien, je te conseille de parler... riposta Monsieur... Et ta toilette verte... et tes sourires... et tes gaffes avec Sartorys... C'est moi, peut-être?... Moi aussi sans doute qui raconte la douleur de Pinggleton... moi qui mange des confitures canaques, moi qui peins des âmes... moi qui suis pédéraste et lilial?...

— Tu n'es même pas capable de l'être!... cria Madame, au comble de l'exaspération...

Ils s'injurièrent longtemps. Et Madame, après avoir rangé l'argenterie et les bouteilles entamées, dans le buffet, prit le parti de se retirer en sa chambre, où elle s'enferma.

Monsieur continua de rôder à travers l'hôtel dans un état d'agitation extrême... Tout d'un coup, m'ayant aperçue dans la salle à manger où je remettais un peu d'ordre, il vint à moi... et me prenant par la taille :

— Célestine, me dit-il... veux-tu être bien gentille avec moi?... Veux-tu me faire un grand, grand plaisir?

— Oui, Monsieur...

— Eh bien, mon enfant, crie-moi en pleine figure, dix fois, vingt fois, cent fois : « Merde! »

— Ah! Monsieur!... quelle drôle d'idée!... Je n'oserais jamais...

— Ose, Célestine... ose, je t'en supplie!...

Et quand j'eus fait, au milieu de nos rires, ce qu'il me demandait :

— Ah! Célestine, tu ne sais pas le bien, tu ne sais pas la joie immense que tu me procures... Et puis, voir une femme qui ne soit pas une âme... toucher une femme qui ne soit pas un lys!... Embrasse-moi...

Si je m'attendais à celle-là, par exemple!...

Mais, le lendemain, lorsqu'ils lurent dans *Le Figaro* un article où l'on célébrait pompeusement leur dîner, leur élégance, leur goût, leur esprit, leurs relations, ils oublièrent tout, et ne parlèrent plus que de leur grand succès. Et leur âme appareilla vers de plus illustres conquêtes et de plus somptueux snobismes.

— Quelle femme charmante que la comtesse Fergus!... dit Madame, au déjeuner, en finissant les restes.

— Et quelle âme!... appuya Monsieur...

— Et Kimberly... Crois-tu?... en voilà un causeur épatant... et si exquis de manières!...

— On a tort de le blaguer... Après tout, son vice ne regarde personne... nous n'avons rien à y voir...

— Bien sûr...

Indulgente, elle ajouta :

— Ah! s'il fallait éplucher tout le monde!

Et, toute la journée, dans la lingerie, je me suis amusée à évoquer les histoires drôles de cette maison... et la fureur de réclame qui, depuis ce jour-là, prit Madame jusqu'à se prostituer à tous les sales journalistes qui lui promettaient un article sur les livres de son mari, ou un mot sur ses toilettes et sur son salon... et la complaisance de Monsieur qui n'ignorait rien de ces turpitudes et laissait faire. Avec un cynisme admirable, il disait : « C'est toujours moins cher qu'au bureau. » Monsieur, de son côté, était tombé au plus bas degré de l'inconscience et de la vileté. Il appelait cela de la politique de salon, et de la diplomatie mondaine.

Je vais écrire à Paris pour qu'on m'envoie le nouveau volume de mon ancien maître. Mais ce qu'il doit être moche dans le fond !

XI

10 novembre.

Maintenant, il n'est plus question de la petite Claire. Ainsi qu'on l'avait prévu, l'affaire est abandonnée. La forêt de Raillon et Joseph garderont donc leur secret, éternellemen.. De celle qui fut une pauvre petite créature humaine, il ne sera pas plus parlé désormais que du cadavre d'un merle, mort, sous le fourré, dans le bois. Comme si rien ne s'était passé, le père continue de casser ses cailloux sur la route, et la ville, un instant remuée, émoustillée par ce crime, reprend son aspect coutumier... un aspect plus morne encore, à cause de l'hiver. Le froid très vif claquemure davantage les gens dans leurs maisons. C'est à peine si, derrière les vitres gelées, on entrevoit leurs faces pâles et sommeillantes et dans les rues on ne rencontre guère que des vagabonds en loques et des chiens frileux.

Madame m'a envoyée en course, chez le boucher, et j'ai pris les chiens avec moi... Pendant que je suis là, une vieille entre timidement dans la boutique et demande de la viande, « un peu de viande, pour faire un peu de bouillon, au fils qui est malade ». Le boucher choisit, parmi des débris entassés dans une large bassine de cuivre, un sale morceau, moitié os, moitié graisse, et l'ayant pesé vivement :

— Quinze sous... annonce-t-il.

— Quinze sous! s'exclame la vieille. Ça n'est pas

Dieu possible!... Et comment voulez-vous que je fasse du bouillon avec ça?...

— A votre aise... dit le boucher, en rejetant le morceau dans la bassine... Seulement, vous savez, je vais vous envoyer votre note aujourd'hui... Si demain, elle n'est pas payée... l'huissier!...

— Donnez... se résigne alors la vieille.

Quand elle est partie :

— C'est vrai, aussi... m'explique le boucher... Si on n'avait pas les pauvres pour les bas morceaux... on ne gagnerait vraiment pas assez sur une bête... Mais ils sont exigeants maintenant, ces bougres-là!...

Et, taillant deux longues tranches de bonne viande bien rouge, il les lance aux chiens.

Les chiens de riches, parbleu!... c'est pas des pauvres...

Au Prieuré, les événements se succèdent. Du tragique ils passent au comique, car on ne peut pas toujours frissonner... Fatigué des tracasseries du capitaine et sur les conseils de Madame, Monsieur a fini par « l'appeler au juge de paix ». Il lui réclame des dommages et intérêts pour le bris de ses cloches, de ses châssis, et pour la dévastation du jardin. Il paraît que la rencontre des deux ennemis dans le cabinet du juge a été quelque chose d'épique. Ils se sont engueulés comme des chiffonniers. Naturellement, le capitaine nie, avec force serments, avoir jamais lancé des pierres ou quoi que ce soit dans le jardin de Lanlaire; c'est Lanlaire qui lance des pierres dans le sien...

— Avez-vous des témoins?... Où sont vos témoins? Osez produire des témoins... hurle le capitaine.

— Les témoins? riposte Monsieur... c'est les pierres... c'est toutes les cochonneries dont vous ne cessez de couvrir ma propriété... c'est les vieux chapeaux... les vieilles pantoufles que j'y ramasse chaque jour, et que tout le monde reconnaît pour vous avoir appartenus...

— Vous mentez...

— C'est vous qui êtes une canaille... une crapule...

Mais, dans l'impossibilité où est Monsieur d'apporter des témoignages recevables et probants, le juge de paix, qui est d'ailleurs l'ami du capitaine, engage Monsieur à retirer sa plainte.

— Et du reste... permettez-moi de vous le dire... conclut le magistrat... il est bien improbable... il est tout à fait inadmissible qu'un vaillant soldat... un officier intrépide qui a gagné tous ses grades sur les champs de bataille, s'amuse à lancer des pierres et de vieux chapeaux dans votre propriété, comme un gamin...

— Parbleu !... vocifère le capitaine... Cet homme est un infâme dreyfusard... Il insulte l'armée...

— Moi ?

— Oui, vous !... Ce que vous cherchez, sale juif, c'est de déshonorer l'armée... Vive l'armée !...

Ils ont failli se prendre aux cheveux et le juge a eu beaucoup de peine à les séparer... Depuis, Monsieur a installé en permanence, dans le jardin, deux témoins invisibles derrière une sorte d'abri en planches où sont percés, à hauteur d'homme, quatre trous ronds, pour les yeux. Mais le capitaine averti s'est tenu tranquille et Monsieur en est pour ses frais...

J'ai vu le capitaine deux ou trois fois, par-dessus la haie... Malgré la gelée, il ne quitte pas de la journée son jardin où il travaille à toutes sortes de choses, avec acharnement. Pour l'instant, il encapuchonne ses rosiers de gros bonnets de papier huilé... Il me conte ses malheurs... Rose souffre d'une attaque d'influenza, et dame... avec son asthme !... Bourbaki est mort... Il est mort d'une congestion pulmonaire, pour avoir bu trop de cognac... Vraiment, il n'a pas de chance... Et c'est sûrement ce bandit de Lanlaire qui lui jette un sort... Il veut en avoir raison, en débarrasser le pays, et il me soumet un plan de combat épatant...

— Voilà ce que vous devriez faire, mademoiselle Célestine... Vous devriez déposer contre Lanlaire... au parquet de Louviers... une plainte tapée pour outrages aux mœurs et attentat à la pudeur... Ça, c'est une idée...

— Mais, capitaine, jamais Monsieur n'a outragé à mes mœurs, ni attenté à ma pudeur...

— Eh bien ?... qu'est-ce que ça fait ?...

— Je ne peux pas...

— Comment... vous ne pouvez pas ?... Rien n'est plus simple, pourtant... Déposez votre plainte et faites-nous citer, Rose et moi... Nous viendrons affirmer... certifier en justice que nous avons vu tout... tout... tout... La parole d'un soldat, en ce moment surtout, c'est quelque chose, tonnerre de Dieu !... Ce n'est pas de la... chose de chien... Et notez qu'après cela il nous sera facile de faire revivre l'affaire du viol et d'englober Lanlaire dedans... Ça c'est une idée... Pensez-y, mademoiselle Célestine... pensez-y...

Ah ! j'ai beaucoup de choses, beaucoup trop de choses à quoi penser en ce moment... Joseph me presse de me décider... on ne peut pas attendre plus longtemps... Il a reçu de Cherbourg la nouvelle que la semaine prochaine doit avoir lieu la vente du petit café... Mais je suis inquiète, troublée... Je voudrais et je ne voudrais pas... Un jour cela me plaît, et, le lendemain, cela ne me plaît plus... Je crois surtout que j'ai peur... que Joseph ne veuille m'entraîner à des choses trop terribles... Je ne puis me résoudre à prendre un parti... Il ne me brutalise pas, me donne des arguments, me tente par des promesses de liberté, de belles toilettes, de vie assurée, heureuse, triomphante.

— Faut pourtant que je l'achète, le petit café... me dit-il... Je ne peux pas laisser échapper une occasion pareille... Et si la révolution vient?... Pensez donc, Célestine... c'est la fortune, tout de suite... et qui sait?... La révolution... ah! mettez-vous ça dans la tête... il n'y a pas mieux pour les cafés...

— Achetez-le toujours. Si ce n'est pas moi... ce sera une autre...

— Non... non, faut que ce soit vous... Il n'y en a pas d'autre que vous... J'ai les sangs tournés de vous... Mais vous vous méfiez de moi...

— Non, Joseph... je vous assure...

— Si... si... vous avez de mauvaises idées sur moi...

A ce moment, je ne sais, non en vérité je ne sais où j'ai pu trouver le courage de lui demander :

— Eh bien, Joseph... dites-moi que c'est vous qui avez violé la petite Claire, dans le bois...

Joseph a reçu le choc, avec une extraordinaire tranquillité. Il a seulement haussé les épaules, s'est dandiné quelques secondes et, remontant son pantalon qui avait un peu glissé, il a répondu simplement :

— Vous voyez bien... quand je vous le disais!... Je connais vos pensées, allez... je connais tout ce qui se passe dans vos pensées...

Il a adouci sa voix, mais son regard est devenu si effrayant qu'il m'a été impossible d'articuler une parole...

— S'agit pas de la petite Claire... s'agit de vous...

Comme l'autre soir, il m'a prise dans ses bras...

— Viendrez-vous avec moi, dans le petit café?

Toute frissonnante, toute balbutiante, j'ai trouvé la force de répondre :

— J'ai peur... j'ai peur de vous... Joseph... Pourquoi ai-je peur de vous?

Il m'a tenue bercée, dans ses bras. Et, dédaigneux de se justifier, heureux peut-être d'augmenter mes terreurs, il m'a dit d'un ton paternel :

— Eh ben... eh ben... puisque c'est ça... j'en recauserons... demain...

Il circule en ville un journal de Rouen où il y a un article qui fait scandale, parmi les dévotes. C'est une histoire vraie, très drôle et pas mal raide qui s'est passée tout dernièrement à Port-Lançon, un joli endroit, situé à trois lieues d'ici. Le piquant, c'est que tout le monde en connaît les personnages. Voilà encore de quoi occuper les gens, pendant quelques jours... On a apporté le journal à Marianne, hier, et le soir, après le dîner, j'ai fait la lecture du fameux article à haute voix... Dès les premières phrases, Joseph s'est levé très digne, sévère, et même un peu fâché. Il déclare qu'il n'aime pas les cochonneries, et qu'il ne peut supporter qu'on attaque la religion, devant lui...

— C'est pas bien, ce que vous faites là, Célestine... c'est pas bien...

Et il est parti se coucher...

Je transcris ici, cette histoire. Elle m'a paru propre à être conservée... et puis j'ai pensé que je pouvais bien égayer d'un franc éclat de rire ces pages si tristes...

La voici.

M. le doyen de la paroisse de Port-Lançon était un prêtre sanguin, actif, sectaire, et son éloquence avait grande réputation dans les pays avoisinants. Mécréants et libres-penseurs se rendaient à l'église, le dimanche, rien que pour l'entendre prêcher... Ils s'excusaient de cette pratique en invoquant des raisons oratoires :

— On n'est pas de son avis, bien sûr, mais c'est tout de même flatteur d'entendre un homme comme ça...

Et ils enviaient, pour leur député qui ne soufflait jamais un mot, la « sacrée platine » qu'avait M. le Doyen. Son intervention dans les affaires communales, brouillonne et bruyante, gênait parfois le maire, irritait souvent les autres autorités, mais M. le Doyen avait toujours le dernier mot, à cause de cette « sacrée platine », qui rivait son clou à tout le monde. Une de ses manies était qu'on n'instruisît pas assez les enfants.

— Qu'est-ce qu'on leur apprend à l'école?... On ne leur apprend rien... Quand on les interroge sur des questions capitales... c'est une vraie pitié... ils ne savent jamais quoi répondre...

De ce fâcheux état d'ignorance, il s'en prenait à Voltaire, à la Révolution française... au gouvernement, aux dreyfusards, non point au prône ni en public, mais seulement devant des amis sûrs, car, tout sectaire et intransigeant qu'il fût, M. le Doyen tenait à son traitement. Aussi, le mardi et le jeudi, avait-il accoutumé de réunir dans la cour de son presbytère le plus d'enfants qu'il pouvait, et là, durant deux heures, il les initiait à des connaissances extraordinaires et comblait de surprenantes pédagogies les lacunes de l'éducation laïque.

— Voyons... mes enfants... quelqu'un de vous sait-il, seulement où se trouvait jadis, le Paradis terrestre?... Que celui qui le sait lève la main?... Allons...

Aucune main ne se levait... Il y avait, dans tous les yeux, d'ardents points d'interrogation, et M. le Doyen, haussant les épaules, s'écriait :

— C'est scandaleux... Que vous enseigne-t-il donc, votre instituteur?... Ah! elle est jolie, l'éducation laïque, gratuite et obligatoire... elle est jolie!... Eh bien, je vais vous le dire, moi, où se trouvait le Paradis terrestre... Attention!

Et, catégorique non moins que grimaçant, il débitait :

— Le Paradis terrestre, mes enfants, ne se trouvait pas à Port-Lançon, quoi qu'on dise, ni dans le département de la Seine-Inférieure... ni en Normandie... ni à Paris... ni en France... Il ne se trouvait pas non plus en Europe, pas même en Afrique ou en Amérique... en Océanie pas davantage... Est-ce clair?... Il y a des gens qui prétendent que le Paradis terrestre était en Italie, d'autres en Espagne, parce que dans ces pays-là il pousse des oranges, petits gourmands!... C'est faux, archi-faux. D'abord, dans le Paradis terrestre, il n'y avait pas d'oranges... il n'y avait que des pommes... pour notre malheur... Voyons, que l'un de vous réponde.... Répondez...

Et comme aucun ne répondait :

— Il était en Asie... clamait M. le Doyen d'une voix retentissante et colère... en Asie où, jadis, il ne tombait ni pluie, ni grêle, ni neige... ni foudre... en Asie où tout était verdoyant et parfumé... où les fleurs étaient hautes comme des arbres, et les arbres comme des montagnes... Maintenant, il n'y a rien de tout cela en Asie... A cause des péchés que nous avons commis, il n'y a plus, en Asie, que des Chinois, des Cochinchinois, des Turcs, des hérétiques noirs, des païens jaunes, qui tuent les saints missionnaires et qui vont en enfer... C'est moi qui vous le dis... Autre chose!... Savez-vous ce que c'est que la Foi?... la Foi?...

Un des enfants, balbutiait, très sérieux, sur le ton d'une leçon récitée :

— La Foi... l'Espérance... et la Charité... C'est une des trois vertus théologales...

— Ce n'est pas ce que je vous demande, récriminait M. le Doyen. Je vous demande en quoi consiste la Foi?... Ah!... vous ne le savez pas non plus?... Eh bien, la Foi consiste à croire ce que vous dit votre bon curé... et à ne pas croire un mot de tout ce que vous dit votre instituteur... Car il ne sait rien, votre instituteur... et ce qu'il vous raconte, ce n'est jamais arrivé...

L'église de Port-Lançon est connue des archéologues et des touristes. C'est un des édifices religieux les plus intéressants de cette partie de la Normandie, où il en existe tant d'admirables... Sur la façade occidentale, au-dessus d'une porte centrale, en ogive, une rose s'épanouit, délicatement portée sur une arcature trilobée, à jour, d'une grâce et d'une légèreté infinies. L'extrémité du bas-côté septentrional, que longe une obscure venelle, est décorée d'ornementations plus touffues et moins sévères. On y remarque beaucoup de personnages singuliers, à face de démon, des animaux symboliques et des saints pareils à des truands, qui, dans les dentelles ajourées des frises, se livrent à d'étranges mimiques... Malheureusement, la plupart sont décapités et mutilés. Le temps et la pudeur vandalique des desservants ont successivement endommagé ces sculptures satiriques, joyeuses et paillardes comme un chapitre de Rabelais... La mousse pousse, morne et décente, sur ces corps de pierre effritée où, bientôt, l'œil ne saura plus distinguer que d'irrémédiables ruines. L'édifice est partagé en deux parties par de hardies et minces arcades, et ses fenêtres, rayonnantes dans la face sud, sont flamboyantes dans le collatéral nord. La maîtresse vitre du chevet, en rosace immense et rouge, flamboie et fulgure, elle aussi comme un soleil couchant d'automne.

M. le Doyen communiquait directement de sa cour, plantée de vieux marronniers, dans l'église, par une petite porte basse, récente, qui s'ouvrait sur un des collatéraux, et dont il partageait la clé unique avec la supérieure de l'hospice, sœur Angèle. Aigre, maigre, jeune encore, d'une jeunesse revêche et fanée... austère et cancanière, entreprenante et fureteuse, sœur Angèle était la grande amie de M. le Doyen et sa conseillère intime. Ils se voyaient chaque jour, mystérieusement, préparant sans cesse des combinaisons électorales et municipales, se confiant les secrets dérobés des ménages port-lançonnais, s'ingéniant à éluder, par d'habiles manœuvres, les arrêtés préfectoraux et les règlements administratifs, au profit des intérêts ecclésiastiques. Toutes les vilaines histoires qui circulaient dans le pays venaient de là... Chacun s'en doutait, mais on n'osait rien dire, craignant l'intarissable esprit de M. le Doyen, ainsi que la méchanceté notoire de sœur Angèle qui dirigeait l'hospice à sa fantaisie de femme intolérante et rancunière.

Jeudi dernier, M. le Doyen, dans la cour du presbytère, inculquait aux enfants d'étonnantes notions météorologiques... Il expliquait le tonnerre, la grêle, le vent, les éclairs.

— Et la pluie?... Savez-vous bien ce que c'est que la pluie... d'où elle vient... et qui la fabrique? Les savants d'aujourd'hui vous diront que la pluie est une condensation de vapeur... Ils vous diront ceci et cela... Ils mentent... Ce sont d'affreux hérétiques... des suppôts du diable... La pluie, mes enfants, c'est la colère de Dieu... Dieu n'est pas content de vos parents qui, depuis des années, s'abstiennent de suivre les Rogations... Alors, il s'est dit : « Ah! vous laissez le bon curé se morfondre tout seul avec son bedeau et ses chantres sur les routes et dans les sentes. Bon... bon!... Gare à vos récoltes, sacripants!... » Et il ordonne à la pluie de tomber... Voilà ce que c'est que la pluie... Si vos parents étaient de fidèles chrétiens, s'ils observaient leurs devoirs religieux... il ne pleuvrait jamais...

A ce moment, sœur Angèle apparut au seuil de la petite porte basse de l'église... Elle était plus pâle encore que de coutume et toute bouleversée. Sur le serre-tête blanc, défait, sa cornette avait légèrement glissé, et les deux grandes ailes battaient, effrayées et désunies. En apercevant les élèves, rangés en cercle autour de M. le Doyen, son premier mouvement fut de rétrograder et de fermer la porte... Mais M. le Doyen, surpris de cette brusque entrée, de cette cornette de travers, de cette pâleur, s'avançait déjà à sa rencontre, les lèvres tordues et les yeux inquiets.

— Renvoyez ces enfants, tout de suite... supplia sœur Angèle... tout de suite... J'ai à vous parler...

— Oh... mon Dieu!... Que se passe-t-il donc?... Hein?... Quoi?... vous êtes tout émue...

— Renvoyez ces enfants... répéta sœur Angèle... Il se passe des choses graves... très graves... trop graves.

Les élèves partis, sœur Angèle se laissa tomber sur un banc et, durant quelques secondes, d'un mouvement nerveux, elle mania sa croix de cuivre et ses médailles bénites qui sonnèrent sur la bavette empesée, dont était bardée sa poitrine plate d'inféconde femelle. M. le Doyen était anxieux... Il demanda d'une voix saccadée :

— Vite... ma sœur... parlez... Vous m'effrayez... Qu'est-ce qu'il y a?

Alors, très brève, sœur Angèle dit :

— Il y a que, tout à l'heure, passant dans la venelle... j'ai vu, sur votre église... un homme tout nu!...

M. le Doyen ouvrit, en grimace, sa bouche qui demeura béante et toute convulsée... Puis, il bégaya :

— Un homme tout nu?... Vous avez, ma sœur, vu... sur mon église... un homme... tout nu?... Sur mon église?... Vous êtes sûre?...

— Je l'ai vu...

— Il s'est trouvé, dans ma paroisse, un paroissien assez éhonté... assez charnel... pour se promener, tout nu, sur mon église?... Mais, c'est incroyable!... Ah! ah! ah!...

Son visage s'empourprait de colère; sa gorge contractée râpait les mots.

— Tout nu, sur mon église ?... Oh !... Mais, dans quel siècle vivons-nous ?... Et que faisait-il, tout nu, sur mon église ?... Il forniquait peut-être ?... Il...

— Vous ne me comprenez pas... interrompit sœur Angèle... Je n'ai pas dit que cet homme tout nu fût un paroissien... puisqu'il est en pierre...

— Comment ?... Il est en pierre ?... Mais, alors, ce n'est plus la même chose, ma sœur...

Et, soulagé par cette rectification, M. le Doyen respira bruyamment...

— Ah ! quelle peur j'ai eue !

Sœur Angèle se fit agressive... Sa voix siffla entre ses lèvres plus minces et plus pâles.

— Alors... tout est bien... Et vous le trouvez moins nu, sans doute, parce qu'il est en pierre ?

— Je ne dis pas cela... Mais enfin, ce n'est plus la même chose...

— Et si je vous affirmais que cet homme en pierre est plus nu que vous le croyez... qu'il montre une... un... un instrument d'impureté... une chose horrible... énorme... une chose monstrueuse qui pointe ?... Ah ! tenez, monsieur le Curé, ne me faites pas dire de saletés...

Elle se leva, en proie à une agitation violente... M. le Doyen était atterré. Cette révélation le frappait de stupeur... Ses idées se brouillaient, sa raison s'égarait en un rêve d'atroce luxure et d'abominable enfer... Il balbutia, enfantin...

— Oh, vraiment ?... Une chose énorme... qui pointe... Oui ! oui !... C'est inconcevable... Mais, c'est très vilain, ça, ma sœur... Et vous êtes certaine... bien certaine... d'avoir vu... cette chose, énorme... pointer ?... Vous ne vous trompez pas ?... Ce n'est pas une plaisanterie ?... Oh ! c'est inconcevable...

Sœur Angèle frappa le sol du pied.

— Et, depuis des siècles qu'elle est là,... souillant votre église... vous ne vous êtes aperçu de rien ?... Et il faut que ce soit moi, une femme... moi, une religieuse... moi qui ai fait vœu de chasteté... il faut que ce soit moi qui dénonce ce... cette abomination... et qui vienne vous crier : « Monsieur le Doyen, le diable est dans votre église! »

Mais M. le Doyen, aux paroles ardentes de sœur Angèle, avait vite reconquis ses esprits... Il prononça d'un ton résolu :

— Nous ne pouvons tolérer un tel scandale... Il faut terrasser le diable... Et je m'en charge... Revenez à minuit... quand tout le monde dormira à Port-Lançon... Vous me guiderez... Je vais prévenir le sacristain, afin qu'il se procure une échelle... Est-ce très haut?...

— C'est très haut...

— Et vous saurez bien retrouver la place, ma sœur?

— Je la retrouverais, les yeux fermés... A minuit donc, monsieur le Doyen!

— Et que Dieu soit avec vous, ma sœur!...

Sœur Angèle se signa, regagna la porte basse et disparut...

La nuit était sombre, sans lune. Aux fenêtres de la venelle, la dernière lumière s'était depuis longtemps éteinte; les réverbères, obscurs au haut de leur potence, balançaient leurs grinçantes et invisibles carcasses. Tout dormait dans Port-Lançon.

— C'est là... fit sœur Angèle.

Le sacristain appliqua son échelle contre le mur, près d'une large baie, à travers les vitraux de laquelle brillait, très pâle, la courte lueur de la lampe veillant au sanctuaire. Et l'église déchiquetait ses silhouettes tourmentées dans un ciel couleur de violette où, çà et là, tremblaient de clignotantes étoiles. M. le Doyen, armé d'un marteau, d'un ciseau à froid et d'une lanterne sourde, gravit les échelons, suivi de près par la sœur dont la cornette disparaissait sous les plis d'une large mante noire... Il marmottait :

— *Ab omni peccato.*
La sœur répondait :
— *Libera nos, Domine.*
— *Ab insidiis diaboli.*
— *Libera nos, Domine.*
— *A spiritu fornicationis.*
— *Libera nos, Domine.*
Arrivés à hauteur de la frise, ils s'arrêtèrent.
— C'est là... fit sœur Angèle... A votre gauche, monsieur le Doyen.
Et très vite, troublée par l'ombre, par le silence, elle chuchota :
— *Agnus Dei, qui tollis peccata mundi.*
— *Exaudi nos, Domine*, répondit M. le Doyen, qui dirigea sa lanterne dans les entrecroisements de la pierre où grimaçaient, gambadaient d'apocalyptiques figures de démons et de saints.
Tout à coup, il poussa un cri. Il venait d'apercevoir, braquée sur lui, terrible et furieuse, l'impure image du péché...
— *Mater purissima... Mater castissima. Mater inviolata...* bredouillait la sœur, courbée sur l'échelle.
— Ah! le cochon!... le cochon!... vociféra M. le Doyen, en manière d'*Ora pro nobis.*
Il brandit son marteau, et, tandis que, derrière lui, sœur Angèle continuait de réciter les litanies de la sainte Vierge, et que le sacristain, arc-bouté au pied de l'échelle, soupirait de vagues et dolentes oraisons, il asséna sur l'icône obscène un coup sec. Quelques éclats de pierre le cinglèrent au visage, et l'on entendit un corps dur tomber sur un toit, glisser dans une gouttière, rebondir et retomber dans la venelle.

Le lendemain, sortant de l'église où elle venait d'entendre la messe, Mlle Robineau, une sainte femme, vit à terre, dans la venelle, un objet qui lui parut d'une forme insolite et d'un aspect bizarre, comme en ont, parfois, certaines reliques dans les reliquaires. Elle le ramassa, et l'examinant dans tous les sens :

— C'est probablement une relique... se dit-elle... une sainte, étrange et précieuse relique... une relique pétrifiée dans quelque source miraculeuse... Les voies de Dieu sont tellement mystérieuses !

Elle eut d'abord la pensée de l'offrir à M. le Doyen... Puis elle réfléchit que cette relique serait une protection pour sa maison, qu'elle en éloignerait le malheur et le péché. Elle l'emporta.

Arrivée chez elle, Mlle Robineau s'enferma dans sa chambre. Sur une table, parée d'une nappe blanche, elle disposa un coussin de velours rouge avec des glands d'or ; sur le coussin, délicatement, elle coucha la précieuse relique. Ensuite elle couvrit le tout d'un globe de verre aussitôt flanqué de deux vases pleins de fleurs artificielles. Et s'agenouillant devant cet autel improvisé, elle invoqua, avec ardeur, le saint inconnu et admirable à qui avait appartenu, en des temps probablement très anciens, cet objet profane et purifié... Mais, bientôt, elle ne tarda pas à se sentir troublée... Des préoccupations d'une précision trop humaine se mêlèrent à la ferveur de ses prières, à la joie pure de ses extases... Même des doutes terribles et lancinants s'insinuèrent en son âme.

— Est-ce bien, là, une sainte relique ?... se dit-elle.

Et tandis qu'elle multipliait sur ses lèvres les *Pater* et les *Ave*, elle ne pouvait s'empêcher de penser à d'obscures impuretés et d'écouter une voix plus forte que ses prières, une voix qui venait d'elle, inconnue d'elle, et qui disait :

— Tout de même, ça devait être un bien bel homme !...

Pauvre demoiselle Robineau ! On lui apprit ce que représentait ce bout de pierre. Elle faillit en mourir de honte... Et elle ne cessait de répéter :

— Et moi qui l'ai embrassé tant de fois!...

Aujourd'hui, 10 novembre, nous avons passé toute la journée à nettoyer l'argenterie. C'est tout un événement... une époque traditionnelle comme celle des confitures. Les Lanlaire possèdent une magnifique argenterie, des pièces anciennes, rares et de toute beauté. Elle vient du père de Madame qui la prit, les uns disent en dépôt, les autres en garantie d'une somme prêtée à un noble du voisinage. Il n'achetait pas que des jeunes gens pour la conscription, cet olibrius-là!... Tout lui était bon et il n'était pas à une escroquerie près. S'il faut en croire l'épicière, l'histoire de cette argenterie serait des plus louches, ou des plus claires, comme on voudra. Le père de Madame serait rentré dans ses fonds et, grâce à une circonstance que j'ignore, il aurait gardé l'argenterie par-dessus le marché... Un tour de filou épatant!...

Naturellement, les Lanlaire ne s'en servent jamais. Elle reste enfermée, au fond d'un placard de l'office, dans trois grandes caisses doublées de velours rouge et scellées au mur par de solides crampons de fer. Chaque année, le 10 novembre, on la sort des caisses et on la nettoie, sous la surveillance de Madame. Et on ne la revoit plus jusqu'à l'année suivante... Oh! les yeux de Madame devant son argenterie... devant le viol de son argenterie par nos mains!... Jamais je n'ai vu dans des yeux de femme une telle cupidité agressive...

Est-ce curieux, ces gens qui cachent tout, qui enfouissent leur argent, leurs bijoux, toutes leurs richesses, tout leur bonheur, et qui, pouvant vivre dans le luxe et dans la joie, s'acharnent à vivre presque dans la gêne et dans l'ennui?

Le travail fini, l'argenterie verrouillée pour un an dans ses caisses, et Madame enfin partie avec la certitude qu'il ne nous en est rien resté aux doigts, Joseph m'a dit d'un drôle d'air :

— C'est une très belle argenterie, vous savez, Célestine... Il y a surtout « l'huilier de Louis XVI ». Ah! sacristi... Et ce que c'est lourd!... Tout cela vaut peut-être vingt-cinq mille francs, Célestine... peut-être plus... On ne sait pas ce que ça vaut...

Et, me regardant fixement, pesamment, jusqu'au fond de l'âme :

— Viendrez-vous avec moi, dans le petit café?

Quel rapport peut-il bien y avoir entre l'argenterie de Madame et le petit café de Cherbourg?... En vérité, je ne sais pas pourquoi... les moindres paroles de Joseph me font trembler...

XII

J'ai dit que je parlerais de M. Xavier. Le souvenir de ce gamin me poursuit, me trotte par la tête,
souvent. Parmi tant de figures, la sienne est une de
celles qui me reviennent le plus à l'esprit. J'en ai
parfois des regrets et parfois des colères. Il était
tout de même joliment drôle et joliment vicieux,
M. Xavier, avec sa figure chiffonnée, effrontée et
toute blonde... Ah! la petite canaille! Vrai! on peut
dire de lui qu'il était de son époque...

Un jour, je fus engagée chez Mme de Tarves, rue
de Varennes. Une chouette maison, un train élégant... et de beaux gages... Cent francs par mois,
blanchie, et le vin, et tout... Le matin que j'arrivai,
bien contente, dans ma place, Madame me fit
entrer dans son cabinet de toilette... Un cabinet de
toilette épatant, tendu de soie crème, et Madame
une grande femme, extrêmement maquillée, trop
blanche de peau, trop rouge de lèvres, trop blonde
de cheveux, mais jolie encore, froufroutante... et
une prestance, et un chic!... Pour ça, il n'y avait
rien à dire...

Je possédais déjà un œil très sûr. Rien que de
traverser rapidement un intérieur parisien, je
savais en juger les habitudes, les mœurs, et, bien
que les meubles mentent autant que les visages, il
était rare que je me trompasse... Malgré l'appa-

rence somptueuse et décente de celui-là, je sentis, tout de suite, la désorganisation d'existence, les liens rompus, l'intrigue, la hâte, la fièvre de vivre, la saleté intime et cachée... pas assez cachée, toutefois, pour que je n'en découvrisse point l'odeur... toujours la même !... Il y a aussi, dans les premiers regards échangés entre les domestiques nouveaux et les anciens, une espèce de signe maçonnique — spontané et involontaire le plus souvent — qui vous met aussitôt au courant de l'esprit général d'une maison. Comme dans toutes les autres professions, les domestiques sont très jaloux les uns des autres, et ils se défendent férocement contre les intrusions nouvelles... Moi aussi, qui suis pourtant si facile à vivre, j'ai subi ces jalousies et ces haines, surtout de la part des femmes que ma gentillesse enrageait... Mais pour la raison contraire, les hommes — il faut que je leur rende cette justice — m'ont toujours bien accueillie...

Dans le regard du valet de chambre qui m'avait ouvert la porte chez Mme de Tarves, j'avais lu nettement ceci : « C'est une drôle de boîte... des hauts et des bas... on n'y a guère de sécurité... mais on y rigole tout de même... Tu peux entrer, ma petite. » En pénétrant dans le cabinet de toilette, j'étais donc préparée — dans la mesure de ces impressions vagues et sommaires — à quelque chose de particulier... Mais, je dois en convenir, rien ne m'indiquait ce qui m'attendait réellement, là-dedans.

Madame écrivait des lettres, assise devant un bijou de petit bureau... Une grande peau d'astrakan blanc servait de tapis à la pièce. Sur les murs de soie crème, je fus frappée de voir des gravures du XVIIIe siècle, plus que libertines, presque obscènes, non loin d'émaux très anciens figurant des scènes religieuses... Dans une vitrine, une quantité de bijoux anciens, d'ivoires, de tabatières à minia-

tures, de petits saxes galants, d'une fragilité délicieuse. Sur une table, des objets de toilette, très
riches, or et argent... Un petit chien, havane clair,
boule de poils soyeux et luisants, dormait sur la
chaise longue, entre deux coussins de soie mauve.

Madame me dit :

— Célestine, n'est-ce pas?... Ah! je n'aime pas
du tout ce nom... Je vous appellerai Mary, en
anglais... Mary, vous vous souviendrez?... Mary...
oui... C'est plus convenable...

C'est dans l'ordre... Nous autres, nous n'avons
même pas le droit d'avoir un nom à nous... parce
qu'il y a, dans toutes les maisons, des filles, des
cousines, des chiennes, des perruches qui portent
le même nom que nous.

— Bien, Madame... répondis-je.

— Savez-vous l'anglais, Mary?

— Non, Madame... Je l'ai déjà dit à Madame.

— Ah! c'est vrai... Je le regrette... Tournez-vous
un peu, Mary, que je vous voie...

Elle m'examina dans tous les sens, de face, de
dos, de profil, murmurant de temps en temps :

— Allons... elle n'est pas mal... elle est assez
bien...

Et brusquement :

— Dites-moi Mary... êtes-vous bien faite... très
bien faite?

Cette question me surprit et me troubla. Je ne
saisissais pas le lien qu'il y avait entre mon service
dans la maison et la forme de mon corps. Mais,
sans attendre ma réponse, Madame dit, se parlant
à elle-même et promenant de la tête aux pieds, sur
toute ma personne, son face-à-main :

— Oui, elle a l'air assez bien faite...

Ensuite, s'adressant directement à moi, avec un
sourire satisfait :

— Voyez-vous, Mary, m'expliqua-t-elle, je
n'aime avoir auprès de moi que des femmes bien
faites... C'est plus convenable...

Je n'étais pas au bout de mes étonnements. Continuant de m'examiner minutieusement, elle s'écria tout à coup :

— Ah! vos cheveux!... Je désire que vous vous coiffiez autrement... Vous n'êtes pas coiffée avec élégance... Vous avez de beaux cheveux... il faut les faire valoir... C'est très important, la chevelure... Tenez, comme ça... dans ce goût-là...

Elle m'ébouriffa un peu les cheveux sur le front, répétant :

— Dans ce goût-là... Elle est charmante... Regardez, Mary... vous êtes charmante... C'est plus convenable.

Et, pendant qu'elle me tapotait les cheveux, je me demandais si Madame n'était point un peu loufoque, ou si elle n'avait point des passions contre nature... Vrai! Il ne m'eût plus manqué que cela.

Quand elle eut fini, contente de mes cheveux, elle m'interrogea :

— Est-ce là votre plus belle robe?...

— Oui, Madame...

— Elle n'est pas bien, votre plus belle robe... Je vous en donnerai des miennes que vous arrangerez... Et vos dessous?

Elle souleva ma jupe et la retroussa légèrement :

— Oui, je vois... fit-elle... Ce n'est pas ça du tout... Et votre linge... est-il convenable?

Agacée par cette inspection violatrice, je répondis d'une voix sèche :

— Je ne sais pas ce que Madame veut dire par convenable...

— Montrez-moi votre linge... allez me chercher votre linge... Et marchez un peu... encore... revenez... retournez... Elle marche bien... elle a du chic...

Dès qu'elle vit mon linge, elle fit une grimace :

— Oh! cette toile... ces bas... ces chemises...

quelle horreur!... Et ce corset!... Je ne veux pas voir ça chez moi... Je ne veux pas que vous portiez ça chez moi... Tenez, Mary... aidez-moi...

Elle ouvrit une armoire de laque rose, tira un grand tiroir qui était plein de chiffons odorants, et dont elle vida le contenu, pêle-mêle, sur le tapis.

— Prenez ça, Mary... prenez tout ça... Vous verrez, il y a des points à refaire, des arrangements, de petits raccommodages... Vous les ferez... Prenez tout ça... il y a un peu de tout... il y a de quoi vous monter une jolie garde-robe, un trousseau convenable... Prenez tout ça...

Il y avait de tout, en effet... des corsets de soie, des bas de soie, des chemises de soie et de fine batiste, des amours de pantalons, de délicieuses gorgerettes... des jupons fanfreluchés... Une odeur forte, une odeur de peau d'Espagne, de frangipane, de femme soignée, une odeur d'amour enfin se levait de ces chiffons amoncelés dont les couleurs tendres, effacées ou violentes chatoyaient sur le tapis comme une corbeille de fleurs dans un jardin. Je n'en revenais pas... je demeurais toute bête, contente et gênée à la fois, devant ces tas d'étoffes roses, mauves, jaunes, rouges où restaient encore des bouts de ruban aux tons plus vifs, des morceaux de dentelles délicates... Et Madame remuait ces défroques toujours jolies, ces dessous à peine passés, me les montrait, me les choisissait, en me faisant des recommandations, en m'indiquant ses préférences.

— J'aime que les femmes qui me servent soient coquettes, élégantes... qu'elles sentent bon. Vous êtes brune... voici un jupon rouge qui vous ira à merveille... D'ailleurs, tout vous ira très bien. Prenez tout...

J'étais dans un état de stupéfaction profonde... Je ne savais que faire... je ne savais que dire. Machinalement, je répétais :

— Merci, Madame... Que Madame est bonne!...
Merci, Madame...

Mais Madame ne laissait pas à mes réflexions le
temps de se préciser... Elle parlait, parlait, tour à
tour familière, impudique, maternelle, maquerelle, et si étrange!

— C'est comme la propreté, Mary... les soins du
corps... les toilettes secrètes. Oh! j'y tiens, par-
dessus tout... Sur ce chapitre, je suis exigeante...
exigeante... jusqu'à la manie.

Elle entra dans des détails intimes, insistant
toujours sur ce mot « convenable », qui revenait
sans cesse sur ses lèvres à propos de choses qui ne
l'étaient guère... du moins, il me le semblait.
Comme nous terminions le tri des chiffons, elle me
dit :

— Une femme... n'importe quelle femme, doit
être toujours bien tenue... Du reste, Mary, vous
ferez comme je fais : c'est un point capital... Vous
prendrez un bain, demain... je vous indiquerai...

Ensuite, Madame me montra sa chambre, ses
armoires, ses penderies, la place de chaque chose,
me mit au courant du service, avec des réflexions
qui me paraissaient drôles et pas naturelles...

— Maintenant, dit-elle... Allons chez
M. Xavier... vous ferez aussi le service de
M. Xavier... C'est mon fils, Mary...

— Bien Madame...

La chambre de M. Xavier était située à l'autre
bout du vaste appartement; une coquette
chambre, tendue de drap bleu relevé de passe-
menteries jaunes. Aux murs, des gravures
anglaises en couleur, représentant des sujets de
chasse, de courses, des attelages, des châteaux. Un
porte-cannes tenait le milieu d'un panneau, véritable panoplie de cannes avec un cor de chasse au
milieu, flanqué de deux trompettes de mail entre-
croisées... Sur la cheminée, entre beaucoup de

bibelots, de boîtes de cigares, de pipes, une photographie de joli garçon, tout jeune, sans barbe
encore, physionomie insolente de gommeux pré-
coce, grâce douteuse de fille, et qui me plut.

— C'est M. Xavier... présenta Madame.

Je ne pus m'empêcher de m'écrier avec trop de
chaleur, sans doute :

— Oh! qu'il est beau garçon!

— Eh bien, eh bien, Mary! fit Madame.

Je vis que mon exclamation ne l'avait pas
fâchée... car elle avait souri.

— M. Xavier est comme tous les jeunes gens...
me dit-elle. Il n'a pas beaucoup d'ordre... Il faudra
que vous en ayez pour lui... et que sa chambre soit
parfaitement tenue... Vous entrerez chez lui, tous
les matins, à neuf heures... Vous lui porterez son
thé... à neuf heures, vous entendez, Mary?... Quelquefois M. Xavier rentre tard... Il vous recevra
peut-être mal... mais, cela ne fait rien... Un jeune
homme doit être réveillé à neuf heures.

Elle me montra où l'on mettait le linge de
M. Xavier, ses cravates, ses chaussures, accompagnant chaque détail d'un :

— Mon fils est un peu vif... mais c'est un charmant enfant...

Ou bien :

— Savez-vous plier les pantalons?... Oh!
M. Xavier tient à ses pantalons, par-dessus tout.

Quant aux chapeaux, il fut convenu que je
n'avais pas à m'en occuper et que c'était le valet de
chambre à qui appartenait la gloire de leur donner
le coup de fer quotidien.

Je trouvai extrêmement bizarre que, dans une
maison où il y avait un valet de chambre, ce fût
moi que Madame chargeât du service de
M. Xavier.

— C'est rigolo... mais ce n'est peut-être pas très
convenable... me dis-je, parodiant le mot que répé-

tait constamment ma maîtresse, à propos de n'importe quoi.

Il est vrai que tout me paraissait bizarre dans cette bizarre maison.

Le soir, à l'office, j'appris bien des choses.

— Une boîte extraordinaire... me dit-on. Ça étonne d'abord, et puis on s'y fait. Des fois, il n'y a pas un sou, dans toute la maison. Alors Madame va, vient, court, repart et rentre, nerveuse, exténuée, des gros mots plein la bouche. Monsieur, lui, ne quitte pas le téléphone... Il crie, menace, supplie, fait le diable dans l'appareil... Et les huissiers!... Souvent, il est arrivé que le maître d'hôtel fût obligé de donner de sa poche des acomptes à des fournisseurs furieux, qui ne voulaient plus rien livrer. Un jour de réception, on leur coupa l'électricité et le gaz... Et puis, tout d'un coup, c'est la pluie d'or... La maison regorge de richesses. D'où viennent-elles? Ça, par exemple, on ne le sait pas trop... Quant aux domestiques, ils attendent, des mois et des mois, leurs gages... Mais ils finissent toujours par être payés... seulement, au prix de quelles scènes, de quels engueulements, de quelles chamailleries!... C'est à ne pas croire...

Ah! vrai!... J'étais bien tombée... Et telle était ma chance, pour une fois que j'avais de forts gages...

— M. Xavier n'est pas encore rentré cette nuit, dit le valet de chambre.

— Oh! fit la cuisinière, en me regardant avec insistance, il rentrera peut-être, maintenant...

Et le valet de chambre raconta que, le matin même, un créancier de M. Xavier était venu encore faire du potin... Cela devait être bien malpropre, car Monsieur avait filé doux, et il avait dû payer une forte somme, au moins quatre mille francs...

— Monsieur était joliment furieux, ajouta-t-il. Je l'ai entendu qui disait à Madame : « Ça ne peut pas durer... Il nous déshonorera... il nous déshonorera !... »

La cuisinière, qui semblait avoir beaucoup de philosophie, haussa les épaules.

— Les déshonorer ? dit-elle en ricanant. Ils s'en fichent un peu... C'est de payer qui les embête...

Cette conversation me mit mal à l'aise. Je compris, vaguement, qu'il pouvait y avoir un rapport entre les chiffons de Madame, les paroles de Madame, et M. Xavier... Mais, lequel, exactement ?

— C'est de payer qui les embête...

Je dormis très mal, cette nuit-là, poursuivie par d'étranges rêves, impatiente de voir M. Xavier...

Le valet de chambre n'avait pas menti. Une drôle de boîte, en vérité.

Monsieur était dans les pèlerinages... je ne sais pas quoi, au juste... quelque chose comme président ou directeur... Il racolait des pèlerins où il pouvait, parmi les juifs, les protestants, les vagabonds, même parmi les catholiques, et, une fois l'an, il conduisait ces gens-là à Rome, à Londres, à Paray-le-Monial, non sans tapage et sans profit, bien entendu. Le pape n'y voyait que du feu, et la religion triomphait. Monsieur s'occupait aussi d'œuvres charitables et politiques : Ligue contre l'enseignement laïque... Ligue contre les publications obscènes... Société des bibliothèques amusantes et chrétiennes... Association des biberons congréganistes pour l'allaitement des enfants d'ouvriers... Est-ce que je sais ?... Il présidait des orphelinats, des alumnats, des ouvroirs, des cercles, des bureaux de placement... Il présidait de tout... Ah ! il en avait des métiers. C'était un petit bonhomme rondelet, très vif, très soigné, très rasé, dont les manières, à la fois doucereuses et cyniques, étaient celles d'un prêtre malin et rigolo. On parlait de lui et de ses œuvres, dans les journaux, quelquefois... Naturellement, les uns exaltaient ses vertus humanitaires et sa haute sainteté d'apôtre, les autres le traitaient de vieille fripouille et de sale canaille. A l'office, nous nous amusions beaucoup de ces querelles, quoique ce soit assez chic et flatteur de servir chez des maîtres dont on parle dans les journaux.

Toutes les semaines, Monsieur donnait un grand dîner suivi d'une grande réception, où venaient des célébrités de toute sorte, des académiciens, des sénateurs réactionnaires, des députés catholiques, des curés protestataires, des moines intrigants, des archevêques... Il y en avait un, surtout, qu'on soignait d'une façon spéciale, un très vieil assomptionniste, le père je ne sais qui, bonhomme papelard et venimeux qui disait toujours des méchancetés, avec des airs contrits et dévots. Et, partout, dans chaque pièce, il y avait des portraits du pape... Ah! il a dû en voir de raides, dans cette maison, le Saint-Père.

Moi, il ne me revenait pas Monsieur. Il faisait trop de choses, il aimait trop de gens. Encore ignorait-on la moitié des choses qu'il faisait et des gens qu'il aimait. Sûrement, c'était un vieux farceur.

Le lendemain de mon arrivée, comme je l'aidais dans l'antichambre à endosser son pardessus :

— Est-ce que vous êtes de ma Société, me demanda-t-il, la Société des Servantes de Jésus?...

— Non, Monsieur...

— Il faut en être... c'est indispensable... Je vais vous inscrire...

— Merci, Monsieur... puis-je demander à Monsieur ce que c'est que cette Société?

— Une société admirable, qui recueille et éduque chrétiennement les filles-mères...

— Mais, Monsieur, je ne suis pas une fille-mère...

— Ça ne fait rien... Il y a aussi les femmes qui sortent de prison... il y a les prostituées repenties... il y a un peu de tout... je vais vous inscrire...

Il retira de sa poche des journaux soigneusement pliés et me les tendit.

— Cachez ça... Lisez ça... quand vous serez seule... C'est très curieux...

Et il me prit le menton, disant avec un léger claquement de langue :

— Hé mais!... elle est drôlette, cette petite, elle est, ma foi, très drôlette...

Quand Monsieur fut parti, je regardai les journaux qu'il m'avait laissés. C'était le *Fin de siècle*... le *Rigolo*... les *Petites Femmes de Paris*. Des saletés, quoi!

Ah! les bourgeois! Quelle comédie éternelle! J'en ai vu et des plus différents. Ils sont tous pareils... Ainsi, j'ai servi chez un député républicain. Celui-là passait son temps à déblatérer contre les prêtres... Un crâneur, fallait voir!... Il ne voulait pas entendre parler de la religion, du pape, des bonnes sœurs... Si on l'avait écouté, on eût renversé toutes les églises, fait sauter tous les couvents... Eh bien, le dimanche, il allait à la messe, en cachette, dans des paroisses éloignées... Au moindre bobo, il faisait appeler les curés, et tous ses enfants étaient élevés chez les jésuites. Jamais, il ne consentit à revoir son frère qui avait refusé de se marier à l'église. Tous hypocrites, tous lâches, tous dégoûtants, chacun dans leur genre...

Madame de Tarves avait des œuvres, elle aussi ; elle aussi présidait des comités religieux, des sociétés de bienfaisance, organisait des ventes de charité. C'est-à-dire qu'elle n'était jamais chez

elle ; et la maison allait comme elle pouvait... Très
souvent, Madame rentrait en retard, venant le
diable sait d'où, par exemple, ses dessous défaits,
le corps tout imprégné d'une odeur qui n'était pas
la sienne. Ah ! je les connaissais, ces rentrées-là ;
elles m'avaient tout de suite appris le genre
d'œuvres auxquelles se livrait Madame, et qu'il se
passait de drôles de micmacs dans ses comités...
Mais elle était gentille avec moi. Jamais un mot
brusque, jamais un reproche. Au contraire... Elle
se montrait familière, presque camarade, au point
que, parfois, oubliant, elle sa dignité, moi mon
respect, nous disions ensemble des bêtises et de
raides... Elle me donnait des conseils pour l'arran-
gement de mes petites affaires, encourageait mes
goûts de coquetterie, m'inondait de glycérine, de
peau d'Espagne, m'enduisait les bras de cold-
cream, me saupoudrait de poudre de riz. Et,
durant ces opérations, elle répétait :

— Voyez-vous, Mary... il faut qu'une femme soit
bien tenue... qu'elle ait la peau blanche et douce.
Vous avez une jolie figure, il faut savoir l'entou-
rer... Vous avez un très beau buste... Il faut le faire
valoir... Vos jambes sont superbes... il faut pouvoir
les montrer... C'est plus convenable...

J'étais contente. Pourtant, au fond de moi, une
inquiétude, d'obscurs soupçons demeuraient. Je
ne pouvais oublier les histoires surprenantes que
l'on me racontait à l'office. Quand j'y faisais
l'éloge de Madame et que j'énumérais ses bontés
pour moi...

— Oui... oui... disait la cuisinière, allez toujours... C'est la fin qu'il faut voir. Ce qu'elle veut,
c'est que vous couchiez avec son fils... pour que ça
le retienne davantage, à la maison... et que ça leur
coûte moins d'argent, à ces grigous... Elle a déjà
essayé avec d'autres, allez !... Elle a même attiré
des amies chez elle... des femmes mariées... des

jeunes filles... oui, des jeunes filles... la salope !...
Seulement, M. Xavier n'y coupe pas... il aime
mieux les cocottes, cet enfant... vous verrez... vous
verrez...

Et, elle ajoutait, avec une sorte de regret haineux :

— Moi, à votre place... ce que je les ferais casquer !... Je me gênerais, peut-être.

Ces paroles me rendaient un peu honteuse vis-à-
vis des camarades de l'office. Mais, pour me rassu-
rer, j'aimais mieux croire que la cuisinière fût
jalouse de l'évidente préférence que Madame me
marquait.

J'allais, tous les matins, à neuf heures, ouvrir les
rideaux et porter le thé chez M. Xavier... C'est
drôle... j'entrais toujours dans sa chambre, avec
un battement au cœur, une forte appréhension. Il
fut longtemps, sans faire attention à moi. Je tournais de-ci... je tournais de-là... préparais ses
affaires, sa toilette, m'efforçant à paraître gentille
et dans tout mon avantage. Lui ne m'adressait la
parole que pour se plaindre, d'une voix grincheuse
et mal réveillée, qu'on le dérangeât trop tôt... Je
fus dépitée de cette indifférence et je redoublai de
coquetteries silencieuses et choisies. Je m'attendais chaque jour à quelque chose qui n'arrivait
pas, et ce mutisme de M. Xavier, ce dédain pour
ma personne, m'irritaient au plus haut point.
Qu'aurais-je fait, si cela que j'attendais fût
arrivé ?... Je ne me le demandais pas... Ce que je
voulais, c'est que cela arrivât...

M. Xavier était réellement un très joli garçon,
plus joli encore que ne le montrait sa photograhie.
Une légère moustache blonde — deux petits arcs
d'or — dessinait, mieux que sur son portrait, ses
lèvres dont la pulpe rouge et charnue appelait le
baiser. Ses yeux d'un bleu clair, pailleté de jaune,

avaient une fascination étrange, ses mouvements, une indolence, une grâce lasse et cruelle de fille ou de jeune fauve. Il était grand, élancé, très souple, d'une élégance ultramoderne, d'une séduction puissante par tout ce qu'on sentait en lui de cynique et de corrompu. Outre qu'il m'avait plu dès le premier jour, et que je le désirais pour lui-même, sa résistance ou plutôt son indifférence fit que ce désir devint, bien vite, plus que du désir, de l'amour.

Un matin, je trouvai M. Xavier réveillé, hors du lit, les jambes nues. Il avait, je me souviens, une chemise de soie blanche à pois bleus... Un de ses talons portant sur le rebord du lit, l'autre posé sur le tapis, il en résultait une attitude entièrement révélatrice, qui n'était pas des plus décentes. Pudiquement, je voulus me retirer... mais il me rappela :

— Eh bien... quoi ?... Entre donc... Est-ce que je te fais peur ?... Tu n'as donc jamais vu un homme ?

Il ramena, sur son genou levé, un pan de sa chemise, et les deux mains croisées sur sa jambe, le corps balancé, il m'examina longuement, effrontément, pendant que, avec des mouvements harmonieux et lents, et rougissant un peu, je déposais le plateau sur la petite table, près de la cheminée. Et comme s'il me voyait réellement, pour la première fois :

— Mais tu es une très chic fille... me dit-il... Depuis combien de temps es-tu donc ici ?

— Depuis trois semaines, Monsieur.

— Ça, c'est épatant !...

— Qu'est-ce qui est épatant, Monsieur ?

— Ce qui est épatant, c'est que je n'aie pas encore remarqué que tu fusses une si belle fille...

Il étira ses deux jambes, les allongea vers le tapis... se donna une claque sur les cuisses, qu'il avait blanches et rondes, aussi rondes et aussi blanches que des cuisses de femmes...

— Viens ici!... fit-il...

Je m'approchai un peu tremblante. Sans une parole, il me prit par la taille, me renifla, me força à m'asseoir près de lui, sur le rebord du lit...

— Oh, monsieur Xavier! soupirai-je, en me débattant mollement... Finissez... je vous en prie... Si vos parents vous voyaient?

Mais, il se mit à rire :

— Mes parents... Oh! tu sais... mes parents... j'en ai soupé...

C'était un mot qu'il avait comme ça. Quand on lui demandait quelque chose, il répondait : « J'en ai soupé. » Et il avait soupé de tout...

Afin de retarder un peu le moment de la suprême attaque, car ses mains sur mon corsage devenaient impatientes, envahissantes, je questionnai :

— Il y a une chose qui m'intrigue, monsieur Xavier... Comment se fait-il qu'on ne vous voie jamais aux dîners de Madame?

— Tu ne voudrais pas, mon chou... Ah! non, tu sais... ils me rasent les dîners de Madame.

— Et comment se fait-il, insistai-je, que votre chambre soit la seule pièce de la maison où il n'y ait pas de portrait du pape?

Cette observation le flatta... Il répondit :

— Mais, mon petit bébé, je suis anarchiste, moi... La religion... les jésuites... les curés... Ah! non... je les ai assez vus... J'en ai soupé... Une société composée de gens comme papa et comme maman?... Ah! tu sais... N'en faut plus!...

Maintenant, je me sentais à l'aise avec M. Xavier... en qui je retrouvais, avec les mêmes vices, l'accent traînant des voyous de Paris... Il me semblait que je le connaissais depuis des années et des années. A son tour, il m'interrogea :

— Dis-moi?... Est-ce que tu marches avec papa...?

— Votre père... m'écriai-je... simulant d'être scandalisée... Ah! monsieur Xavier... un si saint homme!

Son rire redoubla, éclata tout à fait :

— Papa!... ah! papa!... Mais il couche avec toutes les bonnes, ici, papa... C'est sa toquade, les bonnes. Il n'y a plus que les bonnes qui l'excitent. Alors, tu n'as pas encore marché avec papa?... Tu m'épates.

— Ah! non, répliquai-je... riant, moi aussi... Seulement, il m'apporte le *Fin de siècle*... le *Rigolo*... les *Petites Femmes de Paris*...

Cela le mit en délire de joie, et pouffant davantage :

— Papa... s'écria-t-il... non... il est épatant papa!...

Et, lancé, désormais, il débita sur un ton comique :

— C'est comme maman... Hier, elle m'a encore fait une scène... Je la déshonore, elle et papa... Ainsi, tu crois?... Et la religion, et la société... et tout!... C'est tordant... Alors je lui ai déclaré : « Ma petite mère chérie, c'est entendu... je me rangerai... le jour où tu auras renoncé à avoir des amants... » Tapé, hein?... Ça l'a fait taire... Ah! non, tu sais... ils m'assomment, mes auteurs... J'en ai soupé de leurs histoires... A propos... tu connais bien Fumeau?

— Non, monsieur Xavier.

— Mais si... mais si... Anthime Fumeau?

— Je vous assure.

— Un gros... tout jeune... très rouge de figure... ultra-chic... les plus beaux attelages de Paris?... Fumeau... voyons trois millions de rente... Tartelette Cabri?... Mais si, tu le connais...

— Puisque je ne le connais pas.

— Tu m'épates!... Tout le monde le connaît, voyons... Le biscuit Fumeau, ah?... Celui qui a eu son conseil judiciaire, il y a deux mois? Y es-tu?

262

— Pas du tout, je vous jure, monsieur Xavier.

— N'importe, petite dinde!... Eh bien, j'en ai fait une bonne avec Fumeau, l'année dernière... une très bonne... Devine quoi?... Tu ne devines pas?

— Comment voulez-vous que je devine, puisque je ne le connais pas?...

— Eh bien, voilà, mon petit bébé... Fumeau, je l'ai mis avec ma mère... Parole!... C'était trouvé, hein?... Et le plus drôle, c'est que maman, en deux mois, a fait casquer Fumeau de trois cent mille balles... Et papa donc, pour ses œuvres!... Ah! ils ont le truc!... Ils la connaissent!... sans ça, la maison sautait. On était à bout de dettes... Les curés eux-mêmes ne voulaient plus rien savoir... Qu'est-ce que tu dis de ça, toi?

— Je dis, monsieur Xavier, que vous avez une drôle de façon de traiter la famille.

— Que veux-tu? mon chou... je suis anarchiste, moi... La famille, j'en ai soupé...

Pendant ce temps-là, il avait dégrafé mon corsage, un ancien corsage de Madame qui me seyait à ravir...

— Oh! monsieur Xavier... monsieur Xavier... vous êtes une petite canaille... C'est très mal.

J'essayais, pour la forme, de me défendre. Tout à coup, il mit, doucement, sa main sur ma bouche :

— Tais-toi! fit-il.

Et me renversant sur le lit :

— Oh! comme tu sens bon! chuchota-t-il... Petite putain, tu sens maman...

Ce matin-là, Madame fut particulièrement gentille avec moi...

— Je suis très contente de votre service, me dit-elle... Mary, je vous augmente de dix francs.

— Si, chaque fois, elle m'augmente de dix francs?... songeai-je... Alors, ça va bien... C'est plus convenable...

Ah! quand je pense à tout cela... Moi aussi, j'en ai soupé...

La passion ou plutôt la toquade de M. Xavier ne dura pas longtemps. Il eut vite « soupé de moi ». Pas une minute, du reste, je n'avais eu le pouvoir de le retenir à la maison. Plusieurs fois, en entrant dans sa chambre, le matin, je trouvai la couverture intacte et le lit vide. M. Xavier n'était pas rentré de la nuit. La cuisinière le connaissait bien et elle avait dit vrai : « Il aime mieux les cocottes, cet enfant... » Il allait à ses habitudes, à ses plaisirs coutumiers, à ses noces, comme auparavant... Ces matins-là, j'éprouvais au cœur un serrement douloureux, et, toute la journée, j'étais triste, triste !...

Le malheur, en tout cela, est que M. Xavier n'avait point de sentiment... Il n'était pas poétique comme M. Georges. En dehors de « la chose », je n'existais pas pour lui, et « la chose » faite... va te promener... il ne m'accordait plus la moindre attention. Jamais il ne m'adressa une parole émue, gentille, comme en ont les amoureux dans les livres et dans les drames. D'ailleurs il n'aimait rien de ce que j'aimais... il n'aimait pas les fleurs, à l'exception des gros œillets dont il parait la boutonnière de son habit... C'est si bon, pourtant, de ne pas toujours penser à la bagatelle, de se murmurer des choses qui caressent le cœur, d'échanger des baisers désintéressés, de se regarder, durant des éternités, dans les yeux... Mais les hommes sont des êtres trop grossiers... ils ne sentent pas ces joies-là... ces joies si pures et si bleues... Et c'est grand dommage... M. Xavier, lui, ne connaissait que le vice, ne trouvait de plaisir que dans la débauche... En amour, tout ce qui n'était pas vice et débauche le rasait.

— Ah! non... tu sais... c'est rasant... J'en ai soupé de la poésie... La petite fleur bleue... faut laisser ça à papa...

Quand il s'était assouvi, je redevenais instantanément la créature impersonnelle, la domestique à qui il donnait des ordres et qu'il rudoyait de son autorité de maître, de sa blague cynique de gamin. Je passais sans transition de l'état de bête d'amour à l'état de bête de servage... Et il me disait souvent, avec un rire du coin de la bouche, un affreux rire en scie qui me froissait, m'humiliait :

— Et papa?... Vrai?... tu n'as pas encore couché avec papa?... Tu m'étonnes...

Une fois, je n'eus pas la force de dissimuler mes larmes... elles m'étouffaient. M. Xavier se fâcha :

— Ah! non... tu sais... Ça, c'est le comble du rasoir... Des larmes, des scènes?... Faut rentrer ça, mon chou... ou sinon, bonsoir... J'en ai soupé de ces bêtises-là...

Moi, quand je suis encore sous le frisson du bonheur, j'aime à retenir dans mes bras longtemps, longtemps, le petit homme qui me l'a donné... Après les secousses de la volupté, j'ai besoin — un besoin immense, impérieux — de cette détente chaste, de cette pure étreinte, de ce baiser qui n'est plus la morsure sauvage de la chair, mais la caresse idéale de l'âme... J'ai besoin de monter de l'enfer de l'amour, de la frénésie du spasme, dans le paradis de l'extase... dans la plénitude, dans le silence délicieux et candide de l'extase... M. Xavier, lui, avait soupé de l'extase... Tout de suite, il s'arrachait à mes bras, à cette étreinte, à ce baiser qui lui devenait physiquement intolérable. Il semblait vraiment que nous n'eussions rien mêlé de nous en nous... que nos sexes, que nos bouches, que nos âmes n'eussent pas été un instant confondus dans le même cri, dans le même oubli, dans la même mort merveilleuse. Et, voulant le retenir sur ma poitrine, entre mes jambes nerveusement nouées aux siennes, il se dégageait, me repoussait brutalement, sautait du lit :

— Ah! non... tu sais... Elle est mauvaise...

Et il allumait une cigarette...

Rien ne m'était pénible comme de voir que je n'eusse pas laissé la moindre trace d'affection, pas la plus petite tendresse dans son cœur, bien que je me pliasse à tous les caprices de sa luxure, que j'acceptasse à l'avance, que je devançasse même toutes ses fantaisies... Et Dieu sait, s'il en avait d'extraordinaires, Dieu sait s'il en avait d'effrayantes!... Ce qu'il était corrompu, ce morveux!... Pire qu'un vieux... plus inventif et plus féroce dans la débauche qu'un sénile impuissant ou un prêtre satanique.

Cependant, je crois que je l'aurais aimé, la petite canaille, que je me serais dévouée à lui, malgré tout, comme une bête... Aujourd'hui, encore, je songe avec des regrets à sa frimousse effrontée, cruelle et jolie... à sa peau parfumée... à tout ce que sa luxure avait d'atroce et d'exaltant, tour à tour... Et j'ai souvent sur mes lèvres, où tant de lèvres depuis auraient dû l'effacer, le goût acide, la brûlure de son baiser... Ah! monsieur Xavier... monsieur Xavier!

Un soir, avant le dîner, comme il rentrait pour s'habiller — Dieu qu'il était gentil en habit! — et que je disposais avec soin ses affaires dans le cabinet de toilette, il me demanda sans un embarras, sans une hésitation, presque sur un ton impératif, de même qu'il m'eût demandé de l'eau chaude :

— Est-ce que tu as cinq louis?... J'ai absolument besoin de cinq louis, ce soir. Je te les rendrai demain...

Précisément, Madame m'avait payé mes gages le matin... Le savait-il?

— Je n'ai que quatre-vingt-dix francs, répondis-je, un peu honteuse, honteuse de sa demande, peut-être... honteuse surtout, je crois, de ne pas posséder toute la somme qu'il me demandait :

— Ça ne fait rien... dit-il... va me chercher ces quatre-vingt-dix francs... Je te les rendrai demain...

Il prit l'argent, me remercia par un : « C'est bon! » sec et bref, qui me glaça le cœur. Puis, me tendant son pied, d'un mouvement brutal...

— Noue les cordons de mes souliers... ordonnat-il, insolemment... Vite, je suis pressé...

Je le regardai tristement, implorant :

— Alors, vous ne dînez pas ici, ce soir, monsieur Xavier?

— Non... je dîne en ville... Dépêche-toi...

En nouant ses cordons, je gémis :

— Alors, vous allez encore faire la noce avec de sales femmes?... Et vous ne rentrerez pas de la nuit?... Et moi, toute la nuit, je vais pleurer... Ça n'est pas gentil, monsieur Xavier...

Sa voix devint dure et tout à fait méchante.

— Si c'est pour me dire ça, que tu m'as prêté tes quatre-vingt-dix francs... tu peux les reprendre... Reprends-les...

— Non... non... soupirai-je... Vous savez bien que ce n'est pas pour ça...

— Eh bien... fiche-moi la paix!...

Il eut vite fini d'être habillé... et il partit sans m'embrasser, sans me dire un mot...

Le lendemain, il ne fut pas question de me rendre l'argent, et je ne voulus pas le réclamer. Ça me faisait plaisir qu'il eût quelque chose de moi... Et je comprends qu'il y ait des femmes qui se tuent de travail, des femmes qui se vendent aux passants, la nuit, sur les trottoirs, des femmes qui volent, des femmes qui tuent... afin de rapporter un peu d'argent et de procurer des gâteries au petit homme qu'elles aiment. Voilà qui m'est passé par exemple... Est-ce que, vraiment, cela m'est passé, autant que je l'affirme? Hélas, je n'en sais rien... Il y a des moments où devant un homme, je me sens si molle... si molle... sans volonté, sans courage, et si vache... ah! oui... si vache!...

Madame ne tarda pas à changer d'allures vis-à-vis de moi. De gentille qu'elle avait été jusqu'ici, elle devint dure, exigeante, tracassière... Je n'étais qu'une sotte... je ne faisais jamais rien de bien... j'étais maladroite, malpropre, mal élevée, oublieuse, voleuse... Et sa voix si douce, au début, si camarade, prenait maintenant un mordant de vinaigre. Elle me donnait des ordres sur un ton cassant... rabaissant... Finies les séances de chiffonnage, de cold-cream, de poudre de riz, et les confidences secrètes, et les recommandations intimes, gênantes au point que les premiers jours je m'étais demandé, et que je me demande encore, si Madame n'était point pour femme?... Finie cette camaraderie louche que je sentais bien, au fond, n'être point de la bonté, et par où s'en était allé mon respect pour cette maîtresse qui me haussait jusqu'à son vice... Je la rabrouai d'importance, forte de toutes les infamies apparentes ou voilées de cette maison. Nous en arrivâmes à nous quereller, ainsi que des harangères, nous jetant nos huit jours à la tête comme de vieux torchons sales...

— Pour quoi prenez-vous donc ma maison? criait-elle... Êtes-vous donc chez une fille, ici?...

Non, mais ce toupet!... Je répondais :

— Ah! elle est propre, votre maison... vous pouvez vous en vanter... Et vous?... parlons-en... ah! parlons-en!... vous êtes propre aussi... Et Monsieur donc?... Oh! là! là!... Avec ça qu'on ne vous connaît pas dans le quartier... et dans Paris... Mais ça n'est qu'un cri, partout... Votre maison?... Un bordel... Et, encore, il y a des bordels qui sont moins sales que votre maison...

C'est ainsi que ces querelles allaient jusqu'aux

pires insultes, jusqu'aux plus ignobles menaces ; elles descendaient jusqu'au vocabulaire des filles publiques et des maisons centrales... Et puis, tout à coup cela s'apaisait... Il suffisait que M. Xavier fût repris pour moi d'un goût passager, hélas !... Alors recommençaient les familiarités louches, les complicités honteuses, les cadeaux de chiffons, les promesses de gages doublés, les lavages à la crème Simon — c'est plus convenable — les initiations aux mystères des parfumeries raffinées... Madame réglait thermométriquement sa conduite envers moi sur celle de M. Xavier... Les bontés de l'une suivaient immédiatement les caresses de l'autre ; l'abandon du fils s'accompagnait des insolences de la mère... J'étais la victime, sans cesse ballottée, des fluctuations énervantes par où passait l'intermittent amour de ce gamin capricieux et sans cœur... C'est à croire que Madame dût nous espionner, écouter à la porte, se rendre compte par elle-même des phases différentes que nos relations traversaient... Mais non... Elle avait l'instinct du vice, voilà tout... Elle le flairait à travers les murs, à travers les âmes, ainsi qu'une chienne hume dans le vent l'odeur lointaine du gibier.

Quant à Monsieur, il continuait de sautiller parmi tous ces événements, parmi tous les drames cachés de cette maison, alerte, affairé, cynique et comique. Le matin, il disparaissait, avec sa figure de petit faune rose et rasé, ses dossiers, ses serviettes bourrées de brochures pieuses et d'obscènes journaux. Le soir, il réapparaissait, cravaté de respectabilité, bardé de socialisme chrétien, la démarche un peu plus lente, le geste un peu plus onctueux, le dos légèrement voûté, sans doute sous le poids des bonnes œuvres accomplies dans la journée... Régulièrement, le vendredi, c'était toujours, presque sans variantes, la même scène burlesque.

— Qu'est-ce qu'il y a là-dedans? faisait-il, en me montrant sa serviette.

— Des cochonneries... répondais-je, en riant.

— Mais non... des gaudrioles...

Et il me les distribuait, attendant pour se déclarer, que je fusse à point, et se contentant de me sourire d'un air complice, de me caresser le menton, de me dire, en passant sa langue sur ses lèvres :

— Hé!... hé!... Elle est très drôlette, cette petite...

Sans décourager Monsieur, je m'amusais de son manège et je me promettais bien de saisir l'occasion éclatante et prochaine de le remettre vivement à sa place.

Une après-midi, je fus très surprise de le voir entrer dans la lingerie où j'étais seule à rêvasser tristement sur mon ouvrage. Le matin, j'avais eu avec M. Xavier une scène pénible et l'impression n'en était pas encore effacée... Monsieur referma la porte doucement, déposa sa serviette sur la grande table, près d'une pile de draps, et, venant à moi, il me prit les mains, les tapota. Sous la paupière battante, son œil virait, comme celui d'une vieille poule, accouflée dans le soleil. Il était à mourir de rire.

— Célestine... dit-il... moi, j'aime mieux vous appeler Célestine... cela ne vous froisse pas?

J'avais beaucoup de peine à ne pas éclater...

— Mais non, Monsieur... répondis-je, en me tenant sur la défensive.

— Eh bien, Célestine... je vous trouve charmante... voilà!

— Vrai, Monsieur?

— Adorable, même... adorable... adorable!

— Oh! Monsieur...

Ses doigts avaient quitté ma main... ils remontaient le long de mon corsage, chargés de désirs, et

270

de là, ils me caressaient le cou, le menton, la nuque, de petits attouchements gras, mous et pianoteurs.

— Adorable... adorable !... soufflait-il.

Il voulut m'embrasser. Je me reculai un peu, pour éviter ce baiser :

— Restez, Célestine... je vous en prie... Je t'en prie !... Cela ne t'ennuie pas que je te tutoie ?

— Non, Monsieur... cela m'étonne.

— Cela t'étonne... petite coquine... cela t'étonne ?... Ah ! tu ne me connais pas !...

Il n'avait plus la voix sèche. Une bave menue moussait à ses lèvres.

— Écoute-moi, Célestine. La semaine prochaine je vais à Lourdes... oui, j'emmène à Lourdes un pèlerinage... Veux-tu venir à Lourdes ?... J'ai un moyen de t'emmener à Lourdes... Veux-tu venir ?... On ne s'apercevra de rien... Tu resteras à l'hôtel... tu te promèneras, tu feras ce que tu voudras... Moi, le soir, j'irai te retrouver dans ta chambre... dans ta chambre... dans ton lit, petite coquine ! Ah ! ah ! tu ne me connais pas... tu ne sais pas tout ce que je suis capable de faire. Avec l'expérience d'un vieillard, j'ai les ardeurs d'un jeune homme... Tu verras... tu verras... Oh ! tes grands yeux polissons !...

Ce qui me stupéfiait, ce n'était pas la proposition en elle-même, — je l'attendais depuis longtemps, — c'était la forme imprévue que Monsieur lui donnait. Pourtant, je gardai tout mon sang-froid. Et désireuse d'humilier ce vieux paillard, de lui montrer que je n'avais pas été la dupe des sales calculs de Madame et des siens, je lui cinglai, en pleine figure, ces mots :

— Et M. Xavier ?... Dites donc, il me semble que vous oubliez M. Xavier ?... Qu'est-ce qu'il fera, lui, pendant que nous rigolerons à Lourdes, aux frais de la chrétienté ?

Une lueur trouble... oblique... un regard de fauve surpris, s'alluma dans les ténèbres de ses yeux... Il balbutia :

— M. Xavier ?

— Hé oui !...

— Pourquoi me parlez-vous de M. Xavier ?... Il ne s'agit pas de M. Xavier... M. Xavier n'a rien à faire ici...

Je redoublai d'insolence...

— Votre parole ?... Non, mais ne faites donc pas le malin... Suis-je gagée, oui ou non, pour coucher avec M. Xavier ?... Oui, n'est-ce pas ?... Eh bien, je couche avec lui.... Mais vous ?... Ah ! non... ça n'est pas dans les conventions... Et puis... vous savez, mon petit père... vous n'êtes pas mon type.

Et je lui éclatai de rire au visage.

Il devint pourpre, ses yeux flambèrent de colère. Mais il ne crut pas prudent d'engager une discussion, pour laquelle j'étais terriblement armée. Il ramassa avec précipitation sa serviette et s'esquiva poursuivi par mes rires.

Le lendemain, à propos de rien, Monsieur m'adressa une observation grossière. Je m'emportai... Madame survint... Je devins folle de colère. La scène qui se passa entre nous trois fut tellement effrayante, tellement ignoble, que je renonce à la décrire. Je leur reprochai, en termes intraduisibles, toutes leurs saletés, toutes leurs infamies, je leur réclamai l'argent, prêté à M. Xavier. Ils écumaient. Je saisis un coussin et le lançai violemment à la tête de Monsieur.

— Allez-vous-en !... Sortez d'ici, tout de suite... tout de suite, hurlait Madame, qui menaçait de me déchirer le visage avec ses ongles...

— Je vous raye de ma société... vous ne faites plus partie de ma société... fille perdue... prostituée !... vociférait Monsieur, en bourrant, de coups de poing, sa serviette...

Finalement, Madame me retint mes huit jours, refusa de payer les quatre-vingt-dix francs de M. Xavier, m'obligea à lui rendre toutes les frusques qu'elle m'avait données...

— Vous êtes tous des voleurs... criai-je... vous êtes tous des maquereaux !...

Et je m'en allai, en les menaçant du commissaire de police et du juge de paix...

— Ah ! c'est du potin que vous voulez. — Eh bien, allons-y, tas de fripouilles !

Hélas, le commissaire de police prétendit que cela ne le regardait pas. Le juge de paix m'engagea à étouffer l'affaire. Il expliqua :

— D'abord, Mademoiselle, on ne vous croira pas... Et c'est juste, remarquez bien... Que deviendrait la société si un domestique pouvait avoir raison d'un maître ?... Il n'y aurait plus de société, Mademoiselle... ce serait l'anarchie...

Je consultai un avoué : il me demanda deux cents francs. J'écrivis à M. Xavier : il ne me répondit pas... Alors je fis le compte de mes ressources... Il me restait trois francs cinquante... et le pavé de la rue.

XIII

13 novembre.

Et je me revois à Neuilly, chez les sœurs de Notre-Dame-des-Trente-Six-Douleurs, espèce de maison de refuge, en même temps que bureau de placement, pour les bonnes. C'est un bel établisse-ment — mâtiche — à façade blanche, au fond d'un grand jardin. Dans le jardin orné, tous les cinquante pas, de statues de la Vierge, s'élève une petite cha-pelle toute neuve et somptueuse, bâtie avec l'argent des quêtes. De grands arbres l'entourent. Et, toutes les heures, on entend tinter les cloches... C'est si gentil d'entendre tinter les cloches... ça remue dans le cœur des choses oubliées et si anciennes!... Quand les cloches tintent, je ferme les yeux, j'écoute, et je revois des paysages que je n'ai jamais vus peut-être et que je reconnais tout de même, des paysages très doux, imprégnés de tous les souvenirs transformés de l'enfance et de la jeunesse... et des binious... et, sur la lande, au bord des grèves, des déroulées lentes de foules en fête... Ding... din... dong! Ça n'est pas très gai... ça n'est pas la même chose que la gaieté, c'est même triste au fond, triste comme de l'amour... Mais j'aime ça... A Paris, on n'entend jamais que la corne du fontainier et l'assourdissante trompette des tramways.

Chez les sœurs de Notre-Dame-des-Trente-Six-Douleurs, on est logée dans des galetas de dortoirs, sous les combles ; on est nourrie maigrement de viandes de rebut, de légumes gâtés, et l'on paie vingt-cinq sous par jour à l'Institution. C'est-à-dire qu'elles retiennent, quand elles vous ont placées, ces vingt-cinq sous sur vos gages... Elles appellent ça vous placer pour rien. En outre, il faut travailler, depuis six heures du matin jusqu'à neuf heures du soir, comme les détenues des maisons centrales... Jamais de sorties... Les repas et les exercices religieux remplacent les récréations... Ah ! elles ne s'embêtent pas, les bonnes sœurs, comme dirait M. Xavier... et leur charité est un fameux truc... Elles vous posent un lapin, quoi !... Mais voilà... je serai bête toute ma vie... Les dures leçons de choses, les malheurs ne m'apprennent jamais rien, ne me servent de rien... J'ai l'air comme ça de crier, de faire le diable et, finalement, je suis toujours roulée par tout le monde.

Plusieurs fois, des camarades m'avaient parlé des sœurs de Notre-Dame-des-Trente-Six-Douleurs :

— Oui, ma chère, paraît qu'il ne vient que de chics types dans la boîte... des comtesses... des marquises... On peut tomber sur des places épatantes.

Je le croyais... Et puis, dans ma détresse, je m'étais souvenue avec attendrissement, nigaude que je suis, des années heureuses, passées chez les petites sœurs de Pont-Croix... Du reste, il fallait bien aller quelque part... Quand on n'a pas le sou, on ne fait pas la fière...

Lorsque j'arrivai là, il y avait une quarantaine de bonnes... Beaucoup venaient de très loin, de Bretagne, d'Alsace, du Midi, n'ayant encore servi nulle part, et gauches, empotées, le teint plombé, avec des mines sournoises et des yeux singuliers qui, pardessus les murs du couvent, s'ouvraient sur le mirage de Paris, là-bas... Les autres, plus à la coule, sortaient de place, comme moi.

Les sœurs me demandèrent d'où je venais, ce que

je savais faire, si j'avais de bons certificats, s'il me restait de l'argent. Je leur contai des blagues et elles m'accueillirent, sans plus de renseignements, en disant :

— Cette chère enfant !... nous lui trouverons une bonne place.

Toutes, nous étions leurs « chères enfants ». En attendant cette bonne place promise, chacune de ces chères enfants était occupée à quelque ouvrage, selon ses aptitudes. Celles-ci faisaient la cuisine et le ménage : celles-là travaillaient au jardin, bêchaient la terre, comme des terrassiers... Moi, je fus mise tout de suite à la couture, ayant, disait la sœur Boniface, les doigts souples et l'air distingué... Je commençai par ravauder les culottes de l'aumônier et les caleçons d'une espèce de capucin qui, dans le moment, prêchait une retraite à la chapelle... Ah ! ces culottes !... Ah ! ces caleçons !... Pour sûr qu'ils ne ressemblaient pas à ceux de M. Xavier... Ensuite, l'on me confia des besognes moins ecclésiastiques, tout à fait profanes, des ouvrages de fine et délicate lingerie, par quoi je me retrouvai dans mon élément... Je participai à la confection d'élégants trousseaux de mariage, de riches layettes, commandés aux bonnes sœurs par des dames charitables et riches qui s'intéressaient à l'établissement.

Tout d'abord, après tant de secousses, malgré la mauvaise nourriture, les culottes de l'aumônier, le peu de liberté, malgré tout ce que je pouvais deviner d'exploitation âpre, je goûtai une réelle douceur dans ce calme, dans ce silence... Je ne raisonnais pas trop... Un besoin de prier était en moi. Le remords, ou plutôt la lassitude de ma conduite passée m'incitait aux fervents repentirs... Plusieurs fois de suite, je me confessai à l'aumônier, celui-là même dont j'avais raccommodé les sales culottes, ce qui faisait naître en moi, tout de même, en dépit de ma sincère piété, des pensées irrévérencieuses et folâtres...

C'était un drôle de bonhomme que cet aumônier, tout rond, tout rouge, un peu rude de manières et de langage, et qui sentait le vieux mouton. Il m'adressait des questions étranges, insistait de préférence sur mes lectures.

— De l'Armand Silvestre?... Oui... Ah!... Eh, mon Dieu! c'est cochon sans doute... Je ne vous donne pas ça pour l'*Imitation*... non... Mais ça n'est pas dangereux... Ce qu'il ne faut pas lire, ce sont les livres impies... les livres contre la religion... tenez, par exemple Voltaire... Ça jamais... Ne lisez jamais du Voltaire... c'est un péché mortel... ni du Renan... ni de l'Anatole France... Voilà qui est dangereux...

— Et Paul Bourget, mon père?...

— Paul Bourget!... Il entre dans la bonne voie... je ne dis pas non... je ne dis pas non... Mais son catholicisme n'est pas sincère... pas encore; du moins il est très mêlé... Ça me fait l'effet, votre Paul Bourget, d'une cuvette... oui, là... d'une cuvette où l'on s'est lavé n'importe quoi... et où nagent, parmi du poil et de la mousse de savon... les olives du Calvaire... Il faut attendre, encore... Huysmans, tenez... c'est raide... ah! sapristi, c'est très raide... mais orthodoxe...

Et il me disait encore :

— Oui... Ah!... Vous faisiez des folies de votre corps?... Ça n'est pas bien... Mon Dieu!... c'est toujours mal... Mais, pécher pour pécher, encore faut-il mieux pécher avec ses maîtres... quand ce sont des personnes pieuses... que toute seule, ou bien avec des gens de même condition que soi... C'est moins grave... ça irrite moins le bon Dieu... Et peut-être que ces personnes ont des dispenses... Beaucoup ont des dispenses...

Comme je lui nommais M. Xavier et son père :

— Pas de noms... s'écriait-il... je ne vous demande pas de noms... ne me dites jamais de noms... Je ne suis point de la police... D'ailleurs, ce sont des

personnes riches et respectables que vous me nom-
mez là... des personnes extrêmement religieuses.
Par conséquent, c'est vous qui avez tort... vous qui
vous insurgez contre la morale et contre la société.

Ces conversations ridicules et surtout ces culottes
dont je ne parvenais pas à effacer, dans mon esprit,
l'importune et trop humaine image, refroidirent
considérablement mon zèle religieux, mes ardeurs
de repentie. Le travail aussi m'agaça. Il me donnait
la nostalgie de mon métier. J'avais des désirs impa-
tients de m'évader de cette prison, de retourner aux
intimités des cabinets de toilette. Je soupirais après
les armoires, pleines de lingeries odorantes, les
garde-robes où bouffent les taffetas, où craquent les
satins et les velours si doux à manier... et les bains
où, sur les chairs blondes, moussent les savons
onctueux. Et les histoires de l'office, et les aventures
imprévues, le soir dans l'escalier et dans les
chambres!... C'est curieux, vraiment... Quand je
suis en place, ces choses-là me dégoûtent; quand je
suis sans place, elles me manquent... J'étais lasse
aussi, lasse à l'excès, écœurée de ne manger depuis
huit jours que des confitures faites avec des gro-
seilles tournées, dont les bonnes sœurs avaient
acheté un lot au marché de Levallois. Tout ce que les
saintes femmes pouvaient arracher au tombereau
d'ordures, c'était bon pour nous...

Ce qui acheva de m'irriter ce fut l'évidente, la
persistante effronterie avec laquelle nous étions
exploitées. Leur truc était simple et c'est à peine si
elles le dissimulaient. Elles ne plaçaient que les
filles incapables de leur être utiles. Celles dont elles
pouvaient tirer un profit quelconque, elles les gardaient prisonnières, abusant de leurs talents, de
leur force, de leur naïveté. Comble de la charité
chrétienne, elles avaient trouvé le moyen d'avoir
des domestiques, des ouvrières qui les payassent et
qu'elles dépouillaient, sans un remords, avec un

inconcevable cynisme, de leurs modestes ressources, de leurs toutes petites économies, après avoir gagné sur leur travail... Et les frais couraient toujours.

Je me plaignis d'abord faiblement, ensuite plus rudement qu'elles ne m'eussent pas appelée, une seule fois, au parloir. Mais à toutes mes plaintes elles répondaient, les saintes nitouches :

— Un peu de patience, ma chère enfant... Nous pensons à vous, ma chère enfant... pour une place excellente... nous cherchons, pour vous, une place exceptionnelle... Nous savons ce qui vous convient... Il ne s'en est pas encore présenté une seule, comme nous la voulons pour vous, comme vous la méritez...

Les jours, les semaines s'écoulaient ; les places n'étaient jamais assez bonnes, assez exceptionnelles pour moi... Et les frais couraient toujours.

Bien qu'il y eût une surveillante au dortoir, il s'y passait, chaque nuit, des choses à faire frémir. Dès que la surveillante avait terminé sa ronde et que tout semblait dormir, alors on voyait des ombres blanches se lever, glisser, entrer dans des lits, sous les rideaux refermés... Et l'on entendait de petits bruits de baisers étouffés, de petits cris, de petits rires, de petits chuchotements... Elles ne se gênaient guère, les camarades... A la lueur trouble et tremblante de la lampe qui pendait du plafond au milieu du dortoir, bien des fois, j'ai assisté à des scènes d'une indécence farouche et triste... Les bonnes sœurs, saintes femmes, fermaient les yeux pour ne rien voir, se bouchaient les oreilles pour ne rien entendre... Ne voulant point de scandale chez elles — car elles eussent été obligées de renvoyer les coupables — elles toléraient ces horreurs, en feignant de les ignorer... Et les frais couraient toujours.

Heureusement, au plus fort de mes ennuis, j'eus la joie de voir entrer dans l'établissement une petite amie, Clémence, que j'appelais Cléclé... et que j'avais connue dans une place, rue de l'Université... Cléclé était charmante, toute blonde, toute rose et délurée... et d'une vivacité, d'une gaieté !... Elle riait de tout, acceptait tout, se trouvait bien partout. Dévouée et fidèle, elle n'avait qu'un plaisir : rendre service. Vicieuse jusque dans les moelles, son vice n'avait rien de répugnant, à force d'être gai, ingénu, naturel. Elle portait le vice comme une plante des fleurs, comme un cerisier des cerises... Son bavardage de gentil oiseau me fit oublier quelques jours mes embêtements, endormit mes révoltes... Comme nos deux lits étaient l'un près de l'autre, nous nous mîmes ensemble, dès la seconde nuit... Qu'est-ce que vous voulez ?... L'exemple peut-être... et, peut-être aussi le besoin de satisfaire une curiosité qui me trottait par la tête, depuis longtemps... C'était, du reste, la passion de Cléclé... depuis qu'elle avait été débauchée, il y a plus de quatre ans, par une de ses maîtresses, la femme d'un général...

Une nuit que nous étions couchées ensemble, elle me raconta à voix basse, avec de drôles de chuchotements, qu'elle sortait de chez un magistrat, à Versailles :

— Figure-toi qu'il n'y avait que des bêtes dans la turne... des chats, trois perroquets... un singe... deux chiens... Et il fallait soigner tout ça... Rien n'était assez bon pour eux... Nous, tu penses, on nous collait de vieux rogatons, kif-kif à la boîte... Eux, c'étaient des restes de volaille, des crèmes, des gâteaux, de l'eau d'Évian, ma chère !... Oui, elles ne buvaient que de l'eau d'Évian, les sales bêtes, à cause de la typhoïde dont il y avait une épidémie, à Versailles... Cet hiver, Madame eut le toupet d'enlever le poêle de ma chambre pour l'installer dans la pièce où couchaient le singe et les chats. Ainsi, tu crois ?... Je les détestais, surtout un des chiens... une horreur de vieux carlin qui était toujours fourré sous mes jupons... bien que je le bourrasse de coups de pied... L'autre matin, Madame me surprit à le battre... Tu vois la scène... Elle me mit à la porte en cinq-secs... Et si tu savais, ma chère, ce chien...

Dans un éclat de rire qu'elle étouffa sur ma poitrine, entre mes seins :

— Eh bien... ce chien... acheva-t-elle... Il avait des passions comme un homme...

Non ! cette Cléclé !... ce qu'elle était rigolote et gentille !...

On ne se doute pas de tous les embêtements dont sont poursuivis les domestiques, ni de l'exploitation acharnée, éternelle qui pèse sur eux. Tantôt les maîtres, tantôt les placiers, tantôt les institutions charitables, sans compter les camarades, car il y en a de rudement salauds. Et personne ne s'intéresse à personne. Chacun vit, s'engraisse, s'amuse de la misère d'un plus pauvre que soi. Les scènes changent ; les décors se transforment ; vous traversez des milieux sociaux différents et ennemis ; et les passions restent les mêmes, les mêmes appétits demeurent. Dans l'appartement étriqué du bourgeois, ainsi que dans le fastueux hôtel du banquier, vous retrouvez des saletés pareilles, et vous vous heurtez à de l'inexorable. En fin de compte, pour une fille comme je suis, le résultat est qu'elle soit vaincue d'avance, où qu'elle aille et quoi qu'elle fasse. Les pauvres sont l'engrais humain où poussent les moissons de vie, les moissons de joie que récoltent les riches, et dont ils mésusent si cruellement, contre nous...

On prétend qu'il n'y a plus d'esclavage... Ah ! voilà une bonne blague, par exemple... Et les domestiques, que sont-ils donc, eux, sinon des esclaves ?... Esclaves de fait, avec tout ce que l'esclavage comporte de vileté morale, d'inévitable corruption, de révolte engendreuse de haines... Les domestiques apprennent le vice chez leurs maîtres... Entrés purs et naïfs — il y en a — dans le métier, ils sont vite pourris, au contact des habitudes dépravantes. Le vice, on ne voit que lui, on ne respire que lui, on ne touche que lui... Aussi, ils s'y façonnent de jour en jour, de minute en minute, n'ayant contre lui aucune défense, étant obligés au contraire de le servir, de le choyer, de le respecter. Et la révolte vient de ce qu'ils sont impuissants à le satisfaire et à briser toutes les entraves mises à son expansion naturelle. Ah! c'est extraordinaire... On exige de nous toutes les vertus, toutes les résignations, tous les sacrifices, tous les héroïsmes, et seulement les vices qui flattent la vanité des maîtres et ceux qui profitent à leur intérêt : tout cela pour du mépris et pour des gages variant entre trente-cinq et quatre-vingt-dix francs par mois... Non, c'est trop fort!... Ajoutez que nous vivons dans une lutte perpétuelle, dans une perpétuelle angoisse, entre le demi-luxe éphémère des places et la détresse des lendemains de chômage; que nous avons la conscience des suspicions blessantes qui nous accompagnent partout, qui, partout, devant nous, verrouillent les portes, cadenassent les tiroirs, ferment à triple tour les serrures, marquent les bouteilles, numérotent les petits fours et les pruneaux, et, sans cesse, glissent sur nos mains, dans nos poches, dans nos malles, la honte des regards policiers. Car il n'y a pas une porte, pas une armoire, pas un tiroir, pas une bouteille, pas un objet qui ne nous crie : « Voleuse!... voleuse!... voleuse! » Ajoutez encore la vexation continue de cette inégalité terrible, de cette disproportion effrayante dans la destinée, qui, malgré les familiarités, les sourires, les cadeaux, met entre nos maîtresses et nous un intraversable espace, un abîme, tout un monde de haines sourdes, d'envies rentrées, de vengeances futures... disproportion rendue à chaque minute plus sensible, plus humiliante, plus ravalante par les caprices et même par les bontés de ces êtres sans justice, sans amour, que sont les riches... Avez-vous réfléchi, un instant, à ce que nous pouvons ressentir de haines mortelles et légitimes, de désirs de meurtre, oui, de meurtre, lorsque pour exprimer quelque chose de bas, d'ignoble, nous entendons nos maîtres s'écrier devant nous, avec un dégoût qui nous rejette si violemment hors l'humanité : « Il a une âme de domestique... C'est un sentiment de domestique... » ? Alors que voulez-vous que nous devenions dans ces enfers ?... Est-ce qu'elles s'imaginent vraiment que je n'aimerais pas porter de belles robes, rouler dans de belles voitures, faire la fête avec des amoureux, avoir, moi aussi, des domestiques ?... Elles nous parlent de dévouement, de probité, de fidélité... Non, mais vous vous en feriez mourir, mes petites vaches !...

Une fois — c'était rue Cambon... en ai-je fait, mon Dieu ! de ces places — les maîtres mariaient leur fille. Il y eut une grande soirée, où l'on exposa les cadeaux, des cadeaux à remplir une voiture de déménagement. Je demandai à Baptiste, le valet de chambre, en manière de rigolade...

— Eh bien, Baptiste... et vous ?... Votre cadeau ?

— Mon cadeau ? fit Baptiste en haussant les épaules.

— Allons... dites-le !

— Un bidon de pétrole allumé sous leur lit... Le v'là, mon cadeau...

C'était chouettement répondre. Du reste, ce Baptiste était un homme épatant dans la politique.

— Et le vôtre, Célestine ?... me demanda-t-il à son tour.

— Moi ?

Je crispai mes deux mains en forme de serres, et faisant le geste de griffer, férocement, un visage.

— Mes ongles... dans ses yeux ! répondis-je.

284

Le maître d'hôtel à qui on ne demandait rien et qui, de ses doigts méticuleux, arrangeait des fleurs et des fruits dans une coupe de cristal, dit sur un ton tranquille :

— Moi, je me contenterais de leur asperger la gueule, à l'église, avec un flacon de bon vitriol...

Et il piqua une rose entre deux poires.

Ah oui! les aimer!... Ce qui est extraordinaire, c'est que ces vengeances-là n'arrivent pas plus souvent. Quand je pense qu'une cuisinière, par exemple, tient, chaque jour, dans ses mains, la vie de ses maîtres... une pincée d'arsenic à la place de sel... un petit filet de strychnine au lieu de vinaigre... et ça y est!... Eh bien, non... Faut-il que nous ayons, tout de même, la servitude dans le sang!...

Je n'ai pas d'instruction et j'écris ce que je pense et ce que j'ai vu... Eh bien, je dis que tout cela n'est pas beau... Je dis que, du moment où quelqu'un installe, sous son toit, fût-ce le dernier des pauvres diables, fût-ce la dernière des filles, je dis qu'il leur doit de la protection, qu'il leur doit du bonheur... Je dis aussi que si le maître ne nous le donne pas, nous avons le droit de le prendre, à même son coffre, à même son sang...

Et puis, en voilà assez... J'ai tort de songer à ces choses qui me font mal à la tête et me retournent l'estomac... Je reviens à mes petites histoires.

J'eus beaucoup de peine à quitter les sœurs de Notre-Dame-des-Trente-Six-Douleurs... Malgré l'amour de Cléclé, et ce qu'il me donnait de sensations nouvelles et gentilles, je me faisais vieille dans la boîte, et j'avais des fringales de liberté. Lorsqu'elles eurent compris que j'étais bien décidée à partir, alors les braves sœurs m'offrirent des places et des places... Il n'y en avait que pour moi... Mais, plus souvent — je ne suis pas toujours une bête, et j'ai l'œil aux canailleries... Toutes ces places, je les refusai ; à toutes, je trouvai quelque chose qui ne me convenait pas... Il fallait voir leurs têtes, aux saintes femmes... C'était risible... Elles avaient compté qu'en me plaçant chez de vieilles bigotes, elles pourraient se rembourser, usurairement, sur mes gages, des frais de la pension... Et je jouissais de leur poser un lapin, à mon tour.

Un jour, j'avertis la sœur Boniface que j'avais l'intention de partir, le soir même. Elle eut le toupet de me répondre, en levant les bras au ciel :

— Mais, ma chère enfant, c'est impossible...

— Comment, c'est impossible ?...

— Mais, ma chère enfant, vous ne pouvez pas quitter la maison, comme ça... Vous nous devez plus de soixante-dix francs. Il faudra nous payer d'abord ces soixante-dix francs...

— Et avec quoi ?... répliquai-je. Je n'ai pas un sou... Vous pouvez vous fouiller...

La sœur Boniface me jeta un coup d'œil haineux, et, dignement, sévèrement, elle prononça :

— Mais, Mademoiselle... savez-vous bien que c'est un vol ?... Et voler de pauvres femmes comme nous, c'est plus qu'un vol... un sacrilège dont le bon Dieu vous punira... Réfléchissez...

Alors, la colère me prit :

— Dites donc ?... m'écriai-je... Qui vole ici de vous ou de moi ?... Non, mais vous êtes épatantes, mes petites mères...

— Mademoiselle, je vous défends de parler ainsi...

— Ah ! fichez-moi la paix, à la fin... Comment ?... On fait votre ouvrage... on travaille comme des bêtes pour vous du matin au soir... on vous gagne des argents énormes... vous nous donnez une nourriture dont les chiens ne voudraient pas... Et il faudrait vous payer par-dessus le marché !... Ah ! vous ne doutez de rien...

La sœur Boniface était devenue toute pâle... Je

sentais qu'elle avait sur les lèvres des mots grossiers, orduriers, furieux, prêts à sortir... Elle n'osa
pas les lâcher... et elle bégaya :

— Taisez-vous !... vous êtes une fille sans pudeur,
sans religion... Dieu vous punira... Partez, si vous le
voulez... nous retenons votre malle...

Je me campai toute droite devant elle, dans une
attitude de défi, et la regardant bien en face :

— Ah ! je voudrais voir ça !... Essayez un peu de
retenir ma malle... et vous allez voir rappliquer,
tout de suite, le commissaire de police... Et si la
religion, c'est de rapetasser les sales culottes de vos
aumôniers, de voler le pain des pauvres filles, de
spéculer sur les horreurs qui se passent toutes les
nuits dans le dortoir...

La bonne sœur blêmit. Elle essaya de couvrir ma
voix de sa voix.

— Mademoiselle... mademoiselle...

— Avec ça que vous ne savez rien des cochonneries qui se passent toutes les nuits, dans le dortoir !...
Osez donc me dire, en face, les yeux dans les yeux,
que vous les ignorez ?... Vous les encouragez, parce
qu'elles vous rapportent... oui, parce qu'elles vous
rapportent !...

Et trépidante, haletante, la gorge sèche, j'achevai
mon réquisitoire.

— Si la religion, c'est tout cela... si c'est d'être
une prison et un bordel ?... eh bien, oui, j'en ai plein
le dos de la religion... Ma malle, entendez-vous !... je
veux ma malle... vous allez me donner ma malle
tout de suite.

La sœur Boniface eut peur.

— Je ne veux pas discuter avec une fille perdue,
dit-elle d'une voix digne... C'est bien... vous parti-
rez...

— Avec ma malle ?

— Avec votre malle...

— C'est bon... Ah ! il en faut des manières, ici,
pour avoir ses affaires... C'est pire qu'à la douane...

Je partis, en effet, le soir même... Cléclé, qui fut très gentille, et qui avait des économies, me prêta vingt francs... J'allai retenir une chambre chez un logeur de la rue de la Sourdière... Et je me payai un paradis à la Porte-Saint-Martin. On y jouait *Les Deux Orphelines*... Comme c'est ça!... C'est presque mon histoire...

Je passai là une soirée délicieuse, à pleurer, pleurer, pleurer...

XIV

Rose est morte. Décidément le malheur est sur la maison du capitaine. Pauvre capitaine !... Son furet mort... Bourbaki mort... et voilà le tour de Rose !... Malade depuis quelques jours, elle a été emportée avant-hier soir par une soudaine attaque de congestion pulmonaire... On l'a enterrée ce matin... Des fenêtres de la lingerie j'ai vu passer, dans le chemin, le cortège... Porté à bras par six hommes, le lourd cercueil était tout couvert de couronnes et de gerbes de fleurs blanches comme celui d'une jeune vierge. Une foule considérable — le Mesnil-Roy tout entier — suivait, en longues files noires et bavardes, le capitaine Mauger qui, très raide, sanglé dans une redingote noire, toute militaire, conduisait le deuil. Et les cloches de l'église, au loin tintant, répondaient au bruit des tintenelles que le bedeau agitait... Madame m'avait avertie que je ne devais pas aller aux obsèques. Je n'en avais, d'ailleurs, nulle envie. Je n'aimais pas cette grosse femme si méchante ; sa mort me laisse indifférente et très calme. Pourtant, Rose me manquera peut-être, et, peut-être, regretterai-je sa présence dans le chemin, quelquefois ?... Mais quel potin cela doit faire chez l'épicière !...

J'étais curieuse de connaître les impressions du

capitaine sur cette mort si brusque. Et, comme mes maîtres étaient en visite, je me suis promenée, l'après-midi, le long de la haie. Le jardin du capitaine est triste et désert... Une bêche plantée dans la terre indique le travail abandonné. « Le capitaine ne viendra pas dans le jardin, me disais-je. Il pleure, sans doute, affaissé dans sa chambre, parmi des souvenirs »... Et, tout à coup, je l'aperçois. Il n'a plus sa belle redingote de cérémonie, il a réendossé ses habits de travail, et, coiffé de son antique bonnet de police, il charrie du fumier sur les pelouses avec acharnement... Je l'entends même qui trompette à voix basse un air de marche. Il abandonne sa brouette et vient à moi, sa fourche sur l'épaule.

— Je suis content de vous voir, mademoiselle Célestine... me dit-il.

Je voudrais le consoler ou le plaindre... Je cherche des mots, des phrases... Mais allez donc trouver une parole émue devant un aussi drôle de visage... Je me contente de répéter :

— Un grand malheur, monsieur le capitaine... un grand malheur pour vous... Pauvre Rose !

— Oui... oui... fait-il mollement.

Sa physionomie est sans expression. Ses gestes sont vagues... Il ajoute, en piquant sa fourche dans une partie molle de la terre, près de la haie :

— D'autant que je ne puis pas rester, sans personne...

J'insiste sur les vertus domestiques de Rose :

— Vous ne la remplacerez pas facilement, capitaine.

Décidément, il n'est pas ému du tout. On dirait même à ses yeux subitement devenus plus vifs, à ses mouvements plus alertes, qu'il est débarrassé d'un grand poids.

— Bah ! dit-il, après un petit silence... tout se remplace...

Cette philosophie résignée m'étonne et même me

scandalise un peu. J'essaie, pour m'amuser, de lui faire comprendre tout ce qu'il a perdu en perdant Rose...

— Elle connaissait si bien vos habitudes, vos goûts... vos manies!... Elle vous était si dévouée!

— Eh bien! il n'aurait plus manqué que ça... grince-t-il.

En faisant un geste, par quoi il semble écarter toute sorte d'objections :

— D'ailleurs, m'était-elle si dévouée?... Tenez, j'aime mieux vous le dire; j'en avais assez de Rose... Ma foi, oui!... Depuis que nous avions pris un petit garçon pour aider... elle ne fichait plus rien dans la maison... et tout y allait très mal... très mal... Je ne pouvais même plus manger un œuf à la coque cuit à mon goût... Et les scènes du matin au soir, à propos de rien!... Dès que je dépensais dix sous, c'étaient des cris... des reproches... Et lorsque je causais avec vous, comme aujourd'hui... eh bien, c'en étaient des histoires... car elle était jalouse, jalouse... Ah! non... Elle vous traitait, fallait entendre ça!... Ah! non, non... Enfin, je n'étais plus chez moi, foutre!

Il respire largement, bruyamment, et, comme un voyageur revenu d'un long voyage, il contemple avec une joie profonde et nouvelle le ciel, les pelouses nues du jardin, les entrelacs violacés que font les branches d'arbres sur la lumière, sa petite maison.

Cette joie, désobligeante pour la mémoire de Rose, me paraît maintenant très comique. J'excite le capitaine aux confidences... Et je lui dis, sur un ton de reproche :

— Capitaine... je crois que vous n'êtes pas juste pour Rose.

— Tiens... parbleu!... riposte-t-il vivement... Vous ne savez pas, vous... vous ne savez rien... Elle n'allait pas vous raconter toutes les scènes qu'elle me faisait... sa tyrannie... sa jalousie... son égoïsme.

Rien ne m'appartenait plus ici... tout était à elle, chez moi... Ainsi, vous ne le croiriez pas?... Mon fauteuil Voltaire... je ne l'avais plus... plus jamais. C'est elle qui le prenait tout le temps... Elle prenait tout, du reste... C'est bien simple... Quand je pense que je ne pouvais plus manger d'asperges à l'huile... parce qu'elle ne les aimait pas!... Ah! elle a bien fait de mourir... C'est ce qui pouvait lui arriver de mieux... car, d'une manière comme de l'autre... je ne l'aurais pas gardée... non, non, foutre!... je ne l'aurais pas gardée. Elle m'excédait, là!... J'en avais plein le dos... Et je vais vous dire... si j'étais mort avant elle, Rose eût été joliment attrapée, allez!... Je lui en réservais une qu'elle eût trouvée amère... Je vous en réponds!...

Sa lèvre se plisse dans un sourire qui finit en atroce grimace... Il continue, en coupant chacun de ses mots de petits pouffements humides :

— Vous savez que j'avais rédigé un testament où je lui donnais tout... maison... argent... rentes... tout? Elle a dû vous le dire... elle le disait à tout le monde... Oui, mais ce qu'elle ne vous a pas dit, parce qu'elle l'ignorait, c'est que deux mois après, j'avais fait un second testament qui annulait le premier... et où je ne lui donnais plus rien... foutre!... pas ça...

N'y tenant plus, il éclate de rire... d'un rire strident qui s'éparpille dans le jardin, comme un vol de moineaux piaillants... Et il s'écrie :

— Ça, c'est une idée hein?... Oh! sa tête — la voyez-vous d'ici — en apprenant que ma petite fortune... pan... je la léguais à l'Académie française... Car, ma chère demoiselle Célestine... c'est vrai... ma fortune, je la léguais à l'Académie française... Ça, c'est une idée...

Je laisse son rire se calmer, et, gravement, je lui demande :

— Et maintenant, capitaine, qu'allez-vous faire?

Le capitaine me regarde longuement, me regarde

malicieusement, me regarde amoureusement... et il
dit :

— Eh bien, voilà... Ça dépend de vous...

— De moi?...

— Oui, de vous, de vous seule.

— Et comment ça?...

Un petit silence encore, durant lequel, le mollet
tendu, la taille redressée, la barbiche tordue et
pointante, il cherche à m'envelopper d'un fluide
séducteur.

— Allons... fait-il, tout d'un coup... allons droit au
but... Parlons carrément... en soldat... Voulez-vous
prendre la place de Rose?... Elle est à vous...

J'attendais l'attaque. Je l'avais vue venir du plus
lointain de ses yeux... Elle ne me surprend pas... Je
lui oppose un visage sérieux, impassible.

— Et les testaments, capitaine?

— Je les déchire, nom de Dieu!

J'objecte.

— Mais, je ne sais pas faire la cuisine...

— Je la ferai, moi... je ferai mon lit... le vôtre,
foutre!... je ferai tout...

Il devient galant, égrillard; son œil s'émeril-
lonne... Il est heureux pour ma vertu que la haie me
sépare de lui; sans quoi, je suis sûre qu'il se jetterait
sur moi...

— Il y a cuisine et cuisine... crie-t-il d'une voix
rauque et pétaradante à la fois... Celle que je vous
demande... ah! Célestine, je parie que vous savez la
faire... que vous savez y mettre des épices, foutre!...
Ah! nom d'un chien...

Je souris ironiquement et, le menaçant du doigt,
comme on fait d'un enfant :

— Capitaine... capitaine... vous êtes un petit
cochon!

— Non pas un petit!... réclame-t-il orgueilleuse-
ment... un gros... un très gros... foutre!... Et puis... il
y a autre chose... Il faut que je vous le dise...

Il se penche vers la haie, tend le col... Ses yeux s'injectent de sang. Et d'une voix plus basse il dit :

— Si vous veniez chez moi, Célestine... eh bien...

— Eh bien, quoi ?...

— Eh bien, les Lanlaire crèveraient de fureur, ah!... Ça, c'est une idée!

Je me tais et fais semblant de rêver à des choses profondes... Le capitaine s'impatiente... s'énerve... Il creuse le sable de l'allée, sous le talon de ses chaussures :

— Voyons, Célestine... Trente-cinq francs par mois... la table du maître... la chambre du maître, foutre!... un testament... Ça vous va-t-il?... Répondez-moi...

— Nous verrons plus tard... Mais prenez-en une autre, en attendant, foutre!...

Et je me sauve pour ne pas lui souffler dans la figure la tempête de rires qui gronde en ma gorge.

Je n'ai donc que l'embarras du choix... Le capitaine ou Joseph?... Vivre à l'état de servante maîtresse avec tous les aléas qu'un tel état comporte, c'est-à-dire rester encore à la merci d'un homme stupide, grossier, changeant, et sous la dépendance de mille circonstances fâcheuses et de mille préjugés?... Ou bien me marier et acquérir ainsi une sorte de liberté régulière et respectée, dans une situation exempte du contrôle des autres, libérée du caprice des événements?... Voilà enfin une partie de mon rêve qui se réalise...

Il est bien évident que cette réalisation, j'aurais pu la souhaiter plus grandiose... Mais, à voir combien peu de chances s'offrent, en général, dans l'existence d'une femme comme moi, je dois me féliciter qu'il m'arrive enfin quelque chose d'autre que cet éternel et monotone ballottement d'une maison à une autre, d'un lit à un autre, d'un visage à un autre visage...

Naturellement, j'écarte tout de suite la combinaison du capitaine... Je n'avais d'ailleurs pas besoin de cette dernière conversation avec lui, pour savoir quelle espèce de grotesque et sinistre fantoche, quel exemplaire d'humanité baroque il représente... Outre que sa laideur physique est totale, car rien ne la relève et ne la corrige, il ne donne aucune prise sur son âme... Rose croyait fermement sa domination assurée sur cet homme, et cet homme la roulait!... On ne domine pas le néant, on n'a pas d'action sur le vide... Je ne puis non plus, sans suffoquer de rire, songer un seul instant à l'idée que ce personnage ridicule me tienne dans ses bras, et que je le caresse... Ce n'est même pas du dégoût que j'éprouve, car le dégoût suppose la possibilité d'un accomplissement. Or, j'ai la certitude que cet accomplissement ne peut pas être... Si par un prodige, par un miracle, il se trouvait que je tombasse dans son lit, je suis sûre que ma bouche serait toujours séparée de la sienne par un inextinguible rire. Amour ou plaisir, veulerie ou pitié, vanité ou intérêt, j'ai couché avec bien des hommes... Cela me paraît, du reste, un acte normal, naturel, nécessaire... Je n'en ai nul remords, et il est bien rare que je n'y aie pas goûté une joie quelconque... Mais un homme d'un ridicule aussi incomparable que le capitaine, je suis sûre que cela ne peut pas arriver, ne peut pas physiquement arriver... Il me semble que ce serait quelque chose contre nature... quelque chose de pire que le chien de Cléclé... eh bien, malgré cela, je suis contente... et j'en éprouve presque de l'orgueil... De si bas qu'il vienne, c'est tout de même un hommage, et cet hommage me donne davantage confiance en moi-même et en ma beauté...

A l'égard de Joseph, mes sentiments sont tout autres. Joseph a pris possession de ma pensée. Il la retient, il la captive, il l'obsède... Il me trouble, m'enchante et me fait peur, tour à tour. Certes, il est laid, brutalement, horriblement laid, mais, quand on décompose cette laideur, elle a quelque chose de formidable qui est presque de la beauté, qui est plus que la beauté, qui est au-dessus de la beauté, comme un élément. Je ne me dissimule pas la difficulté, le danger de vivre, mariée ou non, avec un tel homme dont il m'est permis de tout soupçonner et dont, en réalité, je ne connais rien... Et c'est ce qui m'attire vers lui avec la violence d'un vertige... Au moins, celui-là est capable de beaucoup de choses dans le crime, peut-être, et peut-être aussi dans le bien... Je ne sais pas... Que veut-il de moi?... que fera-t-il de moi?... Serais-je l'instrument inconscient de combinaisons que j'ignore... le jouet de ses passions féroces?... M'aime-t-il seulement... et pourquoi m'aime-t-il?... Pour ma gentillesse... pour mes vices... pour mon intelligence... pour ma haine des préjugés, lui qui les affiche tous?... Je ne sais pas... Outre cet attrait de l'inconnu et du mystère, il exerce sur moi ce charme âpre, puissant, dominateur, de la force. Et ce charme — oui ce charme — agit de plus en plus sur mes nerfs, conquiert ma chair passive et soumise. Près de Joseph, mes sens bouillonnent, s'exaltent, comme ils ne se sont jamais exaltés au contact d'un autre mâle. C'est en moi un désir plus violent, plus sombre, plus terrible même que le désir qui, pourtant, m'emporta jusqu'au meurtre, dans mes baisers avec M. Georges... C'est autre chose que je ne puis définir exactement, qui me prend tout entière, par l'esprit et par le sexe, qui me révèle des instincts que je ne me connaissais pas, instincts qui dormaient en moi, à mon insu, et qu'aucun amour, aucun ébranlement de volupté n'avait encore réveillés... Et je frémis de la tête aux pieds quand je me rappelle les paroles de Joseph, me disant :

— Vous êtes comme moi, Célestine... Ah! pas de

visage, bien sûr !... Mais nos deux âmes sont pareilles... nos deux âmes se ressemblent...

Nos deux âmes !... Est-ce que c'est possible ?

Ces sensations que j'éprouve sont si nouvelles, si impérieuses, si fortement tenaces, qu'elles ne me laissent pas une minute de répit... et que je reste toujours sous l'influence de leur engourdissante fascination... En vain, je cherche à m'occuper l'esprit par d'autres pensées... J'essaie de lire, de marcher dans le jardin, quand mes maîtres sont sortis, de travailler avec acharnement dans la lingerie à mes raccommodages, quand ils sont là... Impossible !... C'est Joseph qui possède toutes mes pensées... Et, non seulement, il les possède dans le présent, mais il les possède aussi dans le passé... Joseph s'interpose tellement entre tout mon passé et moi, que je ne vois pour ainsi dire que lui... et que ce passé, avec toutes ses figures vilaines ou charmantes, se recule de plus en plus, se décolore, s'efface... Cléophas Biscouille, M. Jean... M. Xavier... William, dont je n'ai pas encore parlé... M. Georges lui-même, dont je me croyais l'âme marquée à jamais, comme est marquée par le fer rouge l'épaule des forçats... et tous ceux-là, à qui volontairement, joyeusement, passionnément, j'ai donné un peu ou beaucoup de moi-même... de ma chair vibrante et de mon cœur douloureux... des ombres, déjà !... Des ombres indécises et falotes qui s'enfoncent, souvenirs à peine, et bientôt rêves confus... réalités intangibles, oublis... fumées... rien... dans le néant !... Quelquefois, à la cuisine, après le dîner, en regardant Joseph et sa bouche de crime, et ses yeux de crime, et ses lourdes pommettes, et son crâne bas, raboteux, bosselé où la lumière de la lampe accumule les ombres dures, je me dis :

— Non... non... ce n'est pas possible... je suis sous le coup d'une folie... je ne veux pas... je ne peux pas aimer cet homme... Non, non !... ce n'est pas possible...

Et cela est possible, pourtant... et cela est vrai... et il faut bien, enfin, que je me l'avoue à moi-même... que je me le crie à moi-même... J'aime Joseph!...

Ah! je comprends maintenant pourquoi il ne faut jamais se moquer de l'amour... pourquoi il y a des femmes qui se ruent, avec toute l'inconscience du meurtre, avec toute la force invincible de la nature, aux baisers des brutes, aux étreintes des monstres, et qui râlent de volupté sur des faces ricanantes de démons et de boucs...

Joseph a obtenu de Madame six jours de congé, et demain, sous prétexte d'affaires de famille, il va partir pour Cherbourg... C'est décidé; il achètera le petit café... Seulement, pendant quelques mois, il ne l'exploitera pas lui-même. Il a quelqu'un là-bas, un ami sûr, qui s'en charge...

— Comprenez? me dit-il... Il faut d'abord le repeindre... le remettre à neuf... qu'il soit très beau, avec sa nouvelle enseigne, en lettres dorées : « A l'Armée Française! »... Et puis, je ne peux pas quitter ma place, encore... Ça, je ne peux pas...

— Pourquoi ça, Joseph?...

— Parce que ça ne se peut pas, maintenant...

— Mais, quand partirez-vous, pour tout à fait?...

Joseph se gratte la nuque, glisse vers moi un regard sournois... et il dit :

— Ça... je n'en sais rien... Peut-être pas avant six mois d'ici... peut-être plutôt... peut-être plus tard aussi... On ne peut pas savoir... Ça dépend...

Je sens qu'il ne veut pas parler... Néanmoins, j'insiste :

— Ça dépend de quoi?...

Il hésite à me répondre, puis sur un ton mystérieux et, en même temps un peu excité :

— D'une affaire... fait-il... d'une affaire très importante...

— Mais quelle affaire?...

— D'une affaire... voilà !

Cela est prononcé d'une voix brusque, d'une voix où il y a, non pas de la colère... mais de l'énervement. Il refuse de s'expliquer davantage...

Il ne me parle pas de moi... Cela m'étonne et me cause un désappointement pénible... Aurait-il changé d'idée?... Mes curiosités, mes hésitations l'auraient-elles lassé?... Il est bien naturel, cependant, que je m'intéresse à un événement, dont je dois partager le succès ou le désastre... Est-ce que les soupçons que je n'ai pu cacher, du viol, par lui, de la petite Claire, n'auraient point amené, à la réflexion, une rupture entre Joseph et moi?... Au serrement de cœur que j'éprouve je sens que ma résolution — différée par coquetterie, par taquinerie — était bien prise, pourtant... Être libre... trôner dans un comptoir, commander aux autres, se savoir regardée, désirée, adorée par tant d'hommes!... Et cela ne serait plus?... Et ce rêve m'échapperait, comme tous les autres rêves?... Je ne veux pas avoir l'air de me jeter à la tête de Joseph... mais je veux savoir ce qu'il a dans l'esprit... Je prends une physionomie triste... et je soupire :

— Quand vous serez parti, Joseph, la maison ne sera plus tenable pour moi... J'étais si bien habituée à vous maintenant... à nos causeries...

— Ah dame!...

— Moi aussi, je partirai.

Joseph ne dit rien... Il va, vient, dans la sellerie... le front soucieux... l'esprit préoccupé... les mains tournant un peu nerveusement, dans la poche de son tablier bleu, un sécateur... L'expression de sa figure est mauvaise... Je répète, en le regardant aller et venir :

— Oui, je partirai... Je retournerai à Paris...

Il n'a pas un mot de protestation... pas un cri... pas un regard suppliant vers moi... Il remet un morceau de bois dans le poêle qui s'éteint... puis, il recommence de marcher silencieusement dans la petite pièce... Pourquoi est-il ainsi?... Il accepte donc cette séparation?... Il la veut donc?... Cette confiance en moi, cet amour pour moi qu'il avait il les a donc perdus?... Ou, simplement, redoutait-il mes imprudences, mes éternelles questions?... Je lui demande, un peu tremblante :

— Est-ce que cela ne vous fera pas de la peine, à vous aussi, Joseph... de ne plus nous voir?...

Sans s'arrêter de marcher, sans me regarder même de ce regard oblique et de coin qu'il a souvent :

— Bien sûr... dit-il... Qu'est-ce que vous voulez?... On ne peut pas obliger les gens à faire ce qu'ils refusent de faire... Ça plaît, ou ça ne plaît pas...

— Qu'est-ce que j'ai refusé de faire, Joseph?...

— Et puis, vous avez toujours de mauvaises idées sur moi... continue-t-il, sans répondre à ma question.

— Moi?... Pourquoi me dites-vous cela?...

— Parce que...

— Non, non, Joseph... c'est vous qui ne m'aimez plus... c'est vous qui avez autre chose dans la tête, maintenant... Je n'ai rien refusé, moi... J'ai réfléchi, voilà tout... C'est assez naturel, voyons... On ne s'engage pas pour la vie, sans réfléchir... Vous devriez me savoir gré, au contraire, de mes hésitations... Elles prouvent que je ne suis pas une évaporée... que je suis une femme sérieuse...

— Vous êtes une bonne femme, Célestine... une femme d'ordre...

— Eh bien, alors?...

Joseph s'arrête enfin de marcher et, fixant sur moi des yeux profonds... et encore méfiants... et pourtant plus tendres :

— Ça n'est pas ça, Célestine... dit-il lentement... ne s'agit pas de ça... Je ne vous empêche pas de réfléchir, moi... Parbleu!... réfléchissez... Nous

avons le temps... et j'en recauserons, à mon retour...
Mais ce que je n'aime pas, voyez-vous... c'est qu'on
soit trop curieuse... Il y a des choses qui ne
regardent pas les femmes... il y a des choses...

Et il achève sa phrase dans un hochement de
tête...

Après un moment de silence :

— Je n'ai pas autre chose dans la tête, Célestine...
Je rêve de vous... j'ai les sangs tournés de vous...
Aussi vrai que le bon Dieu existe, ce que j'ai dit une
fois... je le dis toujours... J'en recauserons... Mais ne
faut pas être curieuse... Vous, vous faites ce que vous
faites... moi, je fais ce que je fais... Comme ça, il n'y a
pas d'erreur, ni de surprise...

S'approchant de moi, il me saisit les mains :

— J'ai la tête dure, Célestine... ça, oui !... Mais ce
qui est dedans, y est bien... On ne peut plus l'en
retirer, après... Je rêve de vous, Célestine... de vous...
dans le petit café...

Les manches de sa chemise sont retroussées, en
bourrelets, jusqu'à la saignée ; les muscles de ses
bras, énormes, souples, huilés comme des bielles,
faits pour toutes les étreintes, fonctionnent puis-
samment, allégrement, sous la peau blanche... Sur
les avant-bras et de chaque côté des biceps je vois
des tatouages, cœurs enflammés, poignards croisés,
au-dessus d'un pot de fleurs... Une odeur forte de
mâle, presque de fauve, monte de sa poitrine large
et bombée comme une cuirasse... Alors, grisée par
cette force et par cette odeur, je m'accote au chevalet où tout à l'heure, quand je suis venue, il frottait
les cuivres des harnais... Ni M. Xavier, ni M. Jean,
ni tous les autres, qui étaient, pourtant, jolis et
parfumés, ne m'ont produit jamais une impression
aussi violente que celle qui me vient de ce presque
vieillard, à crâne étroit, à face de bête cruelle... Et,
l'étreignant à mon tour, tâchant de faire fléchir,
sous ma main, ses muscles durs et bandés comme de
l'acier :

— Joseph... lui dis-je d'une voix défaillante... il faut se mettre ensemble, tout de suite... mon petit Joseph... Moi aussi, je rêve de vous... moi aussi, j'ai les sangs tournés de vous...

Mais Joseph, grave, paternel, répond :

— Ça ne se peut pas, maintenant, Célestine...

— Ah! tout de suite, Joseph, mon cher petit Joseph!...

Il se dégage de mon étreinte avec des mouvements doux.

— Si c'était, seulement pour s'amuser, Célestine... bien sûr... Oui mais... c'est sérieux... c'est pour toujours... Il faut être sage... On ne peut pas faire ça... avant que le prêtre y passe...

Et nous restons, l'un devant l'autre, lui, les yeux brillants, la respiration courte... moi, les bras rompus, la tête bourdonnante... le feu au corps...

XV

20 novembre.

Joseph, ainsi qu'il était convenu, est parti hier matin pour Cherbourg. Quand je suis descendue, il n'est déjà plus là. Marianne, mal réveillée, les yeux bouffis, la gorge graillonnante, tire de l'eau à la pompe. Il y a encore, sur la table de la cuisine, l'assiette où Joseph vient de manger sa soupe, et le pichet de cidre vide... Je suis inquiète et, en même temps, je suis contente, car je sens bien que c'est seulement d'aujourd'hui que se prépare, enfin, pour moi, une vie nouvelle. Le jour se lève à peine, l'air est froid. Au-delà du jardin, la campagne dort encore sous d'épais rideaux de brume. Et j'entends, au loin, venant de la vallée invisible, le bruit très faible d'un sifflet de locomotive. C'est le train qui emporte Joseph et ma destinée... Je renonce à déjeuner... il me semble que j'ai quelque chose de trop gros, de trop lourd, qui m'emplit l'estomac... Je n'entends plus le sifflet... La brume s'épaissit, gagne le jardin...

Et si Joseph n'allait plus jamais revenir?...

Toute la journée, j'ai été distraite, nerveuse, extrêmement agitée. Jamais la maison ne m'a été plus pesante, jamais les longs corridors ne m'ont paru plus mornes, d'un silence plus glacé; jamais je n'ai autant détesté le visage hargneux et la voix glapissante de Madame. Impossible de travailler... J'ai eu avec Madame une scène très violente, à la suite de laquelle j'ai bien cru que je serais obligée de partir... Et je me demande ce que je vais faire durant ces six jours, sans Joseph... Je redoute l'ennui d'être seule, aux repas, avec Marianne. J'aurais vraiment besoin d'avoir quelqu'un avec qui parler...

En général, dès que le soir arrive, Marianne, sous l'influence de la boisson, tombe dans un complet abrutissement... Son cerveau s'engourdit, sa langue s'empâte, ses lèvres pendent et luisent comme la margelle usée d'un vieux puits... et elle est triste, triste à pleurer... Je ne puis tirer d'elle que de petites plaintes, de petits cris, de petits vagissements d'enfant... Cependant, hier soir, moins ivre qu'à l'ordinaire, elle me confie, au milieu de gémissements qui n'en finissent pas, qu'elle a peur d'être enceinte... Marianne enceinte!... Ça, par exemple, c'est le comble... Mon premier mouvement est de rire... Mais j'éprouve, bientôt, une douleur vive, quelque chose comme un coup de fouet au creux de l'estomac... Si c'était de Joseph que Marianne fût enceinte?... Je me rappelle que, le jour de mon entrée ici, j'ai tout de suite soupçonné qu'ils pussent coucher ensemble... Mais ce soupçon stupide, rien depuis ne l'a justifié; au contraire... Non, non, c'est impossible... Si Joseph avait eu des relations d'amour avec Marianne, je l'aurais su... Je l'aurais flairé... Non, cela n'est pas... cela ne peut pas être... Et puis, Joseph est bien trop *artiste* dans son genre... Je demande :

— Vous êtes sûre d'être enceinte, Marianne ?

Marianne se tâte le ventre... ses gros doigts s'enfoncent, disparaissent dans les plis du ventre, comme dans un coussin de caoutchouc mal gonflé :

— Sûre?... Non... fait-elle... J'ai peur seulement.

— Et de qui pourriez-vous être enceinte, Marianne?

Elle hésite à répondre... puis, brusquement, avec une sorte de fierté, elle proclame :

— De Monsieur, donc!

Cette fois, j'ai failli étouffer de rire. Il ne manquait plus que ça à Monsieur... Ah! il est complet, Monsieur!... Marianne, qui croit que mon rire est de l'admiration, se met à rire, elle aussi...

— Oui... oui, de Monsieur...! répète-t-elle...

Mais comment se fait-il que je ne me sois aperçue de rien?... Comment!... Une telle chose, si comique, s'est passée, pour ainsi dire, sous mes yeux, et je n'en ai rien vu... rien soupçonné?... J'interroge Marianne, je la presse de questions... Et Marianne raconte avec complaisance, en se rengorgeant un peu :

— Il y a deux mois, Monsieur est entré dans la laverie où j'étais en train de laver la vaisselle du déjeuner. Il n'y avait pas longtemps que vous étiez arrivée ici... Et tenez, justement, Monsieur venait de causer avec vous, sur l'escalier. Quand il est entré dans la laverie, Monsieur faisait de grands gestes... soufflait très fort... avait les yeux rouges et hors la tête. J'ai cru qu'il allait tomber d'un coup de sang... Sans rien me dire, il s'est jeté sur moi, et j'ai bien vu de quoi il s'agissait... Monsieur, vous comprenez... je n'ai pas osé me défendre... Et puis, on a si peu d'occasions ici!... Ça m'a étonnée... mais ça m'a fait plaisir... Alors il est revenu, souvent... C'est un homme bien mignon... bien caressant...

— Bien cochon, hein, Marianne?

— Oh oui!... soupire-t-elle, les yeux pleins d'extase... Et bel homme!... Et tout!...

Sa grosse face molle continue de sourire bestialement... Et sous la camisole bleue débraillée, tachée de graisse et de charbon, ses deux seins se soulèvent, énormes, et roulent. Je lui demande encore :

— Êtes-vous contente au moins ?

— Oui... je suis bien contente... réplique-t-elle. C'est-à-dire... je serais bien contente... si j'étais certaine de ne pas être enceinte... A mon âge... ce serait trop triste !

Je la rassure de mon mieux... et elle accompagne chacune de mes paroles d'un hochement de tête... Puis elle ajoute :

— C'est égal... pour être plus tranquille... j'irai voir Mme Gouin, demain...

J'éprouve une vraie pitié pour cette pauvre femme dont le cerveau est si noir, dont les idées sont si obscures... Ah ! qu'elle est mélancolique et lamentable !... Et que va-t-il lui arriver aussi, à celle-là ?... Chose extraordinaire, l'amour ne lui a pas donné un rayonnement... une grâce... Elle n'a pas ce halo de lumière que la volupté met autour des visages les plus laids... Elle est restée la même... lourde, molle et tassée... Et pourtant je suis presque heureuse que ce bonheur, qui a dû ranimer un peu sa grosse chair depuis si long-temps privée des caresses d'un homme, lui vienne de moi... Car, c'est après avoir excité ses désirs sur moi, que Monsieur est allé les assouvir, salement, sur cette triste créature... Je lui dis affectueuse-ment :

— Il faut faire bien attention, Marianne... Si Madame vous surprenait, ce serait terrible...

— Oh il n'y a pas de danger !... s'écrie-t-elle... Monsieur ne vient que quand Madame est sortie... Il ne reste jamais bien longtemps... et lorsqu'il est content... il s'en va... Et puis, il y a la porte de la laverie qui donne sur la petite cour... et la porte de la petite cour... qui donne sur la venelle. Au moindre bruit, Monsieur peut s'enfuir, sans qu'on le voie... Et puis... qu'est-ce que vous voulez?... Si Madame nous surprenait... eh bien... voilà !

— Madame vous chasserait d'ici... ma pauvre Marianne...

— Eh bien, voilà !... répète-t-elle, en balançant sa tête à la manière d'une vieille ourse...

Après un silence cruel, durant lequel je viens d'évoquer ces deux êtres, ces deux pauvres êtres en amour, dans la laverie :

— Est-ce que Monsieur est tendre avec vous?...

— Bien sûr qu'il est tendre...

— Vous dit-il parfois des paroles gentilles?... Qu'est-ce qu'il vous dit?...

Et Marianne répond :

— Monsieur arrive... Il se jette sur moi, tout de suite... et puis il dit : « Ah! bougre!... Ah! bougre! » Et puis, il souffle... il souffle... Ah! il est bien mignon...

Je l'ai quittée le cœur un peu gros... Maintenant, je ne ris plus, je ne veux plus jamais rire de Marianne, et la pitié que j'ai d'elle devient un véritable et presque douloureux attendrissement.

Mais, c'est surtout sur moi que je m'attendris, je le sens bien. En rentrant dans ma chambre, je suis prise d'une sorte de honte et d'un grand découragement... Il ne faudrait jamais réfléchir sur l'amour. Comme l'amour est triste, au fond! Et qu'en reste-t-il? Du ridicule, de l'amertume, ou rien du tout... Que me reste-t-il, maintenant, de monsieur Jean dont la photographie se pavane, dans son cadre de peluche rouge, sur la cheminée? Rien, sinon cette déception que j'ai aimé un sans-cœur, un vaniteux, un imbécile... Est-ce que, vraiment, j'ai pu aimer ce bellâtre, avec sa face blanche et malsaine, ses côtelettes noires d'ordonnance, sa raie au milieu du front?... Cette photographie m'irrite... Je ne peux plus avoir devant moi, toujours, ces deux yeux si bêtes qui me regardent avec le même regard de larbin insolent et servile. Ah! non... Qu'elle aille retrouver les autres, au fond de ma malle, en attendant que je fasse de ce passé, de plus en plus détesté, un feu de joie et des cendres!...

Et je pense à Joseph... Où est-il à cette heure? Que fait-il? Songe-t-il seulement à moi? Il est, sans doute, dans le petit café. Il regarde, il discute, il prend des mesures, il se rend compte de l'effet que je produirai au comptoir derrière la glace, parmi l'éblouissement des verres et des bouteilles multicolores. Je voudrais connaître Cherbourg, ses rues, ses places, le port, afin de me représenter Joseph, allant, venant, conquérant la ville comme il m'a conquise. Je me tourne et me retourne dans mon lit, un peu fiévreuse. Ma pensée va de la forêt de Raillon à Cherbourg... du cadavre de Claire au petit café. Et, après une insomnie pénible, je finis par m'endormir avec l'image rude et sévère de Joseph dans les yeux, l'image immobile de Joseph qui se détache, là-bas, au loin, sur un fond noir, clapoteux, que traversent des mâtures blanches et des vergues rouges.

Aujourd'hui, dimanche, je suis allée, l'après-midi, dans la chambre de Joseph. Les deux chiens me suivent, empressés; ils ont l'air de me demander où est Joseph... Un petit lit de fer, une grande armoire, une sorte de commode basse, une table, deux chaises, tout cela en bois blanc; un porte-manteau qu'un rideau de lustrine verte, courant sur une tringle, préserve de la poussière, tel en est le mobilier. Si la chambre n'est pas luxueuse, elle est tenue avec un ordre, une propreté extrêmes. Elle a quelque chose de la rigidité, de l'austérité d'une cellule de moine dans un couvent. Aux murs peints à la chaux, entre les portraits de Déroulède et du général Mercier, des images saintes, non encadrées, des Vierges... une Adoration des Mages, un massacre des Innocents... une vue du Paradis... Au-dessus du lit, un grand crucifix de bois noir, servant de bénitier, et que barre un rameau de buis bénit...

Ça n'est pas très délicat, sans doute... je n'ai pu résister au désir violent de fouiller partout, dans l'espoir, vague d'ailleurs, de découvrir une partie des secrets de Joseph. Rien n'est mystérieux dans cette chambre, rien ne s'y cache. C'est la chambre nue d'un homme qui n'a pas de secrets, dont la vie est pure, exempte de complications et d'événements... Les clés sont sur les meubles et sur les placards ; pas un tiroir n'est fermé. Sur la table, des paquets de graines et un livre : *Le Bon Jardinier*... sur la cheminée, un paroissien dont les pages sont jaunies, et un petit carnet où sont copiés différentes recettes pour préparer l'encaustique, la bouillie bordelaise, et des dosages de nicotine, de sulfate de fer... Pas une lettre nulle part ; pas même un livre de comptes. Nulle part, la moindre trace d'une correspondance d'affaires, de politique, de famille ou d'amour... Dans la commode, à côté de chaussures hors d'usage et de vieux becs d'arrosage, des tas de brochures, de nombreux numéros de *La Libre Parole*. Sous le lit, des pièges à loirs et à rats... J'ai tout palpé, tout retourné, tout vidé, habits, matelas, linge et tiroirs. Il n'y a rien d'autre !... Dans l'armoire, rien n'est changé... elle est telle que je la laissai lorsque, voici huit jours, je la rangeai, en présence de Joseph... Est-il possible que Joseph n'ait rien ?... Est-il possible qu'il lui manque, à ce point, ces mille petites choses intimes et familières, par où un homme révèle ses goûts, ses passions, ses pensées... un peu de ce qui domine sa vie ?... Ah ! si pourtant... Du fond du tiroir de la table je retire une boîte à cigares, enveloppée de papier, ficelée par un quadruple tour de cordes fortement nouées... A grand-peine, je dénoue les cordes, j'ouvre la boîte et je vois sur un lit d'ouate cinq médailles bénites, un petit crucifix d'argent, un chapelet à grains rouges... Toujours la religion!...

Ma perquisition finie, je sors de la chambre, avec l'irritation nerveuse de n'avoir rien trouvé de ce que je cherchais, rien appris de ce que je voulais connaître. Décidément, Joseph communique à tout ce qu'il touche son impénétrabilité... Les objets qu'il possède sont muets, comme sa bouche, intraversables comme ses yeux et comme son front... Le reste de la journée, j'ai eu devant moi, réellement devant moi, la figure de Joseph, énigmatique, ricanante et bourrue, tour à tour. Et il m'a semblé que je l'entendais me dire :

— Tu es bien avancée, petite maladroite, d'avoir été si curieuse... Ah!... tu peux regarder encore, tu peux fouiller dans mon linge, dans mes malles et dans mon âme... tu ne sauras jamais rien!...

Je ne veux plus penser à tout cela, je ne veux plus penser à Joseph... J'ai trop mal à la tête, et je crois que j'en deviendrais folle... Retournons à mes souvenirs...

A peine sortie de chez les bonnes sœurs de Neuilly, je retombai dans l'enfer des bureaux de placement. Je m'étais pourtant bien promis de n'avoir plus jamais recours à eux... Mais, le moyen, quand on est sur le pavé, sans seulement de quoi s'acheter un morceau de pain?... Les amies, les anciens camarades? Ah ouitch!... Ils ne vous répondent même pas... Les annonces dans les journaux?... Ce sont des frais très lourds, des correspondances qui n'en finissent pas... des dérangements pour le roi de Prusse... Et puis, c'est aussi bien chanceux... En tout cas, il faut avoir des avances, et les vingt francs de Cléclé avaient vite fondu dans mes mains... La prostitution?... La promenade sur les trottoirs?... Ramener des hommes, souvent plus gueux que soi?... Ah! ma foi, non... Pour le plaisir, tant qu'on voudra... Pour l'argent? Je ne peux pas... je ne sais pas... je suis toujours roulée... Je fus même obligée de mettre au clou quelques petits bijoux qui me restaient, afin de payer mon logement et ma nourriture... Fatalement, la mistoufle vous ramène aux agences d'usure et d'exploitation humaine.

Ah! les bureaux de placement, en voilà un sale truc... D'abord, il faut donner dix sous pour se faire inscrire; ensuite au petit bonheur des mauvaises places... Dans ces affreuses baraques, ce ne sont pas les mauvaises places qui manquent, et, vrai! l'on n'y a que l'embarras du choix entre des vaches borgnes et des vaches aveugles... Aujourd'hui, des femmes de rien, des petites épicières de quat'sous... se mêlent d'avoir des domestiques, et de jouer à la comtesse... Quelle pitié! Si, après des discussions, des enquêtes humiliantes et de plus humiliants marchandages, vous parvenez à vous arranger avec une de ces bourgeoises rapaces, vous devez à la placeuse trois pour cent sur toute une année de gages... Tant pis, par exemple, si vous ne restez que dix jours dans la place qu'elle vous a procurée. Cela ne la regarde pas... son compte est bon, et la commission entière exigée. Ah! elles connaissent le truc; elles savent où elles vous envoient et que vous leur reviendrez bientôt... Ainsi, moi, j'ai fait sept places, en quatre mois et demi... Une série à la noire... des maisons impossibles, pires que des bagnes. Eh bien, j'ai dû payer au bureau trois pour cent, sur sept années, c'est-à-dire, en comprenant les dix sous renouvelés de l'inscription, plus de quatre-vingt-dix francs... Et il n'y avait rien de fait, et tout était à recommencer!... Est-ce juste, cela?... N'est-ce pas un abominable vol?...

Le vol?... De quelque côté que l'on se retourne, on n'aperçoit partout que du vol... Naturellement, ce sont toujours ceux qui n'ont rien qui sont le plus volés et volés par ceux qui ont tout... Mais comment faire? On rage, on se révolte, et, finalement, on se dit que mieux vaut encore être volée que de crever, comme des chiens, dans la rue... Le monde est joliment mal fichu, voilà qui est sûr... Quel dommage que le général Boulanger n'ait pas réussi, autrefois!... Au moins celui-là, paraît qu'il aimait les domestiques...

Le bureau, où j'avais eu la bêtise de m'inscrire, est situé, rue du Colisée, dans le fond d'une cour, au troisième étage d'une maison noire et très vieille, presque une maison d'ouvriers. Dès l'entrée, l'escalier étroit et raide, avec ses marches malpropres qui collent aux semelles et sa rampe humide qui poisse aux mains, vous souffle un air empesté au visage, une odeur de plombs et de cabinets, et vous met, dans le cœur, un découragement... Je ne veux pas faire la sucrée, mais rien que de voir cet escalier, cela m'affadit l'estomac, me coupe les jambes, et je suis prise d'un désir fou de me sauver... L'espoir qui, le long du chemin, vous chante dans la tête, se tait aussitôt, étouffé par cette atmosphère épaisse, gluante, par ces marches ignobles et ces murs suintants qu'on dirait hantés de larves visqueuses et de froids crapauds. Vrai! je ne comprends pas que de belles dames osent s'aventurer dans ce taudis malsain... Franchement, elles ne sont pas dégoûtées... Mais qu'est-ce qui les dégoûte, aujourd'hui, les belles dames?... Elles n'iraient pas dans une pareille maison, pour secourir un pauvre... mais pour embêter une domestique, elles iraient le diable sait où!...

Ce bureau était exploité par Mme Paulhat-Durand, une grande femme de quarante-cinq ans, à peu près, qui, sous des bandeaux de cheveux légèrement ondulés et très noirs, malgré des chairs amollies, comprimées dans un terrible corset, gardait encore des restes de beauté, une prestance majestueuse... et un œil!... Mazette! ce qu'elle a dû s'en payer, celle-là!... D'une élégance austère, toujours en robe de taffetas noir, une longue chaîne d'or rayant sa forte poitrine, une cravate de velours brun autour du cou, des mains très pâles, elle semblait d'une dignité parfaite et même un peu hautaine. Elle vivait collée avec un petit employé à la Ville, M. Louis — nous ne le connaissions que sous son prénom... C'était un drôle de type, extrêmement myope, à gestes menus, toujours silencieux, et très gauche dans un veston gris, râpé et trop court... Triste, peureux, voûté quoique jeune, il ne paraissait pas heureux, mais résigné... Il n'osait jamais nous parler, pas même nous regarder, car la patronne en était fort jalouse... Quand il entrait, sa serviette sous le bras, il se contentait de nous envoyer un petit coup de chapeau, sans tourner la tête vers nous, et, traînant un peu la jambe, il glissait dans le couloir comme une ombre... Et ce qu'il était éreinté, le pauvre garçon!... M. Louis, le soir, mettait au net la correspondance, tenait les livres... et le reste...

Mme de Paulhat-Durand ne s'appelait ni Paulhat, ni Durand; ces deux noms, qui faisaient si bien accolés l'un à l'autre, elle les tenait, paraît-il, de deux messieurs, morts aujourd'hui, avec qui elle avait vécu et qui lui avaient donné les fonds pour ouvrir son bureau. Son vrai nom était Joséphine Carp. Comme beaucoup de placeuses, c'était une ancienne femme de chambre. Cela se voyait d'ailleurs à toutes ses allures prétentieuses, à des manières parodiques de grande dame acquises dans le service et sous lesquelles, malgré la chaîne d'or et la robe de soie noire, transparaissait la crasse des origines inférieures. Elle se montrait insolente, c'est le cas de le dire, comme une ancienne domestique, mais cette insolence elle la réservait exclusivement pour nous seules, étant, au contraire, envers ses clientes, d'une obséquio-sité servile, proportionnée à leur rang social et à leur fortune.

— Ah! quel monde, Madame la comtesse, disait-elle, en minaudant... Des femmes de chambre de luxe, c'est-à-dire des donzelles qui ne veulent rien faire... qui ne travaillent pas, et dont je ne garantis pas l'honnêteté et la moralité... tant que vous voudrez!... Mais des femmes qui tra-vaillent, qui cousent, qui connaissent leur métier, il n'y en a plus... je n'en ai plus... personne n'en a plus... C'est comme ça...

Son bureau était pourtant achalandé... Elle avait surtout la clientèle du quartier des Champs-Élysées, composée, en grande partie, d'étrangères et de juives... Ah! j'en ai connu là des histoires!...

La porte s'ouvre sur un couloir qui conduit au salon où Mme Paulhat-Durand trône dans sa perpé-tuelle robe de soie noire. A gauche du couloir, c'est une sorte de trou sombre, une vaste antichambre avec des banquettes circulaires et, au milieu, une table recouverte d'une serge rouge décolorée. Rien d'autre. L'antichambre ne s'éclaire que par un vitrage étroit, pratiqué en haut et dans toute la longueur de la cloison, qui la sépare du bureau. Un jour faux, un jour plus triste que de l'ombre tombe de ce vitrage, enduit les objets et les figures d'une lueur crépusculaire, à peine.

Nous venions là, chaque matinée et chaque

après-midi, en tas, cuisinières et femmes de chambre, jardiniers et valets, cochers et maîtres d'hôtel, et nous passions notre temps à nous raconter nos malheurs, à débiner les maîtres, à souhaiter des places extraordinaires, féeriques, libératrices. Quelques-unes apportaient des livres, des journaux, qu'elles lisaient passionnément ; d'autres écrivaient des lettres... Tantôt gaies, tantôt tristes, nos conversations bourdonnantes étaient souvent interrompues par l'irruption soudaine, en coup de vent, de Mme Paulhat-Durand :

— Taisez-vous donc, Mesdemoiselles... criait-elle... On ne s'entend plus au salon...

Ou bien :

— Mademoiselle Jeanne !... appelait-elle d'une voix brève et glapissante.

Mlle Jeanne se levait, s'arrangeait un peu les cheveux, suivait la placeuse dans le bureau d'où elle revenait quelques minutes après, une grimace de dédain aux lèvres. On n'avait pas trouvé ses certificats suffisants... Qu'est-ce qu'il leur fallait ?... Le prix Montyon alors ?... Un diplôme de rosière ?...

Ou bien on ne s'était pas entendu sur le prix des gages :

— Ah !... non... des chipies !... Un sale bastringue... rien à gratter... Elle fait son marché elle-même... Oh ! là ! là !... quatre enfants dans la maison... Plus souvent !

Tout cela ponctué par des gestes furieux ou obscènes.

Nous y passions toutes, à tour de rôle, dans le bureau, appelées par la voix de plus en plus glapissante de Mme Paulhat-Durand, dont les chairs cireuses, à la fin, verdissaient de colère... Moi, je voyais tout de suite à qui j'avais à faire et que la place ne pourrait pas me convenir... Alors, pour m'amuser, au lieu de subir leurs stupides inter-

rogatoires, c'est moi qui les interrogeais les belles
dames... Je me payais leur tête...

— Madame est mariée?

— Sans doute...

— Ah!... Et Madame a des enfants?

— Certainement...

— Des chiens?

— Oui...

— Madame fait veiller la femme de chambre?

— Quand je sors le soir... évidemment...

— Et Madame sort souvent le soir?

Ses lèvres se pinçaient... Elle allait répondre.
Alors, la dévisageant avec un regard qui méprisait
son chapeau, son costume, toute sa personne, je
disais d'un ton bref et dédaigneux :

— Je le regrette... mais la place de Madame ne
me plaît pas... Je ne vais pas dans des maisons,
comme chez Madame...

Et je sortais triomphalement...

Un jour, une petite femme, les cheveux outra-
geusement teints, les lèvres passées au minium,
les joues émaillées, insolente comme une pintade
et parfumée comme un bidet, me demanda après
trente-six questions :

— Avez-vous de la conduite?... Recevez-vous
des amants?

— Et Madame? répondis-je, sans m'étonner et
très calme.

Quelques-unes, moins difficiles, ou plus lasses
ou plus timides, acceptaient des places infectes.
On les huait.

— Bon voyage... Et à bientôt!...

A nous voir ainsi affalées sur les banquettes,
veules, le corps tassé, les jambes écartées, son-
geuses, stupides ou bavardes... à entendre les suc-
cessifs appels de la patronne : « Mademoiselle
Victoire!... Mademoiselle Irène!... Mademoiselle
Zulma!... » il me semblait, parfois, que nous

étions en maison et que nous attendions le miché. Cela me parut drôle, ou triste, je ne sais pas bien, et j'en fis, un jour, la remarque tout haut... Ce fut un éclat de rire général. Chacune, immédiatement, conta ce qu'elle savait de précis et de merveilleux sur ces sortes d'établissements... Une grosse bouffie, qui épluchait une orange, exprima :

— Bien sûr que cela vaudrait mieux... On boulotte tout le temps, là-dedans... Et du champagne, vous savez, Mesdemoiselles... et des chemises avec des étoiles d'argent... et pas de corset !

Une grande sèche, très noire de cheveux, les lèvres velues, et qui semblait très sale, dit :

— Et puis... ça doit être moins fatigant... Parce que, moi, dans la même journée, quand j'ai couché avec Monsieur, avec le fils de Monsieur... avec le concierge... avec le valet de chambre du premier... avec le garçon boucher... avec le garçon épicier... avec le facteur du chemin de fer... avec le gaz... avec l'électricité... et puis avec d'autres encore... eh bien, vous savez... j'en ai mon lot !...

— Oh ! la sale ! s'écria-t-on, de toutes parts.

— Avec ça !... Et vous autres, mes petits anges... Ah ! malheur !... répliqua la grande noire, en haussant ses épaules pointues.

Et elle s'administra, sur la cuisse, une claque...

Je me rappelle que, ce jour-là, je pensai à ma sœur Louise enfermée sans doute dans une de ces maisons. J'évoquai sa vie heureuse peut-être, tranquille au moins, en tout cas sauvée de la misère et de la faim. Et, dégoûtée plus que jamais de ma jeunesse morne et battue, de mon existence errante, de ma terreur des lendemains, moi aussi je songeai :

— Oui, peut-être que cela vaudrait mieux !...

Et le soir arrivait... puis la nuit... une nuit, à peine plus noire que le jour... Nous nous taisions, fatiguées d'avoir trop parlé, trop attendu... Un bec de gaz s'allumait dans le couloir... et, régulièrement, à cinq heures, par la vitre de la porte, on apercevait la silhouette un peu voûtée de M. Louis qui passait, très vite, en s'effaçant... C'était le signal du départ.

Souvent de vieilles racoleuses de maisons de passe, des maquerelles à l'air respectable et toutes pareilles, en douceur mielleuse, à des bonnes sœurs, nous attendaient à la sortie, sur le trottoir... Elles nous suivaient discrètement, et dans un coin plus sombre de la rue, derrière les obscurs massifs des Champs-Élysées, loin de la surveillance des sergents de ville, elles nous abordaient :

— Venez donc chez moi, au lieu de traîner votre pauvre vie d'embêtement en embêtement et de misère en misère. Chez moi, c'est le plaisir, le luxe, l'argent... c'est la liberté...

Éblouies par les promesses merveilleuses, plusieurs de mes petites camarades écoutèrent ces brocanteuses d'amour... Je les vis partir avec tristesse... Où sont-elles maintenant ?...

Un soir, une de ces rôdeuses, grasse et molle, que j'avais déjà brutalement éconduite, parvint à m'entraîner dans un café du Rond-Point où elle m'offrit un verre de chartreuse. Je vois encore ses bandeaux grisonnants, sa sévère toilette de bourgeoise veuve, ses mains grassouillettes, visqueuses, chargées de bagues... Avec plus d'entrain, plus de conviction que les autres jours, elle me récita son boniment... Et comme je demeurais indifférente à toutes ses blagues :

— Ah! si vous vouliez, ma petite ! s'écria-t-elle... Je n'ai pas besoin de vous regarder à deux fois pour voir combien vous êtes belle, de partout !... Et c'est un vrai crime de laisser en friche et de gaspiller avec des gens de maison une telle beauté !...

Belle... et je suis sûre... polissonne comme vous êtes, votre fortune serait vite faite, allez ! Ah ! vous en auriez un sac au bout de peu de temps !... C'est que, voyez-vous, j'ai une clientèle admirable... de vieux messieurs... très influents et très... très généreux... Le travail est quelquefois un peu dur... ça, je ne dis pas... Mais on gagne tant, tant d'argent !... Tout ce qu'il y a de mieux à Paris défile chez moi... des généraux illustres, des magistrats puissants... des ambassadeurs étrangers.

Elle se rapprocha de moi baissant la voix...

— Et si je vous disais que le Président de la République lui-même... Mais oui, ma petite !... ça vous donne une idée de ce qu'est ma maison... Il n'y en a pas une pareille dans le monde... La Rabineau, ça n'est rien à côté de ma maison... Et tenez, hier, à cinq heures, le Président était si content qu'il m'a promis les palmes académiques... pour mon fils, qui est le chef du contentieux dans une maison d'éducation religieuse, à Auteuil. Ainsi...

Elle me regarda longtemps, me fouillant l'âme et la chair, et elle répéta :

— Ah ! si vous vouliez !... Quel succès !...

Puis, sur un ton confidentiel :

— Il vient aussi chez moi, souvent, mystérieusement, des dames du plus grand monde... quelquefois seules, quelquefois avec leurs maris ou leurs amants. Ah ! dame, vous comprenez, chez moi, il faut se mettre un peu à tout...

J'objectai un tas de choses, l'insuffisance de mon instruction amoureuse, le manque de lingerie de luxe, de toilettes... de bijoux... La vieille me rassura :

— Si ce n'est que ça !... dit-elle, il ne faut pas vous tourmenter... parce que, chez moi, la toilette, vous comprenez, c'est surtout la beauté naturelle... une bonne paire de bas, sans plus !...

— Oui... oui... je sais bien... mais encore...

— Je vous assure qu'il ne faut pas vous tourmenter... insista-t-elle avec bienveillance... Ainsi, j'ai des clients très chics, principalement les ambassadeurs... qui ont des manies... Dame! à leur âge et avec leur argent, n'est-ce pas?... Ce qu'ils préfèrent, ce qu'ils me demandent le plus, c'est des femmes de chambre, des soubrettes... une robe noire très collante... un tablier blanc... un petit bonnet de linge fin... Par exemple, des dessous riches, ça oui... Mais écoutez bien... Signez-moi un engagement de trois mois... et je vous donne un trousseau d'amour, tout ce qu'il y a de mieux, et comme les soubrettes du Théâtre-Français n'en ont jamais eu... ça, je vous en réponds...

Je demandai à réfléchir...

— Eh bien, c'est ça!... réfléchissez... conseilla cette marchande de viande humaine. Je vais toujours vous laisser mon adresse... Quand le cœur vous dira... eh bien, vous n'aurez qu'à venir... Ah! je suis bien tranquille!... Et, dès demain, je vais vous annoncer au Président de la République...

Nous avions fini de boire. La vieille régla les deux verres, tira d'un petit portefeuille noir une carte qu'elle me remit, en cachette, dans la main. Lorsqu'elle fut partie, je regardai la carte et je lus :

MADAME REBECCA RANVET
Modes

J'assistai chez Mme Paulhat-Durand à des scènes extraordinaires. Ne pouvant malheureusement les conter toutes, j'en choisis une qui peut passer pour un exemple de ce qui arrive, tous les jours, dans cette maison.

J'ai dit que le haut de la cloison, séparant l'antichambre du bureau, s'éclaire en toute sa longueur d'un vitrage garni de transparents rideaux. Au milieu du vitrage s'intercale un vasistas, ordinairement fermé. Une fois je remarquai que, par suite d'une négligence, que je résolus de mettre à profit, il était entrouvert... J'escaladai la banquette et, me haussant sur un escabeau de renfort, je parvins à toucher du menton le cadre du vasistas que je poussai tout doucement... Mon regard plongea dans la pièce, et voici ce que je vis.

Une dame était assise dans un fauteuil; une femme de chambre était debout, devant elle; dans un coin, Mme Paulhat-Durand rangeait des fiches, entre les compartiments d'un tiroir... La dame venait de Fontainebleau pour chercher une bonne... Elle pouvait avoir cinquante ans. Apparence de bourgeoise riche et rêche. Toilette sérieuse, austérité provinciale... Malingre et souffreteuse, le teint plombé par les nourritures de hasard et les jeûnes, la bonne avait pourtant une physionomie sympathique qui eût pu être jolie, avec du bonheur. Elle était très propre et svelte dans une jupe noire. Un jersey noir moulait sa taille maigre; un bonnet de linge la coiffait gentiment, en arrière, découvrant le front où des cheveux blonds frisottaient.

Après un examen détaillé, appuyé, froissant, agressif, la dame se décida enfin à parler.

— Alors, dit-elle, vous vous présentez comme... quoi?... comme femme de chambre?

— Oui, Madame.

— Vous n'en avez pas l'air... Comment vous appelez-vous?

— Jeanne Le Godec...

— Qu'est-ce que vous dites?...

— Jeanne Le Godec, Madame...

La dame haussa les épaules.

— Jeanne... fit-elle... Ça n'est pas un nom de domestique... c'est un nom de jeune fille. Si vous entrez à mon service, vous n'avez pas la prétention, j'imagine, de garder ce nom de Jeanne?...

— Comme Madame voudra.

Jeanne avait baissé la tête... Elle appuya davantage ses deux mains sur le manche de son parapluie.

— Levez la tête... ordonna la dame... tenez-vous droite... Vous voyez bien que vous allez percer le tapis avec la pointe de votre parapluie... D'où êtes-vous?

— De Saint-Brieuc...

— De Saint-Brieuc!...

Et elle eut une moue de dédain, qui devint bien vite une affreuse grimace... Les coins de sa bouche, l'angle de ses yeux se plissèrent comme si elle eût avalé un verre de vinaigre.

— De Saint-Brieuc!... répéta-t-elle... Alors vous êtes bretonne?... Oh! je n'aime pas les Bretonnes... Elles sont entêtées et malpropres...

— Moi, je suis très propre, Madame, protesta la pauvre Jeanne.

— C'est vous qui le dites... Enfin, nous n'en sommes pas là... Quel âge avez-vous?

— Vingt-six ans.

— Vingt-six ans?... Sans compter les mois de nourrice, sans doute?... Vous paraissez bien plus vieille... Ce n'est pas la peine de me tromper...

— Je ne trompe pas Madame... J'assure bien à Madame que je n'ai que vingt-six ans... Si je parais plus vieille, c'est que j'ai été longtemps malade...

— Ah! vous avez été malade?... répliqua la bourgeoise avec une dureté railleuse... ah! vous avez été longtemps malade?... Je vous préviens, ma fille, que sans être pénible la maison est assez importante, et qu'il me faut une femme de très forte santé...

Jeanne voulut réparer ses imprudentes paroles. Elle déclara:

— Oh! mais, je suis guérie... tout à fait guérie...

— C'est votre affaire... D'ailleurs, nous n'en

sommes pas là... Vous êtes fille... mariée?...
Quoi?... Qu'est-ce que vous êtes?

— Je suis veuve, Madame.

— Ah!... Vous n'avez pas d'enfant, je suppose?

Et comme Jeanne ne répondait pas tout de suite,
la dame, plus vivement, insista :

— Enfin... avez-vous des enfants, oui ou non?...

— J'ai une petite fille, avoua-t-elle timidement.

Alors, faisant des grimaces et des gestes comme
si elle eût chassé loin d'elle un vol de mouches :

— Oh! pas d'enfant dans la maison... cria-
t-elle... pas d'enfant dans la maison... Je n'en veux
à aucun prix... Où est-elle, votre fille?

— Elle est chez une tante de mon mari...

— Et qu'est-ce que c'est que cette tante?

— Elle tient un débit de boissons, à Rouen...

— C'est un triste métier... L'ivrognerie, la
débauche, en voilà un joli exemple, pour une
petite fille!... Enfin, cela vous regarde... c'est votre
affaire... Quel âge a votre fille?

— Dix-huit mois, Madame.

Madame sauta, se retourna violemment dans
son fauteuil. Elle était outrée, scandalisée... Une
sorte de grognement sortit de ses lèvres :

— Des enfants!... Je vous demande un peu!...
Des enfants quand on ne peut pas les élever, les
avoir chez soi!... Ces gens-là sont incorrigibles, ils
ont le diable au corps!...

De plus en plus agressive, féroce même, elle
s'adressa à Jeanne toute tremblante devant son
regard.

— Je vous avertis, dit-elle, détachant nettement
chaque mot... je vous avertis que, si vous entrez à
mon service, je ne tolérerai pas qu'on vous amène,
chez moi, dans ma maison, votre fille... Pas
d'allées et venues dans la maison... je ne veux pas
d'allées et venues dans la maison... Non, non... Pas
d'étrangers... pas de vagabonds... pas de gens

qu'on ne connaît point... On est bien assez exposée avec le courant... Ah! non... merci!

Malgré cette déclaration peu engageante, la petite bonne osa pourtant demander :

— En ce cas, Madame me permettra bien d'aller voir ma fille, une fois... une seule fois... par an?

— Non...

Telle fut la réponse de l'implacable bourgeoise. Et elle ajouta :

— Chez moi, on ne sort jamais... C'est un principe de la maison... un principe sur lequel je ne saurais transiger... Je ne paie pas des domestiques pour que, sous prétexte de voir leurs filles, ils s'en aillent courir le guilledou. Ce serait trop commode, vraiment. Non... non... Vous avez des certificats?

— Oui, Madame.

Elle tira de sa poche un papier dans lequel étaient enveloppés des certificats jaunis, froissés, salis, et elle les tendit à Madame, silencieusement... d'une pauvre main frissonnante... Celle-ci, du bout des doigts, comme pour ne pas se salir, et avec des grimaces de dégoût, en déplia un qu'elle se mit à lire, à haute voix :

— « Je certifie que la fille J...

S'interrompant brusquement, elle dirigea d'atroces regards vers Jeanne, anxieuse et de plus en plus troublée :

— La fille?... Il y a bien la fille... Ah ça!... vous n'êtes donc pas mariée?... Vous avez un enfant... et vous n'êtes pas mariée?... Qu'est-ce que cela signifie?

La bonne expliqua :

— Je demande bien pardon à Madame... Je suis mariée depuis trois ans. Et ce certificat date de six ans... Madame peut voir...

— Enfin... c'est votre affaire...

Et elle reprit la lecture du certificat :

— « ... que la fille Jeanne Le Godec est restée à mon service pendant treize mois, et que je n'ai rien eu à lui reprocher sous le rapport du travail, de la conduite et de la probité... » Oui, c'est toujours la même chose... Des certificats qui ne disent rien... qui ne prouvent rien... Ce ne sont pas des renseignements, ça... Où peut-on écrire à cette dame ?

— Elle est morte...

— Elle est morte... Parbleu, c'est évident qu'elle est morte... Ainsi, vous avez un certificat, et précisément la personne qui vous l'a donné est morte... Vous avouerez que c'est assez louche...

Tout cela était dit avec une expression de suspicion très humiliante, et sur un ton d'ironie grossière. Elle prit un autre certificat.

— Et cette personne ?... Elle est morte aussi, sans doute ?

— Non, Madame... Mme Robert est en Algérie avec son mari, qui est colonel...

— En Algérie ! s'exclama la dame... Naturellement... Et comment voulez-vous qu'on écrive en Algérie ?... Les unes sont mortes... les autres sont en Algérie. Allez donc chercher des renseignements en Algérie ?... Tout cela est bien extraordinaire !...

— Mais, j'en ai d'autres, Madame, supplia l'infortunée Jeanne Le Godec. Madame peut voir... Madame pourra se renseigner...

— Oui ! oui ! je vois que vous en avez beaucoup d'autres... je vois que vous avez fait beaucoup de places... beaucoup trop de places même... A vôtre âge, comme c'est engageant !... Enfin, laissez-moi vos certificats... je verrai... Autre chose, maintenant... Que savez-vous faire ?

— Je sais faire le ménage... coudre... servir à table...

— Vous faites bien les reprises ?

— Oui, Madame...

— Savez-vous engraisser les volailles ?

— Non, Madame... Ça n'est pas mon métier...

— Votre métier, ma fille — proféra sévèrement la dame — est de faire ce que vous commandent vos maîtres. Vous devez avoir un détestable caractère...

— Mais non, Madame... Je ne suis pas du tout *répondeuse*...

— Naturellement... Vous le dites... elles le disent toutes... et elles ne sont pas à prendre avec des pincettes... Enfin... voyons... je vous l'ai déjà dit, je crois... sans être particulièrement dure, la place est assez importante... On se lève à cinq heures...

— En hiver aussi ?...

— En hiver aussi... Oui, certainement... Et pourquoi dites-vous : « En hiver aussi ?... » Est-ce qu'il y a moins d'ouvrage en hiver ?... En voilà une question ridicule !... C'est la femme de chambre qui fait les escaliers, le salon, le bureau de Monsieur... la chambre, naturellement... tous les feux... La cuisinière fait l'antichambre, les couloirs, la salle à manger... Par exemple, je tiens à la propreté... Je ne veux pas voir chez moi un grain de poussière... Les boutons des portes bien astiqués, les meubles bien luisants... les glaces bien essuyées... Chez moi, la femme de chambre s'occupe de la basse-cour...

— Mais, je ne sais pas, moi, Madame...

— Vous apprendrez !... C'est la femme de chambre qui savonne, lave, repasse, — excepté les chemises de Monsieur, — qui coud... je ne fais rien coudre au-dehors, excepté mes costumes — qui sert à table... qui aide la cuisinière à essuyer la vaisselle... qui frotte... Il faut de l'ordre... beaucoup d'ordre... Je suis à cheval sur l'ordre... sur la propreté... et surtout sur la probité... D'ailleurs, tout est sous clé... Quand on veut quelque chose,

on me le demande... J'ai horreur du gaspillage...
Qu'est-ce que vous avez l'habitude de prendre le
matin?

— Du café au lait, Madame...

— Du café au lait?... Vous ne vous gênez pas.
Oui, elles prennent toutes maintenant du café au
lait... Eh bien, ce n'est pas mon habitude, à moi.
Vous prendrez de la soupe... ça vaut mieux pour
l'estomac... Qu'est-ce que vous dites?...

Jeanne n'avait rien dit... Mais on sentait qu'elle
faisait des efforts pour dire quelque chose. Elle se
décida :

— Je demande pardon à Madame... qu'est-ce
que Madame donne comme boisson?

— Six litres de cidre par semaine...

— Je ne peux pas boire de cidre, Madame... Le
médecin me l'a défendu...

— Ah! le médecin vous l'a défendu... Eh bien, je
vous donnerai six litres de cidre. Si vous voulez du
vin, vous l'achèterez... Ça vous regarde... Que voulez-vous gagner?

Elle hésita, regarda le tapis, la pendule, le plafond, roula son parapluie dans ses mains, et timidement :

— Quarante francs, dit-elle.

— Quarante francs!... s'exclama Madame... Et
pourquoi pas dix mille francs, tout de suite?...
Vous êtes folle, je pense... Quarante francs!...
Mais, c'est inouï! Autrefois, l'on donnait quinze
francs... et l'on était bien mieux servie... Quarante
francs!... Et vous ne savez même pas engraisser les
volailles!... vous ne savez rien!... Moi, je donne
trente francs... et je trouve que c'est déjà bien trop
cher... Vous n'avez rien à dépenser chez moi... Je
ne suis pas exigeante pour la toilette... Et vous êtes
blanchie, nourrie. Dieu sait comme vous êtes
nourrie!... C'est moi qui fais les parts...

Jeanne insista :

— J'avais quarante francs dans toutes les places où j'ai été...

Mais la dame s'était levée... Et, sèchement, méchamment :

— Eh bien... il faut y retourner, fit-elle... Quarante francs !... Cette impudence !... Voici vos certicats... vos certificats de gens morts... allez-vous-en !

Soigneusement, Jeanne enveloppa ses certificats, les remit dans la poche de sa robe, puis, d'une voix douloureuse et timide :

— Si Madame voulait aller jusqu'à trente-cinq francs... pria-t-elle... on pourrait s'arranger...

— Pas un sou... Allez-vous-en !... Allez en Algérie retrouver votre Mme Robert... Allez où vous voudrez. Il n'en manque pas des vagabondes comme vous... on les a au tas... Allez-vous-en !...

La figure triste, la démarche lente, Jeanne sortit du bureau après avoir fait deux révérences... A ses yeux, au pincement de ses lèvres, je vis qu'elle était sur le point de pleurer.

Restée seule, la dame, furieuse, s'écria :

— Ah ! les domestiques... quelle plaie !... On ne peut plus se faire servir aujourd'hui...

A quoi Mme Paulhat-Durand, qui avait terminé le triage de ses fiches, répondit, majestueuse, accablée et sévère :

— Je vous avais avertie, Madame. Elles sont toutes comme ça... Elles ne veulent rien faire et gagner des mille et des cents... Je n'ai rien d'autre aujourd'hui... je n'ai que du pire. Demain je verrai à vous trouver quelque chose... Ah ! c'est bien désolant, je vous assure...

Je redescendis de mon observatoire, au moment où Jeanne Le Godec rentrait dans l'antichambre en rumeur.

— Eh bien ? lui demanda-t-on...

Elle alla s'asseoir sur la banquette, au fond de la

pièce, et la tête basse, les bras croisés, le cœur bien gros, la faim au ventre, elle resta silencieuse, tandis que ses deux petits pieds s'agitaient nerveusement, sous la robe...

Mais je vis des choses plus tristes encore.

Parmi les filles qui, tous les jours, venaient chez Mme Paulhat-Durand, j'en avais remarqué une, d'abord parce qu'elle portait une coiffe bretonne, ensuite parce que rien que de la voir, cela me causait une mélancolie invincible. Une paysanne égarée dans Paris, dans ce Paris effrayant qui sans cesse se bouscule et est emporté dans une fièvre mauvaise, je ne connais rien de plus lamentable. Involontairement, cela m'invite à un retour sur moi-même, cela m'émeut infiniment... Où va-t-elle?... D'où vient-elle?... Pourquoi a-t-elle quitté le sol natal? Quelle folie, quel drame, quel vent de tempête l'ont poussée, l'ont fait échouer sur cette grondante mer humaine, attristante épave?... Ces questions, je me les posais, chaque jour, examinant cette pauvre fille si affreusement isolée, dans un coin, parmi nous...

Elle était laide de cette laideur définitive qui exclut toute idée de pitié et rend les gens féroces, parce que, véritablement, elle est une offense envers eux. Si disgraciée de la nature soit-elle, il est rare qu'une femme atteigne à la laideur totale, absolue, cette déchéance humaine. Généralement, il y a en elle quelque chose, n'importe quoi, des yeux, une bouche, une ondulation du corps, une flexion des hanches, moins que cela, un mouvement du bras, une attache du poignet, une fraîcheur de la peau, où le regard des autres puisse se poser sans en être offusqué. Même chez les très vieilles, une grâce survit presque toujours aux déformations de la carcasse, à la mort du sexe, un souvenir reste dans la chair couturée, de ce qu'elles furent jadis... La Bretonne n'avait rien de pareil, et elle était toute jeune. Petite, le buste long, la taille carrée, les hanches plates, les jambes courtes, si courtes qu'on pouvait la prendre pour une cul-de-jatte, elle évoquait réellement l'image de ces vierges barbares, de ces saintes camuses, blocs informes de granit qui se navrent, depuis des siècles, sur les bras gauchis des calvaires armoricains. Et son visage ?... Ah ! la malheureuse !... Un front surplombant, des prunelles effacées comme par le frottement d'un torchon, un nez horrible, aplati à sa naissance, sabré d'une entaille, au milieu, et, brusquement, à son extrémité, se relevant, s'épanouissant en deux trous noirs, ronds, profonds, énormes, frangés de poils raides. Et sur tout cela, une peau grise, squameuse, une peau de couleuvre morte... une peau qui s'enfarinait, à la lumière... Elle avait, pourtant, l'indicible créature, une beauté que bien des femmes belles eussent enviée : ses cheveux... des cheveux magnifiques, lourds, épais, d'un roux resplendissant à reflets d'or et de pourpre. Mais, loin d'être une atténuation à sa laideur, ces cheveux l'aggravaient encore, la rendaient éclatante, fulgurante, irréparable.

Ce n'est pas tout. Chacun de ses gestes était une maladresse. Elle ne pouvait faire un pas sans se heurter à quelque chose ; ses mains laissaient toujours retomber l'objet saisi ; ses bras accrochaient les meubles et fauchaient tout ce qu'il y avait dessus... Elle vous marchait sur les pieds, vous enfonçait, en marchant, ses coudes dans la poitrine. Puis, elle s'excusait d'une voix rude, sourde, d'une voix qui vous soufflait au visage une odeur empestée, une odeur de cadavre... Dès qu'elle entrait dans l'antichambre, c'était aussitôt parmi nous, comme une sorte de plainte irritée qui, vite, se changeait en récriminations insultantes et s'achevait en grognements. La misérable créature traversait la pièce sous les huées, roulait sur ses courtes jambes, renvoyée de l'une à l'autre comme une balle, allait s'asseoir dans le fond, sur la banquette. Et chacune affectait de se reculer, avec des gestes de significatif dégoût, et des grimaces qui s'accompagnaient d'une levée de mouchoirs... Alors, dans l'espace vide, instantanément formé, derrière ce cordon sanitaire qui l'isolait de nous, la morne fille s'installait, s'accotait au mur, silencieuse et maudite, sans une plainte, sans une révolte, sans même avoir l'air de comprendre que ce mépris s'adressât à elle.

Bien que je me mêlasse, quelquefois, pour faire comme les autres, à ces jeux féroces, je ne pouvais me défendre, envers la petite Bretonne, d'une espèce de pitié. J'avais compris que c'était là un être prédestiné au malheur, un de ces êtres qui, quoi qu'ils fassent, où qu'ils aillent, seront éternellement repoussés des hommes, et aussi des bêtes, car il y a une certaine somme de laideur, une certaine forme d'infirmités que les bêtes elles-mêmes ne tolèrent pas.

Un jour, surmontant mon dégoût, je m'approchai d'elle, et lui demandai :

— Comment vous appelez-vous ?

— Louise Randon...

— Je suis bretonne... d'Audierne... Et vous aussi, vous êtes bretonne ?

Étonnée que quelqu'un voulût bien lui parler et craignant une insulte ou une farce, elle ne répondit pas tout de suite... Elle enfouit son pouce dans les profondes cavernes de son nez. Je réitérai ma question :

— De quelle partie de la Bretagne êtes-vous ?

Alors, elle me regarda et, voyant sans doute que mes yeux n'étaient pas méchants, elle se décida à répondre :

— Je suis de Saint-Michel-en-Grève... près de Lannion.

Je ne sus plus que lui dire... Sa voix me repoussait. Ce n'était pas une voix, c'était quelque chose de rauque et de brisé, comme un hoquet... quelque chose aussi de roulant, comme un gargouillement... Ma pitié s'en allait avec cette voix... Pourtant, je poursuivis.

— Vous avez encore vos parents ?

— Oui... mon père... ma mère... deux frères... quatre sœurs... Je suis l'aînée...

— Et votre père ?... qu'est-ce qu'il fait ?...

— Il est maréchal-ferrant.

— Vous êtes pauvre ?

— Mon père a trois champs, trois maisons, trois batteuses...

— Alors, il est riche ?...

— Bien sûr... il est riche... Il cultive ses champs... il loue ses maisons... avec ses batteuses il va, dans la campagne, battre le blé des paysans... et c'est mon frère qui ferre les chevaux...

— Et vos sœurs ?

— Elles ont de belles coiffes, avec de la dentelle... et des robes bien brodées.

— Et vous ?

— Moi, je n'ai rien...

Je me reculai pour ne pas sentir l'odeur mortelle de cette voix...

— Pourquoi êtes-vous domestique ?... repris-je.

— Parce que...

— Pourquoi avez-vous quitté le pays ?

— Parce que...

— Vous n'étiez pas heureuse ?...

Elle dit très vite d'une voix qui se précipitait et roulait les mots... comme sur des cailloux :

— Mon père me battait... ma mère me battait... mes sœurs me battaient... tout le monde me battait... on me faisait tout faire... C'est moi qui ai élevé mes sœurs...

— Pourquoi vous battait-on ?

— Je ne sais pas... pour me battre... Dans toutes les familles, il y en a toujours une qui est battue... parce que... voilà... on ne sait pas...

Mes questions ne l'ennuyaient plus. Elle prenait confiance...

— Et vous... me dit-elle... est-ce que vos parents ne vous battaient pas ?...

— Oh! si...

— Bien sûr... C'est comme ça...

Louise ne fouilla plus son nez... et posa ses deux mains, aux ongles rognés, à plat, sur ses cuisses... On chuchotait, autour de nous. Les rires, les querelles, les plaintes empêchaient les autres d'entendre notre conversation...

— Mais comment êtes-vous venue à Paris ? demandai-je après un silence.

— L'année dernière... conta Louise... il y avait à Saint-Michel-en-Grève une dame de Paris qui prenait les bains de mer avec ses enfants... Je me suis proposée chez elle... parce qu'elle avait renvoyé sa domestique qui la volait. Et puis... elle m'a emmenée à Paris... pour soigner son père... un vieux, infirme, qui était paralysé des jambes...

— Et vous n'êtes pas restée dans votre place ?... A Paris, ce n'est plus la même chose...

— Non... fit-elle, avec énergie. Je serais bien restée, ça n'est pas ça... Seulement, on ne s'est pas arrangé.

Ses yeux, si ternes, s'éclairèrent étrangement. Je vis dans son regard briller une lueur d'orgueil. Et son corps se redressait, se transfigurait presque.

— On ne s'est pas arrangé, reprit-elle... Le vieux voulait me faire des saletés...

Un instant, je restai abasourdie par cette révélation. Était-ce possible ? Un désir, même le désir d'un ignoble et infâme vieillard, était allé vers elle, vers ce paquet de chair informe, vers cette ironie monstrueuse de la nature... Un baiser avait voulu se poser sur ces dents cariées, se mêler à ce souffle de pourriture... Ah! quelle ordure est-ce donc que les hommes?... Quelle folie effrayante est-ce donc que l'amour... Je regardai Louise... Mais la flamme de ses yeux s'était éteinte... Ses prunelles avaient repris leur aspect mort de tache grise.

— Il y a longtemps de ça?... demandai-je...

— Trois mois...

— Et depuis, vous n'avez pas retrouvé de place?

— Personne ne veut plus de moi... Je ne sais pas pourquoi... Quand j'entre dans le bureau, toutes les dames crient, en me voyant : « Non, non... je ne veux pas de celle-là »... Il y a un sort sur moi, pour sûr... Car enfin je ne suis pas laide... je suis très forte... je connais le service... et j'ai de la bonne volonté. Si je suis trop petite, ce n'est pas de ma faute... Pour sûr, on a jeté un sort sur moi...

— Comment vivez-vous?

— Chez le logeur; je fais toutes les chambres, et je ravaude le linge... On me donne une paillasse dans une soupente et, le matin, un repas...

Il y en avait donc de plus malheureuses que moi!... Cette pensée égoïste ramena dans mon cœur la pitié évanouie.

— Écoutez... ma petite Louise... dis-je d'une voix que j'essayai de rendre attendrie et convaincante... C'est très difficile, les places à Paris... Il faut savoir bien des choses, et les maîtres sont plus exigeants qu'ailleurs. J'ai bien peur pour vous... A votre place, moi, je retournerais au pays...

Mais Louise s'effraya :

— Non... non... fit-elle... jamais!... Je ne veux pas rentrer au pays... On dirait que je n'ai pas réussi... que personne n'a voulu de moi... on se moquerait trop... Non... non... c'est impossible... j'aimerais mieux mourir!...

A ce moment, la porte de l'antichambre s'ouvrit. La voix aigre de Mme Paulhat-Durand appela :

— Mademoiselle Louise Randon !

— C'est-y moi qu'on appelle ?... me demanda Louise, effarée et tremblante...

— Mais oui... c'est vous... Allez vite... et tâchez de réussir, cette fois...

Elle se leva, me donna dans la poitrine, avec ses coudes écartés, un renfoncement, me marcha sur les pieds, heurta la table, et roulant sur ses jambes trop courtes, poursuivie par les huées, elle disparut.

Je montai sur la banquette, et poussai la vasistas, pour voir la scène qui allait se passer alors. Jamais le salon de Mme Paulhat-Durand ne me parut plus triste : pourtant Dieu sait s'il me glaçait l'âme, chaque fois que j'y entrais. Oh ! ces meubles de reps bleu, jaunis par l'usure ; ce grand registre étalé, comme une carcasse de bête fendue, sur la table qu'un tapis de reps, bleu aussi, recouvrait de taches d'encre et de tons pisseux... Et ce pupitre, où les coudes de M. Louis avaient laissé, sur le bois noirci, des places plus claires et luisantes... et le buffet dans le fond, qui montrait des verreries foraines, des vaisselles d'héritage... Et sur la cheminée, entre deux lampes débronzées, entre des photographies pâlies, cette agaçante pendule, qui rendait les heures plus longues, avec son tic-tac énervant... et cette cage, en forme de dôme, où deux serins nostalgiques gonflaient leurs plumes malades... Et ce cartonnier aux cases d'acajou, éraflées par des ongles cupides... Mais je n'étais pas là en observation pour inventorier cette pièce, que je connaissais, hélas ! trop bien... cet intérieur lugubre, si tragique, malgré son effacement bourgeois, que, bien des fois, mon imagination affolée le transformait en un funèbre étal de viande humaine... Non... je voulais voir Louise

Randon aux prises avec les trafiquants d'esclaves...

Elle était là, près de la fenêtre, à contre-jour, immobile, les bras pendants. Une ombre dure brouillait, comme une opaque voilette, la laideur de son visage et tassait, ramassait davantage la courte, massive difformité de son corps... Une lumière dure allumait les basses mèches de ses cheveux, ourlait les contours gauchis du bras, de la poitrine, se perdait dans les plis noirs de sa jupe déplorable... Une vieille dame l'examinait. Assise sur une chaise, elle me tournait le dos, un dos hostile, une nuque féroce... De cette vieille dame, je ne voyais que son chapeau noir, ridiculement emplumé, sa rotonde noire, dont la doublure se retroussait dans le bas en fourrure grise, sa robe noire, qui faisait des ronds sur le tapis... Je voyais, surtout, posée sur un de ses genoux, sa main gantée de filoselle noire, une main noueuse d'arthritique, qui remuait avec de lents mouvements, et dont les doigts sortaient, rentraient, crispaient l'étoffe, pareils à des serres, sur une proie vivante... Debout, près de la table, très droite, très digne, Mme Paulhat-Durand attendait.

Ce n'est rien, n'est-ce pas ? la rencontre de ces trois êtres vulgaires, en ce vulgaire décor... Il n'y a, semble-t-il, dans ce fait banal, ni de quoi s'arrêter, ni de quoi s'émouvoir... Eh bien, cela me parut, à moi, un drame énorme, ces trois personnes qui étaient là, silencieuses et se regardant... J'eus la sensation que j'assistais à une tragédie sociale, terrible, angoissante, pire qu'un assassinat ! J'avais la gorge sèche. Mon cœur battit violemment.

— Je ne vous vois pas bien, ma petite, dit tout à coup la vieille dame... ne restez pas là... Je ne vous vois pas bien... Allez dans le fond de la pièce, que je vous voie mieux...

Et elle s'écria d'une voix étonnée :

— Mon Dieu!... que vous êtes petite!...

Elle avait, en disant ces mots, déplacé sa chaise, et me montrait, maintenant, son profil. Je m'attendais à voir un nez crochu, de longues dents dépassant la lèvre, un œil jaune et rond d'épervier. Pas du tout, son visage était calme, plutôt aimable. Au vrai, ses yeux n'exprimaient rien, ni méchanceté, ni bonté. Ce devait être une ancienne boutiquière, retirée des affaires... Les commerçants ont ce talent de se composer des physionomies spéciales, où rien ne transparaît de leur nature intérieure. A mesure qu'ils s'endurcissent dans le métier et que l'habitude des gains injustes et rapides développe les instincts bas, les ambitions féroces, l'expression de leur face s'adoucit, ou plutôt se neutralise. Ce qu'il y a de mauvais en eux, ce qui pourrait rendre les clients méfiants, se cache dans les intimités de l'être, ou se réfugie sur des surfaces corporelles, ordinairement dépourvues de tout caractère expressif. Chez cette vieille dame, la dureté de son âme invisible à ses prunelles, à sa bouche, à son front, à tous les muscles détendus de sa molle figure, éclatait réellement à la nuque. Sa nuque était son vrai visage, et ce visage était terrible.

Louise, sur l'ordre de la vieille dame, avait gagné le fond de la pièce. Le désir de plaire la rendait véritablement monstrueuse, lui donnait une attitude décourageante. A peine se fut-elle placée dans la lumière que la dame s'écria :

— Oh! comme vous êtes laide, ma petite!

Et prenant à témoin Mᵐᵉ Paulhat-Durand :

— Se peut-il, vraiment, qu'il y ait sur la terre des créatures aussi laides que cette petite?...

Toujours solennelle et digne, Mᵐᵉ Paulhat-Durand répondit :

— Sans doute, ce n'est pas une beauté... mais Mademoiselle est très honnête...

— C'est possible... répliqua la vieille dame...
Mais elle est trop laide... Une telle laideur, c'est
tout ce qu'il y a de plus désobligeant... Quoi?...
Qu'avez-vous dit?

Louise n'avait pas prononcé une parole. Elle
avait seulement un peu rougi, et baissait la tête.
Un filet rouge bordait l'orbe de ses yeux ternes. Je
crus qu'elle allait pleurer.

— Enfin... nous allons voir ça... reprit la dame
dont les doigts, en ce moment, furieusement agités, déchiraient l'étoffe de la robe, avec des mouvements de bête cruelle.

Elle interrogea Louise sur sa famille, les places
qu'elle avait faites, ses capacités en cuisine, en
ménage, en couture. Louise répondait par des
« Oui, dame! », ou des : « Non, dame! », saccadés
et rauques... L'interrogatoire, méticuleux,
méchant, criminel, dura vingt minutes.

— Enfin, ma petite, conclut la vieille, le plus
clair de votre histoire c'est que vous ne savez rien
faire... Il faudra que je vous apprenne tout... Pendant quatre ou cinq mois, vous ne me serez
d'aucune utilité. Et puis, laide comme vous êtes,
ça n'est pas engageant... Cette entaille sur le
nez?... Vous avez donc reçu un coup?

— Non, Madame... je l'ai toujours eue...

— Ah! ça n'est pas engageant... Qu'est-ce que
vous voulez gagner?

— Trente francs... blanchie... et le vin, prononça
Louise, d'une voix résolue...

La vieille bondit :

— Trente francs!... Mais vous ne vous êtes donc
jamais regardée?... C'est insensé!... Comment?...
personne ne veut de vous... personne jamais ne
voudra de vous? — si je vous prends, moi, c'est
parce que je suis bonne... c'est parce que, dans le
fond, j'ai pitié de vous! — et vous me demandez
trente francs!... Eh bien, vous en avez de l'audace,

ma petite... C'est, sans doute, vos camarades qui vous conseillent si mal... Vous avez tort de les écouter...

— Bien sûr, approuva Mme Paulhat-Durand. Elles se montent la tête, toutes ensemble...

— Alors!... offrit la vieille, conciliante... je vous donnerai quinze francs... Et vous paierez votre vin... C'est beaucoup trop... Mais je ne veux pas profiter de votre laideur et votre détresse.

Elle s'adoucissait... Sa voix se fit presque caressante :

— Voyez-vous, ma petite... c'est une occasion unique et que vous ne retrouverez plus... Je ne suis pas comme les autres, moi... je suis seule... je n'ai pas de famille... je n'ai personne... Ma famille, c'est ma domestique... Qu'est-ce que je lui demande à ma domestique?... De m'aimer un peu, voilà tout... Ma domestique vit avec moi, mange avec moi... à part le vin... Ah! je la dorlote, allez... Et puis, quand je mourrai — je suis très vieille et souvent malade — quand je mourrai, bien sûr que je n'oublierai pas celle qui m'aura été dévouée, qui m'aura bien servie... bien soignée... Vous êtes laide... très laide... trop laide... Eh! mon Dieu, je m'habituerai à votre laideur, à votre figure... Il y en a de jolies qui sont de bien méchantes femmes et qui vous volent, c'est certain!... La laideur, c'est quelquefois une garantie de moralité, dans une maison... Vous n'amènerez pas d'hommes, chez moi, n'est-ce pas?... Vous voyez que je sais vous rendre justice... Dans ces conditions-là, et bonne comme je suis... ce que je vous offre, ma petite... mais c'est une fortune... mieux qu'une fortune... une famille!...

Louise était ébranlée. Certainement, les paroles de la vieille faisaient chanter des espoirs inconnus dans sa tête. Sa rapacité de paysanne lui montrait des coffres pleins d'or, des testaments fabuleux...

Et la vie en commun, avec cette bonne maîtresse, la table partagée... des sorties fréquentes dans les squares et les bois suburbains, tout cela l'émerveillait... Tout cela lui faisait peur aussi, car des doutes, une invincible et originelle méfiance tachaient d'une ombre l'étincellement de ces promesses... Elle ne savait que dire, que faire... à quoi se résoudre... J'avais envie de lui crier : « Non!... n'accepte pas! » Ah! je la voyais, moi, cette existence de recluse, ces travaux épuisants, ces reproches aigres, la nourriture disputée, les os écharnés et les viandes gâtées jetés à sa faim... et l'éternelle, patiente, torturante exploitation d'un pauvre être sans défense. « Non, n'écoute plus, va-t'en!... » Mais ce cri qui était sur mes lèvres, je le réprimai :

— Approchez-vous un peu, ma petite... commanda la vieille... On dirait que vous avez peur de moi... Allons... n'ayez plus peur de moi... approchez-vous... Comme c'est curieux... il me semble que vous êtes déjà moins laide... Déjà je m'habitue à votre visage...

Louise s'approcha lentement, les membres raidis, diligente à ne heurter aucune chaise, aucun meuble... s'efforçant de marcher avec élégance, la pauvre créature!... Mais, à peine fut-elle près de la vieille que celle-ci la repoussa avec une grimace :

— Mon Dieu! cria-t-elle... mais qu'est-ce que vous avez?... Pourquoi sentez-vous mauvais, comme ça?... vous avez donc de la pourriture dans le corps?... C'est affreux!... c'est à ne pas croire... Jamais quelqu'un n'a senti, comme vous sentez... Vous avez donc un cancer dans le nez... dans l'estomac, peut-être?...

Mme Paulhat-Durand fit un geste noble :

— Je vous avais prévenue, Madame... dit-elle... Voilà son grand défaut... C'est ce qui l'empêche de trouver une place.

La vieille continua de gémir...

— Mon Dieu!... mon Dieu!... Est-ce possible?...
Mais vous allez empester toute ma maison... vous
ne pourrez pas rester près de moi... Ah! mais...
cela change nos conditions... Et moi qui avais,
déjà, de la sympathie pour vous!... Non, non...
malgré toute ma bonté, ce n'est pas possible... ce
n'est plus possible!...

Elle avait tiré son mouchoir, chassait loin d'elle
l'air putride, répétant :

— Non, vraiment, ce n'est plus possible!...

— Allons, Madame, intervint Mme Paulhat-
Durand... faites un effort... Je suis sûre que cette
malheureuse fille vous en sera toujours reconnaissante...

— Reconnaissante?... c'est fort bien... Mais ce
n'est pas la reconnaissance qui la guérira de cette
infirmité effroyable... Enfin... soit!... Par exemple,
je ne puis plus lui donner que dix francs... Dix
francs, seulement!... C'est à prendre ou à laisser...

Louise qui avait, jusque-là, retenu ses larmes,
suffoqua :

— Non... je ne veux pas... je ne veux pas... je ne
veux pas...

— Écoutez, Mademoiselle... dit sèchement Mme
Paulhat-Durand... Vous allez accepter cette
place... ou bien je ne me charge plus de vous,
jamais... Vous pourrez aller demander des places
dans les autres bureaux... J'en ai assez, à la fin... Et
vous faites du tort à la maison...

— C'est évident! insista la vieille... Et ces dix
francs, vous devriez m'en remercier... C'est par
pitié, par charité que je vous les offre... Comment
ne comprenez-vous pas que c'est une bonne
œuvre... dont je me repentirai, sans doute, comme
des autres?...

Elle s'adressa à la placeuse :

— Qu'est-ce que vous voulez?... Je suis ainsi... je

ne peux pas voir souffrir les gens... je suis bête comme tout devant les infortunes... Et ce n'est point à mon âge que je changerai, n'est-ce pas?... Allons, ma petite, je vous emmène...

Sur ces mots, une crampe me força de descendre de mon observatoire... Je n'ai jamais revu Louise...

Le surlendemain, Mme Paulhat-Durand me fit entrer cérémonieusement dans le bureau, et, après m'avoir examinée d'une façon un peu gênante, elle me dit :

— Mademoiselle Célestine... j'ai une bonne... très bonne place pour vous... Seulement, il faudrait aller en province... oh! pas très loin...

— En province?... Je n'y cours pas, vous savez...

La placeuse insista :

— On ne connaît pas la province... il y a d'excellentes places, en province...

— Oh! d'excellentes places... En voilà une blague! rectifiai-je... D'abord il n'y a pas de bonnes places, nulle part...

Mme Paulhat-Durand sourit, aimable et minaudière. Jamais je ne l'avais vue sourire ainsi :

— Je vous demande pardon, mademoiselle Célestine... Il n'y a pas de mauvaises places...

— Parbleu! je le sais bien... Il n'y a que de mauvais maîtres...

— Non... que de mauvais domestiques... Voyons... Je vous donne des maisons, tout ce qu'il y a de *meilleur*, ce n'est pas de ma faute si vous n'y restez point...

Elle me regarda avec presque de l'amitié :

— D'autant que vous êtes très intelligente... Vous représentez... vous avez une jolie figure... une jolie taille... des mains charmantes, pas du tout abîmées par le travail... des yeux qui ne sont pas dans vos poches... Il pourrait vous arriver des choses heureuses... On ne sait pas toutes les choses heureuses qui pourraient vous arriver... avec de la conduite...

— Avec de l'inconduite... voulez-vous dire...

— Ça dépend des façons de voir... Moi, j'appelle ça de la conduite...

Elle s'amollissait... Peu à peu, son masque de dignité tombait... Je n'avais plus devant moi que l'ancienne femme de chambre, experte à toutes les canailleries... En ce moment, elle avait des yeux cochons, des gestes gras et mous, ce lapement en quelque sorte rituel de la bouche, qu'ont toutes les proxénètes et que j'avais observé aux lèvres de « Madame Rebecca Ranvet, Modes »... Elle répéta :

— Moi, j'appelle ça de la conduite.

— Ça, quoi ? fis-je.

— Voyons, mademoiselle... Vous n'êtes pas une débutante et vous connaissez la vie... On peut parler avec vous... Il s'agit d'un monsieur seul, déjà âgé... pas extrêmement loin de Paris... très riche... oui, enfin, assez riche... Vous tiendrez sa maison... quelque chose comme gouvernante... comprenez-vous ?... Ce sont des places très délicates... très recherchées... d'un grand profit... Il y a là un avenir certain, pour une femme comme vous, intelligente comme vous, gentille comme vous... et qui aurait, je le répète, de la conduite...

C'était mon ambition... Bien des fois, j'avais bâti de merveilleux avenirs sur la toquade d'un vieux... et ce paradis rêvé était là, devant moi, qui souriait, qui m'appelait !... Par une inexplicable ironie de la vie... par une contradiction imbécile et dont je ne puis comprendre la cause, ce bonheur, tant de fois souhaité et qui s'offrait, enfin... je le refusai net.

— Un vieux polisson... oh non !... je sors d'en prendre... Et ils me dégoûtent trop les hommes, les vieux, les jeunes, et tous...

Mme Paulhat-Durand resta, quelques secondes,

interdite... Elle ne s'attendait pas à cette sortie...
Retrouvant son air digne, austère, qui mettait tant
de distance entre la bourgeoise correcte qu'elle
voulait être et la fille bohème que je suis, elle dit :

— Ah ! ça, Mademoiselle... que croyez-vous
donc ?... pour qui me prenez-vous donc ?... qu'ima-
ginez-vous donc ?

— Je n'imagine rien... Seulement, je vous répète
que les hommes, j'en ai plein le dos... voilà !

— Savez-vous bien de qui vous parlez ?... Ce
monsieur, Mademoiselle, est un homme très respectable... Il est membre de la Société de Saint-
Vincent-de-Paul... Il a été député royaliste, Mademoiselle...

J'éclatai de rire :

— Oui... oui... allez toujours !... Je les connais
vos Saint-Vincent-de-Paul... et tous les saints du
diable... et tous les députés... Non, merci !...

Brusquement, sans transition :

— Qu'est-ce que c'est au juste que votre vieux ?
demandai-je... Ma foi... un de plus... un de moins...
ça n'est pas une affaire, après tout...

Mais Mme Paulhat-Durand ne se dérida pas. Elle
déclara d'une voix ferme :

— Inutile, Mademoiselle... Vous n'êtes pas la
femme sérieuse, la personne de confiance qu'il
faut à ce monsieur. Je vous croyais plus convenable... Avec vous, on ne peut pas avoir de
sécurité...

J'insistai longtemps... Elle fut inflexible. Et je
rentrai dans l'antichambre, l'âme toute vague...
Oh, cette antichambre si triste, si obscure, toujours la même !... Ces filles étalées, écrasées sur les
banquettes... ce marché de viande humaine, promise aux voracités bourgeoises... ce flux de saletés
et ce reflux de misères qui vous ramènent là,
épaves dolentes, débris de naufrages, éternellement ballottés...

— Quel drôle de type, je fais!... pensai-je. Je désire des choses... des choses... des choses... quand je les crois irréalisables, et, sitôt qu'elles doivent se réaliser, qu'elles m'arrivent avec des formes précises... je n'en veux plus...

Dans ce refus, il y avait cela, certes, mais il y avait aussi un désir gamin d'humilier un peu Mme Paulhat-Durand... et une sorte de vengeance de la prendre, elle si méprisante et si hautaine, en flagrant délit de proxénétisme...

Je regrettai ce vieux qui, maintenant, avait pour moi toutes les séductions de l'inconnu, toutes les attirances d'un inaccessible idéal... Et je me plus à évoquer son image... un vieillard propret, avec des mains molles, un joli sourire dans sa face rose et rasée, et gai, et généreux, et bon enfant, pas trop passionné, pas aussi maniaque que M. Rabour, se laissant conduire par moi, comme un petit chien...

— Venez ici... Allons, venez ici...

Et il venait, caressant, frétillant, avec un bon regard de soumission.

— Faites le beau, maintenant...

Il faisait le beau, si drôle, tout droit sur son derrière, et les pattes de devant battant l'air...

— Oh! le bon toutou!

Je lui donnais du sucre... je caressais son échine soyeuse. Il ne me dégoûtait plus... et je songeais encore :

— Suis-je bête, tout de même!... Un bon chien-chien... un beau jardin... une belle maison... de l'argent, de la tranquillité, mon avenir assuré, avoir refusé tout cela!... et sans savoir pourquoi!... Et ne jamais savoir ce que je veux... et ne jamais vouloir ce que je désire!... Je me suis donnée à bien des hommes et, au fond, j'ai l'épouvante — pire que cela — le dégoût de l'homme, quand l'homme est loin de moi. Quand il est près de moi, je me laisse prendre aussi facilement qu'une poule malade... et je suis capable de toutes les folies. Je n'ai de résistance que contre les choses qui ne doivent pas arriver et les hommes que je ne connaîtrai jamais... Je crois bien que je ne serai jamais heureuse...

L'antichambre m'accablait... Il me venait de cette obscurité, de ce jour blafard, de ces créatures étalées, des idées de plus en plus lugubres... Quelque chose de lourd et d'irrémédiable planait au-dessus de moi... Sans attendre la fermeture du bureau, je partis le cœur gros, la gorge serrée... dans l'escalier, je croisai M. Louis. S'accrochant à la rampe, il montait lentement, péniblement les marches... Nous nous regardâmes une seconde. Il ne me dit rien... moi non plus, je ne trouvai aucune parole... mais nos regards avaient tout dit... Ah! lui aussi, n'était pas heureux... Je l'écoutai, un instant, monter les marches... puis je dégringolai l'escalier... Pauvre petit bougre!

Dans la rue je restai un moment étourdie... Je cherchai des yeux les recruteuses d'amour... le dos rond, la toilette noire de Mme Rebecca Ranvet, Modes... Ah! si je l'avais vue, je serais allée à elle, je me serais livrée à elle... Aucune n'était là... Des gens passaient, affairés, indifférents, qui ne faisaient point attention à ma détresse... Alors, je m'arrêtai chez un mastroquet, où j'achetai une bouteille d'eau-de-vie, et, après avoir flâné, toujours hébétée, la tête lourde, je rentrai à mon hôtel...

Vers le soir, tard, j'entendis qu'on frappait à ma porte. Je m'étais allongée, sur le lit, à moitié nue, stupéfiée par la boisson.

— Qui est là? criai-je.
— C'est moi...
— Qui toi?
— Le garçon...

Je me levai, les seins hors la chemise, les cheveux défaits et tombant sur mon épaule, et j'ouvris la porte :

— Que veux-tu ?...

Le garçon sourit... C'était un grand gaillard, à cheveux roux, que j'avais plusieurs fois rencontré dans les escaliers... et qui me regardait toujours, avec d'étranges regards.

— Que veux-tu ? répétai-je...

Le garçon sourit encore, embarrassé, et, roulant entre ses gros doigts le bas de son tablier bleu, taché de plaques d'huile, il bégaya :

— Mam'zelle... je...

Il considérait d'un air de morne désir, mes seins, mon ventre presque nu, ma chemise que la courbe des hanches arrêtait...

— Allons, entre... espèce de brute... criai-je tout à coup.

Et, le poussant dans ma chambre, je refermai la porte, violemment, sur nous deux...

Oh ! misère de moi... On nous retrouva, le lendemain, ivres et vautrés sur le lit... dans quel état mon Dieu !...

Le garçon fut renvoyé... Je n'ai jamais su son nom !

Je ne voudrais pas quitter le bureau de placement de Mme Paulhat-Durand sans donner un souvenir à un pauvre diable que j'y rencontrai. C'était un jardinier veuf depuis quatre mois et qui venait chercher une place. Parmi tant de figures lamentables qui passèrent là, je n'en vis pas une aussi triste que la sienne et qui semblât plus accablée par la vie. Sa femme était morte d'une fausse couche — d'une fausse couche ? — la veille du jour où, après deux mois de misère, ils devaient, enfin, entrer dans une propriété, elle comme basse-courière, lui comme jardinier. Soit malchance, soit lassitude et dégoût de vivre, il n'avait rien trouvé, depuis ce grand malheur; il n'avait même rien cherché... Et ce qui lui restait de petites économies avait vite fondu dans ce chômage. Quoiqu'il fût très défiant, j'étais parvenue à l'apprivoiser un peu... Je mets sous forme de récit impersonnel le drame si simple, si poignant qu'il me conta, un jour que, très émue par son infortune, je lui avais marqué plus d'intérêt et plus de pitié. Le voici.

Quand ils eurent visité les jardins, les terrasses, les serres et, à l'entrée du parc, la maison du jardinier, somptueusement vêtue de lierres, de bignones et de vignes vierges, ils revinrent l'âme en attente, l'âme en angoisse, lentement, sans se parler, vers la pelouse où la comtesse suivait, d'un regard d'amour, ses trois enfants qui, chevelures blondes, claires fanfreluches, chairs roses et heureuses, jouaient dans l'herbe, sous la surveillance de la gouvernante. A vingt pas, ils s'arrêtèrent respectueusement, l'homme la tête découverte, sa casquette à la main, la femme, timide sous son chapeau de paille noire, gênée dans son caraco de laine sombre, tortillant, pour se donner une contenance, la chaînette d'un petit sac de cuir. Très loin, le parc déroulait, entre d'épais massifs d'arbres, ses pelouses onduleuses.

— Voyons... approchez... dit la comtesse avec une encourageante bonté.

L'homme avait la figure brunie, la peau hâlée de soleil, de grosses mains noueuses, couleur de terre, le bout des doigts déformé et luisant par le frottement continu des outils. La femme était un peu pâle, d'une pâleur grise sous les taches de rousseur qui lui éclaboussaient le visage... un peu gauche aussi et très propre. Elle n'osait pas lever les yeux sur cette belle dame qui, tout à l'heure, allait l'examiner indiscrètement, l'accabler de questions torturantes, lui retourner l'âme et la chair, comme les autres... Et elle s'acharnait à regarder ce joli tableau des trois babies jouant dans l'herbe, avec des manières contenues et des grâces étudiées déjà...

Ils avancèrent lentement, de quelques pas et tous les deux, d'un geste mécanique et simultané, ils se croisèrent les mains, sur le ventre.

— Eh bien?... demanda la comtesse... vous avez tout visité?

— Madame la comtesse est bien bonne... répondit l'homme... C'est très grand... c'est très beau... Oh! c'est une superbe propriété... Par exemple, il y a du travail...

— Et je suis très exigeante, je vous préviens, très juste... mais très exigeante. J'aime que tout soit tenu dans la perfection... Et des fleurs... des fleurs... des fleurs... toujours... partout... D'ailleurs, vous avez deux aides, l'été; un seul, l'hiver... C'est suffisant...

— Oh! répliqua l'homme... le travail ne me gêne pas. Tant plus il y en a, tant plus je suis content. J'aime mon métier... et je le connais... arbres... primeurs... mosaïques et tout... Pour ce qui est des fleurs... avec de bons bras... du goût, de l'eau... un bon paillis... et, sauf vot' respect, Madame la comtesse... beaucoup de fumier et d'engrais, on a ce qu'on veut...

Après une pause, il continua :

— Ma femme aussi est bien active... bien adroite... et elle a de l'administration... Elle n'a pas l'air forte, à la voir... mais elle est courageuse, jamais malade, et elle s'entend aux bêtes comme personne... Là, d'où nous venons, il y avait trois vaches... et deux cents poules... Ainsi!

La comtesse fit un signe de tête approbateur.

— Le logement vous plaît?

— Le logement aussi est très beau... C'est quasiment trop grand pour de petites gens comme nous... et nous n'avons pas assez de meubles pour le meubler... Mais on n'habite que ce qu'on habite, bien sûr... Et puis, c'est loin du château... Faut ça... Les maîtres n'aiment pas quand les jardiniers sont trop près... Et nous, on craint de gêner... De cette façon on est chacun chez soi... Ça vaut mieux pour tout le monde... Seulement...

L'homme hésita pris d'une timidité soudaine, devant ce qu'il avait à dire...

— Seulement... quoi?... interrogea la comtesse, après un silence qui augmenta la gêne de l'homme.

Celui-ci serra plus fort sa casquette, la tourna entre ses gros doigts, pesa davantage sur le sol, et, s'enhardissant :

— Eh bien, voilà! fit-il... Je voulais dire à Madame la comtesse que les gages n'étaient pas assez forts pour la place. C'est trop court... Avec la meilleure volonté du monde, on ne pourra pas arriver... Madame la comtesse devrait donner un peu plus...

— Vous oubliez, mon ami, que vous êtes logé, chauffé, éclairé... que vous avez les légumes et les fruits... que je donne une douzaine d'œufs par semaine et un litre de lait par jour... C'est énorme...

— Ah! Madame la comtesse donne le lait et les œufs?... Et elle éclaire?

Et, comme pour lui demander conseil, il regardait sa femme, tout en murmurant :

— Dame!... c'est quelque chose... On ne peut pas dire le contraire... ça n'est pas mauvais...

La femme balbutia :

— Pour sûr... ça aide un peu...

Puis, tremblante et embarrassée :

— Madame la comtesse donne aussi, sans doute, des étrennes au mois de janvier et à la Saint-Fiacre?

— Non, rien...

— C'est l'habitude, pourtant...

— Ça n'est pas la mienne...

A son tour, l'homme s'enquit :

— Et pour les belettes..., les fouines..., les putois ?

— Rien, non plus... je vous laisse la peau !...

Cela fut dit d'un ton sec, net, après quoi il n'y avait plus à insister... Et, tout à coup :

— Ah ! je vous préviens, une fois pour toutes, que je défends au jardinier de vendre ou de donner à quiconque des légumes. Je sais bien qu'il faut en faire trop pour en avoir assez... et que les trois quarts se perdent. Tant pis !... J'entends qu'on les laisse se perdre.

— Bien sûr... comme partout, quoi !...

— Ainsi, c'est entendu ?... Depuis quand êtes-vous mariés ?

— Depuis six ans... répondit la femme.

— Vous n'avez pas d'enfants ?

— Nous avions une petite fille... Elle est morte !

— Ah ! c'est bien... c'est très bien... approuva négligemment la comtesse... Mais vous êtes jeunes tous les deux... vous pouvez en avoir encore ?

— On ne le souhaite guère, allez, Madame la comtesse... Mais dame ! on attrape ça plus facilement que cent écus de rente...

Les yeux de la comtesse étaient devenus sévères :

— Je dois encore vous prévenir que je ne veux pas, absolument pas d'enfants chez moi. S'il vous survenait un enfant, je me verrais forcée de vous renvoyer... tout de suite... Oh ! pas d'enfants !... Cela crie, cela est partout, cela dévaste tout... cela fait peur aux chevaux et donne des épidémies... Non, non... pour rien au monde, je ne tolérerais un enfant chez moi... Ainsi, vous voilà prévenus... Arrangez-vous... prenez vos précautions...

A ce moment, l'un des enfants, qui était tombé, vint se réfugier en criant et se cacher dans la robe de sa mère... Celle-ci le prit dans ses bras, le berça avec des paroles gentilles, le câlina, l'embrassa tendrement, et le renvoya apaisé, souriant, avec les deux autres... La femme se sentit subitement le cœur bien gros... Elle crut qu'elle n'aurait pas la force de retenir ses larmes... Il n'y avait donc de joie, de tendresse, d'amour, de maternité que pour les riches?... Les enfants s'étaient remis à jouer sur la pelouse... Elle les détesta d'une haine sauvage, elle eût voulu les injurier, les battre, les tuer... injurier et battre aussi cette femme insolente et cruelle, cette mère égoïste qui venait de prononcer des paroles abominables, des paroles qui condamnaient à ne pas naître tout ce qui dormait d'humanité future, dans son ventre de pauvresse... Mais elle se contint, et elle dit simplement, sur un nouvel avertissement, plus autoritaire que les autres :

— On fera attention, Madame la comtesse... on tâchera...

— C'est cela... car je ne saurais trop vous le répéter... C'est un principe chez moi... un principe avec lequel je ne transigerai jamais...

Et elle ajouta, avec une inflexion presque caressante dans la voix :

— D'ailleurs, croyez-moi... Quand on n'est pas riche... mieux vaut ne pas avoir d'enfants...

L'homme, pour plaire à sa future maîtresse, conclut :

— Bien sûr... bien sûr... Madame la comtesse parle bien...

Mais une haine était en lui. La lueur sombre et farouche qui passa comme un éclair dans ses yeux, démentait la servilité forcée de ces dernières paroles... La comtesse ne vit point briller cette lueur de meurtre, car, instinctivement, elle avait le regard fixé sur le ventre de la femme, qu'elle venait de condamner à la stérilité ou à l'infanticide.

Le marché fut vite conclu. Elle fit ses recommandations, détailla minutieusement les services qu'elle attendait de ses nouveaux jardiniers, et, comme elle les congédiait d'un hautain sourire, elle dit sur un ton qui n'admettait pas de réplique :

— Je pense que vous avez des sentiments religieux... Ici, tout le monde va, le dimanche, à la messe et fait ses Pâques... J'y tiens absolument...

Ils s'en revinrent, sans se parler, très graves, très sombres. La route était poudreuse, la chaleur lourde et la pauvre femme marchait péniblement, tirait la jambe. Comme elle étouffait un peu, elle s'arrêta, posa son sac à terre et délaça son corset.

— Ouf!... fit-elle en aspirant de larges bouffées d'air...

Et son ventre, longtemps comprimé, se tendit, s'enfla, accusa la rondeur caractéristique, la tare de la maternité, le crime... Ils continuèrent leur chemin.

A quelques pas de là, sur la route, ils entrèrent dans une auberge et se firent servir un litre de vin.

— Pourquoi que tu n'as pas dit que j'étais enceinte? demanda la femme.

L'homme répondit :

— Tiens! pour qu'elle nous fiche à la porte, comme les trois autres...

— Aujourd'hui ou demain, va!...

Alors l'homme murmura entre ses dents :

— Si t'étais une femme... eh bien, tu irais, dès ce soir, chez la mère Hurlot... elle a des herbes!

Mais la femme se mit à pleurer... Et elle gémissait, dans ses larmes :

— Ne dis pas ça... ne dis pas ça... Ça porte malheur!

L'homme tapa sur la table, et il cria :

— Faut donc crever... nom de Dieu !...

Le malheur vint. Quatre jours après, la femme eut une fausse couche — une fausse couche ? — et mourut en d'affreuses douleurs d'une péritonite.

Et quand l'homme eut terminé son récit, il me dit :

— Ainsi, me voilà tout seul, maintenant. Je n'ai plus de femme, plus d'enfant, plus rien. J'ai bien songé à me venger... oui, j'ai songé longtemps à tuer ces trois enfants qui jouaient sur la pelouse... Je ne suis pas méchant pourtant, je vous assure, et pourtant, les trois enfants de cette femme, je vous le jure, je les aurais étranglés avec une joie..., une joie !... Ah ! oui... Et puis, je n'ai pas osé... Qu'est-ce que vous voulez ? On a peur... on est lâche... on n'a de courage que pour souffrir !

XVI

28 novembre.

Aucune lettre de Joseph. Sachant combien il est prudent, je ne suis pas trop étonnée de son silence, mais j'en souffre un peu. Certes, Joseph n'ignore point qu'avant de nous être distribuées les lettres passent par Madame, et, sans doute, il ne veut pas s'exposer et m'exposer à ce qu'elles soient lues ou seulement que le fait qu'il m'écrive soit méchamment commenté par Madame. Pourtant, lui qui a tant de ressources dans l'esprit, j'aurais cru qu'il eût trouvé le moyen de me donner de ses nouvelles... Il doit rentrer demain matin. Rentrera-t-il?... Je ne suis pas sans inquiétudes... et mon cerveau marche, marche... Pourquoi aussi n'a-t-il pas voulu que je connusse son adresse à Cherbourg?... Mais je ne veux pas penser à tout cela qui me brise la tête et me donne la fièvre.

Ici, rien, sinon moins d'événements toujours et plus de silence encore. C'est le sacristain qui, par amitié, remplace Joseph. Chaque jour, ponctuellement, il vient faire le pansage des chevaux et surveiller les châssis. Impossible de lui tirer une seule parole. Il est plus muet, plus méfiant, plus louche d'allures que Joseph. Il est plus vulgaire aussi, et il n'a pas sa grandeur et sa force... Je le vois très peu et seulement quand j'ai un ordre à lui transmettre... Un drôle de type aussi, celui-là!... L'épicière m'a raconté qu'il avait, étant jeune, étudié pour être prêtre et qu'on l'avait chassé du séminaire à cause de son indélicatesse et de son immoralité. — Ne serait-ce pas lui qui a violé la petite Claire dans le bois ?... Depuis, il a essayé un peu de tous les métiers. Tantôt pâtissier, tantôt chantre au lutrin, tantôt mercier ambulant, clerc de notaire, domestique, tambour de ville, adjudicataire du marché, employé chez l'huissier, il est depuis quatre ans sacristain. Sacristain, c'est être encore un peu curé. Il a, du reste, toutes les manières visqueuses et rampantes des cloportes ecclésiastiques... Bien sûr qu'il ne doit pas reculer devant les plus sales besognes... Joseph a le tort d'en faire son ami... Mais est-il son ami ?... N'est-il pas plutôt son complice ?

Madame a la migraine... Il paraît que cela lui arrive régulièrement tous les trois mois. Durant deux jours, elle reste enfermée, rideaux tirés, sans lumière, dans sa chambre où seule Marianne a le droit de pénétrer... Elle ne veut pas de moi... La maladie de Madame, c'est du bon temps pour Monsieur... Monsieur en profite... Il ne quitte plus la cuisine... Tantôt, je l'ai surpris qui en sortait, la face très rouge, la culotte encore toute déboutonnée. Ah ! je voudrais bien les voir, Marianne et lui... Cela doit vous dégoûter de l'amour pour jamais...

Le capitaine Mauger qui ne me parle plus et me lance, derrière la haie, des regards furieux, s'est remis avec sa famille, du moins avec l'une de ses nièces, qui est venue s'installer chez lui... Elle n'est pas mal : une grande blonde, avec un nez trop long, mais fraîche et bien faite... Au dire des gens, c'est elle qui tiendra la maison et qui remplacera Rose dans le lit du capitaine. De cette façon, les saletés ne sortiront plus de la famille.

Quant à Mme Gouin, la mort de Rose aurait pu être un coup pour ses matinées du dimanche. Elle a compris qu'elle ne pouvait pas rester sans un grand premier rôle. Maintenant, c'est cette peste de mercière qui mène le branle des potins et qui se charge d'entretenir les filles du Mesnil-Roy dans l'admiration et dans la propagande des talents clandestins de cette infâme épicière. Hier dimanche, je suis allée chez elle. C'était fort brillant... toutes étaient là. On y a très peu parlé de Rose, et quand j'ai raconté l'histoire des testaments, ç'a été un éclat de rire général. Ah! le capitaine avait raison quand il me disait : « Tout se remplace. »... Mais la mercière n'a pas l'autorité de Rose, car c'est une femme sur qui, au point de vue des mœurs, il n'y a malheureusement rien à dire.

Avec quelle hâte j'attends Joseph!... Avec quelle impatience nerveuse j'attends le moment de savoir ce que je dois espérer ou craindre de la destinée!... Je ne puis plus vivre ainsi. Jamais je n'ai été autant écœurée de cette existence médiocre que je mène, de ces gens que je sers, de tout ce milieu de mornes fantoches où, de jour en jour, je m'abêtis davantage. Si je n'avais, pour me soutenir, l'étrange sentiment qui donne à ma vie actuelle un intérêt nouveau et puissant, je crois que je ne tarderais pas à sombrer, moi aussi, dans cet abîme de sottises et de vilenies que je vois s'élargir de plus en plus autour de moi... Ah! que Joseph réussisse ou non, qu'il change ou ne change pas d'idée sur moi, ma résolution est prise; je ne veux plus rester ici... Encore quelques heures, encore toute une nuit d'anxiété... et je serai enfin fixée sur mon avenir.

Cette nuit, je vais la passer à remuer encore d'anciens souvenirs, pour la dernière fois peut-être. C'est le seul moyen que j'aie de ne pas trop penser aux inquiétudes du présent, de ne pas trop me casser la tête aux chimères de demain. Au fond, ces souvenirs m'amusent, et ils renforcent mon mépris. Quelles singulières et monotones figures, tout de même, j'ai rencontrées sur ma route de servage!...

Quand je les revois, par la pensée, elles ne me font pas l'effet d'être réellement vivantes. Elles ne vivent, du moins, elles ne donnent l'illusion de vivre, que par leurs vices... Enlevez-leur ces vices qui les soutiennent comme les bandelettes soutiennent les momies... et ce ne sont même plus des fantômes, ce n'est plus que de la poussière, de la cendre... de la mort...

Ah! par exemple, c'était une fameuse maison celle où, quelques jours après avoir refusé d'aller chez le vieux monsieur de province, je fus adressée, avec toutes sortes de références admirables, par Mme Paulhat-Durand. Des maîtres tout jeunes, sans bêtes ni enfants, un intérieur mal tenu, sous le chic apparent des meubles et la lourde somptuosité des décors... Du luxe et plus encore de coulage... Un simple coup d'œil en entrant et j'avais vu tout cela... j'avais vu, parfaitement vu, à qui j'avais affaire. C'était le rêve, quoi! J'allais donc oublier là toutes mes misères, et M. Xavier que j'avais souvent encore dans la peau, la petite canaille... et les bonnes sœurs de Neuilly... et les stations crevantes dans l'antichambre du bureau de placement, et les longs jours d'angoisse et les longues nuits de solitude ou de crapule...

J'allais donc m'arranger une existence douce, de travail facile et de profits certains. Tout heureuse de ce changement, je me promis de corriger les fantaisies trop vives de mon caractère, de réprimer les élans fougueux de ma franchise, afin de rester longtemps, longtemps, dans cette place. En un clin d'œil, mes idées noires disparurent et ma haine des bourgeois, comme par enchantement, s'envola. Je redevins d'une gaieté folle et trépidante, et, reprise d'un violent amour de la vie, je trouvai que les maîtres ont du bon, quelquefois... Le personnel n'était pas nombreux, mais de choix : une cuisinière, un valet de chambre, un vieux maître d'hôtel et moi... Il n'y avait pas de cocher, les maîtres ayant, depuis peu, supprimé l'écurie et se servant de voitures de grande remise... Nous fûmes amis tout de suite. Le soir même, ils arrosèrent ma bienvenue d'une bouteille de vin de Champagne.

— Mazette!... fis-je en battant des mains... on se met bien, ici.

Le valet de chambre sourit, agita en l'air musicalement un trousseau de clés. Il avait les clés de la cave; il avait les clés de tout. C'était l'homme de confiance de la maison...

— Vous me les prêterez, dites? demandai-je, en manière de rigolade.

Il répondit, en me décochant un regard tendre :

— Oui, si vous êtes chouette avec Bibi... Il faudra être chouette avec Bibi...

Ah! c'était un chic homme et qui savait parler aux femmes... Il s'appelait William... Quel joli nom!...

Durant le repas qui se prolongea, le vieux maître d'hôtel ne dit pas un mot, but beaucoup, mangea beaucoup. On ne faisait pas attention à lui, et il semblait un peu gâteux. Quant à William, il se montra charmant, galant, empressé, me fit sous la table des agaceries délicates, m'offrit, au café, des cigarettes russes dont il avait ses poches pleines... Puis m'attirant vers lui — j'étais un peu étourdie par le tabac, un peu grise aussi et toute défrisée — il m'assit sur ses genoux, et me souffla dans l'oreille des choses d'un raide... Ah! ce qu'il était effronté!

Eugénie, la cuisinière, ne paraissait pas scandalisée de ces propos et de ces jeux. Inquiète, rêveuse, elle tendait sans cesse le cou vers la porte, dressait l'oreille au moindre bruit comme si elle eût attendu quelqu'un et, l'œil tout vague, elle lampait, coup sur coup, de pleins verres de vin... C'était une femme d'environ quarante-cinq ans, avec une forte poitrine, une bouche large aux lèvres charnues, sensuelles, des yeux langoureux et passionnés, un air de grande bonté triste. Enfin, du dehors, on frappa quelques coups discrets à la porte de service. Le visage d'Eugénie s'illumina ; elle se leva d'un bond, alla ouvrir... Je voulus reprendre une position plus convenable, n'étant pas au fait des habitudes de l'office, mais William m'enlaça plus fort, et me retint contre lui, d'une solide étreinte...

— Ce n'est rien, fit-il, calmement... c'est le petit.

Pendant ce temps, un jeune homme entrait, presque un enfant. Très mince, très blond, très blanc de peau, sans une ombre de barbe — dix-huit ans à peine —, il était joli comme un amour. Il portait un veston tout neuf, élégant, qui dessinait son buste svelte et gracile, une cravate rose... C'était le fils des concierges de la maison voisine. Il venait, paraît-il, tous les soirs... Eugénie l'adorait, en était folle. Chaque jour, elle mettait de côté, dans un grand panier, des soupières pleines de bouillon, de belles tranches de viande, des bouteilles de vin, de gros fruits et des gâteaux que le petit emportait à ses parents.

— Pourquoi viens-tu si tard, ce soir ? demanda Eugénie.

Le petit s'excusa d'une voix traînante :

— A fallu que j'garde la loge... maman faisait une course...

— Ta mère... ta mère... Ah ! mauvais sujet, est-ce vrai au moins ?...

Elle soupira et, ses yeux dans les yeux de l'enfant, les deux mains appuyées à ses épaules, elle débita d'un ton dolent :

— Quand tu tardes à venir, j'ai toujours peur de quelque chose. Je ne veux pas que tu te mettes en retard, mon chéri... Tu diras à ta mère que si cela continue... eh bien, je ne te donnerai plus rien... pour elle...

Puis, les narines frémissantes, le corps tout entier secoué d'un frisson :

— Que tu es joli, mon amour!... Oh! ta petite frimousse... ta petite frimousse... Je ne veux pas que les autres en aient... Pourquoi n'as-tu pas mis tes beaux souliers jaunes?... Je veux que tu sois joli de partout, quand tu viens... Et ces yeux-là... ces grands yeux polissons, petit brigand?... Ah! je parie qu'ils ont encore regardé une autre femme! Et ta bouche... ta bouche!... qu'est-ce qu'elle a fait cette bouche-là!...

Il la rassura, souriant, se dandinant sur ses hanches frêles...

— Dieu non!... ça, je t'assure, Nini... c'est pas une blague... maman faisait une course... là... vrai!

Eugénie répéta, à plusieurs reprises :

— Ah! mauvais sujet... mauvais sujet... je ne veux pas que tu regardes les autres femmes... Ta petite frimousse pour moi, ta petite bouche, pour moi... tes grands yeux pour moi!... Tu m'aimes bien, dis?...

— Oh! oui... Pour sûr...

— Dis-le encore...

— Ah! pour sûr!...

Elle lui sauta au cou, et, la gorge haletante, bégayant des mots d'amour, elle l'entraîna dans la pièce voisine.

William me dit :

— Ce qu'elle en pince!... Et ce qu'il lui coûte gros, ce gamin... La semaine dernière, elle l'a encore habillé tout à neuf. C'est pas vous qui m'aimeriez comme ça!...

Cette scène m'avait profondément émue, et tout de suite je vouai à la pauvre Eugénie une amitié de sœur... Ce gamin ressemblait à M. Xavier... Du moins, entre ces deux jolis êtres de pourriture, il y avait une similitude morale. Et ce rapprochement me rendit triste, oh! triste, infiniment. Je me revis dans la chambre de M. Xavier, le soir où je lui donnai les quatre-vingt-dix francs... Oh! ta petite frimousse, ta petite bouche, tes grands yeux!...

C'étaient les mêmes yeux froids et cruels, la même ondulation du corps... c'était le même vice qui brillait à ses prunelles et donnait au baiser de ses lèvres quelque chose d'engourdissant, comme un poison...

Je me dégageai des bras de William, devenu le plus en plus entreprenant :

— Non... lui dis-je, un peu sèchement... pas ce soir...

— Mais tu avais promis d'être chouette avec Bibi ?...

— Pas ce soir...

Et, m'arrachant à son étreinte, j'arrangeai un peu le désordre de mes cheveux, le chiffonnement de mes jupes, et je dis :

— Ah! bien, tout de même!... ça ne traîne pas avec vous...

Naturellement, je ne voulus rien changer aux habitudes de la maison, dans le service. William faisait le ménage, à la va comme je te pousse. Un coup de balai par-ci, de plumeau par-là... ça y était. Le reste du temps, il bavardait, fouillait les tiroirs, les armoires, lisait les lettres qui, d'ailleurs, traînaient de tous les côtés et dans tous les coins. Je fis comme lui. Je laissai s'accumuler la poussière sur et sous les meubles, et je me gardai bien de rien toucher au désordre des salons et des chambres. A la place des maîtres, moi, j'aurais eu honte de vivre dans un intérieur pareillement torchonné. Mais ils ne savaient pas commander, et, timides, redoutant les scènes, ils n'osaient jamais rien dire. Si, parfois, à la suite d'un manquement trop visible ou trop gênant, ils se hasardaient jusqu'à balbutier : « Il me semble que vous n'avez pas fait ceci ou cela », nous n'avions qu'à répondre sur un ton où la fermeté n'excluait pas l'insolence : « Je demande bien pardon à Madame... Madame se trompe... Et si Madame n'est pas contente... » Alors, ils n'insistaient plus et tout était dit... Jamais je n'ai rencontré, dans ma vie, des maîtres ayant moins d'autorité sur leurs domestiques, et plus godiches!... Vrai, on n'est pas *serins*, comme ils l'étaient...

Il faut rendre à William cette justice qu'il avait su mettre les choses sur un bon pied dans la boîte. William avait une passion, commune à beaucoup de gens de service : les courses. Il connaissait tous les jockeys, tous les entraîneurs, tous les bookmakers, et aussi quelques gentilshommes très galbeux, des barons, des vicomtes, qui lui montraient une certaine amitié, sachant qu'il possédait, de temps à autre, des tuyaux épatants... Cette passion qui, pour être entretenue et satisfaite, demande des sorties nombreuses et des déplacements suburbains, ne s'accorde pas avec un métier peu libre et sédentaire, comme est celui de valet de chambre. Or, William avait réglé sa vie ainsi : après le déjeuner, il s'habillait et sortait... Ce qu'il était chic avec son pantalon à carreaux noirs et blancs, ses bottines vernies, son pardessus mastic et ses chapeaux... Oh! les chapeaux de William, des chapeaux couleur d'eau profonde, où les ciels, les arbres, les rues, les fleuves, les foules, les hippodromes se succédaient en prodigieux reflets!... Il ne rentrait qu'à l'heure d'habiller son maître, et, le soir, après le dîner, souvent, il repartait ayant, disait-il, d'importants rendez-vous, avec des Anglais. Je ne le renvoyais que la nuit, très tard, un peu ivre de cocktail, toujours... Toutes les semaines, il invitait des amis à dîner, des cochers, des valets de chambre, des gens de courses, ceux-ci, comiques et macabres avec leurs jambes torses, leurs genoux difformes, leur aspect de crapuleux cynisme et de sexe ambigu. Ils parlaient chevaux, turf, femmes, racontaient sur leurs maîtres des histoires sinistres — à les entendre, ils étaient tous pédérastes — puis, quand le vin exaltait les cerveaux, ils s'attaquaient à la politique... William y était d'une intransigeance superbe et d'une terrible violence réactionnaire.

— Moi, mon homme, criait-il... c'est Cassagnac... un rude gars, Cassagnac... un luron... un lapin!... Ils en ont peur... Ce qu'il écrit, celui-là... c'est tapé!... Oui, qu'ils se frottent à ce lapin-là, les sales canailles!...

Et, tout à coup, au plus fort du bruit, Eugénie se levait, plus pâle et les yeux brillants, bondissait vers la porte. Le petit entrait, sa jolie figure étonnée de ces gens inaccoutumés, de ces bouteilles vidées, du pillage effréné de la table. Eugénie avait réservé pour lui un verre de champagne et une assiette de friandises... Puis, tous les deux, ils disparaissaient dans la pièce voisine...

— Oh! ta petite frimousse... ta petite bouche... tes grands yeux!...

Ce soir-là, le panier des parents contenait des parts plus larges et meilleures. Il fallait bien qu'ils profitassent de la fête, ces braves gens...

Un jour, comme le petit tardait, un gros cocher, cynique et voleur, qui était de toutes ces fêtes, voyant Eugénie inquiète... lui dit :

— Vous tarabustez donc pas... Elle va venir tout à l'heure, votre tapette.

Eugénie se leva, frémissante et grondante :

— Qu'est-ce que vous avez dit, vous?... Une tapette... ce chérubin?... Répétez voir un peu?... Et quand même... si ça lui fait plaisir à cet enfant... Il est assez joli pour ça... il est assez joli pour tout... vous savez?

— Bien sûr, une tapette... répliqua le cocher, dans un rire gras... allez donc demander ça au comte Hurot, là, à deux pas, dans la rue Marb...

Il n'eut pas le temps d'achever... Un soufflet retentissant lui coupa la parole...

A ce moment, le petit apparut derrière la porte... Eugénie courut à lui...

— Ah! mon chéri... mon amour... viens vite... ne reste pas avec ces voyous-là...

Je crois tout de même que le gros cocher avait raison.

William me parlait souvent d'Edgar, le célèbre piqueur du baron de Borgsheim. Il était fier de le connaître, l'admirait presque autant que Cassagnac... Edgar et Cassagnac, tels étaient les deux grands enthousiasmes de sa vie... Je crois qu'il eût été dangereux d'en plaisanter et même d'en discuter avec lui... Quand il rentrait, la nuit, tard, William s'excusait en me disant : « J'étais avec Edgar. » Il semblait que d'être avec Edgar, cela vous constituât non seulement une excuse, mais une gloire.

— Pourquoi ne l'amènes-tu pas dîner, que je le voie, ton fameux Edgar?... demandai-je un jour.

William fut scandalisé de cette idée... et il affirma, avec hauteur :

— Ah! ça!... est-ce que tu t'imagines qu'Edgar voudrait dîner avec de simples domestiques?

C'est d'Edgar que William tenait cette méthode incomparable de lustrer ses chapeaux... Une fois, aux courses d'Auteuil, Edgar fut abordé par le jeune marquis de Plérin.

— Voyons, Edgar, supplia le marquis... comment obtenez-vous vos chapeaux?...

— Mes chapeaux, Monsieur le marquis?... répondit Edgar, flatté, car le jeune Plérin, voleur aux courses et tricheur au jeu, était alors une des personnalités les plus fameuses du monde parisien... C'est très simple... seulement, c'est comme le gagnant, il faut le savoir... Eh bien, voici... Tous les matins, je fais courir mon valet de chambre pendant un quart d'heure... Il sue, n'est-ce pas?... Et la sueur, ça contient de l'huile... Alors, avec un foulard de soie très fine, il recueille la sueur de son front, et il lustre mes chapeaux avec... Ensuite, le coup de fer... Mais il faut un homme propre et sain... de préférence un châtain... car les blonds sentent fort quelquefois... et toutes les sueurs ne conviennent pas... L'année dernière, j'ai donné la recette au prince de Galles...

Et comme le jeune marquis de Plérin remerciait Edgar, lui serrait la main à la dérobée, celui-ci ajouta confidentiellement :

— Prenez Baladeur à 7/1... C'est le gagnant, Monsieur le marquis...

J'avais fini — c'est rigolo, vraiment, quand j'y pense — par me sentir flattée, moi aussi, d'une telle relation pour William... Pour moi aussi, Edgar, c'était alors quelque chose d'admirable et d'inaccessible, comme l'Empereur d'Allemagne... Victor Hugo... Paul Bourget... est-ce que je sais?... C'est pourquoi je crois bien faire en fixant, d'après tout ce que me raconta William, cette physionomie plus qu'illustre : historique.

Edgar est né à Londres, dans l'effroi d'un bouge, entre deux hoquets de whisky. Tout gamin, il a vagabondé, mendié, volé, connu la prison. Plus tard, comme il avait les difformités physiques requises et les plus crapuleux instincts, on l'a racolé pour en faire un groom... D'antichambre en écurie, frotté à toutes les roublardises, à toutes les rapacités, à tous les vices des domesticités de grande maison, il est passé *lad*, au haras d'Eaton. Et il s'est pavané avec la toque écossaise, le gilet à rayures jaunes et noires, et la culotte claire, bouffante aux cuisses, collante aux mollets, et qui fait aux genoux des plis en forme de vis. A peine adulte, il ressemble à un vieux petit homme, grêle de membres, la face plissée, rouge aux pommettes, jaune aux tempes, la bouche usée et grimaçante, les cheveux rares, ramenés au-dessus de l'oreille, en volute graisseuse. Dans une société qui se pâme aux odeurs du crottin, Edgar est déjà quelqu'un de moins anonyme qu'un ouvrier ou un paysan; presque un gentleman.

A Eaton, il apprend à fond son métier. Il sait

comment il faut panser un cheval de luxe, comment il faut le soigner, quand il est malade, quelles toilettes minutieuses et compliquées, différentes selon la couleur de la robe, lui conviennent; il sait le secret des lavages intimes, les polissages raffinés, les pédicurages savants, les maquillages ingénieux, par quoi valent et s'embellissent les bêtes de course, comme les bêtes d'amour... Dans les bars, il connaît des jockeys considérables, de célèbres entraîneurs et des baronnets ventrus, des ducs filous et voyous qui sont la *crème* de ce fumier et la *fleur* de ce crottin... Edgar eût souhaité devenir jockey, car il suppute déjà tout ce qu'il y a de tours à jouer et d'affaires à faire. Mais il a grandi. Si ses jambes sont restées maigres et arquées, son estomac s'est développé et son ventre bedonne... Il a trop de poids. Ne pouvant endosser la casaque du jockey, il se décide à revêtir la livrée du cocher...

Aujourd'hui, Edgar a quarante-trois ans. Il est des cinq ou six piqueurs anglais, italiens et français dont on parle dans le monde élégant avec émerveillement... Son nom triomphe dans les journaux de sport, même dans les échos des gazettes mondaines et littéraires. Le baron de Borgsheim, son maître actuel, est fier de lui, plus fier de lui que d'une opération financière qui aurait coûté la ruine de cent mille concierges. Il dit : « Mon piqueur! », en se rengorgeant sur un ton de supériorité définitive, comme un collectionneur de tableaux dirait : « Mes Rubens! » Et, de fait, il a raison d'être fier, l'heureux baron, car, depuis qu'il possède Edgar, il a beaucoup gagné en illustration et en respectabilité... Edgar lui a valu l'entrée de salons intransigeants, longtemps convoités... Par Edgar, il a enfin vaincu toutes les résistances mondaines contre sa race... Au club, il est question de la fameuse « victoire du baron sur l'Angleterre ». Les Anglais nous ont pris l'Égypte... mais le baron a pris Edgar aux

Anglais... et cela rétablit l'équilibre... Il eût conquis les Indes qu'il n'eût pas été davantage acclamé... Cette admiration ne va pas, cependant, sans une forte jalousie. On voudrait lui ravir Edgar, et ce sont, autour de ce dernier, des intrigues, des machinations corruptrices, des flirts, comme autour d'une belle femme. Quant aux journaux, en leur enthousiasme respectueux, ils en sont arrivés à ne plus savoir exactement lequel, d'Edgar ou du baron, est l'admirable piqueur ou l'admirable financier... Tous les deux, ils les confondent dans les mutuelles gloires d'une même apothéose.

Pour peu que vous ayez été curieux de traverser les foules aristocratiques, vous avez certainement rencontré Edgar, qui en est une des ordinaires et plus précieuses parures. C'est un homme de taille moyenne, très laid, d'une laideur comique d'Anglais, et dont le nez démesurément long a des courbes doublement royales et qui oscillent entre la courbe sémitique et la courbe bourbonienne... Les lèvres, très courtes et retroussées, montrent, entre les dents gâtées, des trous noirs. Son teint s'est éclairci dans la gamme des jaunes, relevé aux pommettes de quelques hachures de laque vive. Sans être obèse, comme les majestueux cochers de l'ancien jeu, il est maintenant doué d'un embonpoint confortable et régulier, qui rembourre de graisse les exostoses canailles de son ossature. Et il marche, le buste légèrement penché en avant, l'échine sautillante, les coudes écartés à l'angle réglementaire. Dédaigneux de suivre la mode, jaloux plutôt de l'imposer, il est vêtu richement et fantaisistement. Il a des redingotes bleues, à revers de moire, ultra-collantes, trop neuves ; des pantalons de coupe anglaise, trop clairs ; des cravates trop blanches, des bijoux trop gros, des mouchoirs trop parfumés, des bottines trop vernies, des chapeaux trop luisants... Combien longtemps les jeunes gommeux envièrent-ils à Edgar l'insolite et fulgurant éclat de ses couvre-chefs!

A huit heures, le matin, en petit chapeau rond, en pardessus mastic aussi court qu'un veston, une énorme rose jaune à sa boutonnière, Edgar descend de son automobile, devant l'hôtel du baron. Le pansage vient de finir. Après avoir jeté sur la cour un regard de mauvaise humeur, il entre dans l'écurie et commence son inspection, suivi des pale-freniers, inquiets et respectueux... Rien n'échappe à son œil soupçonneux et oblique : un seau pas à sa place, une tache aux chaînes d'acier, une éraillure sur les argents et les cuivres... Et il grogne, s'emporte, menace, la voix pituitaire, les bronches encore graillonnantes du champagne mal cuvé de la veille. Il pénètre dans chaque box, et passe sa main, gantée de gants blancs, à travers la crinière des chevaux, sur l'encolure, le ventre, les jambes. A la moindre trace de salissure sur les gants, il bourre les palefreniers; c'est un flot de mots orduriers, de jurons outrageants, une tempête de gestes furibonds. Ensuite, il examine minutieusement le sabot des chevaux, flaire l'avoine dans le marbre des mangeoires, éprouve la litière, étudie longuement la forme, la couleur et la densité du crottin, qu'il ne trouve jamais à son goût.

— Est-ce du crottin, ça, nom de Dieu?... Du crot-tin de cheval de fiacre, oui... Que j'en revoie demain de semblable, et je vous le ferai avaler, bougres de saligauds!...

Parfois, le baron, heureux de causer avec son piqueur, apparaît. A peine si Edgar s'aperçoit de la présence de son maître. Aux interrogations, d'ail-leurs timides, il répond par des mots brefs, har-gneux. Jamais il ne dit : « Monsieur le baron. » C'est le baron, au contraire, qui serait tenté de dire : « Monsieur le cocher! » Dans la crainte d'irriter Edgar, il ne reste pas longtemps, et se retire dis-crètement.

La revue des écuries, des remises, des selleries terminée, ses ordres donnés sur un ton de commandement militaire, Edgar remonte en son automobile et file rapidement vers les Champs-Élysées où il fait d'abord une courte station, en un petit bar, parmi des gens de courses, des *tipsters* au museau de fouine, qui lui coulent dans l'oreille des mots mystérieux et lui montrent des dépêches confidentielles. Le reste de la matinée est consacré en visites chez les fournisseurs, pour les commandes à renouveler, les commissions à toucher, et chez les marchands de chevaux où s'engagent des colloques dans le genre de celui-ci :

— Eh bien, master Edgar ?
— Eh bien, master Poolny ?
— J'ai acheteur pour l'attelage bai du baron.
— Il n'est pas à vendre...
— Cinquante livres pour vous...
— Non.
— Cent livres, master Edgar.
— On verra, master Poolny...
— Ce n'est pas tout, master Edgar.
— Quoi encore, master Poolny ?
— J'ai deux magnifiques alezans, pour le baron...
— Nous n'en avons pas besoin.
— Cinquante livres pour vous.
— Non.
— Cent livres, master Edgar.
— On verra, master Poolny !

Huit jours après, Edgar a détraqué comme il convient, ni trop, ni trop peu, l'attelage bai du baron, puis ayant démontré à celui-ci qu'il est urgent de s'en débarrasser, vend l'attelage bai à Poolny lequel vend à Edgar les deux magnifiques alezans. Poolny en sera quitte pour mettre, pendant trois mois, à l'herbage, l'attelage bai qu'il revendra, peut-être, deux ans après, au baron.

A midi, le service d'Edgar est fini. Il rentre, pour

déjeuner, dans son appartement de la rue Euler, car il n'habite pas chez le baron, et ne le conduit jamais. Rue Euler, c'est un rez-de-chaussée écrasé de peluches brodées, aux tons fracassants, orné sur les murs de lithographies anglaises : chasses, steeples, cracks célèbres, portraits variés du prince de Galles, dont un avec une dédicace. Et ce sont des cannes, des whips, des fouets de chasse, des étriers, des mors, des trompes de mail, arrangés en panoplie, au centre de laquelle, entre deux frontons dorés, se dresse le buste énorme de la reine Victoria, en terre cuite polychrome et loyaliste. Libre de soucis, étranglé dans ses redingotes bleues, le chef couvert de son phare irradiant, Edgar vaque, alors, toute la journée, à ses affaires et à ses plaisirs. Ses affaires sont nombreuses, car il commandite un caissier de cercle, un bookmaker, un photographe hippique, et il possède trois chevaux, à l'entraînement, près de Chantilly. Ses plaisirs, non plus, ne chôment pas, et les petites dames les plus célèbres connaissent le chemin de la rue Euler, où elles savent que, dans les moments de dèche, il y aura toujours, pour elles, un thé servi et cinq louis prêts.

Le soir, après s'être montré aux Ambassadeurs, au Cirque, à l'Olympia, très correct sous son frac à revers de soie, Edgar se rend chez l'*Ancien*, et il se saoule longuement, en compagnie de cochers qui se donnent des airs de gentlemen, et de gentlemen qui se donnent des airs de cochers...

Et chaque fois que William me racontait une de ces histoires, il concluait, émerveillé :

— Ah! cet Edgar, on peut dire vraiment que c'est un homme, celui-là!...

Mes maîtres appartenaient à ce qu'on est convenu d'appeler le grand monde parisien ; c'est-à-dire que Monsieur était noble et sans le sou, et qu'on ne savait pas exactement d'où sortait Madame. Bien des histoires, toutes plus pénibles les unes que les autres, couraient sur ses origines. William, très au courant des potins de la haute société, prétendait que Madame était la fille d'un ancien cocher et d'une ancienne femme de chambre, lesquels, à force de grattes et de mauvaise conduite, réunirent un petit capital, s'établirent usuriers en un quartier perdu de Paris, et gagnèrent rapidement, en prêtant de l'argent, principalement aux cocottes et aux gens de maison, une grosse fortune. Des veinards, quoi !...

Au vrai, Madame, malgré son apparente élégance et sa très jolie figure, avait de drôles de manières, des habitudes canailles qui me désobligeaient fort. Elle aimait le bœuf bouilli et le lard aux choux, la sale... et, comme les cochers de fiacre, son régal était de verser du vin rouge dans son potage. J'en avais honte pour elle... Souvent, dans ses querelles avec Monsieur, elle s'oubliait jusqu'à crier : « Merde ! » En ces moments-là, la colère remuait, au fond de son être mal nettoyé par un trop récent luxe, les persistantes boues familiales, et faisait monter à ses lèvres, ainsi qu'une malpropre écume, des mots... ah ! des mots que moi, qui ne suis pas une dame, je regrette souvent d'avoir prononcés... Mais voilà... on ne s'imagine pas combien il y a de femmes, avec des bouches d'anges, des yeux d'étoiles et des robes de trois mille francs, qui, chez elles, sont grossières de langage, ordurières de gestes, et dégoûtantes à force de vulgarité... de vraies pierreuses !...

— Les grandes dames, disait William, c'est comme les sauces des meilleures cuisines, il ne faut pas voir comment ça se fabrique... Ça vous empêcherait de coucher avec...

William avait de ces aphorismes désenchantés. Et comme c'était, tout de même, un homme très galant, il ajoutait en me prenant la taille :

— Un petit trognon comme toi, ça flatte moins la vanité d'un amant... Mais c'est plus sérieux, tout de même.

Je dois dire que ses colères et ses gros mots, Madame les passait toujours sur Monsieur... Avec nous, elle était, je le répète, plutôt timide...

Madame montrait aussi, au milieu du désordre de sa maison, parmi tout ce coulage effréné qu'elle tolérait, des avarices très bizarres et tout à fait inattendues... Elle chipotait la cuisinière pour deux sous de salade, économisait sur le blanchissage de l'office, renâclait sur une note de trois francs, n'avait de cesse qu'elle eût obtenu, après des plaintes, des correspondances sans fin, d'interminables démarches, la remise de quinze centimes, indûment perçus par le factage du chemin de fer, pour le transport d'un paquet. Chaque fois qu'elle prenait un fiacre, c'était des engueulements avec le cocher à qui, non seulement elle ne donnait pas de pourboire, mais qu'elle trouvait encore le moyen de carotter... Ce qui n'empêche pas que son argent traînât partout avec ses bijoux et ses clés sur les tables de cheminées et les meubles. Elle gâchait à plaisir ses plus riches toilettes, ses plus fines lingeries ; elle se laissait impudemment gruger par les fournisseurs d'objets de luxe, acceptait, sans sourciller, les livres du vieux maître d'hôtel, comme Monsieur, du reste, ceux de William. Et, cependant, Dieu sait s'il y en avait de la gabegie, là-dedans !... Je disais à William, quelquefois :

— Non, vrai ! tu chipes trop... Ça te jouera... un mauvais tour...

A quoi William, très calme, répliquait :

— Laisse donc... je sais ce que je fais... et jusqu'où je peux aller. Quand on a des maîtres aussi bêtes que ceux-là, ce serait un crime de ne pas en profiter.

Mais il ne profitait guère, le pauvre, de ces continuels larcins qui, continuellement, en dépit des tuyaux épatants qu'il avait, allaient aux courses grossir l'argent des bookmakers.

Monsieur et Madame étaient mariés depuis cinq

ans... D'abord, ils allèrent beaucoup dans le monde et reçurent à dîner. Puis, peu à peu, ils restreignirent leurs sorties et leurs réceptions, pour vivre à peu près seuls, car ils se disaient jaloux l'un de l'autre. Madame reprochait à Monsieur de flirter avec les femmes ; Monsieur accusait Madame de trop regarder les hommes. Ils s'aimaient beaucoup, c'est-à-dire qu'ils se disputaient toute la journée, comme un ménage de petits bourgeois. La vérité est que Madame n'avait pas réussi dans le monde, et que ses manières lui avaient valu pas mal d'avanies. Elle en voulait à Monsieur de n'avoir pas su l'imposer, et Monsieur en voulait à Madame de l'avoir rendu ridicule devant ses amis. Ils ne s'avouaient pas l'amertume de leurs sentiments, et trouvaient plus simple de mettre leurs zizanies sur le compte de l'amour.

Chaque année, au milieu de juin, on partait pour la campagne, en Touraine, où Madame possédait, paraît-il, un magnifique château. Le personnel s'y renforçait d'un cocher, de deux jardiniers, d'une seconde femme de chambre, de femmes de basse-cour. Il y avait des vaches, des paons, des poules, des lapins... Quel bonheur ! William me contait les détails de leur existence, là-bas, avec une mauvaise humeur âcre et bougonnante. Il n'aimait point la campagne ; il s'ennuyait au milieu des prairies, des arbres et des fleurs... La nature ne lui était supportable qu'avec des bars, des champs de courses, des bookmakers et des jockeys. Il était exclusivement parisien.

— Connais-tu rien de plus bête qu'un marronnier ? me disait-il souvent. Voyons... Edgar, qui est un homme chic, un homme supérieur, est-ce qu'il aime la campagne, lui ?...

Je m'exaltais :

— Ah, les fleurs, pourtant, dans les grandes pelouses... Et les petits oiseaux !...

William ricanait.

— Les fleurs?... Ça n'est joli que sur les chapeaux et chez les modistes... Et les petits oiseaux? Ah! parlons-en... Ça vous empêche de dormir le matin. On dirait des enfants qui braillent!... Ah! non... ah! non... J'en ai plein le dos, de la campagne... La campagne, ça n'est bon que pour les paysans...

Et se redressant d'un geste noble, avec une voix fière, il concluait :

— Moi, il me faut du sport... Je ne suis pas un paysan, moi... je suis un sportsman...

J'étais heureuse, pourtant, et j'attendais le mois de juin avec impatience. Ah! les marguerites dans les prés, les petits sentiers, sous les feuilles qui tremblent... les nids cachés dans les touffes de lierre, aux flancs des vieux murs... Et les rossignols dans les nuits de lune... et les causeries douces, la main dans la main, sur les margelles des puits, garnis de chèvrefeuilles, tapissés de capillaires et de mousses!.... Et les jattes de lait fumant... et les grands chapeaux de paille... et les petits poussins... et les messes entendues dans les églises de village, au clocher branlant, et tout cela, qui vous émeut et vous charme et vous prend le cœur, comme une de ces jolies romances qu'on chante au café-concert!...

Quoique j'aime à rigoler, je suis une nature poétique. Les vieux bergers, les foins qu'on fane, les oiseaux qui se poursuivent de branche en branche, les coucous dont on fait des pelotes jaunes, et les ruisseaux qui chantent sur les cailloux blonds, et les beaux gars au teint pourpré par le soleil, comme les raisins des très anciennes vignes, les beaux gars aux membres robustes, aux poitrines puissantes, tout cela me fait rêver des rêves gentils... En pensant à ces choses, je redeviens presque petite fille, avec des innocences, des candeurs qui m'inondent l'âme, qui me rafraîchissent le cœur, comme une petite pluie la petite fleur trop brûlée par le soleil, trop desséchée par le vent... Et le soir, en attendant William dans mon lit, exaltée par tout cet avenir de joies pures, je composais des vers :

Petite fleur,
O toi, ma sœur,
Dont la senteur
Fait mon bonheur...

Et toi, ruisseau,
Lointain coteau,
Frêle arbrisseau,
Au bord de l'eau,

Que puis-je dire,
Dans mon délire ?
Je vous admire...
Et je soupire...

Amour, amour...
Amour d'un jour
Et de toujours !...
Amour, amour !...

Sitôt William rentré, la poésie s'envolait. Il m'apportait l'odeur lourde du bar, et ses baisers qui sentaient le gin avaient vite fait de casser les ailes à mon rêve... Je n'ai jamais voulu lui montrer mes vers. A quoi bon ? Il se fût moqué de moi, et du sentiment qui me les inspirait. Et sans doute qu'il m'eût dit :

— Edgar, qui est un homme épatant... est-ce qu'il fait des vers, lui ?...

Ma nature poétique n'était pas la seule cause de l'impatience où j'étais de partir pour la campagne. J'avais l'estomac détraqué par la longue misère que je venais de traverser... et, peut-être aussi, par la nourriture trop abondante, trop excitante de maintenant, par le champagne et les vins d'Espagne, que William me forçait à boire. Je souffrais réellement. Souvent, des vertiges me prenaient, le matin, au sortir du lit... Dans la journée, mes jambes se brisaient ; je ressentais, à la tête, des douleurs comme des coups de marteau... J'avais réellement besoin d'une existence plus calme, pour me remettre un peu...

Hélas !... il était dit que tout ce rêve de bonheur et de santé, allait encore s'écrouler...

Ah ! Merde ! comme disait Madame...

Les scènes entre Monsieur et Madame commençaient toujours dans le cabinet de toilette de Madame et, toujours, elles naissaient de prétextes futiles... de rien. Plus le prétexte était futile et plus les scènes éclataient violentes... Après quoi, ayant vomi tout ce que leur cœur contenait d'amertumes et de colères longtemps amassées, ils se boudaient des semaines entières... Monsieur se retirait dans son cabinet où il faisait des patiences et remaniait l'harmonie de sa collection de pipes. Madame ne quittait plus sa chambre où, sur une chaise longue, longuement étendue, elle lisait des romans d'amour... et s'interrompait de lire, pour ranger ses armoires, sa garde-robe, avec rage, avec frénésie : tel un pillage... Ils ne se retrouvaient qu'aux repas... Dans les premiers temps, je crus, n'étant point au courant de leurs manies, qu'ils allaient se jeter à la tête assiettes, couteaux et bouteilles... Nullement, hélas !... C'est dans ces moments-là qu'ils étaient le mieux élevés, et que Madame s'ingéniait à paraître une femme du monde. Ils causaient de leurs petites affaires, comme si rien ne se fût passé, avec un peu plus de cérémonie que de coutume, un peu plus de politesse froide et guindée, voilà tout... On eût dit qu'ils dînaient en ville... Puis, les repas terminés, l'air grave, l'œil triste, très dignes, ils remontaient chacun chez soi... Madame se remettait à ses romans, à ses tiroirs... Monsieur à ses patiences et à ses pipes... Quelquefois, Monsieur allait passer une heure ou deux à son club, mais rarement... Et ils s'adressaient une correspondance acharnée, des *poulets* en forme de cœur ou de cocotte, que j'étais chargée de transmettre de l'un à l'autre... Toute la journée, je faisais le facteur, de la chambre de Madame au cabinet de Monsieur, porteuse d'ultimatums terribles, de menaces... de supplications... de pardons et de larmes... C'était à mourir de rire...

Au bout de quelques jours, ils se réconciliaient, comme ils s'étaient fâchés, sans raison apparente... Et c'étaient des sanglots, des « oh!... méchant!... oh! méchante! »... des : « c'est fini... puisque je te dis que c'est fini »... Ils s'en allaient faire une petite fête au restaurant, et, le lendemain, se levaient très tard, fatigués d'amour...

J'avais tout de suite compris la comédie qu'ils se jouaient à eux-mêmes, les deux pauvres cabots... et quand ils menaçaient de se quitter, je savais très bien qu'ils n'étaient pas sincères. Ils étaient rivés l'un à l'autre, celui-ci par son intérêt, celle-là par sa vanité. Monsieur tenait à Madame qui avait l'argent, Madame se cramponnait à Monsieur qui avait le nom et le titre. Mais, comme, dans le fond, ils se détestaient, en raison même de ce marché de dupes qui les liait, ils éprouvaient le besoin de se le dire, de temps à autre, et de donner une forme ignoble, comme leur âme, à leurs déceptions, à leurs rancunes, à leurs mépris.

— A quoi peuvent bien servir de telles existences?... disais-je à William.

— A Bibi!... répondait celui-ci qui, en toutes circonstances, avait le mot juste et définitif.

Pour en donner l'immédiate et matérielle preuve, il tirait de sa poche un magnifique *impérialès*, dérobé le matin même, en coupait le bout, soigneusement, l'allumait avec satisfaction et tranquillité, déclarant, entre deux bouffées odorantes :

— Il ne faut jamais se plaindre de la bêtise de ses maîtres, ma petite Célestine... C'est la seule garantie de bonheur que nous ayons, nous autres... Plus les maîtres sont bêtes, plus les domestiques sont heureux... Va me chercher la fine champagne...

A demi couché dans un fauteuil à bascule, les jambes très hautes et croisées, le cigare au bec, une bouteille de vieux Martell à portée de la main, lentement, méthodiquement, il dépliait *L'Autorité*, et il disait, avec une bonhomie admirable :

— Vois-tu, ma petite Célestine... il faut être plus fort que les gens qu'on sert... Tout est là... Dieu sait si Cassagnac est un rude homme... Dieu sait s'il est en plein dans mes idées, et si je l'admire, ce grand bougre-là... Eh bien, comprends-tu?... je ne voudrais pas servir chez lui... pour rien au monde... Et ce que je dis de Cassagnac, je le dis aussi d'Edgar, parbleu!... Retiens bien ceci, et tâche d'en profiter. Servir chez des gens intelligents et qui « la connaissent »... c'est de la duperie, mon petit loup...

Et, savourant son cigare, il ajoutait après un silence :

— Quand je pense qu'il est des domestiques qui passent leur vie à débiner leurs maîtres, à les embêter, à les menacer... Quelles brutes!... Quand je pense qu'il en est qui voudraient les tuer... Les tuer!... Et puis après?... Est-ce qu'on tue la vache qui nous donne du lait, et le mouton de la laine... On trait la vache... on tond le mouton... adroitement... en douceur...

Et il se plongeait, silencieusement, dans les mystères de la politique conservatrice.

Pendant ce temps-là, Eugénie rôdait dans la cuisine, amoureuse et molle. Elle faisait son ouvrage machinalement, somnambuliquement, loin d'eux, là-haut, loin de nous, loin d'elle-même, le regard absent de leurs folies et des nôtres, les lèvres toujours en train de quelques muettes paroles de douloureuse adoration :

— Ta petite bouche... tes petites mains... tes grands yeux!...

Tout cela souvent m'attristait, je ne sais pas pourquoi, m'attristait jusqu'aux larmes... Oui, parfois une mélancolie, indicible et pesante, me venait de cette maison si étrange où tous les êtres, le vieux maître d'hôtel silencieux, William, Eugénie et moi-même, me semblaient inquiétants, vides et mornes, comme des fantômes...

La dernière scène à laquelle j'assistai fut particulièrement drôle...

Un matin, Monsieur entra dans le cabinet de toilette au moment où Madame essayait devant moi un corset neuf, un affreux corset de satin mauve avec des fleurettes jaunes et des lacets de soie jaune. Le goût, ce n'est pas ce qui étouffait Madame.

— Comment? dit Madame, d'un ton de gai reproche. C'est ainsi qu'on entre chez les femmes, sans frapper?

— Oh! les femmes? gazouilla Monsieur... D'abord tu n'es pas les femmes.

— Je ne suis pas les femmes?... qu'est-ce que je suis alors?

Monsieur arrondit la bouche — Dieu, qu'il avait l'air bête — et, très tendre, ou, plutôt, simulant la tendresse, il susurra :

— Mais tu es ma femme... ma petite femme... ma jolie petite femme. Il n'y a pas de mal à entrer chez sa petite femme, je pense...

Quand Monsieur faisait l'amoureux imbécile, c'est qu'il voulait carotter de l'argent à Madame... Celle-ci, encore méfiante, répliqua :

— Si, il y a du mal...

Et elle minauda :

— Ta petite femme?... ta petite femme? Ça n'est pas si sûr que cela, que je sois ta petite femme...

— Comment... ça n'est pas si sûr que cela...

— Dame! est-ce qu'on sait?... Les hommes, c'est si drôle...

— Je te dis que tu es ma petite femme... ma chère... ma seule petite femme... ah!

— Et toi... mon bébé... mon gros bébé... le seul gros bébé à sa petite femme... na!...

Je laçais Madame qui, se regardant dans la glace, les bras nus et levés, caressait alternativement les touffes de poil de ses aisselles... Et j'avais grande envie de rire. Ce qu'ils me faisaient suer avec leur petite femme, et leur gros bébé! Ce qu'ils avaient l'air stupide tous les deux!...

Après avoir piétiné dans le cabinet, soulevé des jupons, des bas, des serviettes, dérangé des brosses, des pots, des fioles, Monsieur prit un journal de modes, qui traînait sur la toilette, et s'assit sur une espèce de tabouret et peluche. Il demanda :

— Est-ce qu'il y a un rébus, cette fois?

— Oui... je crois, il y a un rébus...

— L'as-tu deviné, ce rébus?

— Non, je ne l'ai pas deviné...

— Ah! ah! voyons ce rébus...

Pendant que Monsieur, le front plissé, s'absorbait dans l'étude du rébus, Madame dit, un peu sèchement :

— Robert?

— Ma chérie...

— Alors, tu ne remarques rien?

— Non... quoi?... dans ce rébus?

Elle haussa les épaules et se pinça les lèvres :

— Il s'agit bien du rébus!... Alors, tu ne remarques rien?... D'abord, toi, tu ne remarques jamais rien...

Monsieur promenait dans la pièce, du tapis au plafond, de la toilette à la porte, un regard hébété, tout rond... excessivement comique...

— Ma foi non!... qu'est-ce qu'il y a?... Il y a donc, ici, quelque chose de nouveau, que je n'ai pas remarqué... Je ne vois rien, ma parole d'honneur!...

Madame devint toute triste, et elle gémit :

— Robert, tu ne m'aimes plus...

— Comment, je ne t'aime plus!... Ça c'est un peu fort, par exemple!...

Il se leva, brandissant le journal de modes...

— Comment... je ne t'aime plus... répéta-t-il... En voilà une idée!... Pourquoi dis-tu cela?...

— Non, tu ne m'aimes plus... parce que, si tu m'aimais encore... tu aurais remarqué une chose...

— Mais quelle chose?...

— Eh bien!... tu aurais remarqué mon corset...

— Quel corset?... Ah! oui... ce corset.. Tiens! je ne l'avais pas remarqué, en effet... Faut-il que je sois bête!... Ah! mais, il est très joli, tu sais... ravissant...

— Oui, tu dis cela, maintenant... et tu t'en fiches pas mal... Je suis trop stupide, aussi... Je m'éreinte à me faire belle... à trouver des choses qui te plaisent... Et tu t'en fiches pas mal... Du reste, que suis-je pour toi?... Rien... moins que rien!... Tu entres ici... et qu'est-ce que tu vois?... Ce sale journal... A quoi t'intéresses-tu?... A un rébus!... Ah! elle est jolie la vie que tu me fais... Nous ne voyons personne... Nous n'allons nulle part... nous vivons comme des loups... comme des pauvres...

— Voyons... voyons... je t'en prie!... ne te mets pas en colère... Voyons!... D'abord, comme des pauvres...

Il voulut s'approcher de Madame, la prendre par la taille... l'embrasser. Celle-ci s'énervait. Elle le repoussa durement :

— Non, laisse-moi... Tu m'agaces...

— Ma chérie... voyons!... ma petite femme...

— Tu m'agaces, entends-tu?... Laisse-moi... ne m'approche pas... Tu es un gros égoïste... un gros pataud... tu ne sais rien faire pour moi... tu es un sale type, tiens!...

— Pourquoi dis-tu cela?... C'est de la folie. Voyons... ne t'emporte pas ainsi... Eh bien, oui... j'ai eu tort... J'aurais dû le voir tout de suite, ce corset...

ce très joli corset... Comment ne l'ai-je pas vu, tout de suite?... Je n'y comprends rien!... Regarde-moi... souris-moi... Dieu, qu'il est joli!... et comme il te va!...

Monsieur appuyait trop... il m'horripilait, moi qui étais pourtant si désintéressée dans la querelle. Madame trépigna le tapis et, de plus en plus nerveuse, la bouche pâle, les mains crispées, elle débita très vite :

— Tu m'agaces... tu m'agaces... tu m'agaces... Est-ce clair?... Va-t'en!

Monsieur continuait de balbutier, tout en montrant maintenant des signes d'exaspération :

— Ma chérie!... Ça n'est pas raisonnable... Pour un corset!... Ça n'a aucun rapport... Voyons ma chérie... regarde-moi... souris-moi... C'est bête de se faire tant de mal pour un corset...

— Ah! tu m'emmerdes, à la fin!... vomit Madame d'une voix de lavoir... tu m'emmerdes!... Va-t'en...

J'avais fini de lacer ma maîtresse... Je me levai sur ce mot... ravie de surprendre à nu leurs deux belles âmes... et de les forcer à s'humilier, plus tard, devant moi... Ils semblaient avoir oublié que je fusse là... Désireuse de connaître la fin de cette scène, je me faisais toute petite, toute silencieuse...

A son tour, Monsieur qui s'était longtemps contenu, s'encoléra... Il fit du journal de modes un gros bouchon qu'il lança de toutes ses forces contre la toilette... et il s'écria :

— Zut!... Flûte!... C'est trop embêtant aussi!... C'est toujours la même chose... On ne peut rien dire, rien faire sans être reçu comme un chien... Et toujours des brutalités, des grossièretés... J'en ai assez de cette vie-là... j'en ai plein le dos de ces manières de poissarde... Et veux-tu que je te dise?... Ton corset... eh bien, il est ignoble, ton corset... C'est un corset de fille publique...

— Misérable!...

L'œil injecté de sang, la bouche écumante, les poings fermés, menaçants, elle s'avança vers Monsieur... Et telle était sa fureur que les mots ne sortaient de sa bouche qu'en éructations rauques...

— Misérable!... rugit-elle, enfin... Et c'est toi qui oses me parler ainsi... toi?... Non, mais c'est chose inouïe... Quand je l'ai ramassé dans la boue, ce beau monsieur panné, couvert de sales dettes... affiché à son cercle... quand je l'ai sauvé de la crotte... ah! il ne faisait pas le fier!... Ton nom, n'est-ce pas?... Ton titre?... Ah! ils étaient propres ce nom et ce titre, sur lesquels les usuriers ne voulaient plus t'avancer même cent sous... Tu peux les reprendre et te laver le derrière avec... Et ça parle de sa noblesse... de ses aïeux... ce monsieur que j'ai acheté et que j'entretiens!... Eh bien... elle n'aura plus rien de moi, la noblesse... plus ça!... Et quant à tes aïeux, fripouille, tu peux les porter au clou, pour voir si on te prêtera seulement dix sous sur leurs gueules de soudards et de valets!... Plus ça, tu entends!... jamais... jamais!... Retourne à tes tripots, tricheur... à tes putains, maquereau!...

Elle était effrayante... Timide, tremblant, le dos lâche, l'œil humilié, Monsieur reculait devant ce flot d'ordures... Il gagna la porte, m'aperçut... s'enfuit... et Madame lui cria, encore, dans le couloir, d'une voix devenue encore plus rauque, horrible...

— Maquereau... sale maquereau!...

Et elle s'affaissa sur sa chaise longue, vaincue par une terrible attaque de nerfs, que je finis par calmer en lui faisant respirer tout un flacon d'éther...

Alors, Madame reprit la lecture de ses romans d'amour, rangea à nouveau ses tiroirs. Monsieur s'absorba plus que jamais dans des patiences compliquées et dans la révision de sa collection de pipes... Et la correspondance recommença... D'abord timide, espacée, elle se fit bientôt acharnée et nombreuse... J'étais sur les dents, à force de courir, porteuse de messages en forme de cœur ou de cocotte, de la chambre de l'une au cabinet de l'autre... Ce que je rigolais!...

Trois jours après cette scène, en lisant une missive de Monsieur, sur papier rose, à ses armes, Madame pâlit, et, tout à coup, elle me demanda, haletante :

— Célestine?... Croyez-vous vraiment que Monsieur veuille se tuer?... Lui avez-vous vu des armes dans la main? Mon Dieu!... s'il allait se tuer?...

J'éclatai de rire, au nez de Madame... Et ce rire, qui était parti, malgré moi, grandit, se déchaîna, se précipita... Je crus que j'allais mourir, étouffée par ce rire, étranglée par ce maudit rire qui se soulevait, en tempête, dans ma poitrine... et m'emplissait la gorge d'inextinguibles hoquets.

Madame resta un moment interdite devant ce rire.

— Qu'y a-t-il?... Qu'avez-vous?... Pourquoi riez-vous ainsi?... Taisez-vous donc... Voulez-vous bien vous taire, vilaine fille...

Mais le rire me tenait... Il ne voulait plus me lâcher... Enfin, entre deux halètements, je criai :

— Ah! non... c'est trop rigolo aussi, vos histoires... c'est trop bête... Oh! la la! Oh! la la!... Que c'est bête!...

Naturellement, le soir, je quittais la maison et je me trouvais, une fois de plus, sur le pavé...

Chien de métier!... Chienne de vie!...

Le coup fut rude et je me dis — mais trop tard — que jamais je ne retrouverais une place comme celle-là... J'y avais tout : bons gages, profits de toutes sortes, besogne facile, liberté, plaisirs. Il n'y avait qu'à me laisser vivre. Quelqu'une d'autre, moins folle que moi, eût pu mettre beaucoup d'argent de côté, se monter peu à peu un joli trousseau de corps, une belle garde-robe, tout un ménage complet et très chic. Cinq ou six années seulement, et qui sait?... on pouvait se marier, prendre un petit commerce, être chez soi, à l'abri du besoin et des mauvaises chances, heureuse, presque une dame... Maintenant, il fallait recommencer la série des misères, subir à nouveau l'offense des hasards... J'étais dépitée de cet accident, et furieuse; furieuse contre moi-même, contre William, contre Eugénie, contre Madame, contre tout le monde. Chose sérieuse, inexplicable, au lieu de me raccrocher, de me cramponner à ma place, ce qui était facile avec un type comme Madame, je m'étais enfoncée davantage dans ma sottise et, payant d'effronterie, j'avais rendu irréparable ce qui pouvait être réparé. Est-ce étrange, ce qui se passe en vous, à de certains moments?... C'est à n'y rien comprendre!... C'est comme une folie qui s'abat, on ne sait d'où, on ne sait pourquoi, qui vous saisit, vous secoue, vous exalte, vous force à crier, à insulter... Sous l'empire de cette folie, j'avais couvert Madame d'outrages. Je lui avais reproché son père, sa mère, le mensonge imbécile de sa vie; je l'avais traitée comme on ne traite pas une fille publique, j'avais craché sur son mari... Et cela me fait peur, quand j'y songe... cela me fait honte aussi, ces subites descentes dans l'ignoble, ces ivresses de boue, où si souvent ma raison chancelle, et qui me poussent au déchirement, au meurtre... Comment ne l'ai-je pas tuée, ce jour-là?... Comment ne l'ai-je pas étranglée?... Je n'en sais rien... Dieu sait pourtant que je ne suis pas méchante. Aujourd'hui, je la revois, cette pauvre femme et je revois sa vie si déréglée, si triste, avec ce mari si lâche, si mornement lâche... Et j'ai une immense pitié d'elle... et je voudrais qu'ayant eu la force de le quitter, elle fût heureuse, maintenant...

Après la terrible scène, vite, je redescendis à l'office. William frottait mollement son argenterie, en fumant une cigarette russe.

— Qu'est-ce que tu as? me dit-il, le plus tranquillement du monde.

— J'ai que je pars... que je quitte la boîte ce soir,
haletai-je.

Je pouvais à peine parler...

— Comment, tu pars? fit William, sans aucune
émotion... Et pourquoi?

En phrases courtes, sifflantes, en mimiques boule-
versées, je racontai toute la scène avec Madame.
William, très calme, indifférent, haussa les
épaules...

— C'est trop bête, aussi! dit-il... on n'est pas bête
comme ça!

— Et c'est tout ce que tu trouves à me dire?

— Qu'est-ce que tu veux que je te dise de plus? Je
dis que c'est bête. Il n'y a pas autre chose à dire...

— Et toi?... que vas-tu faire?

Il me regarda d'un regard oblique... Sa bouche eut
un ricanement. Ah! qu'il fut laid, son regard, à cette
minute de détresse, qu'elle fut lâche et hideuse, sa
bouche!...

— Moi? dit-il... en feignant de ne pas comprendre
ce que, dans cette interrogation, il y avait de prières
pour lui.

— Oui, toi... Je te demande ce que tu vas faire...

— Rien... je n'ai rien à faire... Je vais continuer...
Mais, tu es folle, ma fille... Tu ne voudrais pas!...

J'éclatai :

— Tu vas avoir le courage de rester dans une
maison d'où l'on me chasse?

Il se leva, ralluma sa cigarette éteinte, et, glacial :

— Oh! pas de scènes, n'est-ce pas?... Je ne suis
point ton mari... Il t'a plu de commettre une bêtise...
Je n'en suis pas responsable... Qu'est-ce que tu
veux?... Il faut en supporter les conséquences... La
vie est la vie...

Je m'indignai :

— Alors, tu me lâches?... Tu es un misérable, une
canaille, comme les autres, sais-tu? Le sais-tu?

William sourit... C'était vraiment un homme supérieur...

— Ne dis donc pas de choses inutiles... Quand nous nous sommes mis ensemble, je ne t'ai rien promis... Tu ne m'as rien promis non plus... On se rencontre... on se colle, c'est bien... On se quitte... on se décolle... c'est bien aussi. La vie est la vie...

Et, sentencieux, il ajouta :

— Vois-tu, dans la vie, Célestine, il faut de la conduite... il faut ce que j'appelle de l'administration. Toi, tu n'as pas de conduite... tu n'as pas d'administration... Tu te laisses emporter par tes nerfs... Les nerfs, dans notre métier, c'est très mauvais... Rappelle-toi bien ceci : « La vie est la vie ! »

Je crois que je me serais jetée sur lui et que je lui aurais déchiré le visage — son impassible et lâche visage de larbin — à coups d'ongles furieux, si, brusquement, les larmes n'étaient venues amollir et détendre mes nerfs surbandés... Ma colère tomba, et je suppliai :

— Ah ! William !... William !... mon petit William !... mon cher petit William !... que je suis malheureuse !...

William essaya de remonter un peu mon moral abattu... Je dois dire qu'il y employa toute sa force de persuasion et toute sa philosophie... Durant la journée, il m'accabla généreusement de hautes pensées, de graves et consolateurs aphorismes... où ces mots revenaient sans cesse, agaçants et berceurs :

— La vie... est la vie...

Il faut pourtant que je lui rende justice... Ce dernier jour, il fut charmant, quoique un peu trop solennel, et il fit bien les choses. Le soir, après dîner, il chargea mes malles sur un fiacre et me conduisit chez un logeur qu'il connaissait et à qui il paya de sa poche une huitaine, recommandant qu'on me soignât bien... J'aurais voulu qu'il restât cette nuit-là avec moi... Mais il avait rendez-vous avec Edgar !...

— Edgar, tu comprends, je ne puis le manquer...
Et justement, peut-être aurait-il une place pour
toi?... Une place indiquée par Edgar... ah! ce serait
épatant.

En me quittant, il me dit :

— Je viendrai te voir demain. Sois sage... ne fais
plus de bêtises... Ça ne mène à rien... Et pénètre-toi
bien de cette vérité, que la vie, Célestine... c'est la
vie...

Le lendemain, je l'attendis vainement... Il ne vint
pas...

— C'est la vie... me dis-je...

Mais le jour suivant, comme j'étais impatiente de
le voir, j'allai à la maison. Je ne trouvai dans la
cuisine qu'une grande fille blonde, effrontée et
jolie... plus jolie que moi...

— Eugénie n'est pas là?... demandai-je.

— Non, elle n'est pas là... répondit sèchement la
grande fille.

— Et William?...

— William non plus...

— Où est-il?

— Est-ce que je sais, moi?

— Je veux le voir... Allez le prévenir que je veux le
voir...

La grande fille me regarda d'un air dédaigneux :

— Dites donc?... Est-ce que je suis votre domestique?

Je compris tout... Et comme j'étais lasse de lutter,
je m'éloignai.

— C'est la vie...

Cette phrase me poursuivait, m'obsédait comme
un refrain de café-concert...

Et, en m'éloignant, je ne pus m'empêcher de me
représenter — non sans une douloureuse mélancolie
— la joie qui m'avait accueillie dans cette maison...
La même scène avait dû se passer... On avait débou-
ché la bouteille de champagne obligatoire... Wil-

liam avait pris sur ses genoux la fille blonde, et il lui avait soufflé dans l'oreille :

— Il faudra être chouette avec Bibi...

Les mêmes mots... les mêmes gestes... les mêmes caresses... pendant qu'Eugénie, dévorant des yeux le fils du concierge, l'entraînait dans la pièce voisine :

— Ta petite frimousse !... tes petites mains !... tes grands yeux !

Je marchais toute vague, hébétée... répétant intérieurement avec une obstination stupide :

— Allons... C'est la vie... c'est la vie...

Durant plus d'une heure, devant la porte, sur le trottoir, je fis les cent pas, espérant que William entrerait ou sortirait. Je vis entrer l'épicier... une petite modiste avec deux grands cartons... le livreur du Louvre... je vis sortir les plombiers... je ne sais plus qui... je ne sais plus quoi... des ombres, des ombres... des ombres... Je n'osai pas entrer chez la concierge voisine... Elle m'eût sans doute mal reçue... Et que m'eût-elle dit ?... Alors je m'en allai définitivement, poursuivie toujours par cet irritant refrain :

— C'est la vie...

Les rues me semblèrent insupportablement tristes... Les passants me firent l'effet de spectres. Quand je voyais, de loin, briller sur la tête d'un monsieur, comme un phare dans la nuit, comme une coupole dorée sous le soleil, un chapeau... mon cœur tressautait... Mais ce n'était jamais William... Dans le ciel bas, couleur d'étain, aucun espoir ne luisait...

Je rentrai dans ma chambre, dégoûtée de tout...

Ah ! oui ! les hommes !... Qu'ils soient cochers, valets de chambre, gommeux, curés ou poètes, ils sont tous les mêmes... Des crapules !...

Je crois bien que ce sont les derniers souvenirs que j'évoque. J'en ai d'autres pourtant, beaucoup d'autres. Mais ils se ressemblent tous et cela me fatigue d'avoir à écrire toujours les mêmes histoires, à faire défiler, dans un panorama monotone, les mêmes figures, les mêmes âmes, les mêmes fantômes. Et puis, je sens que je n'y ai plus l'esprit, car, de plus en plus, je suis distraite des cendres de ce passé, par les préoccupations nouvelles de mon avenir. J'aurais pu dire encore mon séjour chez la comtesse Fardin. A quoi bon ? Je suis trop lasse et aussi trop écœurée. Au milieu des mêmes phénomènes sociaux, il y avait là une vanité qui me dégoûte plus que les autres : la vanité littéraire... un genre de bêtise plus bas que les autres : la bêtise politique...

Là, j'ai connu M. Paul Bourget en sa gloire, c'est tout dire... Ah ! c'est bien le philosophe, le poète, le moraliste qui convient à la nullité prétentieuse, au toc intellectuel, au mensonge de cette catégorie mondaine, où tout est factice : l'élégance, l'amour, la cuisine, le sentiment religieux, le patriotisme, l'art, la charité, le vice lui-même qui, sous prétexte de politesse et de littérature, s'affuble d'oripeaux mystiques et se couvre de masques sacrés... où l'on ne trouve qu'un désir sincère... l'âpre désir de l'argent, qui ajoute au ridicule de ces fantoches quelque chose de plus odieux et de plus farouche. C'est par là, seulement, que ces pauvres fantômes sont bien des créatures humaines et vivantes...

Là, j'ai connu monsieur Jean, un psychologue, et un moraliste lui aussi, moraliste de l'office, psychologue de l'antichambre, guère plus parvenu dans son genre et plus jobard que celui qui régnait au salon. Monsieur Jean vidait les pots de chambre... M. Paul Bourget vidait les âmes. Entre l'office et le salon, il n'y a pas toute la distance de servitude que l'on croit !... Mais, puisque j'ai mis au fond de ma malle la photographie de monsieur Jean... que son souvenir reste, pareillement enterré, au fond de mon cœur, sous une épaisse couche d'oubli...

Il est deux heures du matin... Mon feu va s'éteindre, ma lampe charbonne, et je n'ai plus ni bois, ni huile. Je vais me coucher... Mais j'ai trop de fièvre dans le cerveau, je ne dormirai pas. Je rêverai à ce qui est en marche vers moi... Je rêverai à ce qui doit arriver demain... Au-dehors, la nuit est tranquille, silencieuse. Un froid très vif durcit la terre, sous un ciel pétillant d'étoiles. Et Joseph est en route, quelque part dans cette nuit... A travers l'espace, je le vois... oui, réellement, je le vois, grave, songeur, énorme, dans un compartiment de wagon... Il me sourit... il s'approche de moi, il vient vers moi... Il m'apporte enfin la paix, la liberté, le bonheur... Le bonheur?

Je le verrai demain...

XVII

Voici huit mois que je n'ai écrit une seule ligne de
ce journal, — j'avais autre chose à faire et à quoi
penser, — et voici trois mois exactement que Joseph
et moi nous avons quitté le Prieuré, et que nous
sommes installés dans le petit café, près du port, à
Cherbourg. Nous sommes mariés ; les affaires vont
bien ; le métier me plaît ; je suis heureuse. Née de la
mer, je suis revenue à la mer. Elle ne me manquait
pas, mais cela me fait plaisir tout de même de la
retrouver. Ce ne sont plus les paysages désolés
d'Audierne, la tristesse infinie de ses côtes, la
magnifique horreur de ses grèves qui hurlent à la
mort. Ici, rien n'est triste ; au contraire, tout y porte
à la gaieté... C'est le bruit joyeux d'une ville militaire, le mouvement pittoresque, l'activité bigarrée
d'un port de guerre. L'amour y roule sa bosse, y
traîne le sabre en des bordées de noces violentes et
farouches. Foules pressées de jouir entre deux lointains exils ; spectacles sans cesse changeants et dis-
trayants, où je hume cette odeur natale de coaltar et
de goémon, que j'aime toujours, bien qu'elle n'ait
jamais été douce à mon enfance... J'ai revu des gars
du pays, en service sur des bâtiments de l'État...
Nous n'avons guère causé ensemble, et je n'ai point
songé à leur demander des nouvelles de mon frère...
Il y a si longtemps !... C'est comme s'il était mort,

pour moi... Bonjour... bonsoir... porte-toi bien...
Quand ils ne sont pas saouls, ils sont trop abrutis...
Quand ils ne sont pas abrutis, ils sont trop saouls...
Et ils ont des têtes pareilles à celles des vieux
poissons... Il n'y a pas eu d'autre émotion, d'autres
épanchements d'eux à moi... D'ailleurs, Joseph
n'aime pas que je me familiarise avec de simples
matelots, de sales Bretons qui n'ont pas le sou, et qui
se grisent d'un verre de trois-six...

Mais il faut que je raconte brièvement les événements qui précédèrent notre départ du Prieuré...

On se rappelle que Joseph, au Prieuré, couchait
dans les communs, au-dessus de la sellerie. Tous les
jours, été comme hiver, il se levait à cinq heures. Or,
le matin du 29 décembre, juste un mois après son
retour de Cherbourg, il constata que la porte de la
cuisine était grande ouverte.

— Tiens, se dit-il... est-ce qu'ils seraient déjà
levés ?

Il remarqua, en même temps, qu'on avait dans le
panneau vitré, près de la serrure, découpé un carré
de verre, au diamant, de façon à pouvoir y introduire le bras. La serrure était forcée par d'expertes
mains. Quelques menus débris de bois, des petits
morceaux de fer tordu, des éclats de verre, jon-
chaient les dalles... A l'intérieur, toutes les portes, si
soigneusement verrouillées, sous la surveillance de
Madame, le soir, étaient ouvertes aussi. On sentait
que quelque chose d'effrayant avait passé par là...
Très impressionné, — je raconte d'après le récit
même qu'il fit de sa découverte aux magistrats, —
Joseph traversa la cuisine, et suivit le couloir où
donnent à droite, le fruitier, la salle de bains, l'antichambre ; à gauche, l'office, la salle à manger, le
petit salon, et, dans le fond, le grand salon. La salle à
manger offrait le spectacle d'un affreux désordre,
d'un vrai pillage... les meubles bousculés, le buffet

fouillé de fond en comble, ses tiroirs, ainsi que ceux des deux servantes, renversés sur le tapis, et, sur la table, parmi des boîtes vides, au milieu d'un pêle-mêle d'objets sans valeur, une bougie qui achevait de se consumer dans un chandelier de cuivre. Mais c'était surtout à l'office que le spectacle prenait vraiment de l'ampleur. Dans l'office, — je crois l'avoir déjà noté, — existait un placard très profond, défendu par un système de serrure très compliqué et dont Madame seule connaissait le secret. Là, dormait la fameuse et vénérable argenterie dans trois lourdes caisses armées de traverses et de coins d'acier. Les caisses étaient vissées à la planche du bas et tenaient au mur, scellées par de solides pattes de fer. Or, les trois caisses, arrachées de leur mystérieux et inviolable tabernacle, bâillaient au milieu de la pièce, vides. A cette vue, Joseph donna l'alarme. De toute la force de ses poumons, il cria dans l'escalier :

— Madame !... Monsieur !... Descendez vite... On a volé... on a volé !...

Ce fut une avalanche soudaine, une dégringolade effrayante. Madame, en chemise, les épaules à peine couvertes d'un léger fichu. Monsieur, boutonnant son caleçon hors duquel s'échappaient des pans de chemise... Et, tous les deux, dépeignés, très pâles, grimaçants, comme s'ils eussent été réveillés en plein cauchemar, criaient :

— Qu'est-ce qu'il y a ?... qu'est-ce qu'il y a ?...

— On a volé... on a volé !...

— On a volé, quoi ?... on a volé, quoi ?

Dans la salle à manger, Madame gémit :

— Mon Dieu !... mon Dieu !

Pendant que, les lèvres tordues, Monsieur continuait de hurler :

— On a volé, quoi ? quoi ?

Dans l'office, guidée par Joseph, à la vue des trois caisses descellées... Madame poussa, dans un grand geste, un grand cri :

— Mon argenterie!... Mon Dieu!... Est-ce possible?... Mon argenterie!

Et, soulevant les compartiments vides, retournant les cases vides, épouvantée, horrifiée, elle s'affaissa sur le parquet... A peine si elle avait la force de balbutier d'une voix d'enfant :

— Ils ont tout pris!... ils ont tout pris... tout... tout... tout!... jusqu'à l'huilier Louis XVI.

Tandis que Madame regardait les caisses, comme on regarde son enfant mort, Monsieur, se grattant la nuque, et roulant des yeux hagards, pleurait d'une voix obstinée, d'une voix lointaine de dément :

— Nom d'un chien!... Ah! nom d'un chien!... Nom d'un chien de nom d'un chien!

Et Joseph clamait, avec d'atroces grimaces, lui aussi :

— L'huilier de Louis XVI!... l'huilier de Louis XVI!... Ah! les bandits!...

Puis, il y eut une minute de tragique silence, une longue minute de prostration; ce silence de mort, cette prostration des êtres et des choses qui succèdent aux fracas des grands écroulements, au tonnerre des grands cataclysmes... Et la lanterne, balancée dans les mains de Joseph, promenait sur tout cela, sur les visages morts et sur les caisses éventrées, une lueur rouge, tremblante, sinistre...

J'étais descendue, en même temps que les maîtres, à l'appel de Joseph. Devant ce désastre, et malgré le comique prodigieux de ces visages, mon premier sentiment avait été de la compassion. Il semblait que ce malheur m'atteignît, moi aussi, que je fusse de la famille pour en partager les épreuves et les douleurs. J'aurais voulu dire des paroles consolatrices à Madame dont l'attitude affaissée me faisait peine à voir... Mais cette impression de solidarité ou de servitude s'effaça vite.

Le crime a quelque chose de violent, de solennel,

de justicier, de religieux, qui m'épouvante certes, mais qui me laisse aussi — je ne sais comment exprimer cela — de l'admiration. Non, pas de l'admiration puisque l'admiration est un sentiment moral, une exaltation spirituelle, et ce que je ressens n'influence, n'exalte que ma chair... C'est comme une brutale secousse, dans tout mon être physique, à la fois pénible et délicieuse, un viol douloureux et pâmé de mon sexe... C'est curieux, c'est particulier, sans doute, c'est peut-être horrible, — et je ne puis expliquer la cause véritable de ces sensations étranges et fortes, — mais chez moi, tout crime, — le meurtre principalement, — a des correspondances secrètes avec l'amour... Eh bien, oui, là!... un beau crime m'empoigne comme un beau mâle...

Je dois dire qu'une réflexion que je fis transforma subitement en gaieté rigoleuse, en contentement gamin, cette grave, atroce et puissante jouissance du crime, laquelle succédait au mouvement de pitié qui, tout d'abord, avait alarmé mon cœur, bien mal à propos... Je pensai :

— Voici deux êtres qui vivent comme des taupes, comme des larves... Ainsi que des prisonniers volontaires, ils se sont volontairement enfermés dans la geôle de ces murs inhospitaliers... Tout ce qui fait la joie de la vie, le sourire de la maison, ils le suppriment comme du superflu. Ce qui pourrait être l'excuse de leur richesse, le pardon de leur inutilité humaine, ils s'en gardent comme d'une saleté. Ils ne laissent rien tomber de leur parcimonieuse table sur la faim des pauvres, rien tomber de leur cœur sec sur la douleur des souffrants. Ils économisent même sur le bonheur, leur bonheur à eux. Et je les plaindrais?... Ah! non... Ce qui leur arrive, c'est la justice. En les dépouillant d'une partie de leurs biens, en donnant de l'air aux trésors enfouis, les bons voleurs ont rétabli l'équilibre... Ce que je regrette, c'est qu'ils n'aient pas laissé ces deux êtres malfaisants, totalement nus et misérables, plus dénués que le vagabond qui, tant de fois, mendia vainement à leur porte, plus malades que l'abandonné qui agonise sur la route, à deux pas de ces richesses cachées et maudites.

Cette idée que mes maîtres auraient pu, un bissac sur le dos, traîner leurs guenilles lamentables et leurs pieds saignants par la détresse des chemins, tendre la main au seuil implacable du mauvais riche, m'enchanta et me mit en gaieté. Mais la gaieté, je l'éprouvai plus directe et plus intense et plus haineuse, à considérer Madame, affalée près de ses caisses vides, plus morte que si elle eût été vraiment morte, car elle avait conscience de cette mort, et cette mort, on ne pouvait en concevoir une plus horrible, pour un être qui n'avait jamais rien aimé, rien que l'évaluation en argent de ces choses inévaluables que sont nos plaisirs, nos caprices, nos charités, notre amour, ce luxe divin des âmes... Cette douleur honteuse, ce crapuleux abattement, c'était aussi la revanche des humiliations, des duretés que j'avais subies, qui me venaient d'elle, à chaque parole sortant de sa bouche, à chaque regard tombant de ses yeux... J'en goûtai, pleinement, la jouissance délicieusement farouche. J'aurais voulu crier : « C'est bien fait... c'est bien fait ! » Et surtout j'aurais voulu connaître ces admirables et sublimes voleurs, pour les remercier, au nom de tous les gueux... et pour les embrasser, comme des frères... O bons voleurs, chères figures de justice et de pitié, par quelle suite de sensations fortes et savoureuses vous m'avez fait passer !

Madame ne tarda pas à reprendre possession d'elle-même... Sa nature combative, agressive, se réveilla soudain en toute sa violence.

— Et que fais-tu ici ? dit-elle à Monsieur sur un ton de colère et de suprême dédain... Pourquoi es-tu ici ?... Es-tu assez ridicule avec ta grosse face bouffie, et ta chemise qui passe?... Crois-tu que cela va nous rendre notre argenterie? Allons... secoue-toi... démène-toi un peu... tâche de comprendre. Va chercher les gendarmes, le juge de paix... Est-ce qu'ils ne devraient pas être ici depuis longtemps?... Ah! quel homme, mon Dieu!

Monsieur se disposait à sortir, courbant le dos. Elle l'interpella :

— Et comment se fait-il que tu n'aies rien entendu?... Ainsi, on déménage la maison... on force les portes, on brise les serrures, on éventre des murs et des caisses... Et tu n'entends rien?... A quoi es-tu bon, gros lourdaud?

Monsieur osa répondre :

— Mais toi non plus, mignonne, tu n'as rien entendu...

— Moi?... Ce n'est pas la même chose... N'est-ce pas l'affaire d'un homme?... Et puis tu m'agaces... Va-t'en.

Et tandis que Monsieur remontait pour s'habiller, Madame, tournant sa fureur contre nous, nous apostropha :

— Et vous?... Qu'est-ce que vous avez à me regarder, là, comme des paquets?... Ça vous est égal à vous, n'est-ce pas, qu'on dévalise vos maîtres?... Vous non plus, vous n'avez rien entendu?... Comme par hasard... C'est charmant d'avoir des domestiques pareils... Vous ne pensez qu'à manger et dormir... Tas de brutes!

Elle s'adressa directement à Joseph :

— Pourquoi les chiens n'ont-ils pas aboyé? Dites... pourquoi?

Cette question parut embarrasser Joseph, l'éclair d'une seconde. Mais il se remit vite...

— Je ne sais pas, moi, Madame, dit-il, du ton le plus naturel... Mais, c'est vrai... les chiens n'ont pas aboyé. Ah! ça, c'est curieux, par exemple!...

— Les aviez-vous lâchés?...

— Certainement que je les avais lâchés, comme tous les soirs... Ça c'est curieux !... Ah ! mais, c'est curieux !... Faut croire que les voleurs connaissaient la maison... et les chiens.

— Enfin, Joseph, vous si dévoué, si ponctuel, d'habitude... pourquoi n'avez-vous rien entendu ?

— Ça, c'est vrai... j'ai rien entendu... Et voilà qui est assez louche, aussi... Car je n'ai pas le sommeil dur, moi... Quand un chat traverse le jardin, je l'entends bien... C'est point naturel, tout de même... Et ces sacrés chiens, surtout... Ah ! mais, ah ! mais !...

Madame interrompit Joseph :

— Tenez ! Laissez-moi tranquille... Vous êtes des brutes, tous, tous ! Et Marianne ?... Où est Marianne ?... Pourquoi n'est-elle pas ici ?... Elle dort comme une souche, sans doute.

Et sortant de l'office, elle appela dans l'escalier :

— Marianne !... Marianne !

Je regardai Joseph, qui regardait les caisses. Joseph était grave. Il y avait comme du mystère dans ses yeux...

Je ne tenterai point de décrire cette journée, tous les multiples incidents, toutes les folies de cette journée. Le procureur de la République, mandé par dépêche, vint l'après-midi et commença son enquête. Joseph, Marianne et moi, nous fûmes interrogés l'un après l'autre, les deux premiers pour la forme, moi, avec une insistance hostile qui me fut extrêmement désagréable. On visita ma chambre, on fouilla ma commode et mes malles. Ma correspondance fut épluchée minutieusement... Grâce à un hasard que je bénis, le manuscrit de mon journal échappa aux investigations policières. Quelques jours avant l'événement, je l'avais expédié à Cléclé, de qui j'avais reçu une lettre affectueuse. Sans quoi, les magistrats eussent peut-être trouvé dans ces pages le moyen d'accuser Joseph, ou du moins de le soupçonner... J'en tremble encore. Il va sans dire qu'on examina aussi les allées du jardin, les plates-bandes, les murs, les brèches des haies, la petite cour donnant sur la ruelle, afin de relever des traces de pas et d'escalades... Mais la terre était sèche et dure ; il fut impossible d'y découvrir la moindre empreinte, le moindre indice. La grille, les murs, les brèches des haies gardaient jalousement leur secret. De même que pour l'affaire du viol, les gens du pays affluèrent, demandant à déposer. L'un avait vu un homme blond « qui ne lui revenait pas » ; l'autre, un homme brun « qui avait l'air drôle ». Bref, l'enquête demeura vaine. Nulle piste, nul soupçon...

— Il faut attendre, prononça avec mystère le pro-cureur en partant, le soir. C'est peut-être la police de Paris qui nous mettra sur la voie des coupables...

Durant cette journée fatigante, au milieu des allées et venues, je n'eus guère le loisir de penser aux conséquences de ce drame qui, pour la première fois, mettait de l'animation, de la vie dans ce morne Prieuré. Madame ne nous laissait pas une minute de répit. Il fallait courir-ci... courir-là... sans raison, d'ailleurs, car Madame avait perdu un peu la tête... Quant à Marianne, il semblait qu'elle ne se fût aperçue de rien, et que rien ne fût arrivé de boule-versant dans la maison... Pareille à la triste Eugénie, elle suivait son idée, et son idée était bien loin de nos préoccupations. Lorsque Monsieur apparaissait dans la cuisine, elle devenait subitement comme ivre, et elle le regardait avec des yeux extasiés...

— Oh ! ta grosse frimousse !... tes grosses mains !... tes gros yeux !...

Le soir, après un dîner silencieux, je pus réfléchir. L'idée m'était venue tout de suite, et maintenant elle se fortifiait en moi, que Joseph n'était pas étranger à ce hardi pillage. Je voulus même espérer qu'entre son voyage à Cherbourg et la préparation de ce coup de main audacieux et incomparablement exécuté, il y eût un lien évident. Et je me souvenais de cette réponse qu'il m'avait faite, la veille de son départ :

— Ça dépend... d'une affaire très importante...

Quoiqu'il s'efforçât de paraître naturel, je percevais dans ses gestes, dans son attitude, dans son silence, une gêne inhabituelle... visible pour moi seule...

Ce pressentiment, je n'essayai pas de le repousser, tant il me satisfaisait. Au contraire, je m'y complus avec une joie intense... Marianne, nous ayant laissés seuls un moment dans la cuisine, je m'approchai de Joseph, et câline, tendre, émue d'une émotion inexprimable, je lui demandai :

— Dites-moi, Joseph, que c'est vous qui avez violé la petite Claire dans le bois... Dites-moi que... c'est vous qui avez volé l'argenterie de Madame...

Surpris, hébété de cette question, Joseph me regarda... Puis, tout d'un coup sans me répondre, il m'attira vers lui et faisant ployer ma nuque sous un baiser, fort comme un coup de massue, il me dit :

— Ne parle pas de ça... puisque tu viendras là-bas avec moi, dans le petit café... et puisque nos deux âmes sont pareilles !

Je me souvins avoir vu, dans un petit salon, chez la comtesse Fardin, une sorte d'idole hindoue, d'une grande beauté horrible et meurtrière... Joseph, à ce moment, lui ressemblait...

Les jours passèrent, et les mois... Naturellement, les magistrats ne purent rien découvrir et ils abandonnèrent l'instruction, définitivement... Leur opinion était que le coup avait été exécuté par d'experts cambrioleurs de Paris... Paris a bon dos. Et allez donc chercher dans le tas !...

Ce résultat négatif indigna Madame. Elle débina violemment la magistrature, qui ne pouvait lui rendre son argenterie. Mais elle ne renonça pas pour cela à l'espoir de retrouver « l'huilier de Louis XVI », comme disait Joseph. Elle avait chaque jour des combinaisons nouvelles et biscornues, qu'elle transmettait aux magistrats, lesquels, fatigués de ces billevesées, ne lui répondaient même plus... Je fus enfin rassurée sur le compte de Joseph... car je redoutais toujours une catastrophe pour lui...

Joseph était redevenu silencieux et dévoué, le serviteur familial, la perle rare. Je ne puis m'empêcher de pouffer au souvenir d'une conversation que, la journée même du vol, je surpris derrière la porte du salon, entre Madame et le procureur de la République, un petit sec, à lèvres minces, à teint bilieux, et dont le profil était coupant, comme une lame de sabre.

— Vous ne soupçonnez personne parmi vos gens? demanda le procureur... Votre cocher?

— Joseph! s'écria Madame scandalisée... un homme qui nous est si dévoué... qui depuis plus de quinze ans est à notre service!... la probité même, Monsieur le procureur... une perle!... il se jetterait au feu pour nous...

Soucieuse, le front plissé, elle réfléchit.

— Il n'y aurait que cette fille, la femme de chambre. Je ne la connais pas, moi, cette fille. Elle a peut-être de très mauvaises relations à Paris... elle écrit souvent à Paris... Plusieurs fois je l'ai surprise, en train de boire le vin de la table et de manger nos pruneaux... Quand on boit le vin de ses maîtres... on est capable de tout...

Et elle murmura :

— On ne devrait jamais prendre de domestiques à Paris... Elle est singulière, en effet.

Non, mais voyez-vous cette chipie?...

C'est bien ça, les gens méfiants... Ils se méfient de tout le monde, sauf de celui qui les vole, naturellement. Car j'étais de plus en plus convaincue que

Joseph avait été l'âme de cette affaire. Depuis long-temps je l'avais surveillé, non par un sentiment hostile, vous pensez bien, mais par curiosité, et j'avais la certitude que ce fidèle et dévoué serviteur, cette perle unique, chapardait tout ce qu'il pouvait dans la maison. Il dérobait de l'avoine, du charbon, des œufs, de menues choses susceptibles d'être revendues, sans qu'il fût possible d'en connaître l'origine. Et son ami le sacristain ne venait pas le soir, dans la sellerie, pour rien, et pour y discuter seulement sur les bienfaits de l'antisémitisme. En homme avisé, patient, prudent, méthodique, Joseph n'ignorait pas que les petits larcins quotidiens font les gros comptes annuels, et je suis persuadée que de cette façon, il triplait, quadruplait ses gages, ce qui n'est jamais à dédaigner. Je sais bien qu'il y a une différence entre de si menus vols et un pillage audacieux comme fut celui de la nuit du 29 décembre... Cela prouve qu'il aimait aussi à tra-vailler dans le grand... Qui me dit que Joseph n'était pas alors affilié à une bande?... Ah! comme j'aurais voulu et comme je voudrais encore savoir tout cela!

Depuis le soir où son baiser me fut comme un aveu du crime, où sa confiance alla vers moi avec la poussée d'un rut, Joseph nia. J'eus beau le tourner, le retourner, lui tendre des pièges, l'envelopper de paroles douces et de caresses, il ne se démentit plus... Et il entra dans la folie d'espoir de Madame. Lui aussi combina des plans, reconstitua tous les détails du vol; et il battit les chiens qui n'aboyèrent pas, et il menaça de son poing les voleurs inconnus, les chimériques voleurs comme s'il les voyait fuir à l'horizon. Je ne savais plus à quoi m'en tenir sur le compte de cet impénétrable bonhomme... Un jour, je croyais à son crime, un autre jour à son inno-cence. Et c'était horriblement agaçant.

Comme autrefois, nous nous retrouvions, le soir, à la sellerie:

— Eh bien, Joseph?...

— Ah! vous voilà, Célestine!

— Pourquoi ne me parlez-vous plus?... Vous avez l'air de me fuir...

— Vous fuir?... moi...? Ah! bon Dieu!...

— Oui... depuis cette fameuse matinée...

— Parlez point de ça, Célestine... Vous avez de trop mauvaises idées.

Et triste, il dodelinait de la tête.

— Voyons, Joseph... vous savez bien que c'est pour rire. Est-ce que je vous aimerais si vous aviez commis un tel crime?... Mon petit Joseph...

— Oui, oui... vous êtes une enjôleuse... C'est pas bien...

— Et quand partons-nous?... Je ne puis plus vivre ici.

— Pas tout de suite... Il faut encore attendre...

— Mais pourquoi?

— Parce que... ça se peut pas... tout de suite...

Un peu piquée, sur un ton de légère fâcherie, je disais :

— Ça n'est pas gentil!... Et vous n'êtes guère pressé de m'avoir...

— Moi? s'écriait Joseph, avec d'ardentes grimaces... Si c'est Dieu possible!... Mais, j'en bous... j'en bous!...

— Eh bien alors, partons...

Et il s'obstinait, sans jamais s'expliquer davantage...

Tout naturellement, je songeais :

— C'est juste, après tout... S'il a volé l'argenterie, il ne peut pas s'en aller maintenant, ni s'établir... On aurait des soupçons peut-être. Il faut que le temps passe et que l'oubli se fasse sur cette mystérieuse affaire...

Un autre soir, je proposai :

— Écoutez, mon petit Joseph, il y aurait un moyen de partir d'ici... il faudrait avoir une discussion avec Madame et l'obliger à nous mettre à la porte tous les deux...

Mais il protesta vivement :

— Non, non... fit-il... Pas de ça, Célestine. Ah! mais non... Moi, j'aime mes maîtres... Ce sont de bons maîtres... Il faut bien quitter d'avec eux... Il faut partir d'ici comme de braves gens... des gens sérieux, quoi... Il faut que les maîtres nous regrettent et qu'ils soient embêtés... et qu'ils pleurent de nous voir partir...

Avec une gravité triste où je ne sentis aucune ironie, il affirma :

— Moi, vous savez, ça me fera du deuil de m'en aller d'ici... Depuis quinze ans que je suis ici... dame!... on s'attache à une maison... Et vous, Célestine... ça ne vous fera pas de peine?

— Ah! non... m'écriai-je, en riant.

— C'est pas bien... c'est pas bien... Il faut aimer ses maîtres... les maîtres sont les maîtres... Et, tenez, je vous recommande ça... Soyez bien gentille, bien douce, bien dévouée... travaillez bien... Ne répondez pas... Enfin, quoi, Célestine, il faut bien quitter d'avec eux... d'avec Madame, surtout...

Je suivis les conseils de Joseph et, durant les mois que nous avions à rester au Prieuré, je me promis de devenir une femme de chambre modèle, une perle, moi aussi... Toutes les intelligences, toutes les complaisances, toutes les délicatesses, je les prodiguai... Madame s'humanisait avec moi; peu à peu, elle se faisait véritablement mon amie... Je ne crois pas que mes soins seuls eussent amené ce changement dans le caractère de Madame. Madame avait été frappée dans son orgueil, et jusque dans ses raisons de vivre. Comme après une grande douleur, après la perte foudroyante d'un être uniquement chéri, elle ne luttait plus, s'abandonnait, douce et plaintive, à l'abattement de ses nerfs vaincus et de ses fiertés humiliées, et elle ne semblait plus chercher auprès de ceux qui l'entouraient que de la consolation, de la pitié, de la confiance. L'enfer du Prieuré se transformait pour tout le monde en un vrai paradis...

C'est au plein de cette paix familiale, de cette douceur domestique, que j'annonçai un matin à Madame la nécessité où j'étais de la quitter... J'inventai une histoire romanesque... je devais retourner au pays, pour y épouser un brave garçon qui m'attendait depuis longtemps. En termes attendrissants j'exprimai ma peine, mes regrets, les bontés de Madame, etc. Madame fut atterrée... Elle essaya de me retenir, par les sentiments et par l'intérêt... offrit d'augmenter mes gages, de me donner une belle chambre, au second étage de la maison. Mais, devant ma résolution, elle dut se résigner...

— Je m'habituais si bien à vous, maintenant!... soupira-t-elle... Ah! je n'ai pas de chance...

Mais ce fut bien pire quand, huit jours après, Joseph vint à son tour expliquer que, se faisant trop vieux, étant trop fatigué, il ne pouvait plus continuer son service et qu'il avait besoin de repos.

— Vous, Joseph?... s'écria Madame... vous aussi?... Ce n'est pas possible... La malédiction est donc sur le Prieuré... Tout le monde m'abandonne... tout m'abandonne...

Madame pleura. Joseph pleura. Monsieur pleura. Marianne pleura...

— Vous emportez tous nos regrets, Joseph!...

Hélas! Joseph n'emportait pas que des regrets... il emportait aussi l'argenterie!...

Une fois dehors, je fus perplexe... Je n'avais aucun scrupule à jouir de l'argent de Joseph, de l'argent volé — non, ce n'était pas cela... quel est l'argent qui n'est pas volé? — mais je craignis que le sentiment que j'éprouvais ne fût qu'une curiosité fugitive. Joseph avait pris sur moi, sur mon esprit comme sur ma chair, un ascendant qui n'était peut-être pas durable... Et peut-être n'était-ce en moi qu'une perversion momentanée de mes sens?... Il y avait des moments où je me demandais aussi si ce n'était pas mon imagination — portée aux rêves exceptionnels — qui avait créé Joseph tel que je le voyais, s'il n'était point réellement qu'une simple brute, un paysan, incapable même d'une belle violence, même d'un beau crime?... Les suites de cet acte m'épouvantaient... Et puis — n'est-ce pas une chose vraiment inexplicable? — cette idée que je ne servirais plus chez les autres me causait quelque regret... Autrefois, je croyais que j'accueillerais avec une grande joie la nouvelle de ma liberté. Eh bien, non!... D'être domestique, on a ça dans le sang... Si le spectacle du luxe bourgeois allait me manquer tout à coup? J'entrevis mon petit intérieur, sévère et froid, pareil à un intérieur d'ouvrier, ma vie médiocre, privée de toutes ces jolies choses, de toutes ces jolies étoffes si douces à manier, de tous ces vices jolis dont c'était mon plaisir de les servir, de les chiffonner, de les pomponner, de m'y plonger, comme dans un bain de parfums... Mais il n'y avait plus à reculer.

Ah! qui m'eût dit, le jour gris, triste et pluvieux où j'arrivai au Prieuré, que je finirais avec ce bonhomme étrange, silencieux et bourru, qui me regardait avec tant de dédain?...

Maintenant, nous sommes dans le petit café... Joseph a rajeuni. Il n'est plus courbé, ni lourdaud. Et il marche d'une table à l'autre, et il trotte d'une salle dans l'autre, le jarret souple, l'échine élastique. Ses épaules qui m'effrayaient ont pris de la bonhomie; sa nuque, parfois si terrible, a quelque chose de paternel et de reposé. Toujours rasé de frais, la peau brune et luisante ainsi que de l'acajou, coiffé d'un béret crâne, vêtu d'une vareuse bleue, bien propre, il a l'air d'un ancien marin, d'un vieux loup de mer qui aurait vu des choses extraordinaires et traversé d'extravagants pays. Ce que j'admire en lui, c'est sa tranquillité morale... Jamais plus une inquiétude dans son regard... On voit que sa vie repose sur des bases solides. Plus violemment que jamais, il est pour la famille, pour la propriété, pour la religion, pour la marine, pour l'armée, pour la patrie... Moi, il m'épate !

En nous mariant, Joseph m'a reconnu dix mille francs... L'autre jour, le commissariat maritime lui a adjugé un lot d'épaves de quinze mille francs, qu'il a payé comptant et qu'il a revendu avec un fort bénéfice. Il fait aussi de petites affaires de banque, c'est-à-dire qu'il prête de l'argent à des pêcheurs. Et déjà, il songe à s'agrandir en acquérant la maison voisine. On y installerait peut-être un café-concert.

Cela m'intrigue qu'il ait tant d'argent. Et quelle est sa fortune ?... Je n'en sais rien. Il n'aime pas que je lui parle de cela ; il n'aime pas que je lui parle du temps où nous étions en place... On dirait qu'il a tout oublié et que sa vie n'a réellement commencé que du jour où il prit possession du petit café... Quand je lui adresse une question qui me tourmente, il semble ne pas comprendre ce que je dis. Et dans son regard, alors, passent des lueurs terribles, comme autrefois... Jamais je ne saurai rien de Joseph, jamais je ne connaîtrai le mystère de sa vie... Et c'est peut-être cet inconnu qui m'attache tant à lui...

Joseph veille à tout dans la maison, et rien n'y cloche. Nous avons trois garçons pour servir les clients, une bonne à tout faire pour la cuisine et pour le ménage, et cela marche à la baguette... Il est vrai qu'en trois mois nous avons changé quatre fois de bonne... Ce qu'elles sont exigeantes, les bonnes, à Cherbourg, et chapardeuses, et dévergondées !... Non, c'est incroyable, et c'est dégoûtant...

Moi je tiens la caisse, trônant au comptoir, au

milieu d'une forêt de fioles enluminées. Je suis là aussi pour la parade et pour la causette... Joseph veut que je sois bien frusquée ; il ne me refuse jamais rien de ce qui peut m'embellir, et il aime que le soir je montre ma peau dans un petit décolletage aguichant... Il faut allumer le client, l'entretenir dans une constante joie, dans un constant désir de ma personne... Il y a déjà deux ou trois gros quartiers-maîtres, deux ou trois mécaniciens de l'escadre, très calés, qui me font une cour assidue. Naturellement, pour me plaire, ils dépensent beaucoup. Joseph les gâte spécialement, car ce sont de terribles pochards. Nous avons pris aussi quatre pensionnaires. Ils mangent avec nous et chaque soir se paient du vin, des liqueurs de supplément, dont tout le monde profite... Ils sont fort galants avec moi et je les excite de mon mieux... Mais il ne faudrait pas, je pense, que mes façons dépassassent l'encouragement des banales œillades, des sourires équivoques et des illusoires promesses... Je n'y songe pas, d'ailleurs... Joseph me suffit, et je crois bien que je perdrais au change, même s'il s'agissait de le tromper avec l'amiral... Mazette !... c'est un rude homme... Bien peu de jeunes gens seraient capables de satisfaire une femme comme lui... C'est drôle, vraiment... quoiqu'il soit bien laid, je ne trouve personne d'aussi beau que mon Joseph... Je l'ai dans la peau, quoi !... Oh ! le vieux monstre !... Ce qu'il m'a prise !... Et il les connaît, tous les trucs de l'amour, et il en invente... Quand on pense qu'il n'a pas quitté la province... qu'il a été toute sa vie un paysan, on se demande où il a pu apprendre tous ces vices-là...

Mais où Joseph triomphe, c'est dans la politique. Grâce à lui, le petit café, dont l'enseigne : A L'ARMÉE FRANÇAISE ! brille sur tout le quartier, le jour, en grosses lettres d'or, le soir, en grosses lettres de feu, est maintenant le rendez-vous officiel des antisémites marquants et des plus bruyants patriotes de la ville. Ceux-ci viennent fraterniser là, dans des soûlo-graphies héroïques, avec des sous-officiers de l'armée et des gradés de la marine. Il y a déjà eu des rixes sanglantes, et, plusieurs fois, à propos de rien, les sous-officiers ont tiré leurs sabres, menaçant de crever des traîtres imaginaires... Le soir du débarquement de Dreyfus en France, j'ai cru que le petit café allait crouler sous les cris de : « Vive l'armée ! » et « Mort aux juifs ! » Ce soir-là, Joseph, qui est déjà populaire dans la ville, eut un succès fou. Il monta sur une table et il cria :

— Si le traître est coupable, qu'on le rembarque... S'il est innocent, qu'on le fusille...

De toutes parts, on vociféra :

— Oui, oui !... Qu'on le fusille ! Vive l'armée !

Cette proposition avait porté l'enthousiasme jusqu'au paroxysme. On n'entendait dans le café, dominant les hurlements, que des cliquetis de sabre, et des poings s'abattant sur les tables de marbre. Quelqu'un, ayant voulu dire on ne sait quoi, fut hué, et Joseph, se précipitant sur lui, d'un coup de poing lui fendit les lèvres et lui cassa cinq dents... Frappé à coups de plat de sabre, déchiré, couvert de sang, à moitié mort, le malheureux fut jeté comme une ordure dans la rue, toujours aux cris de : « Vive l'armée ! Mort aux juifs ! »

Il y a des moments où j'ai peur dans cette atmosphère de tuerie, parmi toutes ces faces bestiales, lourdes d'alcool et de meurtre... Mais Joseph me rassure :

— C'est rien... fait-il... Faut ça pour les affaires...

Hier, revenant du marché, Joseph, se frottant les mains, très gai, m'annonça :

— Les nouvelles sont mauvaises. On parle de la guerre avec l'Angleterre.

— Ah ! mon Dieu ! m'écriai-je. Si Cherbourg allait être bombardé ?

— Ouah !... ouah !... ricana Joseph... Seulement,

j'ai pensé à une chose... j'ai pensé à un coup... à un riche coup...

Malgré moi, je frissonnai... Il devait ruminer quelque immense canaillerie.

— Plus je te regarde... dit-il... et plus je me dis que tu n'as pas une tête de Bretonne. Non, tu n'as pas une tête de Bretonne... Tu aurais plutôt une tête d'Alsacienne... Et par le temps qui court... ça vaut mieux ! Si tu te faisais faire un joli costume d'Alsacienne, hein ?... Ça serait un fameux coup d'œil dans le comptoir ?

J'éprouvai de la déception... Je croyais que Joseph allait me proposer une chose terrible... J'étais fière déjà d'être de moitié dans une entreprise hardie... Chaque fois que je le vois songeur, mes idées s'allument tout de suite. J'imagine des tragédies, des escalades nocturnes, des pillages, des couteaux tirés, des gens qui râlent sur la bruyère des forêts... Et voilà qu'il ne s'agissait que d'une réclame, petite et vulgaire...

Les mains dans ses poches, crâne sous son béret bleu, il se dandinait drôlement...

— Tu comprends ?... insista-t-il. Au moment d'une guerre... une Alsacienne bien jolie, bien frusquée, ça enflamme les cœurs, ça excite le patriotisme... Et il n'y a rien comme le patriotisme pour saouler les gens... Qu'est-ce que tu en penses ? Je te ferais mettre sur les journaux... et même, peut-être, sur des affiches...

— J'aime mieux rester en dame !... répondis-je, un peu sèchement.

Là-dessus, nous nous disputâmes. Et, pour la première fois, nous en vînmes aux mots violents.

— Tu ne faisais pas tant de manières quand tu couchais avec tout le monde... cria Joseph.

— Et toi !... quand tu... Tiens, laisse-moi, parce que j'en dirais trop long...

— Putain !

— Voleur!

Un client entra... Il ne fut plus question de rien. Et le soir, on se raccommoda dans les baisers...

Je me ferai faire un joli costume d'Alsacienne... avec du velours et de la soie... Au fond, je suis sans force contre la volonté de Joseph. Malgré ce petit accès de révolte, Joseph me tient, me possède comme un démon. Et je suis heureuse d'être à lui... Je sens que je ferai tout ce qu'il voudra que je fasse, et que j'irai toujours où il me dira d'aller... jusqu'au crime!...

Mars 1900.

LE JOURNAL
D'UNE FEMME DE CHAMBRE

DISTRIBUTION

ALLEMAGNE

SWAN BUCH-VERTRIEB GMBH
Goldscheuerstrasse 16
D-77694 Kehl/Rhein

BELGIQUE

UITGEVERIJ EN BOEKHANDEL
VAN GENNEP BV
Spuistraat 283
1012 VR Amsterdam
Pays-Bas

CANADA

EDILIVRE INC.
DIFFUSION SOUSSAN
5518 Ferrier
Mont-Royal, QC H4P 1M2

ESPAGNE

RIBERA LIBRERIA
Dr Areilza 19
48011 Bilbao

ÉTATS-UNIS

POWELL'S BOOKSTORE
1501 East 57th Street
Chicago, Illinois 60637

TEXAS BOOKMAN
8650 Denton Drive
75235 Dallas, Texas

FRANCE

BOOKKING INTERNATIONAL
16 rue des Grands Augustins
75006 Paris

GRANDE-BRETAGNE

SANDPIPER BOOKS LTD
22 a Langroyd Road
London SW17 7PL

ITALIE

MAGIS BOOKS s.r.l.
Vicolo Trivelli 6
42100 Reggio Emilia

LIBAN

LA PHENICIE
BP 50291
Furn EL Chebback
Beyrouth

SORED
BP 166210
Rue Mar Maroun
Beyrouth

MAROC

LIBRAIRIE DES ÉCOLES
12 av. Hassan II
Casablanca

PAYS-BAS

UITGEVERIJ EN BOEKHANDEL
VAN GENNEP BV
Spuistraat 283
1012 VR Amsterdam

RÉPUBLIQUE ARABE UNIE

DAR EL NASHR
HATIER
10 rue Abi Emama
BP 1969 Dokki
Le Caire

SUÈDE

LONGUS BOOK IMPORTS
Box 30161
S - 10425 Stockholm

SUISSE

MEDEA DIFFUSION
Z.I. 3 Corminboeuf
Case Postale 559
1701 Fribourg

TAIWAN

POINT FRANCE LIVRE
Diffusion de l'édition française
Han Yang Bd 7 F
374 Pa Teh Rd.
Section 2 - Taipei

IMPRIMÉ EN FRANCE PAR BRODARD ET TAUPIN
1485 I-5 Usine de La Flèche (Sarthe), le 03-01-1994
B/079-93 – Dépôt légal, Janvier 1994
ISBN : 287714-167-5